자전거로 국토 종주 2,000km

 두 바퀴로 본 세상

자전거로 국토 종주 2,000km
두 바퀴로 본 세상

권하진

자전거라는 신세계

살다 보면 예기치 않은 일들이 생기기 마련이다. 전혀 생각지도 못한 방향으로 가는 경우도 있다. 나에게 자전거가 그랬다.

모두가 한 번도 경험해 보지 못한 코로나 시대는 모든 것을 바꾸어 놓았다. 현대에는 있을 수 없는 과거 미개한 시대의 이야기인 줄 알았다. 의학이 고도로 발달했다고 하는 지금 이런 시대가 올 줄 상상도 못 했다.

'사람들과의 격리'는 개인적으로도 많은 것을 포기하게 만들었다. 할 수 있는 것이라곤 등산, 걷기가 전부였고 시간이 흐를수록 지루해졌다. 자전거를 샀다. 걷기의 5배 속도로, 걸을 수 있는 거리의 5배를 갈 수 있는 신세계였다. 행동반경이 분당 집주변에서 한강까지 넓어졌다. 가슴이 답답해질 때면 자전거를 타고 나가 탄천이 끝나는 강둑에 앉아 한강을 바라보곤 했었다.

현역 시절에 은퇴 이후 해야 할 일들을 생각해 본 적이 있었다. 우선순위를 정했다. '60대는 몸으로 할 수 있는 활동과 취미를 우선으로 한다. 70대는 운동량이 적은 취미를 우선으로 한다. 80대 이후는 정적인 취미를 위주로 한다.' 60대인 지금, 생각했던 취미 활동을 예로 들어보면 책 쓰기, 강사, 해외여행, 무엇이든 배우기, 지방에서 한 달씩 살아보기, 혼자 여행하기, 등산, 헬스, 골프, 걷기, 수영이 그런 것들이었다.

그중에 자전거는 없었다. 자전거를 사고부터 한주에 서너 번씩 한강을 오갔다. 필요에 의해서 전조등과 후미등 같은 액세서리를 구입하며 라이딩에 대한 관심도 많아졌다.

관심은 모든 것을 빨아들이는 스펀지 같다. 평소에는 잊고 스쳐 지나갔던 이야기들이 무게감 있게 다가와 재평가된다.

"나는 휴일마다 회사 동료와 라이딩을 해."

"나는 아내와 5일 동안 부산까지 라이딩 했어. 너도 한번 해봐."

그러려니 하고 관심 없던 이야기들이 다시 존재감을 갖고 다가왔다. 그리고는 은퇴 후 해야 할 중요한 일이 되어 있었다.

아내와 함께하기 위해, 타기가 편한 하이브리드 자전거를 사주고 기념으로 아라뱃길을 왕복했다. 왕복 40㎞는 초보자인 아내에게 무리였다. 힘들다고 계속 투덜거렸지만 계획대로 출발지인 정서진 주차장까지 되돌아왔다. 와서 본 일몰은 한 번에 모든 아내의 불평을 잠재웠다.

그때 아름다움이 주는 의미를 깨달았다. 왜 많은 사람들이 카메라를 세워 놓고 추위에 떨며 지루한 시간을 기다리는지도 알았다.

이후 춘천 호반을 일주하는 30㎞를 함께했다. 아내의 새로 산 자전거 체인과 브레이크에 문제가 있었지만, 그 불만도 호반의 아름다움에 묻혔다. 자전거 여행은 너무 여유 없게 살아, 보지 못했던 아름다움을 발견할 수 있는 계기가 되었다.

동반 라운딩은 단조로운 부부 관계에 새로운 활력소였다. 만나는 사람마다 적극 추천했다. 그러나 '부부 중 한 명이라도 건강이나 취향이 다른 부분이 있으면 함께하기 힘들다'라는 현실을 나중에서야 알았다. 그런 면에서 나는 복 받은 사람이다.

소소한 경험이 쌓이며, 전에는 전혀 생각지도 못했던 계획이 가슴 깊은 곳에서 꿈틀거렸다. 인천에서 부산까지 630㎞ 국토 종주였다. 현역 시절 4대강 사업에 직접 관여했던 3개 프로젝트가 그 노선 안에 있어 궁금해진 것도 또 하나의 이유다. 그러나 환갑이 넘은 나이, 자전거가 주저앉을 것만 같은 100㎏에 육박하는 몸무게, '혼자서'라는 불편함, 무엇보다도 전혀 해보지 않은 것에 대한 두려움이 결정을 주저하게 했으나 마음이 원하는 대로 한발 들여놓기로 했다.

그렇게 마음을 먹자 모든 것이 구체화되어 진행되었다. 국토 종주 수첩을 주문하고 인터넷으로 관련 자료를 찾아보기 시작했다.

여행 계획은 여행자마다 나름대로 독특한 습관과 생활 방식이 있기 때문에 거기에 맞춰서 준비하면 된다. 치밀한 계획이 없더라도 일이 생길 때마다 대처할 방법은 있다. 나는 타이어 펑크 조치 방법도 모르고 국토 종주를 했다. 일이 생겼을 때는 인터넷을 보고 그때그때 대처하리라 생각했었다.

참 좋은 세상이다. 모두를 경험하거나 알 필요가 없는 세상이다. 모든 것이 인터넷 속에 들어 있다. 들고 다니는 핸드폰 속에 모든 지식과 경험이 들어 있는 편리한 세상이다.

2천km를 달리는 동안 펑크 난 적이 없다. 또 한 번도 넘어지지도 않았다. "어떻게 그럴 수가 있지?" 하고 반문하겠지만, 실제 그랬다.

그 이유는 자전거 타는 법이 서툴렀기 때문이다. 자기의 분수, 즉 서투름을 알면 그에 맞게 대처할 수 있다. 그래서 세상은 공평하다. 서투르면 매사에 조심할 수밖에 없다. 돌발 상황에 대비해서 항상 주위를 살피게 된다. 덕분에 갑작스러운 돌출물이 나타났을 때 속도를 줄여서 펑크를 내거나 넘어지지 않고 지나갈 수 있었다. 운이 좋았던 것도 또 한 가지 이유다. 세상에는 인력으로 어쩔 수 없는 일도 생기기 때문이다.

자전거를 타는 재미는 몸으로 느낄 수 있는 속도감이다. 반대로 속도를 늦추었을 때는 보지 못했던 주변의 새로운 모습을 보고 느낄 수 있는 양면성이 있다.

새벽 강을 따라 무겁게 내려앉은 안갯속을 홀로 달리며 느끼는 시원함과 상쾌함! 아마 이런 기분은 차를 타고는 느낄 수 없는 색다른 느낌이다. 혼자 느끼기에는 너무 아쉬워 가까운 누군가와 함께하고 싶어진다. 이런 느낌을 많은 사람과 나누고 싶다.

이 책은 국토 종주 자전거 여행에 대한 안내서가 아니다. 국토 종주를 하면서 보고 느낀 세상사와 생각, 경험을 기록한 책이다. 살면서 앞으로의 일에 대한 계획과 사전 조사도 필요하지만, 때로는 물 흐르는 대로 몸을 맡겨 보는 것도 인생을 사는 한 가지 방법이다.

중요한 것은 하고 싶은 일은 눈 딱 감고 한 발 내딛는 것이다. 한발 내디딘 순간, 놀랍게도 모든 것이 거기에 맞추어 저절로 이루어진다. 그리고 생각했던 것보다 쉽다는 것을 알게 된다. 마음이 끌리는 일을 하는 즐거움! 그것을 너무 늦게 알았다. 그 즐거움을 독자들과 공유하고 싶다. 책으로 묶는 이유다

특히 부모 공양과 자식 부양 더 나아가서 자신의 노후까지 책임져야 했기에 마음먹은 대로 하지 못하고 참고 살아야 했던, 우리 베이비붐 세대는 이제 모든 것을 내려놓고 마음이 시키는 대로 하며 즐거움을 누릴 수 있는 자격이 있다. 주위에는 많은 도전과 즐거움들이 줄 서 있다.

국토 종주 자전거 여행도 그중 하나다.

천타건

국토 종주 노선도

01 북한강자전거길
08 동해안 자전거길
(강원구간)

02 아라자전거길
10 한강종주자전거길

11 새재자전거길

03 오천자전거길

12 국토종주
낙동강자전거길
09 동해안 자전거길
(경북구간)

04 금강자전거길

05 영산강자전거길
06 섬진강자전거길

07 제주환상자전거길

인증구간 길이

1,853km

01 북한강 자전거길(밝은 광장 ~ 춘천 신매대교, 70km)
경춘선 폐철교와 북한강 강편을 활용한 자전거길

02 아라 자전거길(아라서해갑문 ~ 아라한강갑문, 21km)
경인아라뱃길을 따라 활주로처럼 일직선으로 달릴 수 있는 길

03 오천 자전거길(행촌교차로 ~ 합강공원, 105km)
다섯 개 하천을 따라 새재와 금강을 잇는 오천 자전거길

04 금강 자전거길(대청댐 ~ 금강 하굿둑, 146km)
백제의 숨결을 따라 자연의 조화로움을 느낄 수 있는 여유로운 길

05 영산강 자전거길(담양댐 ~ 영산강 하굿둑, 133km)
남도풍경에 매료되어 시처럼 그림처럼 유유자적한 황홀한 자전거길

06 섬진강 자전거길(전북임실 섬진강 생활체육공원 ~ 전남광양 배알도수변공원, 149km)
자연 그대로의 모습을 간직한 섬진강의 아름다움을 그대로 살린 길

07 제주환상 자전거길(제주도 해안도로 일주, 234km)
해안도로를 따라 제주도의 아름다운 해변과 송악산, 쇠소깍, 성산일출봉 등 멋진 자연경관을 감
상할 수 있는 자전거길

08 동해안 자전거길(강원구간)(고성 통일전망대 ~ 임원, 242km)
금빛 모래가 펼쳐진 해안 절경 및 주문진, 대포항 등의 항구도시의 활기찬 모습을 체험할 수 있
는 자전거길

09 동해안 자전거길(경북구간)(울진 은어다리 ~ 영덕해맞이공원, 76km)
해안도로를 달리면서 푸른 동해의 내음과 아름다운 풍경을 느낄 수 있는 자전거길

10 한강종주 자전거길(아라한강갑문 ~ 충주댐, 192km)
한강을 따라 도시 속 휴식처 및 옛중앙선 폐철도 구간을 달리는 길

11 새재 자전거길(충주 탄금대 ~ 상주 상풍교, 100km)
한강과 낙동강을 잇기 위해 이화령 고개를 넘는 짜릿한 자전거길

12 국토 종주 낙동강 자전거길(상주 상풍교 ~ 낙동강 하굿둑, 385km)
국내에서 가장 긴 자전거길로 다양한 경험과 볼거리가 가득한 즐거운 자전거길

* 행안부 자전거 행복나눔 참고

prologue | 자전거라는 신세계 * 5

PART 1 | 한강과 낙동강

새로운 경험은 가슴 뛰는 일이다 * 18

바퀴는 굴러가고 강산은 다가온다(한강: 인천 – 양평) * 22
국토 종주의 출발점 * 22 | 교량 종합 전시장 * 24 |
진정한 애국은 무엇인가? * 27 | 호반의 도시, 서울 * 30 | 남한강 자전거길 * 33

가 보지 않은 길(남한강: 양평– 비내섬) * 36
오르막의 끝 * 37 | 막국수 유감 * 40 | 잘 아는 길 * 43 | 신륵사를 바라보며 * 46 |
강천보에서 * 47 | 야간 라이딩 * 52

탄금호를 지나가며(남한강: 비내섬– 수안보) * 56
비내섬은 유원지다 * 57 | 헤어짐의 끝 * 59 | 겉모습의 이면 * 62 |
수안보 가는 길 * 65

이화령 정상에서(새재길: 수안보– 불정역) * 69
늘 옆에 있었던 것을 찾아서 * 69 | 이화령 정상에서 모두 만났다 * 71 |
위험은 보이지 않는 곳에 있다 * 75

안동에서(낙동강 시점 안동댐) * 79
안동 원이 엄마 편지 * 80 | 왜 힘들었던 기억이 좋은 추억이 될까 * 85

인공호수를 바라보며(낙동강: 상풍교– 칠곡보) * 89
호반의 도시, 상주 * 89 | 한발 떨어져서 본다 * 94 | 양면성에 대하여 * 96
야경에 반하다 * 98

사람들을 야외로 내모는 이유(낙동강: 칠곡보– 합천 창녕보) * 102
다수의 의견이란 * 102 | 실수라는 것 * 108 | 다람재와 무심사 고개에서 * 111

힘이 들면 그것밖에 보이지 않는다(낙동강: 합천 창녕보– 하굿둑) * 116
초반 페이스 조절 * 117 | 보이지 않는 끝 * 122 | 언제나 끝은 있다 * 126

PART 2 | 동해안 별곡

좌충우돌한 하루(경북구간: 영덕– 울진) * 134
어설픈 선입감과 경험 * 135 | 동해안 자전거길 * 138 | 반복되는 실수 * 142

한꺼번에 온 불운(강원구간: 임원– 정동진) * 147
완벽한 일출 * 147 | 불운이란 * 150 | 초대형 석탄 화력 발전소 * 155
그런데도 동해안은 아름답다 * 157

속초 가는 길(강원구간: 경포대– 영금정) * 159
솔밭 길에는 무언가 특별한 것이 있다 * 160 | 경험의 오류 * 162
코로나와 인파의 상관관계 * 167

멀리 가려면(강원구간: 영금정– 통일전망대) * 170
남들이 가지 않는 길 * 171 | 의지의 한국인 * 174

PART 3 | 제주 환상 길

먼저 한 발 들여놓고 본다(용두암- 송악산) * 182
무작정 시작하기 * 183 | 환상의 섬 제주 * 186 | 함께 가면 잃는 것도 있다 * 189

제주는 그리움이다(송악산- 쇠소깍) * 194
아픈 과거 그리고 현재 * 195 | 용머리 해안에는 용빵 파는 카페가 있다 * 197
내 이렇게 될 줄 알았다 * 201

환상의 섬(쇠소깍- 성산포) * 206
선물 같은 아침 * 207 | 내가 꿈꾸는 한 달 살기 * 209 | 성산포에서 * 213

관계의 끈(성산포- 용두암) * 217
되돌아가는 길 * 217 | 장인과 사위 * 221 | 아버지와 아들 * 224

PART 4 | 작은 강도 강이다 -북한강, 오천, 금강-

보았다는 허상(북한강: 신매대교- 밝은 광장) * 230
보이는 것이 다는 아니다 * 231 | 못 보고 지나친 것들 * 234
다리는 그리움이다 * 238

아내의 존재감(오천: 행촌교차로- 청주) * 244
아내가 있다는 것 * 245 | 살다 보면 어느 곳에서 만나지 않으랴 * 248
무심천교에서 * 252 | 혼자서 밥 먹기 * 255

금강 유감(금강길: 대청댐- 백제보) * 259
착각과 걱정 * 260 | 금강 3교(햇무리 교)에서 * 264 | 세종시에서 * 268
공주보 유감 * 272 | 하루살이들의 군무 * 278

백제교 옆에는 보도교가 있다(금강: 백제보- 하굿둑) * 282
명분이라는 허상 * 283 | 긍정적인 삶이란 * 287 | 끝은 새로운 시작이다 * 292

PART 5 | **역사를 품은 강** -영산강, 섬진강-

보이는 것들에 대하여(영산강: 익산-공주) * 298
못 보고 지나친 것들 * 299 | 멈춰서야 보이는 것들 * 302
사람이 온다는 건 * 305

부부 싸움은 칼로 물 베기다(영산강: 담양댐-죽산보) * 310
이 또한 지나가리라 * 311 | 부부 싸움이란 * 314 | 길들여진다는 것 * 323

죽산보는 해체로 결정 났다(영산강: 죽산보-하굿둑) * 329
분노조절장애 * 330 | 느림의 미학 * 335 | 기다리는 사람이 있다는 것 * 340

그리고 아무 말도 하지 않았다(섬진강: 섬진강댐-사성암) * 344
운암대교를 바라보며 * 345 | 동반 라이딩 * 350 |
아무 말도 하지 않은 이유 * 359

섬진강 끝자락에 서서(섬진강: 사성암-배알도) * 364
어리석음에 대하여 * 365 | 물난리의 흔적들 * 368 | 마지막 라이딩 * 374

epilog | 국토 종주를 마치며 * 380

부록 | 여행 준비물 / 주행 기록 / 감사의 글 * 387

PART 1

한강과 낙동강

🚲 새로운 경험은 가슴 뛰는 일이다

살면서 언제나 그랬다. 새로 시작하는 출발점에 서면 설렘으로 가슴이 뛰었다. 그런
데도 왜 많은 시도를 하지 못했을까? 실패에 대한 두려움 때문이다. 결과는 중요한 것
이 아니다. 새로운 출발점을 많이 만들수록 삶이 다양해지고 풍요로워진다는 것을
뒤늦게 알았다.

올해 초 양양에서 산책하던 중에 혼자 자전거 여행을 하고 있는 노신
사를 만났다. 신호등의 파란불을 기다리며 몇 마디 대화를 나눈다. 연세
가 74세에 동해안 자전거 종주를 하고 있었다. 당초에는 아내와 같이 자
전거 여행을 하기로 약속을 했었는데 갑자기 돌아가셔서 함께하지 못하
고 홀로 여행하는 중이라고 했다. 신호등 불빛이 바뀌며 자전거에 올라
출발한다. '혼자 남았다'라는 이야기가 충격으로 다가와 그 의미를 생각
하며 걷다 보니 인근 38 휴게소다. 우리는 지금이 영원할 것이라 생각하
고 살아가나 바로 한 치 앞의 미래도 알지 못하는 존재들이다. 주변에 항
상 함께하고 있는 가족, 친구들이 있지만 정작 생을 살아가는 것은 나 자
신이라는 것을 그를 보며 새삼 느꼈다.

휴게소 벤치에서 쉬고 있는 그를 발견하고 다가가 인사를 하고 헤어진
다. 강릉 방향 가파른 오르막을 자전거에서 내려 끌고 올라가는 그 뒷모
습에는 혼자라는 쓸쓸함과 외로움이 새겨져 있었다. '이것이 사는 본연
의 모습이다. 어차피 혼자 왔다 혼자 가는 게 인생이다'라는 생각에 홀로

서기 연습의 필요성을 느꼈다. 그때 나도 언젠가는 혼자서 자전거 여행을 해보리라고 생각을 했었다. 그날이 내일이다.

인천에서 부산까지 630㎞를 7일 예정으로 계획을 잡았다. 노선은 아라뱃길, 한강, 남한강, 낙동강을 지나가는 4대강 자전거 도로를 이용한다. 4대강의 일부 구간을 설계하고 건설 관리를 해본 경험자로서, 인적 없는 강가에 조성하는 자전거 도로와 조경 시설은 예산 낭비이며, 사용자가 거의 없는 곳에 소중한 국가 예산을 투입한다고 생각했다. 내일부터 그 길을 간다. 당시에는 이런 날이 올 줄을 몰랐었다. '미래를 내다본 적절한 투자였다'라고 생각을 바꾼다.

국토 종주를 생각하고 나서 가장 먼저 떠오른 것은 나이와 몸무게에 따른 심혈관, 관절 등 좋지 않은 몸 상태였다. 전기자전거를 생각해 보았지만 무리하더라도 기존에 타던 자전거를 타기로 한다. 비상사태 발생 시 모든 것을 혼자 해결해야 한다는 부담감이 두려움으로 다가왔으나 미리 너무 많은 것을 걱정할 필요는 없다. 많은 생각은 한발 앞으로 발걸음을 내딛지 못하게 방해하기 때문이다.

아내에게 혼자 가겠노라고 종주 계획을 이야기한다. 불안스럽기 때문인지, 같이 있고 싶어서인지 같이 가겠다고 했다. 도착 예상 지점에 미리 차를 타고 가서 숙소와 저녁, 아침을 담당하겠다고 한다. 예기치 않은 배려에 고맙다는 말이 목까지 올라왔으나 애써 참고 말한다.

"힘들 텐데."

"혼자 보내면, 제대로 가고 있는지? 밥이나 챙겨 먹는지? 불안해서 더 걱정돼."

늘 옆에 있어 잊고 있었던 존재감이 갑자기 커진다. 누군가 옆에 있다는, 혼자가 아니라는 생각은 든든한 위안이 된다. 그래서 가족이다.

출발에 앞서 몸을 만들기 위해 연습을 따로 하지는 않았지만, 일주일에 서너 번은 40㎞ 정도 자전거를 탔다. 분당 집에서 한강까지 탄천 자전거길을 따라 왕복하곤 했다.

경험 중 가장 걱정되는 것은 넘어지는 것이다. 서너 번 넘어졌지만, 다행히 다친 곳은 없었다. 나이가 있기 때문

매주 두세 번 정도 집에서 한강까지 가서 강을 바라보고 돌아온 코스로 왕복 40㎞ 정도 거리다.

에 한 번 넘어지면 치명적이라는 것을 잘 알고 있었다. 그런 이유 때문에 포기하기엔 의욕이 너무 넘쳤다. 살면서 앞에는 많은 위험이 도사리고 있고 그것을 감수할 수밖에 없는 것이 삶이다.

출발 전 여행할 구간에 대한 정보 수집을 위해 인터넷을 뒤져 국토 종주 자전거길 지도, 인증센터 위치, 우회 도로, 숙소, 사전 준비물, 경험담, 유의 사항과 같은 유용한 정보를 수집하여 핸드폰에 저장했다. 인터넷으로 주문한 국토 종주 자전거길 여행 수첩도 도착했다. 정보를 참고하여 꼭 필요한 준비물을 챙겼다.

장거리 여행 시 배낭을 가볍게 하고 되도록 자전거에 부착하라는 팁에 따라 가능한 한 짐을 최소화했다. 그럴 수 있었던 것은 아내가 차를 가져가기 때문이다. 보급을 맡고 있는 아내와 연락 체계를 유지하기 위해 실시간으로 서로의 위치를 알 수 있는 '위치 공유 앱'을 다운로드했다. 이 앱의 인기를 예전엔 몰랐다. 학부모들 대부분이 아이들의 위치를 공유하

여 동선을 살핀다는 것도 처음 알았다. 그만큼 세태가 불안해졌다는 이야기다. 우리 어릴 때 아이들은 어두워지거나 밥때가 되면 자동으로 집에 돌아왔고 부모들은 애들 위치에 관심이 없었다. 방목한 셈이다. 다운로드한 '위치 공유 앱'을 나와 아내의 핸드폰에 설치하고 시험을 마쳤다.

아내는 일요 예배를 본 후 첫날 목적지인 양평으로 차를 가지고 가서 숙소를 잡겠다고 했다. 대신 아들이 출발점까지 픽업해 주기로 한다. 내일은 인천 서해갑문 출발, 아라 자전거길 21㎞, 한강 자전거길 56㎞, 남한강 자전거길 양평까지 30㎞를 지나 전체 107㎞를 달리는 것으로 계획한다. 예전에 구간 구간 다녀 본 곳이라 잘 아는 길이나 내 최고 기록은 70㎞ 정도다. 내일은 이 기록을 경신하는 날이다. 다녀 본 길이고, 첫날이라 더 갈 수 있으면 무리를 할 예정이다.

해 보지 않은 새로운 경험을 시도하는 것은 가슴 뛰는 일이다. 특히 나이 들어서는 더 그렇다. 마치 살아 있다는 것을 피부로 느낀다. 지금 느끼는 설렘이 내일 어떻게 변할지는 모르지만 지금 이 순간은 살아 있음을 절실하게 느끼는 밤이다.

🚲 바퀴는 굴러가고 강산은 다가온다

(한강: 인천 - 양평)

~~~

▶ **인천서해갑문 출발**
  아라 자전거길 21㎞
  한강 자전거길 56㎞
  남한강 자전거길 양평까지 30㎞

합계 107㎞

~~~

 '작심삼일'이란 말이 있다. 마음먹은 지 3일이 못 간다는 뜻이다. 달리 말하면 첫날은 대부분 계획대로 간다는 말이다. 그래서 무리한 계획을 세웠다. 거의 쉬지 않고 110㎞를 종주했다. 내 평생 최고 기록이다. 온몸이 쑤신다. 여의도를 지나서는 엉덩이가 아팠고 팔당대교를 넘어서는 허리가 아팠다. 양수리부터는 허벅지 근육통까지 생겼다. 몸 상태를 생각해서 당초 계획한 대로 양평에서 하루를 마무리하기로 한다. 양평 모텔에 도착해서 씻고 나니 10시가 넘었다. 거의 탈진 상태에서 글을 쓰려 하니 미칠 지경이다. 그런데도 기록을 남기기로 한다.

● **국토 종주의 출발점**

 어떤 일을 시작하며 이루어질 결과를 상상하는 것만으로도 행복해진다.

 행복은 멀리 있는 것이 아니다.

장거리를 고려하여 아침 일찍 출발하려 했다. 새벽에 눈을 뜨니 생각이 달라졌다. 서두르지 말고 여유 있게 가자는 생각에 다시 눈을 감는다. 푹 자고 출발 지점에 도착했을 때는 아침 10시가 넘어있었다. 출발점인 아라뱃길 정서진은, 동해안 일출로 유명한 정동진같이 많이 알려진 곳은 아니나 서해안 일몰로 알려져 있다. 얼마 전 아내와 아라뱃길 왕복 동반 라이딩 후 지켜본 일몰은 피곤함을 잊게 할 정도로 아름다웠다. 일몰을 바라보는 여학생들, 연인들, 몇 시간 전부터 좋은 포인트에 카메라를 설치해 놓고 해가 넘어가길 기다리는 사람들, 일몰 자체보다는 바라보는 그들의 감동 어린 얼굴과 입에서 나오는 탄성이 더 인상에 남았다.

시작하는 곳에 설치된 출발 아치와 자전거 인증센터, 기념 표지석이 국토 종주의 출발점이라는 것을 알려준다. 표지석 글귀를 읽어 본다.

"가자, 가자, 가자! 바퀴는 구르고 강산은 다가온다."

문구가 가슴으로 다가온다. 출발 전부터 가슴이 찡하다. 어느 누가 썼는지 전투력을 북돋운다. 드디어 출발점에 섰다.

출발 아치 탑에 서서.
반대편에서 보면 도착이다.
그래서 "시작과 끝은 하나다."
출발할 때 도착한 모습을 상상했다.

국토 종주 출발 아치에 서서 긴 호흡을 하며 630㎞ 떨어져 있는 부산 도착지를 생각한다. 살면서 새로운 경험의 출발점에 서면 언제나 흥분과 설렘으로 가슴이 뛰었다. 페달에 힘을 준다. 서서히 앞으로 나아간다. 하늘도 마치 여행의 시작을 축하해 주는 듯 파랗다.

● 교량 종합 전시장

모든 구조물이 그 자리에 무너지지 않고 서 있는 이유가 있다.

사람도 마찬가지다.

출발 후 앞으로 나아가다 좌회전한다. 시작을 축하해 주는 듯한 녹색 덩굴 터널을 지나며 분위기를 만끽한다. 그런 분위기도 잠깐, 길은 산업단지를 지나며 인도와 접한 일반 자전거 도로가 나타난다. 도로 상태도 굴곡이 많고 폭도 좁다. 방향 표지도 찾기 어렵다. 방향을 물어보고, 위치를 가늠하며 나아가 아라뱃길 자전거 전용도로에 들어선다. 시원하게 뻗은 자전거 전용도로를 따라 신나게 달린다. 아라뱃길의 옛 이름은 경인 운하다. 운하의 건설 목적은 홍수 방지 및 관광, 인천에서 한강까지 물류 이동이다.

이 지역은 우기에 빈번하게 침수되는 구역으로 고려, 조선 시대 때부터 배수를 위한 인공 방수로를 추진했었다. 그 흔적이 굴포천이라고 한다. 2009년 초에 아라뱃길로 이름이 바꾸고 착공하여 4년 뒤에 운하 건설을 완료하였다. 그 규모는 길이 18㎞, 너비 80m, 수심 6.3m이다. 면적으로 보면 어마어마한 크기의 긴 호수가 서울과 인천 사이에 있다고 할 수 있다. 그 주위에는 산책로와 자전거 도로, 다수의 쉼터가 있는 휴식 공간이 있어 주변 도시의 시민들은 물론 관광객까지 끌어들이고 있다.

산책하거나 자전거를 타는 사람들로 붐비는 일요일이다. 코로나의 영향을 전혀 받는 것 같지 않다. 여러 사람을 추월해 간다. 운하를 가로지르는 온갖 모양의 교량들이 모습을 뽐내고 있다. 폭이 80m인 운하를 넘어가는 교량의 다릿발 간격은 일반적으로 100m가 넘는다. 중간에 받침 없이 대형 차량과 심지어는 전철까지 통행시키는 교량 가설 방법을 상상해 보라.

대학 시절 인상 깊었던 전공과목인 '교량 공학' 첫 수업 시간이 생각난다. 교수는 슬라이드를 보여주며 학생들에게 질문한다.

"이 교량이 무너지지 않는 이유를 아는 사람?"

"……."

"하느님이 보우하사 무너지지 않을까요?"

"……."

"토목 기술자의 힘 때문입니다. 여러분은 이 시간부터 그 힘에 대해 배울 것입니다."

다릿발 간격이 100m 이상의 교량은 무너지지 않도록 고급 토목기술이 녹아 있고, 기술 발전에 따라 여러 가지 형식과 가설 방법이 있다. 아라뱃길에 놓인 16개의 교량은 경관을 고려한 창의성 있는 설계로 제각기 다른 규모, 모양과 형식을 가지고 있다. 그래서 교량 종합 전시장이다. 이 길은 운하에 반사되어 일렁이는 오색의 교량 조명 불빛을 보며 야간 라이딩을 하고 싶은 구간이기도 하다.

아라한강갑문 인증센터에 가기 위해 김포 화물 부두를 우회하여 시가지를 통과하는 불편함을 겪고 나서야 목적지에 도착하여 인증 도장을 찍는다. 주변은 쉬고 있는 라이더들로 복잡하다. 김포 방향, 인천 방향, 서울 방향에서 오는 자전거길이 만나는 합류점이기 때문이다. 이곳은 한강 자전거길의 시작점이며 아라 자전거길이 끝나는 곳이다.

자전거를 멈추고 뒤돌아본 방화대교. 한강을 활주로 삼아 비상 준비를 하는 비행기의 모습이다.

한강으로 들어선다. 자전거길을 따라 달리며 내가 몸담았던 회사에서 건설한 방화대교를 지나간다. 방화대교는 중앙부 다릿발 간격이 540m의 아치 트러스 교량으로, 인천 공항까지 연결되는 민자 고속도로 중에 일부다. 내가 모셨던 분이 당시 현장 소장이고 친한 동료가 공무팀장이라 건설 과정을 잘 알고 있는 교량이다.

자전거를 멈추고 바라본다. 설계 콘셉트와 같이 한강을 활주로 삼아 비상 준비를 하는 비행기의 모습이다. 건설 과정에서 있었던 수많은 문제를 해결하기 위해 흘린 땀과 열정, 수고는 어디로 가고 그 결과물인 교량만이 말없이 한강을 가로지르고 있다.

사람은 시간의 흐름을 따라 늙어 가고 결국은 사라진다. 남아 있는 것은 그들이 만든 구조물과 기록이다. 산증인인 그들도 은퇴했다. 이제 남은 것은 교량뿐이다. 다시 뒤돌아본 방화대교는 한강을 이륙하는 비행기의 모습으로 그 자리에 그대로 서 있었다.

● 진정한 애국은 무엇인가?

나도 모르겠다.

여의도 인증센터를 지나, 반포 잠수교를 건너, 강북 자전거 도로를 타고 뚝섬 인증센터에서 인증 도장을 찍는다. 역시 코로나가 무색하게 사람들로 붐빈다. 집안에 갇혀 있던 사람들이 쏟아져 나온 것 같다. 늦은 점심으로 벤치에 앉아 김밥을 먹으며 한강을 바라본다. 무역센터, 종합운동장, 123층 롯데타워가 한눈에 들어온다. 롯데타워는 건물들 사이에서 유난히 눈에 띄게 하늘로 우뚝 솟아 있다. 군계일학과 같이 당당한 모습이다. 이제는 초고층 빌딩으로 대한민국 발전의 상징물이 되어 관광객들이 들러 가는 필수코스가 되어 있다. 서울 어디에서나 볼 수 있어 현재위치와 방향을 알 수 있는 이정표가 되기도 한다.

건설 당시 첨단 기술로 설계되었지만, 타워 붕괴 위험, 주변 싱크 홀, 석촌호수 수위 저하 및 오염, 교통 문제, 환경 문제와 같은 온갖 반대 여론이 과장되어 언론과 입소문을 통해 난무했었다. 당시 TV를 보던 고교생

딸이 그 빌딩을 건설하는 회사에 다니는 내게 물었다.

"아빠, 저 빌딩이 무너지면 어느 방향으로 넘어져?"

"왜?"

"그쪽으로 가지 않으려고…."

이런 반대 여론을 마주하며 추진한 프로젝트였다. 앞에 놓인 문제들을 하나하나 해결해 나갔다.

우리나라는 모든 것을 사업자에게 떠넘기는 사업하기 어려운 나라다. 문제 해결을 위해 지자체가 요구하는 교통, 환경 시설을 설치하고 도로와 지하 시설물, 비행기 활주로까지 추가 비용을 투입해서 건설해 주며 5조 원에 가까운 비용을 투입하여 건설한 빌딩이다. 한 개 기업이 그 말 많은 4대강 사업 국가 예산 20조 원의 사 분의 일을 혼자서 투자한 것이다.

거액의 투자 유치를 받기 위해 정부나 지자체가 기반 시설 제공 및 세제 혜택과 같은 유인책으로 기업들의 구미를 자극하는 것이 일반적이다. 그러나 당시 완강한 반대 여론과 규제 때문에, 내부에서도 기업 이미지를 고려해 경제성이 없는 초고층 빌딩을 포기하지는 의견이 많았었다. 그런데도 우리나라 랜드마크를 만들겠다는 사업주의 의지를 꺾지 못했고 결국 완공되어 대한민국 경제발전의 상징물이 되었다.

같은 시기에 100층 이상 초고층 건물이 강남, 용산, 상암, 송도, 부산에 5개 정도 추진되었지만 10년이 지난 지금까지 사업을 접었거나 착공조차 못 하고 있다. 그 이유도 같은 문제일 것이다. 롯데타워가 마주했던, 여러 가지 명분과 문제를 내세운 반대 여론과 민원, 그리고 정부의 규제를 극복하지 못했기 때문이다. 극복한다 하더라도 초고층 빌딩이 건설되지 못한 가장 큰 이유는 공실률이 많고, 투입한 노력과 투자한 비용 대비

집 근처 영장산에서 바라본 서울 풍경. 롯데타워를 뺀 풍경을 상상해보라. 그래서 서울 랜드마크다.

경제성이 떨어지기 때문이다.

　사업하기 힘든 나라에서 수많은 규제를 묵묵히 극복해 나가며 경제를 세계 10위권으로 올려놓고 수많은 일자리를 제공하던 경제인들의 발목을 잡아당긴 그 말 많은 사람들은 어디에 있는가? 무슨 업적을 남겼고 또 무슨 책임을 졌는가?

　건설 당시 극심했던 반대 여론도, 주도했던 자들도 어디론가 사라졌다. 반대 여론으로 사업을 포기했었다면 롯데타워는 지금 그 자리에 없었을 것이다. 시간은 흐르고 그 고집스러운 사업주도 이제는 이 세상에 없다. 그가 만든 초고층 빌딩만이 대한민국 최고의 건축물로 남아 지금 눈앞에 우뚝 서 있다. 평화로운 풍경이다.

● 호반의 도시, 서울

모든 문제는 풀라고 있다. 답이 없는 문제는 없다.

해결되지 않는 문제는 풀려고 노력하지 않는 데 있다.

벤치에 한참을 앉아 있다가 갈 길을 생각하고 일어나 한강을 바라보며 달린다. 정서진에서 출발하여 지금까지 50㎞를 강만 보고 달려왔다. 이어지는 길도 서울 도심을 가로지르고 있는 한강을 따라 지나간다. 서울은 전 세계 어느 도시보다 아름다운 도시다. 그 이유는 도시가 산으로 둘러싸여 있고 오랜 역사와 현재가 공존하고 있다는 점 외에도 큰 강이 도시를 관통하여 흐르고 있다는 데 있다. 우리나라 지형은 동서 간 경사가 급해, 대부분의 하천이 건천이라 물 부족 국가다. 서울시는 한강 하구에 수중보를 설치해 인위적으로 물을 가두어 호반의 도시를 만들었다.

강변에는 산책로, 자전거 도로, 넓은 잔디 광장이 있고, 시민들이 쉴 수 있는 주차장을 겸비한 휴식 공간을 갖추었다. 드문드문 시민들이 이용할 수 있는 휴게 시설과 편의점, 선상 카페도 있다. 정적인 한강을 바라보는 것뿐만 아니라 강을 오가는 유람선을 타고 있는 사람, 수상스키하는 사람, 산책하거나 조깅하는 사람, 자전거 타는 사람과 같이 동적인 모습도 볼 수 있다.

이렇게 넓은 공간이 강 양안으로 길게 조성된 도시는 본 적이 없다. 야간에 강물에 반사되어 비치는 건물과 다리 조명 불빛은 아름다움의 극치이다. 서울 야경은 세계 최고라고 할 수 있다.

모든 것에는 양면성이 있다. 국가 정책도 마찬가지다. 다수를 위한 선택이라고 주장을 하지만 거기에도 그늘은 있다. 한강의 문제는 수질 개선이다. 환경 단체에서 한강 수중보 철거를 주장하는 가장 주된 이유는 수질 개선과 자연성 회복이다. 강 수질오염의 근원적인 문제는 수중보의 존재 여부보다는 유입 하천과 인근 도시에서 유입되는 오염수 때문이다. 한강은 유입 하천인 안양천, 중랑천, 양재천과 탄천의 오염수 처리로 유입 오염원을 처리 못 한 낙동강 하류에 비해 획기적으로 수질이 개선되었다.

4대강 보 역시 마찬가지다. 해마다 반복되는 가뭄과 홍수를 방지하고 상수도, 농업용수, 공업용수를 공급하며, 수변공간 설치로 주민 생활 환경과 관광 자원을 활성화하는 유용한 기능에 목적을 두고 건설되었다. 방류량을 늘려 수질 개선까지 계획하였으나 오히려 수질이 사회 문제가 되어 보 개방과 철거까지 결정될 정도로 여론이 악화되었다.

근원적인 문제인 유입 오염원을 해결하지 못했기 때문이다. 문제가 생겼다고 보의 유익한 선 기능 모두를 부정하는 철거, 해체는 답이 아니다. 4대강 보가 없었더라도 수질오염의 핵심은 유입 오염원에 있기 때문이다. 내가 환경부나 환경 단체에 소속되어 있다면 수질 개선을 위해 하수처리장 증설 및 유입 오염원 방지시설에 대한 정부의 지속적인 관심과 투자를 촉구하는 주장을 하겠다.

지금 세태는 너무 극단에 치우치는 경향이 있다. 중간이나 타협과 절충이 설 자리가 점점 없어지고 있다. 내 생각과 다르면 모든 것을 부정하는 이분법적 경향도 있다. 문제가 생기면 싸워서 승리하고 쟁취하는, 투쟁 일변도가 되어가고 있다. 때문에 세상이 점점 각박해져 간다.

모든 문제는 장점보다는 단점이 부각되기 때문에 발생한다. 해결 방법은 장점을 더 늘리고, 단점을 최소화하는 것이다. 그 핵심 방안은 타협과 절충에서 나온다. 필요조건은 상대 입장에 대한 이해와 내 것을 양보할 수 있는 용기다. 현 상태에서 과거 상태로 돌아갈 수는 없더라도 한 가지 확실한 것은 '모든 문제에는 답이 있다.'라는 것이다.

노들 섬 벤치에 앉아서 본 한강. 서울은 호반의 도시다.

올림픽대교를 타고 한강을 건너 광나루 인증센터로 향한다. 역시 사람들이 많다. 일요일 자전거길은 라이더들로 가득하다. 접촉 사고가 신경 쓰여 조심스럽게 달린다. 코로나 때문인지 자전거 타는 사람들이 예전에 비해 부쩍 늘었다. 이런 시대에는 자전거가 대세일 수밖에 없다. 자전거 길에는 속도가 느린 서울시 따릉이, 전동 킥보드, 인라인스케이트, 거기다가 아이들과 같이 자전거를 타는 사람들, 속도감을 즐기는 라이더들로 가득하다.

각기 다른 속도로 가는데도 사고가 나지 않는 이유는 서로 상대의 속도를 예측하고 달리기 때문이다. 사고가 나는 것도 같은 이유다. 예측을 벗어났기 때문이다. 자전거에는 깜빡이와 브레이크 등이 없다. 그 대안으로 통용되는 수신호는 있지만 많은 사람들이 모른다. 그래서 더욱 주의를 요한다.

한강이 없었으면 이 많은 사람들이 어디로 갈까 하는 생각으로 암사대교를 지나 아이유 언덕을 오른다. 출발 한지 70km 만에 첫 오르막이다.

예전에 자전거를 끌고 언덕을 걸어 올라가는 나를 추월해 자전거를 타고 올라가는 여성 라이더를 보고 자존심이 상했던 구간이다. 마음을 다지고 심호흡을 한 후 가속하여 올라가며 기어 변환을 한다. 길게 뻗은 삼단 오르막이 눈앞에 나타난다. 결국은 인내력 싸움이다. 가빠 오는 숨을 내쉬며 끝까지 올라간다.

언제나 그렇듯 오르막의 끝은 있고 그다음은 내리막의 시작이다. 내리지 않고 자전거를 타고 고개를 넘었다는 성취감으로 신나게 내리막을 달린다. 길은 미사리를 지나 팔당대교에 다다른다. 한강 자전거길이 끝나는 곳이다.

● 남한강 자전거길

창의성은 별것 아니다.

팔당 폐철도 노선을 포장해서 돈 안 들이고 자전거 도로를 만들었다. 그 결과 팔당호를 바라보며 달리는 우리나라 최고의 자전거 도로가 되었다. 이른 새벽, 호수에 내려앉은 물안개를 헤치며 그 노선을 달려 보라.

천국이 따로 없다.

양수리 구 철교 위 자전거 도로를 바라보며. 오른쪽이 신설 철교.

팔당에서 양평까지 구간은 철도 신설 노선이 건설되며 기존에 있던 폐노선을 자전거 도로로 만들었다. 오르막 경사가 거의 없고 주변 경관이 아름다워 초보 자전거 여행의 명소다. 팔당호를 따라가는 노선이라 풍광이 뛰어날 수밖에 없다. 아내가 자전거를 사고 첫 여행한 곳이기도 하다. 누가 기획하고 승인했는지 대단한 발상이다.

자전거 도로를 달리며 바라보는 팔당호는 환상적이다. 능내역에서 쉬며 차 한 잔을 할 수도 있다. 특히 더운 여름날에 터널을 달리는 그 시원함은 이루 말할 수 없다.

이 구간의 하이라이트는 양수리 북한강을 통과하는 철교다. 건너며 듣는 나무 데크 부딪히는 소리와 좌우로 보이는 호수 전망이 환상적이다. 건너편 쉼터에 앉아 커피 한잔 하면서 바라보는 풍경도 감동적이다.

내 최고 기록을 넘어선 양수리에서 양평까지 25㎞ 구간은 그야말로 철인 삼종 경기 같았다. 늦게 출발한 덕에 어둠이 내려앉으며 다리에서부터 엉덩이. 허리. 그리고 어깨, 목까지 온몸에 경련이 왔다.

양평에 도착했을 때는 완전히 어두워져 있었다. 더 달리고 싶었지만, 몸에 문제가 생길 것 같아 도착 예정지인 양평에서 국토 종주 1일 차를 끝내기로 한다. 인증 도장을 찍고 시가지 남한 강변 모텔로 이동한다. 아내와 인근 식당에서 저녁을 하며 오늘 하루 고생에 대한 보답으로 막걸리 한 병을 들이키며 기분 좋게 취한다.

1일 차 국토 종주를 하며 보았던 강을 가로지르는 교량들, 잘 정비된 하천, 하천제방과 철길에 만들어진 자전거 도로, 이 모든 것이 건설인들의 피와 땀이다. 그들에 대한 수고를 다시 생각해 보며 같은 건설업에 종사했다는 것에 자부심을 느꼈다. 내일은 내가 현역 시절, 설계와 건설 계획을 제안하는 일괄 경쟁입찰에서 실패했던 강천보를 방문할 예정이라 기대된다.

오늘 하루는 무척 힘든 하루였다. 뭔가를 해내었다는 성취감도 있었다. 살아 있다는 느낌을 생생하게 느낀 하루였다. 일정을 정리하다 보니 벌써 새벽 3시. 지금은 술이 다 깨어 맨정신으로 말한다.

"아름다운 밤이라고…."

🚲 가 보지 않은 길

▶ **남한강 자전거길**

양평- 이포 16㎞

이포- 여주 14㎞

여주- 강천 10㎞

강천- 비내섬 28㎞

합계 68㎞

또 야간에는 라이딩을 하지 않겠다는 금기를 깼다. 그렇게까지 하고 나서야 당초 계획했던 충주 인근까지는 갈 수 있었다. 늦어진 이유는 세 가지다.

'잠을 설쳤다.'

'천서리 막국수를 위해 너무 많은 것을 포기했다.'

'길을 여러 번 잃었다.'

밤늦게까지 그 대가를 치를 수밖에 없었다. 오늘은 가 보지 않은 길을 갔다.

환경이 갑자기 바뀐 탓일까? 가끔 자신의 행동에 본인이 놀랄 때가 있다. 어제가 그랬다. 장거리 여행 후 새벽 3시까지 글을 쓰느라 잠을 설쳤다. 피곤해서 자리에 누우면 금방 곯아떨어질 줄 알았는데 정신이 말똥말똥하다. 이리저리 뒤척이다 날이 밝았다. 잠을 잔 것 같기도 하고 안 잔 것 같기도 한 애매모호한 상태이다. 덕분에 출발이 늦어서 아침 10시가 넘어서 숙소를 나선다.

남한강 옆으로 길게 조성된 자전거 도로를 따라 강을 바라보며 달린다. 아침 공기도 상쾌하다. 월요일 늦은 아침이라 시가지인데도 사람이 없다. 도로 전체를 전세 낸 기분이다. 피로감도 말끔하게 사라졌다. 어제는 가 본 적이 있어 익숙한 길이었으나 오늘부터는 처음 가는 길이다.

가 보지 않은 길을 갈 때는 항상 가슴이 설렌다. 알지 못하는 것에 대한 기대와 호기심이 크기 때문이다. 아침에 눈을 뜰 때마다 앞에는 경험하지 못한 하루가 놓여 있다. 매일 그런 설렘으로 아침을 맞이할 수 있다면 얼마나 좋을까?

하루가 가면 또 하루가 온다. 지나가면 다시는 오지 않을 시간들을 너무 일상적으로 당연한 듯 그러려니 하고 살아온 것 같다. 그러고는 하루하루 늙어 간다. 오늘, 가 보지 않은 길을 향해 출발한다.

● 오르막의 끝

나락으로 한없이 떨어질 것 같은 벼랑도 끝은 있고, 그 끝은 새로 출발할 수 있는 시작점이다. 끝이 없을 것 같은 어둠 속에서도 새벽은 오고, 멈출 것 같지 않은 소나기도 시간이 지나면 멈춘다. 다만 약간의 시간이 필요할 뿐이다. 그 약간의 시간이 포기와 성공을 결정한다.

길게 남한강 강변을 따라 이어진 자전거길은 양평교를 지나 차도 쪽으로 올라가다 공원으로 들어선다. 갈산이다. 남한강이 보이는 전망 좋은 장소에 시민들의 휴식 공간을 정원같이 꾸며 놓았다. 눈 앞에 펼쳐진 그림 같은 풍경에 자전거를 세운다. 보이는 느낌 그대로 사진에 담을 수 없는 아쉬움을 마음속에 남기려 한참을 바라본다. 이런 아름다움은 혼자 보기 아깝다. 갑자기 같이 보고 싶은 사람들의 얼굴이 떠오른다. 가족이다. '혼자 보기는 아깝다'라는 말의 의미를 알 것 같다. 아내에게 갈산에 들러 풍경을 보고 오라고 전화한다.

양평 마라톤 혼용 도로. 인상적인 글 "나답게 달리자"

남한강을 바라보며 나아간다. 길은 아기자기하게 산책로를 꾸며 놓은 양평 생활체육 공원과 꽃동산, 게이트볼장이 있는 갈산 공원으로 이어진다. 산책로와 자전거길, 양평 마라톤코스를 겸용하는 길이다. 그만큼 경관이 아름답다. 매일 아침 눈을 뜨면 창으로 남한강에 비친 먼 산 그림자와 물안개가 보이는 이런 집에 살고 싶다는 생각이 가슴 깊은 곳에서 스멀스멀 올라온다. '얼마가 필요할까?'를 생각하며 제각기 다르게 꾸며 놓은 정원이 있는 집들을 바라보며 달린다.

길은 현덕교를 지나 양덕리 마을로 들어서며 이차선 포장도로 오르막을 따라간다. 후미개 고개다. 지나가는 차들을 의식하며 길게 이어진 오르막 고갯길을 오른다. 한강에서 지나쳐 왔던 아이유 고개와는 차원이 다르게 길게 이어져 있다. 숨은 가빠오고 땀은 비 오듯 쏟아진다. 정상은 보이질 않는다. 점점 힘들어진다. 달콤한 유혹들이 나름대로 합리적인 이유를 갖고 다가오기 시작한다.

"이 여행의 목적이 극기 훈련인가?"

"장거리 여행을 위해서는 체력 안배가 필요해!"

"나이를 생각해야지 젊은 사람이 아니잖아!"

경사는 점점 급해지고 다리에 경련이 온다. '유혹'의 설득력이 점점 높아져 간다. 결국은 설득되어 자전거에서 내려 끌고 올라간다. 육체적인 긴장이 사라진 반면 마음속에는 포기했다는 자괴감으로 가득 찬다. 건너편 언덕에서 한 쌍의 남녀가 자전거를 타고 쏜살같이 내려온다.

"저 친구들은 오르막을 타고 넘었을까?" 하는 의문이 올라가는 내내 머릿속을 맴돌았다. 정상 부근 완만한 오르막에서 자전거를 타고 힘을 내어 올라간다. 비록 걸어올라 왔으나 정상은 자전거를 타고 넘었다고 애써 위안한다.

"오르막의 끝은 내리막의 시작이다."

"끝이 없을 것 같은 오르막도 끝은 있다."

이 평범한 진리를 우리는 잊고 산다. 좌절하고 포기하지 말라는 이유이기도 하다. 앞이 보이지 않는 눈보라 속에서 조난당해 대피소를 혼신의 힘으로 찾던 사람이 대피소 5미터 앞에서 포기하고 탈진하여 얼어 죽었다는 일화도 있지 않은가. 성공은 포기하지 않는 자만이 누릴 수 있는 훈장이란 말도 있다. 나는 후미개 고개 정상을 자전거로 넘은 사람이다.

내리막은 오르막 수고의 보상 같았다. 인적 없는 2차선 아스팔트 도로를 쏜살같이 내려간다. 얼굴을 스쳐 지나가는 시원한 바람이 속도감을 더한다. 속도계에 빨간 불이 들어온다. 자전거를 타고나서 처음으로 느끼는 속도감이다. 커브 길에서는 속도를 줄이며 신나게 내리막을 즐기며 내려간다.

길은 개군 레포츠 공원을 한 바퀴 돌며 남한강을 따라 이포보 인증센

터로 향한다. 양평과 이포보 사이에는 오르막 끝에 내리막이 있는 후미
개 고개가 있다.

● 막국수 유감

가끔은 늦어지더라도 마음이 끌리는 일을 하며 가는 것도, 인생을 사는 한 방법이다.
뛰어가나, 걸어가나 목적지에 도착하기는 매한가지인 경우도 많이 있다. 또 지나고
나서 목표를 위해 포기했던 것들에 대해 후회할 때도 있다. 나이 들어서는 더욱 그렇
다. 목표가 인생의 전부가 아니라는 걸 알기 때문이다.

이포보에 도착하니 11시다. 아직 점심시간 전이다. 오면서 계속 마음을
사로잡고 있던, 천서리 막국수를 아내와 먹기로 한다. 막국수 집은 용문,
지평, 곡수, 대신을 지나가는 총 17㎞ 도로를 건설하며 가끔 다녔던 음식
점이다. 옛 기억은 다시 돌아가고픈 귀소 본능을 자극한다. 맛과 풍미가
실제보다 과다하게 포장되어 마음속에 남아 있다. 아마도 다시 맛보고 싶
었던 이유다.

아내에게 오라고 전화한다. 한 시간 정도 여유가 있다. 벤치에 앉아 이
포보를 바라본다. 나이 지긋한 라이더가 다가와 사진을 찍어 달라 부탁
한다. 공원의 장승과 솟대를 배경으로 사진을 찍어 준다. 상대도 사진을
찍어 준다. 그 단순한 동작 하나로 친밀감이 느껴진다. 오는 내내 느꼈던
외로움이 사라지며 대화로 이어진다.

"어디서 오셨어요?"

"부론에서 아침에 출발했지요. 양평까지 갑니다."

"저는 양평에서 왔는데, 부론까지 길 상태는 어떤가요?"

"특별히 어려운 구간은 없어요. 이 길은 경치가 좋아 가끔 다닙니다"라며 일어설 채비를 한다. 상대는 헬멧을 쓰고 자전거에 올라, 가던 길을 가 버린다. 멀어지는 그의 뒷모습을 바라본다. 혼자 가는 사람의 뒷모습은 한결같이 외롭고 쓸쓸하다. 묘한 느낌이 녹아 있다. 이 세상에 와서 살다 가는 모든 과정을 아무도 대신해 줄 수 없다는 쓸쓸한 느낌 같은 것 말이다.

쉼터에서 본 이포보 전경.

다시 자리에 돌아와 이포보를 바라본다. 설계 콘셉트 그대로 여주의 상징인 백로의 날개 위에 미래를 상징하는 알이 올려져 있는 형상이다. 단조로운 남한강 풍경에 포인트를 준 느낌이다.

아내가 올 시간에 맞춰 식당에 들어가 주문을 한다. 차려진 편육을 보니 막걸리 생각이 간절하다. 갈등이 생긴다. 앞으로 남은 거리가 65km나 한 잔의 유혹이 너무 크다. 마음이 시키는 대로 하기로 한다. 아내가 오기 전에 막걸리 한 사발을 미리 마셔 버린다. 아내가 왔다. 한바탕 소나기 같은 잔소리가 이어지다 이미 엎질러진 물인 걸 깨달았는지 조용해진다. 취기가 얼굴에 오른다. 술도 깨야 하고, 어제 잠을 설쳤다는 핑계로 아내 차 안에서 눈을 붙인다. 깨어 보니 또 한 시간이 지나 있다.

아내를 찾는다. 식당 휴게실 탁자에서 성경 필사에 몰두하고 있다. 평소와는 다른 모습으로 눈에 비친다. '함께'가 아닌 자기만의 세계를 가지고 있다는 것은 상대에게 존재감을 느끼게 한다. 그래서 부부간에도 각자의 영역과 생활이 필요하다. 아내는 집사에서 권사 임명을 앞두고 교회 일과 성경 공부에 열심이다. 사람은 진급이 필요하다. 자의든 타의든 발전하려고 노력하기 때문이다.

오늘 종착지인 비내섬에서 만나기로 하고 아내와 헤어져 여주보로 향한다. 주변에 조성된 담낭지구 공원, 대림 동산, 캠프장, 양촌지구 공원을 지나며 그 규모에 놀란다. 거대한 규모의 수변 공원과 산책로를 지나간다. 이 지역의 랜드마크다. 향후에도 더 많은 사람들이 이용하는 휴식 공간이 될 것이라는 생각이 들었다.

공도교 위에서 바라본 여주보 전경.

남한강을 바라보며 제방길을 달린다. 가끔씩 젊은 라이더들이 반갑다는 신호를 하며 스쳐 지나간다. 보 인근에는 어김없이 있는 수변 공원을 지나 여주보를 건넌다. 인증센터에서 지나온 보를 바라보며 땀을 식힌다. 여주보는 물시계인 자격루를 형상화했다고 한다. 크게 솟은 조형물은 해시계다. 아마도 세종대왕릉이 인근에 있어서 콘셉트를 그렇게 잡은 것 같다.

다음 인증센터인 강천보로 출발한다. 그놈 막국수 때문에 3시간 이상 지체되었다. 이로 인해 도착 시간이 늦어지며 그 결과를 예감한다. 이것역시 내가 자초해서 감수할 수밖에 없다는 것도 잘 알고 있다.

● 잘 아는 길

잘 알고 있다는 경험도 정답이 아닐 때가 많다. 확신에도 오류가 있다. 경험을 맹신해서 실패하는 경우가 생각보다 많이 있다. 시간이라는 변수를 간과했기 때문이다.

여주보에서 제방길을 따라 남한강을 바라보며 달린다. 멀리 시가지가 보인다. 여주시는 남한강을 따라 수변 공원이 잘 발달되어 있는 도시다.

이 지역은 이십 대 후반 초급 기술자 시절에 3년 정도 근무했던 곳이라 잘 아는 정감이 있는 도시다. 여주에서 문막까지 20㎞ 도로공사 현장근무를 했다. 주요 일과는 아침 일찍 작업반장들에게 하루 작업량을 지시하고 콘크리트, 철근 같은 자재 투입 물량과 건설 장비를 배정한다. 아침식사 후 전용 125cc 오토바이를 타고 전 구간을 돌며 계획대로 작업이 되고 있는지 확인을 한 다음, 작업 위치를 측량해 주는데 대부분의 시간을 보낸다. 저녁에는 계획대로 되었는지 확인을 하고 내일 작업 계획을 짜는 것으로 하루의 일과를 마무리한다.

당시 내가 관리하던 백여 명의 기능공들의 평균 나이는 50대였고, 사회 밑바닥을 경험한 거친 사람들도 많았다. 그런데도 어린 나이에 그들보다 우위에 설 수 있었던 것은 측량 또는 자재 배정이 늦어지거나 작업량을 조절하면 그들의 수입과 직결되기 때문이다. 다시 말하면 일종의 권력같은 것이다. 그런 권력을 행사하지는 않았지만, 서로 암묵적으로 의식하고 있었기 때문에 상하 서열은 확실했었다.

우리 사회가 자발적으로 돌아가는 것도 같은 이유인 것 같다. 그러나 권력 행사가 상식적인 보편타당성을 잃거나 무리하게 행사되었을 때 불만은 쌓이고 사소한 일에도 한순간에 폭발하는 것을 여러 번 보았다.

가장 견디기 힘들었던 것은 여주로 이사 온 처자식이 있는 직원들이 퇴근하고 난 저녁, 동네와 떨어진 가설 현장 사무소 숙소에 혼자 남겨지는 것이었다. 이십 대 후반 그 푸른 청춘이 현장 숙소에서 보내는 기나긴 밤을 상상해보라.

여주 시내 남한강 옆, 분위기는 좋은데 손님이 별로 없는 음악 카페를 알았다. 시골의 밤은 어두워지면 통행이 없고 정적만 감돈다. 거의 매일 밤, 텅 빈 도로를 전용 오토바이를 타고 이 삼십 분 거리에 있는 여주 시내로 속력을 내어 달린다. 오토바이의 속도감과 엔진 소리에 가슴이 뛴다. 시원한 바람이 얼굴을 때린다. 쌓였던 스트레스가 풀어진다.

시내 제방에 오토바이를 세우고 여주대교 가로등 불빛이 반사되어 물결에 일렁이는 남한강을 바라보며 담배 한 대를 피운 다음 카페에 들어선다. 자리에 앉아 커피를 마시며 나나 무스꾸리 곡을 신청한다. 어느 순간부터는 카페 문을 열고 들어서면 자동으로 나나 무스꾸리 곡으로 바뀐다. 손님이 많을 때도 내가 앉던 자리는 언제나 비어 있었다. 그 사이 VIP 가 되어 있었다. 거의 출근하다시피 갔다는 얘기다.

이 지역은 그렇듯 정감 있는 추억이 깃든 도시다. 차를 타고 지나간 적 은 많지만 직접 시내로 들어온 지는 30년이 넘었다.

여주 환경 사업소를 지나 영릉로와 만나는 시내 초입 삼거리에서 갑자 기 자전거길과 표지판이 없어졌다. 지나가는 행인에게 길을 묻는다. 가리 키는 방향을 따라가다 보니 남한강과 점점 멀어지는 기분이다. 길을 잘못 들어왔다. 시내를 관통해서 남한강 옆에 있는 시청 방향으로 가기로 하 고 시가지로 들어온다. 복잡한 시내에서 인도를 타고 가다 서다를 반복 한다. 지도 꺼내기가 귀찮아 행인에게 길을 물었고 여주를 잘 안다고 자 만했다. 잘 알고 있다는 확신도 정답이 아닐 때가 많다.

확신에도 오류가 있다. 확신을 맹신해서 실패하는 경우가 생각보다 많 이 있다. 그 죄로 복잡한 여주 시내를 관통하느라 30분 넘게 시간을 허 비했다. 시청을 지나 예전에 자주 갔던 카페를 찾아본다. 제방길은 도로 로 변했고, 카페가 있던 자리도 오피스텔과 다가구 주택으로 변해 있다. 시간이 흐르며 모든 것이 변해 버렸다. 이제 그 카페는 내 기억 속에만 남아 있고 그곳에서 보던 여주대교만 무심히 그 자리에 서 있었다.

초입에서 잃어버렸던 자전거 도로는 여주 시내와 접한 남한 강변을 따 라 이어져 있었다. 자전거를 들고 제방 도로를 내려가 자전거에 오른다.

● 신록사를 바라보며

아버지는 모두에게 큰 산과 같아, 자신보다 더 나이 어린 모습을 상상하기 힘들다. 나보다 이십 년 어린 아버지를 생각한다.

여주대교를 끝으로 급경사를 올라와 시가지 도로와 공원을 지나 다시 남한 강변 옆 자전거 도로로 들어선다. 강 건너 신륵사가 보인다. 돌아가신 아버님의 옛 기억이 떠올라 자전거를 세운다. 길옆 가게 야외 탁자에 앉아 커피를 마시며 강 건너편을 바라본다.

50년 전에 아버지는 장교로 전역하고 나서 연거푸 2번의 사업을 실패했다. 어머니가 하숙과 미장원을 하며 생계를 꾸려 가던 어느 날 가족 여행을 제안하셨다. 당시에 여행은 가본 적이 없었고, 그것이 당연시되는 먹고살기 힘든 시기였다.

아침 일찍 출발하여 버스를 여러 번 갈아타고 반나절이 되어서야 신륵사에 도착했다. 그때 삼층석탑 아래 바위에 앉아서 강 건너를 바라보았던 곳이 지금 내가 앉아 있는 이 자리다. 강 건너 그때 앉았던 바위를 바라본다. 당시 그대로의 모습이다. 단지 50년이라는 시간만 흘렀을 뿐이다. 시간조차도 개인이 체감하는 단위일 뿐 변한 것은 아무것도 없다.

그 당시 아버지보다 20년은 더 나이를 먹었다. 나보다 20년이 어린 아버지의 마음을 생각한다. 한마디 말로 모든 것이 알아서 움직이던 군대 조직을 떠나 두 번의 사업 실패를 하고, 무료함을 달래기 위해 하숙생들과 바둑을 두거나 아들 공작 숙제를 대신해 주었던 아버지가 왜 자식들과의 여행을 생각했을까?

신륵사 전경. 50년 전 정자 아래 바위에 앉아 강 건너 이곳을 바라보았었다.

이제는 이 세상에 계시지 않아 알 수가 없다. 다만 짐작만 할 뿐이다. 아마도 자식들을 보며 결심을 재확인했던 것 같다. 그 이후 아버지는 모든 것을 내려놓고 늦은 나이에 경리 학원에 다니며 공부해서 꽤 큰 회사에 입사하여 전무이사까지 승진하고 정년퇴직했다.

아버지의 생은 후대에게 기억만 남기고 사라졌지만, 그때와 공간을 같이 했던 신륵사는 언제 그런 일이 있었냐는 듯 그 자리를 그대로 지키고 있었다.

● 강천보에서

고슴도치 전략이란 말이 있다. 약하지만 밟으면 너도 상처 나게 해 주겠다는 배수진이다. 강자도 아프기 때문에 선뜻 나서기가 힘들다. 이것이 약자가 가진 힘이다. 더이상 잃을 게 없기 때문이다.

해 그림자가 길어지며 서둘러 일어나 강천보로 향한다. 이호대교를 지나자 멀리 강천보가 보인다. 한강문화관 앞 벤치에 앉아 강천보를 바라본다. 황포돛배를 상징하는 조형물이다. 다른 보에 비해 규모가 작아 보인다. 경제적인 설계를 했다는 것이 한눈에 나타난다.

당시의 일들을 회상한다. 강천보는 현직에 있을 때 담당 임원으로 입찰에 참여했던 공사다. 정부에서는 4대강 사업을 공사의 시급성과 창의성을 고려해 건설 회사에서 설계와 시공을 책임지는 일괄 경쟁입찰 공사로 발주했다. 당시 내가 담당하던 일괄입찰 전담 부서는 생긴 지 얼마 되지 않은 신생팀으로 업계에서는 거의 존재감이 없어 많은 수모를 받고 있었다. 우리 회사는 보 바로 아래 있는 4차선 국도인 이호대교를 건설했고, 보 상류의 강천섬이 당사가 건설한 여주 도로 현장의 골재 채취장이라 인근 지형과 관할 기관에 대해 잘 알고 있었기 때문에 강천보 입찰을 추진했었다.

어느 날 대구 달성보를 추진하던 업계 1위의 건설 회사가 욕심을 내어 강천보도 동시 추진한다는 소문이 나기 시작했다. 업계 최강 회사의 갑작스러운 참여에 예상 경쟁사들은 경쟁이 약한 곳으로 피해가고 당사만 남았다. 포기하기에는 사전 조사 비용이 선 투입되었고, 신생팀이라 피해 갈 곳도 없는 막다른 구석까지 몰려 있었다.

당시 일괄입찰 방식은 설계 점수와 가격 점수를 합산하여 평가하는 방식이었다. 설계 점수는 설계와 영업력에 의해 좌우되기 때문에 신생팀은 늘 한계에 부딪혔다. 경제성 있는 가격 점수로 승부를 보기로 했다. 경쟁 상대가 가격에 승부수를 걸면 경쟁에 이기기 위해서는 원가 손실을 감수해야 한다.

그 약점에 집중하기로 했다. 궁지에 몰린 쥐가 도리어 달려들 듯이 독하게 나가기로 했다. 한술 더 떠서 그 회사가 추진하던 달성보도 추가로 입찰 경쟁에 참여하기로 했다. 그 회사는 한 개를 더 욕심내다가 가지고 있던 것도 위태로운 상황이 되었다. 그냥 당하지만 않겠다는 일종의 고슴도치 전략이다.

국제 관계에서도, 약자가 힘의 논리에 항상 굴복만 할 것이 아니라 가끔은 행사해야 할 전략이다. 약하지만 밟으면 너도 상처 나게 해 주겠다는 배수진이다. 강자도 아프기 때문에 선뜻 나서기가 힘들다. 이것이 정치 논리에서 약자가 가진 힘이다. 더 이상 잃을 게 없기 때문이다.

'10대 건설사인 당사의 자존심 문제가 걸려 있다.'

'두 개를 동시 추진해 한 곳에 선택과 집중을 하면 승산은 있다.'

'업계 1위 회사를 향해 도전한다면 업계에서 위상이 몇 단계 급상승할 수 있다.'

'경쟁에 실패해도 동종 업계에서는 경계 대상이 되어 차후 공사에서 경쟁 우위에 설 수 있다.'

'공사 성격이 같으므로 한 개 프로젝트 추진비용으로 두 개를 동시에 추진하여 원가절감 하겠다.'

'투입비 만회를 위해 최선을 다하겠다.'

당시 신생 일괄입찰 수주 전담팀을 본 궤도에 올려놓고자 하는 경영진에게 브리핑한 설득 논리다. 그 논리는 받아들여져 입찰에 참여했으나 두 개 프로젝트 모두 실패했다.

그러나 얻은 것도 많았다. 이 프로젝트로 인해 업계에서 회사 위상이 급상승하여 차후 발주되는 프로젝트에서도 경쟁 우위에 설 수 있었다. 승률이 높은 회사에 컨소시엄 참여도 늘었고 어느새 업계에서 무시 못 하는 회사가 되어 있었다. 이러한 것들이 기반이 되어 이후 도로, 교량, 지하철, 고속도로 등 일괄입찰 프로젝트를 연속 수주하는 계기가 되었다.

이해타산이 극단적으로 상충될 때는 서로 가진 것을 양보하며 극한까지 가지 않고 최소한의 이익을 지키는 것이 세상의 이치다. 특히 정치나 국제 관계에서는 일반인이 알 수 없는 미묘한 많은 것들이 있다. 회사 일도 그렇다. 그런 강천보를 바라보며 감회에 젖는다.

자전거길은 강천보를 건너자마자 급경사 내리막으로 이어진다. 타고 내려갈까 하는 갈등에 아주 위험하다는 생각이 제동을 건다. 자전거에서 내려 걸어서 급경사 구간을 내려간다.

세상 이치가 그렇다. 올라갈 때 마주하는 위험들은 회복이 가능하다. 그러나 내려올 때는 치명적이다. 정상을 지나갔다는 성취감으로 긴장감이 흐트러지고 가속이 붙기 때문이다. 더욱 조심할 것은 회복할 시간이 거의 남아 있지 않다는 것이다. 군대 말년과 내리막이 시작될 때 특히 조심해야 하는 이유다.

다시 남한강을 따라 달린다. 길은 굴암 지구 공원을 지나 강천섬으로 내려간다. 눈에 익은 곳이다. 이곳은 예전부터 남한강이 굽어 흐르는 지역으로 바깥쪽은 물살이 빠른 데 비해 안쪽은 유속이 느려 모래 자갈이 퇴적되는 지형이다. 그래서 여주 도로 현장 골재 채취장으로 선정되었다.

일반적으로 도로공사는 흙을 쌓아 다지고 나서 3, 40cm 정도 모래 자갈을 깔고 다진 후 그 위에 아스팔트 포장을 한다. 모래 자갈을 포설, 다짐하는 것은 교통 하중을 분산하고 겨울에 배수가 잘되게 하여 동해를 방지하는 목적이다. 물이 고이면 팽창하여 지반이 약해지기 때문이다. 건설 용어로 보조기층, 동상방지층이라 한다. 그 재료가 모래 자갈이다. 강천섬은 30년 전 그 모래 자갈을 채취하던 곳이다.

강천섬 진입 도로에서 바라본 석양.

시간이 흘러 섬 전체에 잔디를 심고 산책로를 조성해 캠프장과 휴게 시설이 있는 수변 공원을 만들었다. 자전거길이 섬을 돌아 나오도록 조성했다. 그 결과 섬 전체가 휴식 공간이 되었다. 넓은 잔디밭에 세운 텐트 앞 간이 의자에 앉아 커피를 마시며 석양을 바라보는 남녀가 정겹다. 강천섬이 이렇게 변할 줄은 꿈에도 몰랐다.

나를 늙게 하고 나아가 자연까지 그 모든 것을 바꿔 버리는 시간의 힘을 새삼 느꼈다. 길을 따라 섬을 한 바퀴 돌아 나오며 옛 생각에 뒤돌아보니 해는 산기슭을 넘어가고 있었다.

● 야간 라이딩

어둠 속에서는 보이지 않아 예측과 판단이 어렵다. 돌발 변수가 생기면 대처가 늦어질 수밖에 없다. 그 핵심은 시야다. 시야란 시력이 미치는 범위를 말한다. 시야가 넓은 사람도 어둠 속에서는 속수무책이다.

강천섬을 돌아 나오자 길은 2차선 도로로 예전 여주 현장 사무소가 있던 강천면으로 이어진다. 영동고속도로 앞에서 우회전하여 언덕을 넘어간다. 고속도로와 나란히 섬강을 건너가는 오르막 교량을 힘주어 올라간다. 부론면으로 지방도를 타고 가던 중, 날이 어두워지기 시작한다. 오르막의 버거움과 어둠 때문에 자전거 전용도로로 이어지는 갈래 길을 놓치고 지나가 버렸다. 내친김에 차도로 부론면까지 가기로 한다.

밤에 차가 다니는 2차선 도로를 자전거로 달리는 것은 위험하다. 자전거를 세우고 후미등과 전조등을 달았다. 결국, 부론면까지 가서야 자전거길을 찾았다. 가로등과 잘 정비된 길을 편한 마음으로 달린다. 반면에 '어둠을 뚫고 목적지까지 갈 것인가?'에 대한 생각으로 머릿속이 복잡하다.

'출발할 때 야간 라이딩은 하지 않기로 결심했잖아.'

'그놈 막국수와 막걸리 때문에 이 지경까지 온 거야.'

'이왕 이렇게 된 것 근처 숙소를 알아보고 여기서 잘까?'

시골에는 어둠이 짙다. 칠흑 같다. 아직 목적지까지는 20㎞가 남아 있다. 갈등이 생긴다. 결국 아내가 기다리는 비내섬까지 가기로 한다. 부론면 남한강 대교를 지나 제방 자전거길로 진입하자 가로등이 끊기고 사방이 칠흑 같다. 오직 전조등이 비치는 3m 이내 만이 눈에 보인다. 자전거 속도 때문에 그조차도 눈 깜짝할 시간에 지나가 버린다.

좁은 시야와 빠른 속도 때문에 야간 라이딩은 위험하다. 장애물을 식별하고 대처하기가 어렵다. 전방에 나뭇가지나 조약돌이 놓여 있어도 접하는 순간 중심을 잃고 넘어진다. 달리는 속도가 있기 때문에 이 나이에는 치명적이다. 그래서 국토 종주 출발 전 야간에는 타지 않겠노라 자신과 다짐했었다.

칠흑 같은 어둠이 계속 이어진다. 사방을 둘러보아도 불빛은 보이지 않는다. 어둠과 정적만이 주위를 감싸고 있다. 그리고 혼자다. 외롭다. 피부로 느껴지는 어둠에 대한 공포감이 외로움을 덮어 버린다. 사방이 칠흑 같은 어둠 속에 홀로 버려진 느낌이다.

어둠에 대한 두려움은 곤경에서 벗어나고자 하는 지극히 현실적인 생각으로 바뀐다. 이 외진 어둠 속에서 사고가 나서 다치면 방법이 없다. 속도를 줄인다. 그렇게 20분 정도 지나니, 이젠 되돌아갈 수도 없다는 생각에 겁이 덜컥 난다. 어둠 속에서 '만약'이라는 걱정에 공포감이 배가 된다.

얼마 전 탄천 길 야간 라이딩 중 갑자기 검은 물체가 길로 튀어나왔다. 속도 때문에 피하기는 늦었다. 그 짧은 시간에 '브레이크를 잡고 넘어질 것인가?' 갈등하다 지나갔다. 깨갱 소리와 함께 물컹하는 감각이 자전거를 통해 전해진다. 개라는 생각이 들었다. 다행히 중심을 잃고 넘어지지는 않았다. 자전거를 세우고 되돌아가 보니 개도 주인도 없다. 뒤따라오던 라이더가 오소리인 것 같다고 해서 안도의 한숨을 쉬었던 일이 생각났다.

갑자기 야생 동물이 숲에서 튀어나올 것 같은 두려움에 속도를 더욱 줄인다. 그나마 아내와 위치 공유를 한 것이 위안이다. 도움이 될지는 모르지만, 누군가 나를 지켜보고 있는 것만으로도 큰 힘이 된다.

제방길 오르막을 오르자 갑자기 2차선 도로가 나타났다. 공포심은 줄어들었지만 난감한 일이 발생했다. 후미등 배터리가 방전된 것이다. 어두운 야간 도로에서 후미등은 필수다. 입고 있는 옷마저 식별이 어려운 검은색이다. '뒤에 오는 차량들이 나를 못 보고 지나치면?' 불길한 상상이 머릿속을 맴돌며 불안감을 키운다. 아직 10㎞가 더 남았다. 위험을 감수하고 갈 것인가? 갈등 끝에 아내에게 운전해서 데리러 오라고 전화한다. 야밤에 길치라 못 찾아가겠다고 전화가 왔다. 도움이 되질 않는다. 어쩔 수 없이 위험을 무릅쓰고 아내가 있는 비내섬까지 가기로 결심한다.

사람이 위험에 빠졌을 때는 오직 위기를 벗어나야 한다는 일념뿐이다. 오르막 내리막으로 이어지는 도로를 최고 속도로 달린다. 차가 올 때는 속도를 줄여 길옆으로 바짝 붙여서 가기를 반복한다. 어둠과 긴장 탓에 비내섬 자전거 인증센터를 보지 못하고 스쳐 지나가 조대 슈퍼 삼거리에서 아내에게 전화를 건다. 아내는 마땅한 숙소를 찾지 못하고 있었다. 배도 고프고 거의 탈진 상태다. 눈앞에 펜션 안내판이 보인다. 아내에 그리로 오라하고 숙소를 잡는다.

모든 결과에는 원인이 있다. 잠을 설쳤다는 이유로 늦게 일어나거나, 막국수를 위해 의도적으로 한 시간 이상 지체하고, 욕구 충족을 위해 술을 마신다거나, 예전 추억에 사로잡혀 쉬는 시간이 길어지는 여러 이유가 각각 또는 복합된 원인이 되어 결과로 나타났다. 원인 행위를 하면서도 어렴풋이 그 행위의 결과를 예측할 수도 있었다. 오늘이 그랬다. 가 보지 않은 길을 가며 마음이 시키는 대로 하다 야간에 곤혹스러운 대가를 치렀으나 그 덕분에 새로운 경험을 하고 의미 있는 하루를 보냈다.

이미 가보았던 길과는 달리 무엇이 나올까? 하는 기대와 실패, 난관을 거치면서 좌충우돌하는 가운데 경험들이 차곡차곡 쌓였다. 또 추억이 서린 곳을 지나가며 까맣게 잊고 있었던 기억들이 스멀스멀 되살아나 회한에 잠기는 호사를 누린 하루였다.

🚲 탄금호를 지나가며

▶ **남한강 자전거길**
비내섬– 목행교 30㎞
목행교– 탄금대 6㎞

▶ **세재 자전거길**
탄금대– 수안보 28㎞

합계 64㎞(차량으로 충주댐 방문)

여행을 마치고 씻고 저녁을 먹고 나면 밤늦은 시간이다. 그때부터 하루 일과를 기록으로 남기다 보니 자정을 넘어 새벽에 잠든다. 그 여파로 아침 출발이 늦어지고 저녁 늦게 도착하게 된다.

악순환의 연속이다. 3일 차에 들어서며 피로가 쌓이기 시작한다. 하루하루 변수가 많아 써야 할 분량이 계속 밀리고 있다. 어제의 느낌은 오늘 느꼈던 느낌과 뒤섞여 퇴색된다. 하루 치 밀렸다는 마음이 부담으로 다가온다. 애당초 여행과 글쓰기를 동시에 하겠다는 생각이 무리였던 것 같다. 그러나 느낌은 시간이 지나면서 무뎌지므로 그날 쓰는 것이 맞다.

출발할 때부터 그날그날 기록으로 남기겠다고 자신과 약속을 했다. 너무 무리한 계획임을 뼈저리게 느낀다. 그것이 족쇄가 되어 하루가 길어진다.

● 비내섬은 유원지다

『처음처럼』은 기구한 삶을 살았던 학자 신영복 교수의 수필집 제목이다. 또 롯데 주조에서 생산한 희석식 소주 이름이다. 라벨 글씨는 신영복 교수가 썼다. '처음처럼'이란 느낌은 기대와 설렘이다.

비내섬은 처음 들어보는 섬이다. 유원지라 해서 숙소와 위락 시설들이 많은 줄 알았다. 숙박하기 적당한 장소라고 생각해서 아내에게 숙소를 잡으라고 했다. 아내는 밤에 도착해서 마땅한 숙소를 못 찾고 있었다. 인근에 앙성 온천이 있는데 코로나 때문에 문 닫은 곳이 많았고 그나마 있는 곳은 마음에 들지 않는다고 했다. 비내섬 인근에 펜션을 잡았다. 손님이 우리 둘뿐이다.

비내섬은 라이더들에게 인증센터가 있는 곳으로 더 알려져 있다. 전날 밤늦게 그 옆을 지나치며 어둠 때문에 못 보고 2㎞를 더 갔다. 아침부터 어제 지나친 곳에 다시 가서 인증 도장을 찍고 되돌아와 오는 여정을 시작한다. 왕복 4㎞다.

힘들여 온 길을 돌아가서 다시 되돌아오는 것은 같은 일을 반복하는 것 같아 정말 싫다. 시간을 다시 투자하며 같은 일을 반복하는 것보다 허탈한 것은 없다. 학창 시절 재수할 때 기분이다. 처음 갈 때 느끼는 기분과 무언가 잘못되어 다시 가서 되돌아오는 느낌은 확연히 다르다. 누군가에게는 뭔가 더 깊은 느낌을 받을 수도 있겠으나 지루함이 더 크다. 설렘과 기대가 없기 때문이다. '설렘과 기대', '처음처럼?'이란 문장이 가슴에 다가오는 것도 같은 이유다.

"매일 다가오는 아침을 그런 마음으로 맞이할 수 있다면 얼마나 좋을까?"

그렇게 사는 방법 중 확실한 한 가지는 여행이다.

어젯밤 어둠과 공포감 때문에 보지 못 하고 스쳐 지나간 인증센터에 되돌아와서 본 비내섬은 갈대숲이 있는 황량한 벌판이다. 인위적인 시설이 없는 자연 그대로의 갈대 군락지다. 그래서 전쟁 장면의 배경으로 인기 있는 영화 촬영지라고 한다. 옆에는 사랑의 불시착, 서부전선, 제왕의 딸 수백향, 정도전, 광개토대왕, 근초고왕에 더해 다수를 찍었다는 영화와 드라마 안내 홍보 간판이 서 있다. 요즘은 〈사랑의 불시착〉 비무장지대 장면을 여기서 찍은 영향으로 관광객이 조금 있다고 한다. 그러나 사진을 찍고 있는 사람들은 대부분 라이더들이다. 젊은 연인 라이더가 사진을 찍어 달라고 부탁한다. 포즈가 신선하고 다양하다. 청춘의 푸름이 묻어난다.

젊은 연인 라이더가 사진을 찍어 준 비내섬 안내 간판.

비내섬은 10월의 갈대숲이 장관이라 한다. 차는 들어가지 못하고 걸어 들어가 갈대숲을 보아야 한다. 때로는 모든 문명의 이기를 떠나 천천히 걸으며 자연을 즐기는 것도 진정한 휴식의 한 가지 방법이다. 그러니 유원지가 맞다. 유원지의 사전적인 의미는 '돌아다니며 구경하거나 놀기 위하여 여러 가지 설비를 갖춘 곳'이라고 한다. 하지만 한 가지 알아두어야 할 것은 '놀기 위한 설비'가 거의 없다는 것이다.

● 헤어짐의 끝

'회자정리 거자필반(會者定離 去者必返)'이라는 불교 용어가 있다. 만나는 사람은
반드시 헤어지게 되고, 떠난 자는 반드시 돌아온다는 뜻이다. 세상일의 덧없음을 의
미하기도 하지만 내가 생각하기에는 '있을 때 잘해'라는 말이다.

충주를 향해 출발한다. 어제 묶은 숙소를 지나 능암온천으로 넘어가는
조대 고개를 오른다. 이번에는 정상까지 자전거를 타고 고개를 넘겠다고
결심을 한다. 중간부터 숨이 턱턱 막혀 온다. 다리 근육이 굳어진다. 인
증센터에서 사진을 찍어 주었던 젊은 연인들이 길가에 멈춰 있다. 자전거
에 문제가 있는 것 같았다. 사진을 찍어 준 것도 인연이라고 도움을 주기
위해 자전거를 세운다.

실은 숨이 차서 멈춘 것도 하나의 이유다. 상대도 반가운지 아는 척을
한다. 자전거 상태를 유심히 본다. 내 능력 밖이다. 도움은 되지 않았지
만 관심을 가져주어 고맙다고 한다. 미안한 마음으로 혼자 출발한다. 도
움을 주기 위해 멈추었다고 생각하나 뭔가 찜찜하다. 그래도 자전거에서
내리지 않고 고개를 넘었다고 자부하며 내리막을 시원하게 내려온다.

능암온천을 지나 교차로에 표지판이 없어 지도를 보고 있는데, 아줌마
라이더들이 따라오라고 말하며 손짓한다. 뒤따라간다. 복잡한 도로를 지
나 거짓말같이 자전거 도로가 나타난다. 자매가 같이 자전거 여행을 하
고 있다고 한다. '서방 밥은 누가 차려 주지?' 궁금해 묻고 싶었으나 참고
추월해 간다.

남한강 제방 자전거길을 싫증이 날 정도로 타고 가다 오르막을 오르니
갑자기 지방도가 나오고 그 옆에 익숙한 휴게소가 보인다. 임페리얼cc에

골프 치러 다닐 때 가끔 점심 먹던 충주 조정지댐 옆 휴게소다. 잠시 쉬면서 지도를 보니 골프장 가는 도로를 겸용하게 되어 있다.

추월했던 아줌마 라이더들이 손을 흔들며 지나간다. 손을 흔들어 준다. 다시 출발하여 조정지 댐을 건너간다. 자주 다니던 익숙한 풍경이 눈에 스쳐 간다. 다른 점이 있다면 당시는 차를 타고 보았고 지금은 자전거를 타고 보는 풍경이다. 확 트인 시야로 느리게 가며 바람과 냄새, 소리를 음미하며 주변 풍경을 볼 수 있다는 것도 다른 점이다. 아는 길을 가니 마음이 편해지고 모르는 길에 대한 긴장감도 풀어진다.

임페리얼 골프장 입구를 지나니 오르막을 오르는 자매가 보인다. 가속해서 따라잡고 속도를 맞추며 인사를 한다.

"멀리 못 왔네요?"

"자주 보네요. 저희는 급한 게 없어 얘기도 하며 천천히 가요."

자기들 외에 이야기 상대가 있어 반가운 표정이다. 이런저런 얘기를 하다 참았던 질문을 한다.

"여행하시는 동안 서방님 밥은 누가 차려 줘요?"

"알아서 차려 먹고 출근해요"라며 의아한 눈초리로 쳐다본다. 민감하고 무례한 질문이라는 것을 깨닫고 갑자기 화제를 돌린다. 질문에는 '아내는 항상 밥을 차려 준다'라는 경험을 전제로 '내가 익숙한 환경이 정답이다'라는 것을 강요하는 의도가 숨어 있었다. 그에 대한 답변은 '부부에게도 각자의 생활과 공간이 필요하고 서로 그것을 인정하는 것이 정상이다'라는 느낌이 포함되어 있었다. '우문현답'이다.

대화에서 한 가지 배운 것은 '서로 다름을 인정하고 강요하지 말라'는 것이다. 오르막 정상에 오른다. 내리막이 가파르다.

"먼저 가세요, 우린 무서워서 천천히 갈게요."

"그럼 먼저 갑니다."

2차선 내리막 아스팔트 차도를 쏜살같이 내려간다. 남한강 건너편 요트 경기장이 보이는 길옆 벤치에 앉아 맞은편 경치를 바라보며 아내가 챙겨 준 점심으로 허기를 때운다.

자매가 인사하며 지나간다, 손을 흔들어 준다. 원포교를 건너 표지판을 따라 우회전하니 자매들이 꽃을 배경으로 사진을 찍고 있다. 내려서 사진을 찍어 준다. 꽃 뒤로 끝이 보이지 않는 배추밭이 펼쳐져 있다. 초록이 어우러져 푸른 초원을 연상시킬 정도로 환상적인 분위기다.

다음 목적지는 충주댐이라고 한다. 자매를 뒤로하고 먼저 출발하며 이젠 다시 만나지 못할 것을 예감한다. 아내와 만나기로 한 목행교를 향해 페달에 힘을 준다. 남한강 탄금호 수변을 따라 자전거를 타고 보는 풍경은 차를 타고서는 느낄 수 없는 깊은 아름다움이 있다. 길은 탄금호를 따라 조성된 도로로 이어진다. 목행교를 건너간다.

건너편에서 먼저 가 있던 아내가 반갑게 활짝 웃으며 자전거를 타고 건너오는 모습을 사진에 담는다. 사진을 찍으며 쉬는 동안 멀리 두 명의 라이더가 교량을 건너온다. 다가와 자전거를 세우고 인사를 한다. 아침에 만났던 젊은 연인들이었다.

"또 만났네요."

"자전거는 금방 고쳤나 보네."

"예. 지나가던 아저씨가 고쳐 주었어요."

목소리가 은쟁반에 옥구슬 굴러가듯 생기발랄하다. 그 분위기가 전해지며 기분이 좋아진다.

"조심해서 가요."

내 목소리도 톤이 높아진다. '옷깃만 스쳐도 겁의 인연이다'라는 말이 가슴에 와 닿는다. 있을 때 잘하라는 말은 틀린 말이 아니다.

● 겉모습의 이면

모든 것을 다 가졌다고 보았던, 애플의 창업자인 스티브 잡스가 죽음을 앞두고 스탠퍼드 졸업식에서 한 말이다.

"죽을 것이라는 사실을 기억한다면 무언가 잃을 것이 있다는 생각의 함정을 피할 수 있다. 당신은 잃을 것이 없으니 가슴이 시키는 대로 따르지 않을 이유도 없다."

충주댐과 탄금대 인증센터 갈림길인 목행교에서 아내를 만났다. 간 길을 되돌아오는 것이 싫어 편법을 쓰기로 했다. 충주댐 왕복 16㎞의 시간을 절약하기 위해 아내에게 차로 가서 충주댐 인증을 부탁한다. 탄금대 인증센터에서 만나기로 하고 인증 수첩과 사이버 인증을 위해 핸드폰을 아내에게 맡기고 탄금대로 향한다. 탄금호를 따라 아기자기하게 꾸며진 수변 공원 자전거 도로를 달린다. 꽤 많은 어르신들이 게이트볼을 즐긴다. 평일인데도 사람들로 붐빈다.

탄금대 인증센터는 생각보다 가까운 데 있었다. 너무 일찍 도착했다. 아내가 오기를 기다린다. 한참의 시간이 흘렀다. 아내는 오지 않고 핸드폰도 없고 그냥 기다리는 수밖에 달리 방법이 없었다.

어디쯤 오고 있는지? 길은 제대로 찾아오고 있는지? 답답하다. 늘 옆에 있어 잊고 지내던 핸드폰의 진가를 뼈저리게 느끼며 왔다 갔다 하고 있는데, 불편한 자세로 계속 안내도를 보고 있는 허름한 옷을 입은 어르신이 보인다. 모습은 낡은 검은색 작업 외투를 입은 노숙자 같아 다가가기가 망설여지는 모습이다. 다가가서 묻는다.

"어르신 어디를 찾으세요?"

"충주댐을 가려는데 어디가 어딘지 모르겠어."

안내도는 누구나 쉽게 찾을 수 있게 잘 표시되어 있었다. 지도를 볼 줄 모르고, 방향 감각도 모자란 분 같아 현재 위치와 충주댐 위치를 손으로 가리켰으나 이해하지 못하는 것 같았다. 내비가 안내하는 대로 여행을 하는데 손이 떨려 자전거 내비게이션에 목적지를 입력할 수 없고 방향도 몰라 계속 안내도를 보고 있었다고 한다. 이런 상태로 어떻게 여행하는지 궁금해졌다. 입력을 해 드리고 궁금해서 연세를 물었다. 74세다. 10년 후 내 나이다. 인근 종합 경기장 주차장에 3일째 탑차를 세워 놓고 전기자전거를 타고 근처 명승지를 유람 다닌다고 한다. 예전에는 아내와 함께 다녔는데 싫다 하여 혼자 다니고 있다고 했다.

'나도 10년 후에 그럴 수만 있어도 좋겠다'라고 생각하는 순간, 어르신은 예상하지 못했던 충격적인 사실을 아무렇지도 않게 말한다. 뇌경색으로 몸의 반쪽이 마비되었는데 많이 나아졌지만, 지팡이를 짚고 걸어야 하고, 지팡이 대용으로 자전거를 끌기도 하고 타기도 한다고 말한다. 한쪽 발로만 자전거를 탄다는 얘기다. 걸으면 한쪽 발이 지면에 끌려 신발 한쪽이 너무 빨리 닳아 가죽을 덧대어 직접 보수를 해서 신고 다닌다고 보여준다. 차는 한쪽 발과 한쪽 손으로 운전하고 방향 감각이 없어 내비게

이선을 보며 음성을 듣고 간다고 했다. 거기에다 귀에 보청기까지 끼고 있다. 3년째 그렇게 유람하고 있는데 아무런 사고도 없었다고 했다. 모르면 길은 물어 가면 되고, 불편한 것은 불편한 대로 방법이 있다고 했다. 힘이 들기는 해도 유람하는 것이 제일 즐겁다고 하며 밝게 웃는다. 그런 상태에서도 얼굴에는 그늘이 없다. 마치 어린아이처럼 천진난만하기까지 하다. 그동안 대화 상대가 없어 외로웠는지 약간의 추임새에 이야기가 끊임없이 이어진다. 살아온 이야기도 소설 같아 더 듣고 싶었지만 아내가 올 시간이라 서둘러 마무리한다.

"조심해서 가세요."

진심을 담아 인사를 한다. 자전거를 타고 멀어지는 뒷모습은 왠지 모르게 쓸쓸하고 불안했다. 겉으로 보이는 모습은 노숙자였지만 의지의 한국인이다. 전형적인 인간 승리의 모습이다. 그 연세에, 거의 불구의 몸으로 3년째 차에 자전거를 싣고 혼자 여행을 했다는 사실은 상식적으로는 이해가 되지 않는 기적이다. 그런 몸으로 사고 없이, 원하는 대로 할 수 있었다는 사실만으로도 우리가 살고 있는 이 세상은 살아볼 가치가 있는 곳이다.

가진 것을 모두 놓아 버렸을 때 진정으로 자유로워진다고 한다. "잃을 것이 없으면 가슴이 시키는 대로 할 수 있다"라는 말은 맞는 말이다.

내 70대의 로망이다. 나는 오늘 10년 후의 내 롤모델을 만났다. 겉으로 보이는 모습이 전부가 아니라는 사실도 알았다. 우리가 보는 모습들은 빙산(氷山)의 일각(一角)일 뿐이다.

● 수안보 가는 길

사람들은 모든 자연 현상을 설명할 수 있도록 단순화시킨 원리를 찾고, 모두에 적용

할 수 있도록 공식을 만든다. 이론적으로 공식화되지 않으면 그 규칙성을 관찰하여

실험식을 만들어내기도 한다. 심지어는 인문학과 융합하기까지도 한다. 인간의 욕심

과 성향을 관찰하여 수식이나 그래프로 만들기도 한다. 그러나 수치화되지 않는 것

들이 있다. 인간이 느끼는 감동과 행복이다.

탄금대 인증센터는 새재 자전거길 시작점이다. 충주댐 인증을 마치고
온 아내를 오늘 목적지인 수안보로 보내고 출발한다. 길은 충주 시가지를
지나 다시 수안보 방향 제방길로 이어진다. 탄금호를 건너가는 4차선 교
량이 보인다. 교량만 건너면 될 거리를 호수를 따라 충주댐 방향으로 15
㎞ 정도를 우회하여 온 것을 되돌아보고서야 안다. 덕분에 호수의 아름
다운 본모습 그대로를 볼 수 있었다.

교량을 가설하는 이유는 강을 따라 우회하는 시간과 노력, 현대에는
유류비까지 절약하기 위해서다. 계산기를 두드려 본다. 우회 거리 10㎞,
하루 차량 통행량이 만 대, 교량을 백 년 사용한다고 가정할 때 절약하
는 시간과 유류 양을 생각해 보라. 유류는 리터당 10㎞를 간다고 보면
단순 계산만 해도 **3억6천5백만 리터**가 절감되고

{10,000대/일×100년×365일×우회 거리 10㎞×(1L÷10㎞)},

시간은 시속 60㎞로 보면 **7천 년**이 절약된다.

{10,000대×100년×(365일×우회 거리 10㎞÷시속 60㎞÷24시간/일)÷
365일/년}

단순 계산이지만, 아름다운 경관은 제쳐놓고라도 무심코 보는 교량 하

나가 우리에게 주는 편익이 어느 정도인지? 왜 그 자리에 서 있는지? 알수 있다. 그러나 세상에는 수치나 가치로 평가할 수 없는 것들도 있다. 탄금호 자전거길이 그렇다.

수안보 가는 길은 긴 제방길을 벗어나 산 아래 강변을 타고 이어진다. 오후의 역광을 받아 숲과 강물이 밝게 빛난다. 숲이 만든 그늘을 따라 강변을 보며 달린다.

팔봉 글램핑장 앞 정자에 앉아 수주팔봉을 바라보며 쉰다. 달천으로 흘러드는 오가천의 물길이 가운데로 떨어지며 팔봉폭포를 이룬다. 경치가 수려하여 왕도 이곳을 방문했다는 이야기가 있다.

조선 철종 때 어느 날 왕이 꿈에 여덟 개 봉우리가 비치는 물가에 발을 담그고 노는데, 마치 한 폭의 그림 속으로 들어가 신선이 된 듯 그 꿈이 현실처럼 생생해 신하들에게 얘기했다.

"실제로 이런 곳이 있을까?"

"충주의 수주팔봉이 바로 그런 곳입니다"라는 이조판서의 말에 왕이 직접 충주까지 가서 배를 타고 수주팔봉 칼바위 아래 도착했다. 임금인 철종은 "과연 꿈에서 본 그곳이구나." 감탄하며 달천에 발을 담그고 놀았다고 한다. 지금도 왕이 도착한 나루터와 마을은 '어림포', '왕답 마을'로 불린다고 한다. 왕이 놀았다던 그곳을 산책해보고 싶었으나 마음을 접고 아내가 기다리는 수안보를 향해 출발한다.

굽이굽이 이어지는 길을 지나 문강 온천 쉼터에 앉아 쉬며 목을 축인다. 온천에서 출발하자마자 긴 오르막길이 보인다. 오르다 가파른 곳에서 내려 걸어서 고개를 넘는다. 먼 길을 오느라 지쳤다.

충주에서 수안보 가는 길에 역광을 받아 빛나는 수풀.

정자에 앉아 바라본 수주팔봉.

마지막 힘을 모아 아내가 잡아 놓은 리조트에 도착한다. 피로를 풀기 위해 온천탕으로 간다. 평일에다 코로나 때문인지 사람이 별로 없다. 실내 탕에는 한두 명이 거리를 두고 앉아 있다. 있는 사람들조차 서로 눈치를 보며 떨어져 앉는다. 온천탕도 실외를 많이 사용한다. 사우나는 밀폐된 공간이라 그런지 텅 비어 있다. 코로나가 바꾼 풍경이다. '거리 두기' 하루에도 수십 번 보고 들어 익숙한 말이다. 그러나 냉정히 생각해 보면 이 말은 아주 잔인한 말이다.

사람이 사람을 거부하게 만든다. 인간 사회의 기본 틀을 흔들어 놓고, '죽음'이라는 명분으로 사람들에게 강요한다. 현대 의학이 고도로 발달한 시대에 이런 세상이 올 줄은 상상도 못 했다. 이런 시기에 국토 종주 자전거 여행을 하게 될 줄도 몰랐다.

3일 차 여정에서 푸르른 청춘을 보면서 흐뭇했고, 즐거운 아줌마 자매 라이더를 보며 외롭지 않았다. 가장 인상 깊었던 일은 의지의 한국인을 만난 것이다. 불구의 몸을 있는 그대로 인정하고, 본인 하고 싶은 것을 하고 있는 그 밝은 모습을 보며, 나의 나머지 여정도 그렇게 가자고 다짐해 본다. 오늘도 처음처럼 새로운 이야기를 남기며 지나간다.

🚲 이화령 정상에서

▶ **세제 자전거길**
수안보- 이화령휴게소 19㎞
이화령휴게소- 문경 불정역 22㎞
불정역- 상주 상풍교 31㎞

합계 72㎞(난구간: 소조령 고개, 이화령 고개)

▶ **문경 불정역에서 수안보 숙소까지 차로 이동**

오늘 종주 거리는 40㎞ 정도밖에 되지 않는다. 업다운이 없는 평지라면 2시간 거리다. 그러나 국토 종주의 최대 난관인 소조령과 이화령이 도사리고 있다. 여기까지 오면서 드문드문 오르막 고개를 경험했지만 예전과는 차원이 다르다는 것을 안다. 새도 날아서 넘기 힘든 고개라서 조령이 불리는 문경새재를 넘어가는 것이다.

● **늘 옆에 있었던 것을 찾아서**

"인간은 한 일을 후회하기보다는 하지 않은 일에 더 많이 후회한다." - 토머스 길로비치

그가 말했다. 사람들은 행동하기 전에 그 결과를 자기 멋대로 상상해서, 실행에 옮기기를 주저하다 시간만 흘려보내는 경우가 많다고 한다.

출발 준비 끝냈다. 자전거를 끌고 현관을 나가려 하니 뭔가 허전하다.

자전거 보디에 달려있어야 할 물통 없다. 난감해진다. 더구나 아내가 사준 물통이다. 언제나 그 자리에 있어 잊고 지냈는데 막상 그 자리에 없으니 존재감이 부각된다. 없어서는 안 될 필수품이라는 것을 그제야 절실하게 느낀다.

인간관계도 마찬가지다. 특히 가족관계가 그렇다. 늘 같이 있어 당연시생각했는데 여행을 가거나 결혼을 해서 집을 떠나면 그 빈자리가 얼마나 큰지 새삼 느낀다. 그제야 허전함과 빈 공간의 크기를 느끼며 무심했던 자신의 처신을 후회한다. 물건도 자주 사용하거나 꼭 필요한 것일수록 더욱 그렇다.

그냥 출발할까 생각하니 아쉽다. 새로 사려 하니 너무 익숙해져 있다. 계속 미련이 남는다. 기억을 더듬어 본다. 수안보 구간 마지막 오르막 시작점인 문강 온천에서 물 마신 기억이 난다. 거기다가 놓아두고 온 것이 틀림없다. 다시 가도 그 자리에 있을 확률은 없다. 누군가 집어 갔거나 청소부가 버렸을 확률이 높다. 그렇게 생각하니 가기가 싫어진다. 그러나 미련이 남는다.

갈등이 생길 때는 힘들어도 마음이 끌리는 대로 하는 것이 좋다. 실패해도 최선을 다했기 때문에 후회는 남기지 않기 때문이다. 두고두고 후회를 남기지 않기로 했다. 돌아가서 확인이나 해보고 없으면 잊어버리려 마음먹고 아내 차를 운전하여 어제 지나왔던 문강 온천으로 차를 운전한다. 주차장에 차를 대며 어제 앉았던 자리를 스캔한다.

멀리 그 자리에 그대로 놓여 있는 물병! 감격한다. 사람이 아닌 물건에 이런 감정을 느낀 적은 거의 없었던 것 같다. 찾아서 온천 리조트로 돌아오니 아내가 손뼉을 친다.

물병의 가치가 이렇게 컸는지 예전에는 몰랐었다. 우리는 지레짐작하고 너무 쉽게 포기한다. 최소한 한 발 더 내디뎌 '짐작'에 대한 확인은 해야 한다. 그래야 후회가 없다.

● 이화령 정상에서 모두 만났다

'정상'이란 '산 따위의 맨 꼭대기 또는 그 이상 더없는 최고의 상태'를 말한다. '정상' 을 생각하면 '마지막'이란 단어가 떠오른다. '시간과 순서의 맨 끝'이란 말이다.

물병에 물을 채우고 리조트를 나와 수안보 시내에 있는 인증센터에서 인증 도장을 찍고 다시 출발한다. 시내를 통과하여 2차선 도로인 수안보로를 따라 길게 뻗어 있는 오르막을 오른다. 정상에 가까이 갈수록 숨이 턱턱 막혀 온다. 시작부터 땀으로 젖어 있다.

오늘의 난 구간인 소조령과 이화령 고개를 앞에 두고 시작부터 힘을 뺄 필요가 있을까? 하는 의문이 점점 강렬해진다. 조용히 내려 자전거를 끌고 정상을 향해 올라간다. 차가 거의 없는 도로의 내리막은 노면 상태가 좋아 부딪치는 바람과 속도감을 온몸으로 느낀다.

길 상태가 엉망인 마을 길을 지나가니 소조령 입구가 보인다. 시작부터 경사가 장난이 아니다. 긴장한다. 3번 국도 아래를 관통하는 지하 통로를 지나 호흡을 가다듬고 가속하여 입구부터 가파르게 시작되는 소조령을 오른다. 힘닿는 데까지 자전거로 올라간다.

급경사 오르막에서는 체력과 기술의 한계를 느끼며 내려서 자전거를 끌고 걸어 올라간다. 완경사의 오르막은 자전거를 타고 올라가길 반복하다

중간 쉼터에서 쉬고 있는데, 어떤 라이더가 힘겹게 산악자전거를 타고 언덕을 오른다. 격려의 표시로 엄지를 치켜드니 자전거를 멈추고 다가온다.

"힘들죠?"

"안 쉬고 정상까지 가려 했는데…"

나 때문에 쉰다는 뉘앙스다. 헬멧을 벗고 고글을 벗으니 나이가 있다. 대구에서 왔고 인천부터 부산까지 국토 종주 중으로, 오면서 북한강 길을 미리 다녀오는 길이라 한다. 나이는 67세다.

자전거에 관심을 보이자 오르막에서는 산악자전거가 로드 자전거보다 힘이 덜 들고 특히 허리가 편하다고 했다. 포기하지 않으면 정상까지 내리지 않고 올라갈 수 있다고 말한다. 기어가 27단이기 때문에 힘과 인내로 가능할 것 같은 생각이 든다. 산악자전거로 바꾸고 싶은 마음이 가슴속을 가득 채운다. 18단 기어인 내 로드 자전거로 급경사 오르막을 오르기 위해서는 리듬을 타는 기술이 필요하다. 나는 초보자로 오르막을 힘으로 오르기 때문에 인내로는 한계가 있었다.

산악자전거 라이더를 먼저 보내고 있는 힘을 짜내어 오르막 소조령 고개를 넘는다. 긴 내리막 2차선 도로를 내달리니 오르막의 수고를 보상받는 기분이다. 속도계에 빨간 불이 들어온다. 속력을 내어 달려도 먼저 출발한 라이더는 보이질 않는다.

평지 도로로 내려오자 길은 다시 3번 국도를 따라 이어지다 행촌 교차로에서 이화령으로 진입한다. 새재 자전거길의 마지막 관문인 이화령이다. 먼저 간 산악자전거 라이더도 이 고개를 넘기 위해 무거운 짐을 대구 집에 소포로 보냈다던 그 이화령이다. 시작점부터 고개 정상까지 5㎞다.

오르막 경사를 보면 마음이 약해질까 두려워 땅만 보고 중턱까지 겨우 올라간다. 앞에 젊은 친구가 자전거를 끌고 올라가는 모습이 보인다. '나는 타고 올라간다'는 자랑스러움에 남은 힘을 다하여 젊은 친구를 뒤로하고 올라간다. 숨이 목까지 찬다. 다리 근육은 결리다 못해 터질 것 같다. 젊은 친구도 걸어 올라간다는 생각이 계속 떠오른다. 내 나이와 몸무게의 유혹에 다리 힘이 빠진다. 오르막 경사가 가파르게 일어나며 다가온다.

이제는 걸을 때가 되었다는 것을 느끼며 자전거를 멈추고 걷는다. 완만한 곳에서는 타고 경사가 급한 곳에서는 자전거를 끌고 올라가기를 반복한다.

예전에 이화령 정상 휴게소에서 괜찮은 식사를 했던 생각이 났다. 정상에 올라가는 시간 계산을 하고 리조트에 있는 아내에게 전화한다.

두 번째 쉼터부터는 드물게 걸어가는 사람들이 보였다. 세 번째 쉼터에서는 많은 사람들이 걸어 올라간다. 경사도 10%의 한계를 뛰어넘는 사람들은 많지 않은 것 같다. 그중 한 젊은 친구가 로드 자전거를 타고 가파른 언덕을 쏜살같이 올라온다. 힘으로 올라가는 나하고는 차원이 다르다. 체중을 싣고 리듬을 타며 페달링이 경쾌하다. 감탄하며 보내는 환호에 한 손으로 유유히 답하며 언덕을 올라간다. 여유 있는 프로의 모습이다. 거의 정상에 다다를 때쯤 많이 보던 차가 경적을 여러 번 울리며 지나간다. 아내 차다.

차를 이화령 정상 주차장에 세우고 100m 전까지 내려와서 사진을 찍는다. 사진 포즈를 취하기 위해 다시 힘을 내어 자전거를 타고 정상으로 오른다. 아내는 따라오며 계속 사진을 찍고 있다. 도착해서 인증 도장을 찍을 때는 온몸이 땀으로 젖어 있었다.

이화령 정상에서 올라온 도로를 되돌아보며.

이화령 정상에서 모두 만났다. 소조령에서 만났던 라이더, 걸어 올라가던 젊은 친구, 프로 선수같이 날아 올라갔던 친구 모두를 만났다. 나를 앞서가던 친구들도 정상에서 다 만났다. 더 가고 싶어도 더 이상 갈 수 없는 곳이 있다. 그곳이 정상이다.

온 힘을 쏟아부어 쉬지 않고 오르거나 쉬엄쉬엄 쉬어 가며 오르거나 정상에 오른 것은 같다. 다만 빨랐는가, 늦었는가의 차이밖에 없다. 그 차이조차 큰 의미가 없는 경우도 많다.

'인생 뭐 있어, 다 거기서 거기지'라는 말이 있다. 인기, 지식, 미모. 능력. 재산과 같이 인생에서 중요하게 생각되었던 것들이 나이가 들어가면서 평준화되어 간다는 뜻이다. 결국, 마지막에서는 앞서간다는 것까지도 아무런 의미가 없는 것들이다. 이화령 정상이 그랬다.

● 위험은 보이지 않는 곳에 있다

잘 아는 길은 어디가 위험한지 알고 있어 예측이 가능하다. 모르는 길, 처음 가는 길
은 예측이 되지 않아 위험이 보이지 않는다. 대처가 늦어질 수밖에 없다. 신참들이 사
고가 많이 나는 이유다.

이화령 휴게소는 코로나 영향인지 썰렁하다. 기본적인 단품 외에 식사
가 되지 않는다. 산 정상에서 가을 풍경을 보며 분위기 있게 아내와 식사
하려고 전화한 것을 후회한다. 간단하게 점심을 해결하고 불정역에서 만
나기로 하고 헤어진다.

이화령에서 내리막을 향해 출발하며
고생 끝이라 생각했는데
그때부터 위험 시작이었다.

앞으로는 신나는 내리막만 앞에 있다고 생각했는데 그게 아니었다. 경
사가 급하고 커브가 있어 위험하다. 브레이크에 힘을 준다. 그 상태로 한
참을 내려가니 손아귀가 얼얼하다. 급경사 구간을 지나고서야 경사와 커
브가 완만해져 내리막을 달리는 시원함을 느낄 수 있었다.

3번 국도변을 달리며 바라본 추수 전 평화로운 풍경.
곧이어 자동차 전용도로로 들어설 줄은 상상도 못 했다. 언제나 위험은 갑자기 온다.

하천을 건너 새재로를 타고 문경 방향으로 내려간다. 문화재 전수관 삼거리 앞에서 갑자기 표지판이 헷갈린다. 우회전하면 3번 국도 진입로이고 직진하면 문경 방향 4차선 도로다. 표지판도 자전거길도 없다.

그냥 직진해서 시내로 가기로 한다. 도로 오르막을 넘어 문경 시내로 들어온다. 시내를 통과한다. 시가지의 대로는 오가는 차들과 길가에 주차한 차들 때문에 위험하다. 소도로를 타고 하천을 따라 시내를 빠져나온다. 외곽 하천 옆으로 이어져 있는 자전거길 국토 종주 표지판을 찾았다.

푸근한 마음으로 길을 간다. 자전거길은 조령천을 따라 길게 이어진다. 3번 국도와 만나 횡단보도를 건너 좌회전하며 국도를 타고 간다. 자전거길 표지판이 보이지 않아 계속 3번 국도 갓길을 이용한다.

갑자기 도로 옆에 긴 방음벽이 나타나며 갓길이 좁아진다. 불안해진다. 표지판을 보니 자동차 전용도로에 들어와 있다. 공간이 좁아 자전거를 돌려 되돌아가기도 힘들고 또 되돌아가기엔 너무 멀리 왔다. '진퇴양난'이다. 방법이 없어 계속 가기로 한다. 들어올 수 없는 자기들 영역을 침범했다는 듯이 화물차들이 경적을 울리며 바로 옆을 쌩쌩 지나간다. 옆을 지나가는 차가 일으키는 바람에 자전거가 흔들린다. 옆을 가로막은 방음벽 때문에 느끼는 바람의 세기가 배가된다. 바람 때문에 넘어질 수도 있겠다 싶어 손에 힘을 준다. 좁은 공간 때문에 넘어지는 순간 대형사고를 예감한다.

끝날 것 같은 방음벽은 계속 이어진다. 종주를 시작하고 나서 최악의 위기다. 교통량까지 많아 긴장의 연속이다. 그렇게 위험을 무릅쓰고 3㎞ 정도를 더 가다 겨우 졸음 쉼터를 만나 넓은 공간으로 빠져나온다. 옆 농로로 빠져나와 하천 방향으로 가니 자전거 도로가 거짓말같이 나타난다. 그제야 안도의 한숨을 내쉰다.

안도의 한숨은 위험했다는 뜻이다. 위험에 처한 순간보다 벗어난 안전한 상황에서 더한 공포를 느끼며 전율에 떨 때가 있다. 극한 공포 상황에서는 그곳을 벗어나려는 일념뿐이다. 두려움마저 거의 없어진다.

지나온 3번 국도 자동차 전용도로에서 그랬다. 위험을 느낄 때 앞이 안 보이면 무리해서라도 돌아가는 것이 순리다. 최소한 온 길은 알고 있으니 말이다. 가던 길을 멈추기는 관성 때문에 쉽지 않다. 그래도 멈출 줄 아는 것이 지혜요 용기다.

오늘의 난코스인 소조령을 넘고 이화령 정상에 올랐을 때 고생 끝 행복 시작인 줄 알았다. 그러나 그때부터 위험 시작이었다. 우리네 삶의 사이클도 그런 것 같다. 위험은 생각지도 못한 곳에서 갑자기 온다. 미리 가보지 않은 길이기 때문이다.

일생일대의 위험을 겪고 진남 유원지를 거쳐 굽이굽이 돌아가는 아름다운 영강을 따라가다 아내가 기다리는 불정역에 도착해 인증 도장을 찍는다. 거기서 산악자전거 라이더를 3번째 만나 전화번호를 교환하고 불정역을 배경으로 사진을 찍고 헤어진다. 불정역은 폐역이지만 잘 관리된 역이다. 코스모스가 만발한 녹슨 철길에는 운행하지 않는 기차가 있어 운치를 더한다. 새재 자전거길 인증센터와 유원지가 거기에 있는데도 불구하고 폐역으로 남아 있다.

불정역.
간이역 같지 않게 예쁘게 치장되어
이국적인 느낌이 난다.
뒤편으로는 영강이 흐르고
유원지가 있다.

아내는 문경 불정역에서 나를 기다리고 있다가 자전거를 싣고 다시 수안보 온천 리조트로 데려다주었다. 오늘 겪은 일은 아내에게 한마디도 하지 않았다. 중단하고 집에 가자는 얘기가 더 무서워서였다.

오늘 가장 난코스인 소조령과 이화령고개를 넘으며 국토 종주의 절반이 끝났다. 내일은 차로 안동에 가서 낙동강 시점 인증 도장을 찍고, 예전부터 관심이 있던 원이 엄마 테마공원을 둘러보는 휴식이 있는 하루가 될 것이다.

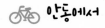

▶ **자동차 여행**
  – 안동댐 인증센터 인증
  – 안동 원이 엄마 테마공원 방문
  – 국토 종주 낙동강 기점인 상주 상풍교 인증센터에서 인증 및 숙박

안동댐은 낙동강 자전거길의 기점이다. 공인된 국토 종주 630㎞는 새재 길과 상주 상풍교에서 시작되는 낙동강 길과 연결되기 때문에 낙동강 기점인 안동댐은 노선에서 제외되어 있다.

상주에서 안동댐까지 왕복 거리가 140㎞ 정도로 멀기 때문이다. 자전거로 안동댐까지 가서 인증 도장을 찍고 온다면 실제 주행거리는 770㎞가 된다. 그러나 국토 종주 수첩에는 안동댐 인증 칸이 인쇄되어 있어 대부분의 라이더들은 버스를 타고 가서 인증 도장을 찍고 온다. 비어 있는 인증 칸을 만들고 싶지 않기 때문이다. 나도 예외는 아니다. 오늘 하루는 쉬고, 아내와 같이 차로 안동에 가서 안동댐 인증 도장을 찍기로 했다.

무엇보다도 예전부터 관심이 있었던 안동 원이 엄마 테마공원에 가 보고 싶었고, 돌아오는 길에 내가 건설 담당을 하며 준공을 보지 못하고 퇴직했던 상주– 영덕 고속도로를 보고 싶었기 때문이다. 아내 차를 운전하며 안동으로 출발한다.

● 안동 원이 엄마 편지

특출하지 않은 개인은 이름도 없이 묻히거나, '몇 명'이라는 숫자로 밖에는 역사로 기록되지 않는다. 그러나 개인의 기록도 중요하다. 개인이 쓴 희로애락의 기록이 그 시대의 배경과 사조를 담고 있기 때문이다. 또 한 개인의 처절하고 절실한 삶의 기록은 어떤 역사서보다도 더한 감동을 준다.

오늘 이야기의 주제는 400년 전에 쓴 '원이 엄마 편지'다. 안동에 온 김에 편지가 발견된 장소에 가 보고 싶었으나 찾지 못했다. 대신에 와보고 싶었던 원이 엄마 테마공원에 왔다.

1998년 4월 안동시 정상동에서 택지 개발을 하던 중, 산기슭에서 비석도 없는 무덤이 발견되었다. 무덤에서는 4백 년 전 조선 시대에 죽은 사람의 미라와 아내가 쓴 글이 원형 그대로 보존되어 있었다. 담장에 새겨진 편지글을 읽어 본다. 아랫글은 당시의 글을 현재의 글로 재해석한 내용이다.

안동 원이 엄마 테마공원. 규모가 클 줄 알았으나
동네 소규모 공원 크기다.

『원이 아버지에게

　　　　　　　　　　　　　　　병술년(1586) 유월 초하룻날

당신 언제나 나에게 '둘이 머리가 희어지도록 살다가 함께 죽자.'고 하셨지요?
그런데 어찌 나를 두고 당신 먼저 가십니까? 나와 어린아이는 누구의 말을 듣
고 어떻게 살라고 다 버리고 당신 먼저 가십니까? 당신이 나에게 마음을 어떻
게 가져왔고 또 나는 당신에게 마음을 어떻게 가져왔었나요? 함께 누우면 언
제나 나는 당신에게 말하곤 했지요.

"여보, 다른 사람들도 우리처럼 서로 어여삐 여기고 사랑할까요? 남들도 정말
우리 같을까요?"

어찌 그런 일들을 생각하지도 않고 나를 버리고 먼저 가시는가요? 당신을 여
의고는 아무리 해도 나는 살 수 없어요. 빨리 당신께 가고 싶어요. 나를 데려
가 주세요. 당신을 향한 마음을 이승에서 잊을 수가 없고 서러운 뜻 한이 없
습니다. 내 마음 어디에 두고 자식 데리고 당신을 그리워하며 살 수 있을까 생
각합니다. 이내 편지 보시고 내 꿈에 와서 자세히 말해 주세요. 꿈속에서 당
신의 말을 자세히 듣고 싶어서 이렇게 써서 넣어 드립니다. 자세히 보시고 나
에게 말해 주세요. 당신께서 내 뱃속의 자식을 낳으면 보고 말할 것 있다 하
고 그렇게 가시니 뱃속의 자식을 낳으면 누구를 아버지라 하라시는 거지요.
아무리 한들 내 마음 같겠습니까? 이런 슬픈 일이 하늘 아래 또 있겠습니까?
당신은 한갓 그곳에 가 계실 뿐이지만 아무리 한들 내 마음같이 서럽겠습니
까? 한도 없고 끝도 없어 다 못 쓰고 대강만 적습니다. 이 편지를 자세히 보시
고 내 꿈에 와서 당신의 모습 자세히 보여주시고 또 말해 주세요. 나는 꿈에
는 당신을 볼 수 있다고 믿고 있습니다. 몰래 와서 보여주세요. 하고 싶은 말
끝이 없어 이만 적습니다.』

원이 엄마 편지 원본을 새긴 표지석.
편지 윗면 여백까지 글씨로 채웠다.
하고픈 말들을 다 하지 못한 절실함이
여백에 채워져 있는 것 같다.

테마공원 담장에 새겨진 편지글이다. 발견 당시 신문에 실린 글을 읽은 충격만은 못 하지만 아직도 심금을 울린다. 배 속에 아이를 가진 아내가 죽은 서방을 떠나보내며 쓴 애절함과 절실함이 보는 사람에게 전이되어 감동을 자아낸다.

여고 국어 교사였던 친구는 이렇게 이야기한다.

"이 편지는 사랑의 절규다. 사랑하는 이를 저승으로 보내는 사별의 아픔과 유복자와 원이를 키우며 살아야 하는 자신의 처지를 담은 절망의 절규다. 안타까움이다. 얼마나 안쓰럽고 안타까운가!

더 나아가 절규에 가까운 타인의 힘듦을 어떻게 이해하며 받아들여야 어른다운 것일까! 나이 들어간다는 것은 늙는다는 것도 있으나 한편 어른이 되는 것이라며 '타인의 절규'를, 그 부서진 마음을 더듬어 보지는 못할망정 '안쓰러운 안타까움'이 아닌 '개인의 기록과 감동'으로 표현하는 것은 근본부터 잘못되었다고 신날 하게 비평한다." 그리고 '타인의 힘듦을 통해 얻는 나의 행복이라는 상투어가 나올까 두렵다'라고 덧붙인다.

그의 예측은 그대로 맞았다. 내가 썼던 결론 부분 문장이다.

"안동 원이 엄마 테마공원에서 400년 전 원이 엄마의 절망감을 보며 내가 지금 얼마나 축복받은 삶을 살고 있는지 다시 한 번 느꼈다."

한참을 생각한다. 남의 불행을 보고 내 삶이 그에 비해 행복한 것이라고 느끼는 나는 속물인가? 이상과 현실!, 어른이 된다는 것! 근본부터 다시 바꿀까?

더 나아간다. 안타까움과 감동의 차이는 무엇일까? 사전적 의미는 '보기에 딱하여 가슴이 아프고 답답함'과 '크게 느끼어 마음이 움직임'의 차이다.

솔직해지기로 한다. 속물이 되더라도 생각한 있는 그대로를 솔직하게 쓰기로 한다.

원본을 현대문으로 해석하여 새겨놓은 담장. 배 속에 아이를 가진 아내가 죽은 서방을 떠나보내며 쓴 애절함과 절실함이 보는 사람들의 마음을 먹먹하게 한다.

편지를 받는 사람인 '원이 아버지'는 고성 이 씨 이응태(1556~1586)이며, 서른한 살에 요절했다. 부인은 이 편지와 병든 남편의 쾌유를 바라며 자신의 머리카락으로 삼은 미투리를 남편과 함께 묻었다. 고성 이 씨 족보에 이응태는 생몰년 미상, 묘 미상으로 적혀 있었다고 한다.

그것을 끝으로 원이의 이름도 후손도 족보에는 기록이 없다. 이 무덤은 임진왜란 이전의 언어, 복식, 제례, 그 시대 생활상을 알 수 있는 귀중한 자료라고 한다. 1592년 임진왜란이 일어났다. 이 일이 생긴 지 6년 후다. 남편을 여의고 어린아이(원이)를 홀로 키우며 전란을 맞은 원이 엄마의 삶을 생각해 본다. 참으로 기구한 인생이다. 살면서 누구나 애절했거나 절실했던 또는 치열했던 경험들이 있다.

개인의 삶이 역사에 남을 만큼 역할을 하지 않았다 하더라도, 하찮은 삶이어서 내세울 것이 없다 하더라도 이 세상에 나와서 겪은 느낌과 경험은 기록할 필요가 있다. 현재의 가족, 친구, 지인뿐만 아니라 후세의 누군가에게는 400년 전의 편지와 같이 공감과 감동을 줄 수 있을지도 모르기 때문이다.

나와 같은 삶을 산 사람은 과거 현재 미래를 통틀어 단 한 사람도 없다. 그래서 나의 삶과 생각을 기록으로 남기는 것도 의미 있는 일이다. 이 세상에 태어나서 한세상을 살다간 사람으로서 내가 받아 왔던 것처럼 후손들에게 줄 수 있는 선물이 될 수 있기 때문이다.

테마공원 중앙에 원이 엄마 편지 원본을 그대로 새겨놓은 표지석을 본다. 편지 윗면 여백까지 글씨로 가득 채웠다. 하고픈 말들을 다하지 못한 절실함이 여백에 채워져 있는 것 같았다.

여행의 즐거움은 제3자의 입장에서 관조하는 것이라고 하나 편지글의 절실함에 빠져들어 동화되어 버렸다.

먹먹한 마음을 가슴에 담고 낙동강 길 출발점인 상주로 가기 위해 일어선다.

● 왜 힘들었던 기억이 좋은 추억이 될까

공유하지 않은 기억은 남의 일이다. 관심이 없기 때문이다. 아내와 같이 가까운 사이

에도 그렇다. 공감도 마찬가지다. 자신이 겪었거나 듣고 배운 것 다시 말하면 직접 또

는 간접경험과 공유될 때 공감하게 된다.

안동댐에서 인증 도장을 찍은 후 원이 엄마 테마공원을 둘러보았다. 내일부터 시작되는 국토 종주 낙동강 자전거길의 시점인 상주 상풍교를 향해 출발한다.

국도보다는 거리도 멀고 우회해서 가는 상주– 영덕 고속도로를 이용하기로 한다. 현직에 있을 때 5년간 담당 중역으로 건설에 참여했으나 준공을 보지 못하고 퇴직했기 때문에 꼭 그 도로를 가 보고 싶었기 때문이다. 상주– 영덕 간 고속도로 안동I.C로 진입하여 상주 방향으로 향한다.

상주– 영덕 고속도로는 전 구간을 18개 공구로 나누어서 동시에 발주하여 입찰했다. 그 결과 건설업계에서는 전례가 없는 현상이 벌어졌다. 1개 공구도 낙찰받지 못한 회사가 수두룩한데 우리 회사가 5개 공구를 한꺼번에 낙찰받은 것이다. 당시에는 낙찰 후에도 심사하여 거기에 통과하지 못하면 낙찰 자체를 취소하는 규정이 있었다.

심사에 제출할 현장 여건과 문제점 조사 및 공사 계획 준비를 위해 직원들과 걸어서 일주일간 현장 답사를 했다. 걸으면 모든 것이 보인다. 걸으면서 도면상 교량과 터널, 구조물 실제 위치를 확인하며 문제를 파악하고 사진을 찍는다. 문제 해결방안과 현장 여건을 고려한 공사 계획 자료를 만들어 심사 회의에서 브리핑했다. 그렇게 최종 심사에 통과해 낙찰받은 5개의 공사가 상주– 영덕 고속도로다.

몇천 억 수주의 기쁨은 잠시였다. 그 이후부터는 고난의 연속이었다. 이 공사의 발주처는, 임원들의 무덤이라고 소문날 정도로 품질과 공정을 포함한 여러 분야에서, 다른 발주처와는 달리 까다로웠다. 원자재 상승, 하도 업체 부도, 극심한 민원, 크고 작은 사고와 법규 위반, 공정(진도) 부진, 악의적인 언론 보도, 원가 상승으로 인한 적자 발생 외에도 여러 가지 문제가 동시다발적으로 또는 공구별로 돌아가며 터졌다.

또 법적인 문제가 발생했을 때는 거의 검찰에 불려가 조사를 받았다. 당시 내 담당 주 업무는 일괄입찰 공사 수주였고 부 업무가 담당 발주처 산하 20개 현장을 관리하는 것이었다. 이 고속도로 5개 공구 현장에 대한 내 업무 배분율은 5% 정도였으나, 이러한 복잡한 문제로 50% 가까이 시간을 빼앗기고 있었다. 일주일에 2일은 현장에 내려가 문제 해결에 매달렸다.

직원들에게는 내색하고 싶지 않은 고난의 시기였다. 그런데도 문제는 계속 발생했고, 의사 결정권자에게 원인과 대책 보고 횟수가 늘어났다. 그러고는 준공을 보지 못하고 퇴직했다. 이렇게 5년간 공을 들인 현장들이 퇴직의 주요 사유 중 하나가 되었다.

세상사가 그렇다. 최선을 다한다고 항상 빛을 보는 것은 아니다. 가끔은 때와 운도 따라 주어야 한다. 그렇다고 실망할 필요도 없다. 최선을 다했으면 후회는 없다. 그래서 미련 없이 털어 낼 수 있었다. 세상이 그 일로 끝나는 것은 아니기 때문이다.

어쩌면 더 큰 기회를 잡을 수도 있다. 지나고 보면 새로운 일들이 앞에 기다리고 있다는 것도 알 수 있다. 개인적으로는 아버님 임종까지 방해받지 않고 옆을 지킬 기회를 잡을 수 있었다.

가장 중요한 변화는 아침에 일어나고 싶을 때 일어나 하고 싶은 일만 하는, 즐거움으로 가득 찬 새로운 세상이 열린 것이다. 하고 싶은 일이 너무 많아 줄을 세워야 한다는 사실도 알았다.

차는 안동 I.C를 지나 고속도로를 타고 상주 방향으로 달린다.

내가 담당했던 공사 구간들을 지난다. 차가 지나가는 구간마다 건설 당시 사연들이 함께 지나간다. 옆에 앉아있는 아내에게 보이는 다리는 어떻게 건설했고 어떤 일들이 있었는지 열심히 설명하나 관심 없이 건성으로 듣는 것 같다. 보이는 반응에 말이 점점 줄어들다 멈추게 된다. 결국에는 대화가 끊어진다. 퇴직 전 5년 동안 모든 것을 쏟아부어 일했던 곳인데 보이는 반응이 실망스럽다. 30년 이상을 같이 살았으면 남편 일에 관심을 가져야 하는데 남과 같다.

사실 할 말은 없다. 퇴근해서 소파에 앉으면 나 없을 때 있었던 일들이 아내의 입에서 속사포같이 쏟아져 나온다. 건성으로 맞장구쳐 주며 TV를 보다 불심검문에 걸렸을 때 아내의 생각도 그랬을 것이다.

부부 사이에도 경험을 같이 공유했을 때 나의 일같이 느껴진다는 것을 깨닫는다. 같이 공유하지 않은 경험은 남의 일일 뿐이다. 말없이 담당했던 공사 구간들을 지나가며 혼자 그 당시 일들을 회상한다. 당시의 기억들이 주마등같이 펼쳐진다. 힘들었던 기억도 시간이 지나면 애정 어린 추억이 된다. 시간이 가진 힘이다.

낙동강 시점인 상주 상풍교 인증센터에 도착해서 인증 도장을 찍으며 하루를 마감한다.

국토 종주 구간의 반을 왔다. 살면서 휴식이 필요한 이유를 알 것 같다. 여유다. 완충이다. 살아온 삶을 되돌아보고 미래의 방향을 제시해주는 역할을 하기도 한다. 덕분에 안동 원이 엄마 테마공원에서 400년 전 원이 엄마의 절망감을 보며 내가 지금 얼마나 축복받은 삶을 살고 있는지 다시 한 번 느꼈다. 친구가 어른스럽지 못하다고 신랄하게 비판하며 우려했던 결론이다.

상주- 영덕 고속도로를 지나며 내가 겪었던 고난의 흔적들이 도로 시설물로 남아 명품 고속도로로 변해 있는 모습들을 보았다. 퇴직 전 걸었던 고난의 행군이 되새김 되며 지금 누리고 있는 행복의 가치를 알게 되었다. 무엇보다도 여행 내내 무겁게 내리누르던 밀린 여행 글쓰기를 한 번에 모아 해결해서 내일부터는 가볍게 국토 종주 후반전을 시작할 수 있게 되었다.

오늘은 평소와는 달리, 타고 끌고 다니던 자전거를 차에 모시고 하루 종일을 아내와 함께 보낸 휴식이 있는 하루였다.

상주 상풍교 인증센터.
국토 종주 새재 길과 이어진 낙동강 길 시작점이다.

🚲 인공호수를 바라보며

▶ **낙동강 자전거길**

　상풍교- 상주보 11㎞
　상주보- 낙단보 17㎞
　낙단보- 구미보 19㎞
　구미보- 칠곡보 35㎞

　　　　　　　　　　　　　　　　　　합계 82㎞

　'시작이 반이다'라는 말이 있다. 한발 들여놓으면 그 일의 반은 끝이 난 것과 다름없다는 의미다. 국토 종주를 시작한 지 5일이 지났다. 지금까지 딱 반을 왔다. 5일 동안 완주하는 사람들도 있는데 딱 절반인 310㎞밖에 못 왔다. 충분한 이유가 있었다고 위안하지만 라이더들에게는 국토 종주라 할 수 없다. 낙동강 길의 시작이다. 가야 할 길은 320㎞다. 3일 안에 주파하기로 결심한다. 매일 기록하던 글은 나중으로 미루고 라이딩에 전념하기로 작심한다. "3일 후 기억과 느낌이 온전히 남아 있을까?"하는 걱정도 뒤로 미루기로 했다. 낙동강 종주를 상주 상풍교에서 시작한다.

● **호반의 도시, 상주**

눈길을 끄는 몇 마디의 문장은 마음을 움직이며 행동까지 영향을 미친다. 무척 어려운 작업이다. 고정관념의 틀을 깨야 한다. 그러고는 한 편의 시(詩)가 된다.

상풍교는 낙동강 길 출발 기점이다. 인증센터에는 숙박 광고판이 즐비하다. 숙박하면 차로 픽업을 해주고 이 지역 난코스인 매협재와 산 서너 개를 차로 점프해 준다는 내용이다. 난코스를 그렇게 이용하는 라이더들이 꽤 있는 모양이다. 걸어서 가더라도 난코스를 경험해 보겠다고 의지를 북돋운다. 눈에 띄는 것은 무인 음료수 가판대 글이다.

'- 아라서 양심 가판대-

아라서 해갑문에서 출발한 그대

아라서 얼음물 가져가시고

아라서 돈 넣어 주시고

아라서 주인은 부자 되겠습니다

(수익금은 좋은 곳에 기부됩니다)'

톡톡 튀는 창의적인 멘트들은 보는 사람들의 눈길을 끌며 그 의미를 다시 한 번 생각하게 한다. '아라서 양심 가판대'는 자전거 여행 중 인상에 남았던 글이다. 살맛 나는 세상은 이런 다양한 아이디어로 가득할 때가 아닐까 생각해 본다. 어쩌면 그런 세상에 살고 있는지도 모르겠다. 글을 보고 나니 물을 사고 싶은 마음이 절로 난다. 그러나 출발 전이고 물통에는 물이 가득 차 있었다.

상풍교에서 상주보 방향으로 출발한다. 긴 제방길이 이어진다. 강 옆으로 시월의 갈대숲이 햇빛에 반사되어 하얀 물결을 이룬다. 장관이다. 그 모습을 남기고 싶어 자전거를 세운다. 그러나 그 느낌 그대로 사진에 담지 못한다. 가다가 또 자전거를 세우길 반복한다.

　강변을 따라 길게 이어졌던 갈대숲이 끝나고 급경사인 매협재와 서너 개의 작은 산길이 나온다. 피해 가는 우회 도로도 있지만 정석대로 지나간다. 소문으로 듣던 것보다 직접 경험해 보니 생각보다 수월하다. 급경사는 걸어가면 되고, 완경사는 타고 가니 할 만하다. 모든 것이 생각하기 나름이다. 미리 겁먹고 피해 갈 필요가 없다. 피해 가는 순간 가 보지 않은 길이 늘어나고, 갈 수 있었는데 가지 않았다는 후회가 뒤따른다. 가 보지 않은 길은 익숙하지 않기 때문에 두렵다.

　부정적인 생각을 하면 점점 확대되고 거기에 부정적인 정보까지 들으면 바로 포기하는 경우가 많이 생긴다. 한발 들여놓고 나면 생각보다 여유가 생긴다. 드문 경우지만, 정 아니다 싶으면 그때 포기해도 늦지는 않다. 해 보았기 때문에 후회와 미련이 없다 포기해도 경험은 한 셈이 된다. 그래서 시작이 반이다.

　길은 박물관을 지나 경천대 국민 관광지를 관통해서 경천섬 공원으로 이어진다. 오토 캠프장과 자전거 박물관, 도남서원이 연이어 있어 경천섬까지 종합 관광이 가능하다. 자전거길을 경천대 관광지 한가운데로 지나가도록 계획한 것만으로도 좀 더 많은 사람들에게 상주를 알리려는 지자체의 노력을 느낄 수 있다. '상주는 자전거의 도시다.'라는 슬로건에 걸맞게 자전거 조형물을 많이 볼 수 있다. 경천섬을 중심으로 아치교와 현수교를 축소한 예쁜 보도 교량들이 낙동강을 가로지른다. 주간에도 경관이 뛰어난 호수 공원이다. 야간 교량 조명도 환상적일 것 같다. 다음을 기약하며 지나간다.

호수를 바라보며 달려 상주보에 도착한다. 낙동강 길 시작점인 상풍교에서 12㎞밖에 되지 않지만, 매협재와 크고 작은 산길을 넘어오느라 힘이 든다. 이곳에서 잠시 쉬어 가기로 한다.

상주보는 조형물 위에 시루떡 모양 다섯 장이 겹쳐 쌓여 있다. 상주 지역에 전래되는 '오복동 설화'를 모티브로 하여 유토피아를 꿈꾸는 상주의 5가지 '낙(樂)'을 나타내도록 디자인했다고 한다. 여기서 오복(五福)이란 수(壽), 부(富), 강녕(康寧), 귀(貴), 자손 중다(子孫衆多)를 일컫는다.

공도교를 건넌다. 보 중간 지점에 있는 쉼터에 쉬며 상류를 바라본다. 멀리 호수를 배경으로 경천섬과 양쪽으로 연결된 아치교와 현수교가 그림같이 펼쳐진다. 난간 앞에 빨간 하트 간판의 글귀가 눈에 들어온다.

"밥은 먹었어? 잘 지내지? 바람 참 좋다? 오늘 하루 어땠어?

지금 힘드신가요? 당신의 이야기를 들어 드리겠습니다.

- 희망의 전화 콜센터 129- "

상주보 전경. 조형물 위에 오복의 상징인 5층 시루떡을 올려놓은 것 같다.

밥은 먹었어? 잘지내지?
바람 참 좋다?
오늘 하루 어땠어?

지금 힘드신가요? 당신의 이야기를
들어드리겠습니다.
희망의 전화콜센터 129

쉼터에서 본 글. 왼편에 멀리 보이는 섬이 경천섬이다.

힘들 때 가장 가까운 사람이 옆에서 속삭이는 다정한 목소리다. 끝이 없을 것 같은 절망에 빠진 사람 옆에 이런 사람이 있다는 것만으로도 큰 위안이다. 아무도 없는 쉼터에 혼자 앉아 호수를 바라본다. 외롭다. 갑자기 살아 있다는 것을 절실하게 느낀다. 살아보고 싶어진다. 129에 전화해 보고 싶어진다.

쉼터 벤치에 앉아 상류 풍경을 바라보며 생각한다. 상주-영덕 고속도로 현장이 상주 인근에 3개나 있어 수십 번을 방문했었는데, 유명 관광지가 있는 줄도 몰랐고 한 번도 가 본 적도 없었다. 업무 외에는 주변을 돌아볼 수 있는 여유를 갖지 못했다. 이번 자전거 여행으로 겉모습만 보며 스쳐 지나가면서도 그동안 알지 못했던 많은 것을 보았다. 그러나 가야 할 남은 거리 때문에 후일을 기약하며 지나친다.

상주에는 두 개의 호수가 있다. 하나는 상주보로 형성된 호수고 또 하나는 하류의 낙단보로 만들어진 호수다. 두 개의 호수가 있는 도시는 매우 드물다. 이들 호수를 기반으로 명품 도시가 될 것이라고 확신한다. 상주는 오복이 넘쳐나는 호반의 도시다.

● **한발 떨어져서 본다**

문제에 몰두하다 보면 전체를 보기 힘들다. 때로는 한발 떨어져서 볼 필요가 있다. 시야가 넓어지면서 더 멀리 볼 수 있기 때문이다. 그래서 여유와 시간이 필요하다.

낙단보를 향해 출발한다. 지금까지 온 거리가 12㎞, 남은 거리 71㎞의 부담감이 몸을 더 무겁게 한다. 출발하자마자 길고 지루한 제방 도로가 이어진다. 그나마 바라볼 수 있는 낙동강 풍경이 있기에 지루함이 덜하다. 길은 크고 작은 구릉지를 지나서 중동교라는 긴 낙동강 교량을 건너 반대편 제방 도로를 따라가다 산으로 이어진다. 야산인데도 깊은 산속 길을 가는 기분이다. 오래된 시멘트 포장길로 관리가 되지 않아 상태가 엉망이다. 속도를 줄여 언덕을 넘어가니 또 언덕이다. 거친 노면에 바

퀴 굴러가는 소리만 적막한 산길에 들린다. 가 보지 않은 인적 없는 산길
은 항상 두렵다. 앞에 무엇이 있는지, 얼마를 더 가야 하는지 예측이 되
지 않기 때문이다. 교량 밑을 지나가니 민가가 하나둘 보이며 길이 넓어
진다. 모퉁이를 돌아가자마자 거짓말같이 낙단보가 나타난다. 공도교를
타고 낙동강을 건너 인증 도장을 찍고 그 옆 조형물에 앉아 보를 바라본
다. 낙단보는 인근에 있는 고려 시대의 정자 '관수루'를 형상화했다. 형상
은 한옥이다.

낙단보 전경. 조형물이 한옥 형상이다.

주위를 둘러보니 풍경이 익숙하다. 현직 시절 상주 버스터미널에서 인
근 고속도로 현장에 갈 때 마중 나온 현장 차로 자주 이곳을 지나다녔
다. 그렇게 다니면서도 낙단보에 멈추어서 구경할 생각을 왜 하지 못했는
지 모르겠다. 현장에 문제가 있을 때마다 내려왔기 때문에 아마도 그럴
만한 여유가 없었던 것 같다.

모든 문제에는 해결에 최선을 다하는 것이 중요하다. 그래야 후회가 없

다. 그런 모습은 상대방에게도 감응되어 관심을 불러일으키고 해결의 실마리가 된다. 문제에는 여러 종류가 있다.

시간이 흐르면 저절로 해결되는 것, 시간이 흐를수록 상황이 악화되는 것, 상황이 다음 일에 상당한 영향을 주는 것, 다음 일에 영향을 주지 않는 단발성인 것.

상황에 따라 문제 해결 방법이 달라져야 한다. 모두 시간과 연결된 공통점이 있다. 시간이 변수다. 문제에 몰두하다 보면 전체를 보기 힘들다. 때로는 한발 떨어져서 볼 필요가 있다. 그러기 위해서는 여유가 필요하다. '여유' 역시 시간과 연결되어 있다. 차 한 잔 마실 시간, 나가서 담배 한 대 피울 시간, 일에서 잠시 떠나 휴식하는 시간 모두 여유라고 할 수 있다. 당시에는 그 무엇보다도 위급하고 중요했던 사건들이 시간이 지나고 나면 생각보다 하찮아지는 것도 같은 이유다.

● 양면성에 대하여

"그러나 먼저 된 자로서 나중 되고 나중 된 자로서 먼저 될 자가 많으니라."

– 마태복음 19:30, 개역 한글

세상은 양면성이 있다. 그래서 공평하다.

익숙한 풍경을 뒤로하고 19㎞ 떨어져 있는 구미보로 향한다. 출발하자마자 내리막을 내려와 제방길로 들어선다. 구간이 평지라서 힘이 덜 드는 반면에 이렇다 할 특색 있는 구간이 없어 지루한 양면성이 있다. 세상사도 그렇다. 양면성이 있어 약점이 강점이 되기도 한다.

나는 술을 잘 못 마신다. 학창 시절 막걸리 반 잔만 마시면 얼굴이 빨개지면서 취해서 졸다가 친구에게 면박당하기 일쑤였다. 건설 회사 입사해서 첫날 회식 때 하사받은 술을 한 번에 마시고 토해서 건설업계 부적격자로 낙인찍혔다. 그런데도 결국은 영업 상무, 즉 술 상무를 했다. 장점이 약점이 되고, 약점이 강점이 되는 세상이다.

담당 업무가 기술에서 영업으로 바뀔 때 영업 업무에 많은 약점을 가진 내가 해낼 수 있을까? 고심하다 한번 발을 들여놓고 보자는 생각에 덜컥 업무를 맡았다. 아니나 다를까 동종 업계 영업 임원들을 만나며 주눅이 들어 있었다. 유창한 화술과 본인 감정이 얼굴에 드러나지 않는 노련함, 눈치 보지 않고 다가가는 대담함, 대단한 주량 외에도 여러 면에서 그들은 영업 일선에서 잔뼈가 굵은 빈틈없는 포스가 있었다.

반면에 내가 가진 것은 단점뿐이었다. 어눌한 말솜씨, 금방 감정이 얼굴에 드러나는 미숙함, 상대의 눈치를 보는 소심함, 그중에 가장 큰 약점은 한 잔만 마셔도 얼굴이 빨개지며 술을 잘못하는 빈틈투성이였다.

그런데도 그들보다 영업을 오래 했다. 핵심은 장단점이 아니라 본질에 있다. 상대가 들어올 수 있는 틈과 진정성이 내 사람을 만들 수 있는 영업의 본질이기 때문이다. 모든 인간관계도 마찬가지다. 내 단점은 강점이 되었다. 그래서 세상은 공평하다.

업다운이 없는 길을 따라가다 보니 구미보를 만난다. 구미보는 구미시의 상징인 거북이를 형상화한 모습이다. 인증센터에서 인증 도장을 찍고 마지막 종착지인 칠곡보로 향한다.

구미보 전경. 가운데 구조물이 전망대로 거북등을 모티브로 설계했다.
보에는 고기가 다닐 수 있는 어도가 설치되어 있다.

● **야경에 반하다**

처음 가는 골프장에서 그린이 보이면 스스로 공략 방법을 세우고, 실수해도 목표를
보고 수정을 할 수 있다. 보이지 않을 때는 약도를 보거나 경험자나 캐디에게 물을 수
밖에 없다. 제대로 가고 있는지 알 수가 없기 때문이다. 자전거 여행도 마찬가지다.
어쩌면 우리네 인생사도 마찬가지일지 모르겠다.

구미시를 향해 가는 길도 낙동강을 따라 제방 도로로 길게 이어진다.
길은 금오 공과대학을 끼고돌아 산호대교를 건너 산업 단지 강변도로 자
전거길로 들어선다. 구미시에 들어서니 어둠이 내리기 시작한다. 전조등
과 후미등을 단다.

남구미대교로 다시 낙동강을 건너 교량 밑으로 내려가니 자전거 도로
는 갑자기 산책하는 사람들로 붐빈다. 시민 산책로와 자전거길을 겸용하
는 도로다. 가로등이 수목 사이로 운치 있게 빛난다. 칠곡보까지 가는 수

변 시설도 잘 정비되어 있어 야간 라이딩에는 별 무리가 없다. 강물 위로 건너편 시가지 불빛이 투영되어 일렁인다. 아름답다. 자전거를 세우고 사진에 담아 보나 그 느낌이 아니다. 곧게 뻗은 강변 자전거길을 따라 야경을 보며 달린다. 강변에 비치는 야경도 지나간다. 밤공기와 얼굴을 스치는 가을바람이 상쾌하다. 긴 시간을 달려온 피로를 강변 야간 라이딩으로 다 털어 버린다. 조명이 강물에 반영되며 멀리 칠곡보가 보인다. 목적지가 보이니 마음이 푸근해진다. 야경을 즐기며 달린다.

인증센터에 도착해 인증 도장을 찍고 옆에 있는 칠곡보를 바라본다. 밤바람을 즐기며 자전거를 타는 사람들로 붐빈다. 바라보는 밤 풍경이 환상적이다. 보 조명과 건너편 관호산성 정자를 비추는 조명, 그 아래 오토캠프장 가로등 불빛이 호수에 반영되어 장관이다. 야간에 4대강 보는 처음 본다. 낮에만 지나쳐온 보들의 야경이 궁금해진다. 조명을 받은 웅장한 칠곡보 구조물은 이 지역의 관광 명소가 되어 있었다. 디자인은 가산바위와 낙동강 물길을 형상화했다고 한다. 보위에 구조물은 정육면체 바위들을 올려놓은 것 같다. 바위를 비추는 조명 색깔이 시간에 따라 바뀐다. 강물에 비친 모습도 빨주노초파남보로 변한다. 한참을 바라본다.

아내가 메시지로 보내 준 숙소 위치를 찾아본다. 강 건너편 보에서 3㎞ 떨어져 있는 위치다. 보를 건너간다. 지도를 보며 방향을 잡고 간다. 멀리 네온 간판이 보인다. 몸은 지쳐 있다. 최단거리로 좁은 농로를 따라간다. 길은 콘크리트 포장과 비포장이 반복된다. 가다가 갑자기 전조등이 꺼진다. 배터리가 나갔다. 앞의 시야가 장막에 가린 듯 어둠에 휩싸인다. 자전거에서 내려, 멀리 보이는 네온 불빛을 향해 자전거를 끌고 간다. 야간 라이딩 중에는 꼭 문제가 생긴다.

구미에서 칠곡보 가는 자전거길에서 본 강물에 비친 시내 풍경. 4대강 보로 만들어진 풍경이다. 서울 한강 야경도 그렇다.

칠곡보 조명. 조명 색은 수시로 바뀌어 새로운 느낌을 준다.
산 위가 관호산성 정자 조명이고 오른편 아래쪽은 오토 캠프장 가로등 불빛이다.

그러나 목표를 눈으로 직접 보면서 가니 두렵지 않다. 숙소에 도착한다. 긴장이 풀린다.

오늘 낙동강 자전거길 82㎞를 왔다. 320㎞를 3일 만에 완료하려면 내일 계획한 거리 87㎞는 너무 짧다. 그러나 낙동강 자전거길 '4대 천왕' 난코스인 다람재, 무심사 길과 숙소를 고려할 때 거기 까지다. 내일까지는 그렇게 가고, 모레 마지막 날 나머지 150㎞를 하루에 끝낼 생각이다. 국토 종주다운 라이딩을 마지막 날 보여주겠다.

내 인내심의 한계를 시험해 보고 싶고, 최고 기록도 세우고 싶다. 오늘 하루도 그렇게 지나간다.

🚲 사람들을 야외로 내모는 이유 (낙동강: 칠곡보- 합천 창녕보)

▶ **낙동강 자전거길**
   칠곡보– 강정고령보 26㎞
   강정고령보– 달성보 23㎞
   달성보– 합천 창녕보 38㎞

합계 87㎞

기계나 사람이나 같은 부위를 계속 사용하면 마모가 되거나 심해지면 고장이 나게 마련이다. 허벅지 안쪽이 옷에 쓸려 물집이 잡히고 허리도 아프다. 이 상태에서 내일 150㎞를 달릴 수 있을까 걱정이다. 오늘 가야할 길도 만만치 않다. 라이더에게 오르막으로 악명이 높은 다람재 고개와 무심사 고개가 기다리고 있다. 그러나 온 신경은 내일 종주에 쏠려 있다. 스트레스로 다가온다. 몸 상태가 안 좋은 것이 계속 마음에 걸린다. 우선 오늘 구간부터 완주한 뒤에 생각하기로 하고 출발한다.

● **다수의 의견이란**

한 사람이 의견을 낸다. 그런데 결과가 부담스럽다. 사람들을 끌어들인다. 그것이 정치다. 다수의 의견이 된다. 결과는 흥하거나 망하거나 둘 중 하나다. 흥하면 최초 제안한 사람의 공이고, 망하면 다수의 책임이다.

내일 장거리 라이딩을 위해 오늘 일정은 일찍 끝내고 쉬기로 한다. 일찍 도착해서 쉴 요량으로 아침을 거르고 숙소를 나선다. 숙소 앞에 유명한 빵집이 있다. 빵 냄새가 식욕을 자극한다. 갑자기 배가 고파진다. 전날 저녁 아내가 가 보자고 했을 때 피곤하다는 이유로 거절했었다. 잠시 갈등하다 마음이 끌리는 대로 하기로 한다. 아내에게 전화한다. 잘 꾸며 놓은 카페같이 분위기다. 아메리카노 커피에 에그타르트와 이름이 복잡한 빵으로 품위 있는 아점을 하느라 결국은 11시가 다 되어서 출발한다.

분위기 있는 빵집에서 커피와 빵으로 아점을 먹으며 야외 테이블에 앉아 여유를 즐긴 인증 샷.

숙소는 칠곡보를 건너 3㎞ 정도 떨어진 곳에 있었다. 지도를 본다. 여기서 우회 도로로 바로 가면 3㎞ 이상 절약할 수 있다는 생각이 든다. 망설인다. 정석대로 출발하기로 결심하고 칠곡보로 되돌아간다. 한 무리의 라이더들이 우회 도로를 지나간다. 길이 사람들로 붐빈다. 그제야 토요일인 걸 안다.

출발점인 인증센터로 간다. 정규 코스는 공사 중으로 폐쇄되었으니 칠곡보를 건너 우회 도로를 이용하라는 간판이 보인다. 어젯밤 어두워서 못 보았다. 여기 오는 동안 한 무리 라이더가 우회 도로를 지나간 이유를 깨닫는다. 다시 우회 도로로 되돌아온다. 정석을 찾다 왕복 6㎞를 허비했다. 정석은 기준이지 해답은 아니다.

왜관교 입구에서 앞을 바라본다. 사람이나 자전거가 지나갈 수 있는 공간이 거의 없다. 오가는 차량들 때문에 위험하다. 그런데도 건너갈까 망설인다. 뒤에서 한 무리의 라이더들이 다가온다. 지켜본다. 그들은 대교를 건너지 않고 횡단보도를 지나 직진한다. 그 집단은 주저 없이 이동한다. 길을 잘 알고 있는 것 같다. 따라간다.

라이더들은 사진으로 많이 본 왜관 트러스교로 진입한다. 왜관교 건설로 이제는 '호국의 다리'라는 이름을 붙여 보도교로 사용하고 있다. 보도와 자전거 도로로 특색 있게 꾸며 놓아 사람들로 붐빈다. 그들을 잘 따라왔다고 생각한다. 앞서가던 일행은 왜관 시내로 들어간다. 따라간다.

시내에서 갑자기 멈추더니 식당으로 들어간다, 나와는 목적지가 달랐다. 잘못 따라왔다. 집단의 선택은 합리적이라는 생각이 들고 항상 믿음직스럽다. 따르는 데 부담이 없다. 책임이 없기 때문이다. 실패해도 그 집단 사람 수로 나누어지기 때문에 부담이 없다. 그러나 항상 옳은 것은 아니다.

관련된 뼈아팠던 일괄 경쟁입찰 이야기다. 경쟁 상대는 업계 상위 업체로 경험과 지명도가 높은 A사와 우리 회사와 비슷한 수준의 B사와 3개사 경쟁 프로젝트였다. 입찰 경쟁에서는 1위가 아니면 아무 의미가 없는 냉혹한 구조다. 3개사 경쟁에서는 주 경쟁자를 꼴찌로 밀어내야 우위에 설 수 있다. 세상사도 마찬가지다. 일인자에게는 항상 견제가 집중될 수밖에 없다.

열심히 노력한 결과 주 경쟁자를 꼴찌로 밀어낼 수 있는 히든카드를 당사가 가지고 있었다. 다시 말하면 당락을 결정지을 수 있는 칼자루를 손에 쥐고 있었다고 할 수 있다. 그러나 일선에서 수집한 정보를 분석해 보면, 예상했던 업계 상위의 회사인 A사가 아닌 우리 회사와 비슷한 수준인 B사가 강력한 주 경쟁자였다.

문제는 주 경쟁자가 A인지, B인지 선택하고 히든카드로 견제해야 경쟁에서 이길 수 있는 상황이다. 의사 결정권자인 내가 결정해야 하는 사안이었다. 그 순간 나의 잘못된 판단으로 실패했을 때 나에게 쏟아질 주위의 비난과 책임이 떠올랐다. 쏟아부었던 이 삼십억의 설계비용과 수백 명의 직원이 일 년에 걸쳐서 흘린 땀이 내 판단 잘못으로 물거품이 될 수 있는 상황이었다. 감당하기 어려운 부담이었다.

혼자 결정하지 못하고 관련 부서 회의를 소집했다. 수집된 정보에 근거한 3개사 경쟁 상황, 정보 분석 결과 주 경쟁자가 A사가 아닌 B사라는 것, 그러나 B사의 약점을 잘 알고 있어 우리가 B사보다 우위에 있다는 상황 설명을 한다.

겉으로는 열세에 있지만 업계 상위 회사인 A사를 주 경쟁자로 견제하자는 경험상의 내 의도도 설명했다. 그러나 다수의 의견은 내 의도와 상반되게 우세한 상황의 B사를 주 경쟁자로 결정했다. 다수의 결정이었다. 결과는 A사에게 아주 근소한 차이로 졌다.

책임을 덜기 위해 다수에게 의사 결정을 맡긴 내 잘못 때문이다. 큰 점수 차로 졌다면 부족함을 인정하고 잊어버렸겠지만, 미세한 점수 차이가 몇 년간 따라다니며 내 비겁함을 후회하게 만들었다. 지금도 내 기억 속에는 수치스러운 상처로 남아 있다. 다수의 의견에는 '예감' 다른 말로 하면 '촉'이라는 것이 없다. 합리성만 있을 뿐이다. 가끔은 '예감' 즉 '촉'이란 것이 역사를 바꾸기도 한다. 그래서 항상 다수의 의견이 옳은 것만은 아니다.

다수를 따라가다 길을 잃은 왜관 시내에서 지도를 본다. 낙동강 방향을 가늠해 보고 그리로 간다. 강변 대로로 인해 낙동강과 왜관 시내가 단절되어 있다. 멀리 대로를 넘어가는 육교가 보인다. 육교를 건너 다시 강변 자전거 도로로 제자리를 찾아 돌아온다.

하천변 둔치에는 온통 갈대밭이다. 바람이라도 불면 온 둔치가 하얗게 흰 손을 흔들어 댄다. 자전거 도로는 갈대숲 한가운데를 통과한다. 갈대숲은 어른 키보다 더 커서 마치 갈대 담장 사이 골목길을 달리는 느낌이다. 길 양쪽으로 갈대 모자를 쓴 의장대가 도열하여 있어 사열하는 기분으로 자전거 도로를 간다.

바람에 휘날리는 갈대숲과 그사이를 지나가는 자전거 도로.

그렇게 한참을 달리다 제방 도로로 올라온다. 그 길 역시 길게 이어진다. 멀리 강정고령보가 보인다. 다가가자 죽곡산이 앞을 막아선다. 길은 산 아래 강에 말뚝을 박아 만든 수변 나무 데크 교량으로 바뀐다. 산책로와 겸용이다. 무척 긴 길이의 수변 데크다.

데크를 설치하지 않았다면 중곡산을 돌아 우회하였거나 산을 오르내리는 수고를 해야 했을 것이다. 전망 데크에 자전거를 세우고 저만치 보이는 강정고령보를 사진에 담는다. 강정고령보는 대가야의 토기와 가야금을 모티브로 디자인했다. 고령은 대가야의 도읍지이자 우륵의 고향이다.

오르막길을 전력 질주하여 보에 도착하여 인증 도장을 찍고 벤치에 앉아 아내가 싸 준 음식으로 허기를 채운다. 주변은 나들이 나온 사람들로 붐빈다. 대구시와 인접해 있어 유원지가 되어 있다. 쉼터 아래는 음식점이 즐비하다. 강정고령보는 없어서는 안 될 지역 수변 공원으로 자리 잡았다.

다수를 따라가다 잃어버렸던 길도 결국은 제자리를 찾아왔다. 시간이 더 걸린 것을 제외하고 변한 것은 아무것도 없다. 몇 년을 따라다니며 후회하게 만들었던 내 비겁함도 이제는 시간에 묻혀 버렸다. 시간은 치유의 기능도 있었다.

● 실수라는 것

우리는 실수하며 살아간다. 자신에게는 쉽게 실수를 인정하고 고치려 노력한다. 그러나 자신의 실수를 남에게 솔직하게 인정하기는 쉽지 않다. 체면과 자존심 외에도 여러 가지가 걸려 있기 때문이다. 가진 것을 포기할 수 있는 용기가 필요하다.

보를 건너 제방길을 달린다. 사문진교를 타고 다시 낙동강을 건너 제방도로를 타고 간다. 낙동강에 비치는 먼 풍경을 보며 달리다 지루해질 즈음 달성보에 도착한다.

토요일이라 보에 산책하는 사람들로 붐빈다. 직장에 매여 있거나 집에 머물렀던 사람들이 그나마 안전한 야외로 쏟아져 나와 보 주변이 복잡하다.

달성보는 항해를 시작하는 크루즈를 모티브로 형상화했다. 지역의 역사와 문화를 모티브로 하는 4대강 다른 보들과 다른 점이다.

달성보는 개인적으로 사연이 많은 곳이다. 이 프로젝트를 담당 설계하여 당시 건설업계 1위의 회사와 경쟁했으나 실패했다. 지나온 여주의 강천보와 이 프로젝트를 동시에 참여하게 된 배경과 진행 과정에서 긴박했던 사건들이 머릿속을 스쳐 지나간다. 갑작스러운 성장이나 발전에는 어떤 계기가 있게 마련이다. 이 프로젝트로 인해 우리 회사 신생 일괄입찰 수주 전담 팀의 위상은 건설업계에서 강력한 경쟁자로 업그레이드되어 이때부터 두각을 나타내기 시작했다. 벤치에 앉아 많은 사연들이 담겨 있는 달성보를 바라본다.

인증 수첩에 도장을 찍고 지도를 본다. 달성보를 건너 우회 MTB 도로도 이용할 수 있으나 정규 자전거 도로는 보를 건너지 않고 직진이다. 라이더에게 선택권을 주고 있다. 내리막인 정규 도로를 이용하여 산책 나온

사람들을 피해 가며 달린다. 뭔가 허전하다. 핸드폰으로 인증되는 사이
버 인증을 받지 않고 내려왔다. 다시 오르막을 헉헉거리며 올라가 인증센
터에서 다시 사이버 인증을 받는다.

이미 온 길을 시간과 힘을 들여 되돌아가는 이유는 '인증'이 길을 지나
왔다는 공인된 증거이기 때문이다. 일종의 국가 기술 자격증 같은 것이
다. 그 기술이 있다는 것을 누구나 인정하라는 사회적 약속이다. 그러나
그조차 믿기 어려운 세상이다. 지도층의 위조와 경력 부풀리기가 사회
문제가 될 정도로 어지러운 세상이 되어 버렸다.

달성보 하류 자전거길에는 행락객들이 붐벼 앞으로 나아가기가 힘들
다. 지자체가 조성한 꽃길이 이어진다. 길은 화단 사이를 지나간다. 꽃들
이 양쪽에서 손을 흔들며 반겨 주는 느낌이다. 산책하는 사람, 사진 찍는
연인, 유모차를 밀고 가는 사람들이 자전거 통행을 방해한다. 지나가서
외진 곳에 자전거를 세우고 꽃이 있는 풍경을 사진에 담는다.

4대강 사업에는 강을 따라 자전거 도로와 산책로, 수변 공원, 휴게 시설들이 계획되어 있었다. 이용하는 사람도 없는 곳에 그런 예산을 투입하는 것은 낭비라고 생각했었다. 지금 내가 그 자전거길을 이용하고 있다. 지자체가 조성해 놓은 꽃밭은 사람들로 붐빈다. 당시에는 상상도 못한 일이었다. 내가 잘못 생각했다는 것을, 미래를 전혀 예측하지 못했다는 것을 인정한다. 미래 일은 예측만 할 뿐이지 아무도 모른다.

우리는 현재 상황으로만 가치를 판단하고 확신한다. 또 그 확신을 남에게 강요하며 전파한다. 나아가서 비슷한 생각을 가진 사람들을 모아 그 세력을 행사하기도 한다. 그 가치가 옳을 수도 있다. 그러나 옳다는 확신도 상황 변화와 시간의 흐름에 따라 변할 수 있다. 논리적으로 반박할 수 없는 명확한 이론도 현실에 적용했을 때 최악의 상황으로 바뀌기도 하는 것을 우리는 많이 보았다. 이론도 현실과의 괴리와 변수가 있기 때문이다. 누구나 잘못 판단할 수도 있고 실수할 수도 있다. 인간이기 때문에 그럴 수 있다. 정작 용서받지 못할 일은 실수를 깨닫고도 인정하지 않고, 개선하려 하지 않고 고집하는 일이다. 물론 실수를 인정할 때 자신의 존재 기반과 권위, 정통성이 훼손될 수 있다. 그런데도 실수를 인정하고 공동선을 위해 노선을 바꾸는 일은 용기 있는 자만이 할 수 있다.

그것이 진정한 용기다. 특히 권력자나 정치가는 남을 받아들이고 타협할 수 있는 유연함과 실수를 인정할 수 있는 용기가 있어야 한다. 그들이 가져야 할 최고의 덕목이다. 국가를 책임지는 사람들이기에 더욱 그렇다. 권력자의 독선과 고집에 국가의 흥망성쇠가 걸려 있기 때문이다.

중국 대약진 운동의 고집으로 수천만 명이 굶어 죽었고, 자원이 많아 부유했던 남미 국가들도 인기에 영합한 퍼주기식 정책의 고집 탓에 최빈

국으로 전락한 것을 우리는 보았다. 정책이 잘못된 것을 알았을 때는 정통성이 훼손된다 해도 인정하고 수정하는 것이 참된 정치이고 민의를 수용하는 민주주의의 기본이다. 그런 정치인들이 우리의 민의를 대변하길 바라본다.

● **다람재와 무심사 고개에서**

규정과 절차를 강조하고, 사무적이고 기계적이며, 책임지지 않으려는 모습을 공무원 같다고 한다. 대규모 조직에서 살아남는 법이기도 하다. 반대로 얘기하면 도전과 열정, 창의성이 부족하다는 말이다.

길은 달성 외곽 도로를 지나 현풍천을 건너 다시 낙동강을 따라간다. 합천 창녕보까지 가는 길에는 악명 높은 다람재길과 무심사길이 기다리고 있다. 다람재길은 터널 공사가 최근에 완료되었다고 한다. 낙동강을 바라보며 길을 간다.

새로 포장한 길이 나타나며 앞에 다람재를 가는 표지판이 보인다. 다람재는 낙동강 오르막 4대 천왕 중 처음으로 만나는 오르막이다. 2차선 길을 따라 고개를 넘는 노선이다. 터널 표지판이 보인다. 좌회전하면 다람재 가는 길이다. 계속 직진한다. 새로 건설한 도로 터널이 보인다.

다람재 터널이다. 터널 차도 옆에 넓게 만들어진 자전거길로 진입한다. 차도와 분리하기 위해 단차를 두고 안전을 위해 난간을 세웠다. 차도와 자전거 도로를 분리해서 설치한 터널은 지금껏 보질 못했다. 도로와 자전거길 폭을 감안하여 대구경으로 터널을 뚫었다. 자전거 도로 때문에 대구경 터널을 뚫기 위해, 추가 예산을 확보한 공무원의 노력이 읽힌다. 결재 라인의 유연함도 보인다. 후세에 증가할 자전거 수요를 예측한 혜안에 감탄하며 지나간다.

다람재를 넘어가는 고통과 수고를 덜었다. 횡재를 한 느낌이다. 신나게 자전거를 달려 터널을 벗어나니 그림 같이 도동서원이 나타난다. 느티나무 밑 푸른 잔디밭에는 가족 단위로 사람들이 쉬고 있다.

다람재 터널을 지나자 바로 나타난 도동서원. 넓는 잔디밭과 오래된 느티나무.
그 앞을 흐르는 낙동강이 시민들의 휴식처가 되고 있다.

전경을 사진에 담고 길을 재촉한다. 강은 길게 왼쪽으로 굽어 흐른다. 강을 따라 자전거길을 달린다. 달성 이차 산업 단지 외곽을 스쳐 지나간다.

길 앞에 무심사 안내판이 보이며 오르막이 보인다. 오르막 4대 천왕 중 하나인 무심사 고개다. 우회 도로를 이용하고 싶은 유혹이 있었으나 정규 노선으로 가리라는 결심 때문에 참는다. 악명 높은 무심사길의 시작이다. 심호흡하고 가속을 해서 올라간다. 경사가 급하고 길 상태도 엉망이다. 무심사라는 간판과 장승이 앞에 나타난다. 그 위쪽에는 너희들의 고통은 나와 상관없다는 듯이 무심한 절이 서 있다.

경사가 급하다. 걸어 올라가기도 숨차다. 무심사만 지나면 내리막이 있겠지 했던 기대도, 가면 또 보이는 긴 오르막에 물거품같이 사라진다. 계속 걸어서 오른다. 이것도 자전거길인가 하는 욕이 치밀어 오를 정도로 길 상태가 엉망이다. 저기가 끝인 것 같은데 가 보면 또 오르막이다. 그나마 풍화된 콘크리트 포장 길도 끊기며 갑자기 울퉁불퉁한 비포장 길이 나온다. MTB도 지나가기 어려운 길이다. 우회전하라는 국토 종주 표지판이 나온다. 이곳도 국토 종주 자전거길이라고 표지판이 있다.

산굽이를 돌고 돌아 정상에 오른다. 정상에는 국토 종주 20대 명소라는 말과 MTB로 즐기기 좋은 코스라고 창녕 군수 명의로 안내판이 서 있다. 주위를 둘러보니 나무에 가려 아무것도 보이지 않는다. 이런 정규 코스를 지나갔던

무심사 길 정자.
안내판에는 자전거길 20대 명소라고 적혀 있으나
나무에 가려 아무것도 보지 못했다.

남녀노소 모든 라이더들이 했을 욕을 생각한다.

내가 창녕 군수라면 우회 도로를 정규 코스로, 무심사 고개는 MTB 코스로 바꾸어, 선택권을 라이더에게 주겠다. 최소한 자기가 선택한 길에 남을 탓하는 욕을 하는 사람은 없다. 힘들게 올라온 성취감을 느낄 수 있게 20대 명소를 볼 수 있도록 쉼터를 2층으로 올리던지, 쉼터를 전망이 보이는 곳으로 옮기겠다.

내려오는 길도 급경사다. 브레이크 잡은 손이 얼얼하다. 마지막 급경사

내리막을 내려오다 관성 때문에 멈추지 못하고 맞은편 축사와 부딪칠 뻔했다. 안도의 한숨을 쉬며 길을 간다. 난코스를 넘었다는 후련함으로 오늘 종착점으로 달린다.

무심사 고개를 넘으며 거의 탈진한 상태로 합천 창녕보에 도착한다. 날은 어둑어둑한 가운데 저 멀리 빨간 인증센터가 보이고 그 옆에 한 여인이 서 있다. 누군가를 기다리는 여인의 모습이다. 아내다. 반가움과 사랑스러움에 가슴속에서 뭔가가 스멀스멀 올라온다. 그녀를 향해 내리막을 내려간다. 아내가 조형물을 배경으로 이리저리 오가며 사진을 찍는다.

보에서 내려오는 모습. 아내가 분주히 움직이며 찍은 곳으로 왼쪽 뒤편이 합천 창녕보다.

그 사이 어둠이 내려앉는다. 합천 창녕보 근처는 숙박 시설이 없어 10 km 정도 떨어진 곳에 숙소를 잡았다. 내가 지나온 달성 2차 산업 단지 내 호텔이다. 자전거를 분해하여 차에 싣고 숙소를 향한다. 아내는 올 때 보아 두었던 전어회 노점상에 차를 세운다. 그날 세상에서 제일 맛있는 전어회를 먹었다. 곁들여 마셨던 막걸리 맛도 일품이었다.

보를 막아 형성된 호수에 접해 있는 외딴 들판에 자전거 도로와 쉼터, 그늘막, 벤치를 '누가 이용하겠는가?', '예산 낭비 아닌가?'라는 의문은 내 잘못된 생각이었다. 시대의 흐름이 먹고사는 문제에서 레저로 바뀌고 있고, 캠핑카나 캠핑족이 늘어나는 추세다. 텐트 그늘막 밑 의자에 앉아 호수와 석양을 보고 있는 가족들도 보았다. 그 옆을 뛰어놀고 있는 천진한 아이들의 웃음소리도 들었다. 내가 지금 따라가고 있는 4대강보로 형성된 호수는 그런 시대적 변화를 수용할 수 있는 토대가 될 수 있을 것이라는 생각이다.

참된 복지를 판별하는 기준은 '우리만이 아닌 미래 세대까지 혜택을 줄 수 있는가?'이다. 현재 우리만의 안락함과 정치적 인기를 위해 돈을 펑펑 쓰고 시간이 흐르면 투자의 결과물도 없어지는, 미래 세대에게 짐을 지우는 그런 복지는 이기적인 것이다. 우리는 부모 세대가 허리띠를 졸라맨 덕분에 이만치 누리며 살고 있는데 미래 세대에게 부담까지 지운다면 어른스럽지 못하다.

약자를 위한다는 거부할 수 없는 명분 아래 다른 용도로 줄줄 새는 예산은 미래 세대의 부담이다. 건설은 미래 세대를 아우르는 복지다. 최소한 미래를 예측하고 그 결과물이 남아 있기 때문이다. 복지는 필요를 넘어서면 인기에 영합하는 사치가 된다. 이런 것들이 우리 아이들에게 부담된다.

지금도 라이딩하며 들었던 아이들의 웃음소리가 귀에 쟁쟁하다.

힘이 들면 그것밖에 보이지 않는다 (낙동강: 합천 창녕보- 하굿둑)

▶ **낙동강 자전거길**
  합천 창녕보– 창녕함안보 55㎞
  창녕함안보– 양산물문화관 55㎞
  양산물문화관– 부산 을숙도 종착점 35㎞

  합계 145㎞

　오늘은 국토 종주 마지막 날이다. 종착지까지 145㎞를 주파하고 끝내겠다고 아내에게 얘기한다. 나이를 생각해서 가는 데까지 가 보고 힘들면 숙박하자고 제안한다. 내 최고 기록을 세우고 체력의 한계도 시험하고 싶었다. 또 국토 종주를 하는 라이더로서 오기도 있었다. 장거리 라이딩을 감안하여 새벽에 일어난다. 차로 출발점에 도착하여 자전거를 조립하니 7시 반이다. 출발하며 보는 풍경이 환상적이다. 새벽에 라이딩한 적이 없어, 이런 아침 강 풍경을 처음 보았다. 강을 따라 물안개가 피어나 산 중턱까지 오르고 있었다. 황홀한 아침이다. 새벽 풍경을 음미하며 자전거 페달을 밟는다.

116

● 초반 페이스 조절

마라톤은 지구력과 더불어 페이스(pace)의 배분, 피치(pitch) 주법의 터득이 경기 성공의 관건이라고 한다. 경기 초반 페이스 조절에 실패하면 성공은 둘째로 치고 완주조차 힘들다. 초반에 너무 무리하면 후반에 힘들어진다. 사람의 에너지는 한정되어 있기 때문이다. 자전거 여행도 그렇다.

새벽안개를 보며 달린다. 보는 안개에 싸여 꼭대기 조형물만 보인다. 강을 하얗게 뒤덮은 안개가 낙동강을 따라 멀리까지 띠를 이루고 있다. 하얀 물안개와 파란 하늘이 대비되어 그림 같다.

합천 창녕보는 인근 우포늪에 사는 천연기념물 따오기 머리 모양을 형상화했다. 안개에 잠긴 보 공도교를 건너 낙동강 변을 따라간다. 멀리 보이는 산은 물안개에 가려 산봉우리만 보인다. 한 폭의 동양화다. 숨을 길게 들어 마신다. 새벽의 신선한 공기가 가슴에 가득 찬다. 낙동강 하류는 전체가 호수 같다. 잔잔한 호수 위에 물안개가 피어오른다.

145km를 가야 한다는 부담감도 잊어버리고 주변 풍경에 몰입된다. 코로 스미는 신선한 공기, 살갗을 부딪치는 바람, 귀로 스쳐 가는 바람 소리, 오감이 살아 움직인다. 살아 있음을 몸으로 느낀다. 그런 아침, 아무도 없는 제방길을 혼자서 간다.

차도 옆에 파란 실선으로 자전거길을 표시하는 2차선 도로로 진입한다. 오르막과 내리막이 반복된다. 차도는 대부분 아스팔트로 노면이 좋아 속도감을 맛볼 수 있다. 경사도 완만하여 내리막 구간 관성으로 오르막 정상까지 차고 올라가는 즐거움이 있다. 적포 삼거리를 지나 좌회전하여 길게 뻗은 아스팔트 제방길로 진입하여 낙동강을 바라보며 달린다.

보를 건너 제방길로 달리며 본 안개가 걷히는 낙동강 풍경. 마치 한 폭의 동양화를 감상하는 느낌이 든다.

차도와 제방길을 번갈아 가며 낙서면에 들어선다. 눈앞에 긴 오르막이 펼쳐진다. 낙동강 사대천왕 중 하나인 박진고개다. 속력을 내어 올라간다. 가능한 한 쉬지 않고 끈질기게 나아간다. 그동안 누렸던 상쾌함은 끝났다. 온몸에 땀이 밴다. 숨이 가빠 온다. 가야 할 구간이 100㎞가 넘는다는 생각에 갈등한다. 조용히 내려 끌고 오르막을 오른다. 타고 걸어가기를 반복한다. 걸어 오르는데도 숨이 찬다. 헉헉대며 걸어서 올라간다.

도로 옆 오래된 콘크리트 구조물에 낙서들이 보인다. 낙서를 읽으며 올라가니 생각보다 힘이 덜 든다. 낙서한 이유를 알 것 같기도 하다. 이곳의 지명이 낙서면이다. '언제 누가 왔다 갔다', '누구를 사랑해', '힘들어 죽겠어' 이런 내용이다. 가끔 위트 있는 문구도 있다. '여보 내 자전거 150만 원이 아니고 1,500만 원이야' 그 옆에 나도 낙서를 한다. 국토 종주는 나에게 선물 같다는 의미를 담아 '내 인생의 선물 국토 종주'라고 이름과 함께 돌로 긁어 쓰고 사진으로 남긴다. 낙서면 박진고개 중턱이다. 낙서면에서 낙서했다. 그 낙서도, 올라오면서 보았듯이 세월이 가며 흐릿해지고 검게 색이 바라 나중에 오는 사람들의 낙서에 묻혀 사라질 것이다. 우리네 인생사도 그런 것 같다. 자연스러운 세대교체 같은 것이다. 오래 남기려 크고 진하게 쓴 글씨도 결국은 내용을 알아볼 수 없을 정도로 색이 바래고 나중 사람들에 의해 묻힌다. 세상에 영원한 것은 없다. 그렇게 보면 너무 각박하게 살 필요가 없을 것 같은 마음이다. 박진고개는 오르막으로 악명이 높지만 라이더들의 마음이 담긴 낙서를 보며 오를 수 있는 국토종주의 명소가 되어 있었다.

박진고개를 올라가는 중간에 내가 한 낙서 "내 인생의 선물 국토 종주"
낙서들이 시간이 지나며 바래고 그 위에 새로운 낙서가 덧입혀지는 것을 볼 수 있다.

정상에 오르니 지나온 낙동강이 한 눈으로 보인다. 먼저 온 부부 라이더가 앉아있는 구름재 쉼터로 건너가 인사하고 옆에 앉는다. 부부가 같이 라이딩하는 것을 보니 보기에 좋다. 부럽기까지 하다. 기회가 되면 같이 해야겠다고 다짐한다.

박진고개 정상 옆에 부부가 쉬고 있던 구름재 쉼터.
자전거길 20대 명소다. 멀리 낙동강을 따라 지나온 자취가 보인다.

낙동강을 따라 지나온 길을 내려다본다. 옆 안내판에 자전거길 20대 명소라고 쓰여 있다. 풍경에 가슴이 탁 트인다.

쉼터에 앉아 조곤조곤 얘기하는 목소리가 귀에 들어온다.

"애 때문에 큰일이에요"

"어쩔 수 없지 뭐."

"대학 졸업한 지 2년이 넘었는데 아직도 놀고 있으니 답답해서 그래요."

"자기가 알아서 하겠지."

난코스를 힘들게 올라와서 그것도 경치 좋은 곳에 앉아서 애들 걱정하는 모습이 아이러니하다. 부부 라이더가 먼저 일어나며 인사를 하고 떠난다.

박진고개의 내리막은 곧게 뻗어 있는 구간이 많아 속력을 내기에 그만이다. 브레이크를 놓는다. 시원하게 바람을 가르며 내려간다. 오르막을 오르던 수고가 상쾌함으로 변한다. 내 자전거의 최고 속도를 기록한다. 시속 50㎞가 넘어간다.

오르막을 올라가는 시간에 비해서 내리막은 너무 빨리 지나간다. 박진교를 건너 제방길로 들어서자 먼저 출발한 노부부가 보인다. 인사하며 추월한다. 도로를 따라가던 길은 마을을 지나 산 밑에서 갑자기 급경사의 오르막으로 이어진다. 낙동강 사대천왕 중 하나인 영아지 고개다. 자전거 길이 가파르다. 타고 걷기를 반복하며 오르니 정자가 나타난다. 거기가 정상인 줄 알았는데 한참을 더 올라간다. 길을 따라 계속 올라간다. 경사가 낮은 곳도 있어 일부는 자전거를 타고 간다. 정상을 지나 내리막길에 쉼터가 나온다. 아래로 굽어보는 전망이 기가 막히다.

영아지고개를 내려오면서 본 풍경.
이 풍경 하나로 오를 때의 수고를
모두 보상받았다.

자전거를 타고 내리막을 내려온다. 커브와 내리막 경사가 있어 위험하다. 그러나 자전거로 산길을 내려가는 짜릿함이 있다. 브레이크 손잡이에 힘이 들어가 손바닥이 아프다. 거의 다 내려와서 갑자기 급경사 나타난다. 브레이크 손잡이에 힘이 들어간다. 그러나 달리는 관성에 의해 내리막을 지나 계속 내려간다. 돌부리에 걸려 중심을 잃는다. 넘어질 것 같아 가슴이 덜컥 내려앉는다. 가까스로 중심을 잡는다.

영아지 고개에는 아기자기한 맛이 있다. 고개 정상의 풍광이 힘들게 올라간 노력을 보상해 준다. 그래서 오를 만한 가치가 있다.

시작부터 낙동강 사대천왕 마지막 2개의 오르막 박진고개와 영아지 고개를 넘어오며 기력을 다 썼다. 초반부터 무리했다. 오르기 힘든 큰 고개가 두 개나 있다는 것을 고려 못 한 계획이었다. 앞으로 가야 할 길이 100㎞가 넘는다. 그게 가능할까? 하는 의문이 생기기 시작한다. 제일 힘든 구간을 초반에 끝났다는 데 만족하기로 한다.

앞으로는 꽃길만 남았다고 긍정적으로 위안한다. 그러나 초반의 무리가 남은 구간을 힘들게 할 것이라고 예감한다.

● 보이지 않는 끝

아들이 늙은 아버지를 지게에 지고 산엘 오르는데 어린 손자가 그 뒤를 따른다. 깊은 산 속에 이르자 아버지가 할아버지와 지게를 버리고 돌아서자 손자가 얼른 달려가 지게를 가져오는 게 아닌가. "왜 지게를 가져오느냐?"라고 아버지가 책망하듯 물었다. "아버지가 늙으시면 지게가 있어야 제가 아버질 지고 산으로 올 게 아닙니까?" 아들의 대답에 일격 당한 아버지는 잠시 머뭇거리다 되돌아서 아버지를 다시 지게에 지고 집으로 돌아와 극진히 모셨다. - 기로전설(棄老傳說)

영아지 고개에서 출발하여 남지 시가지 입구로 들어선다. 자전거길 표지판이 보이지 않는다. 길을 잘못 들었다. 농로로 직진해 낙동강 쪽으로 방향을 튼다. 낙동강 제방을 넘어가니 하천 둔치에 조성된 넓은 평야가 나온다. 그 넓은 평야에 자전거길과 산책로, 유채꽃 관광단지도 있다. 일요일이라 그런지 많은 사람들이 산책하고 있다. 곳곳에 쉼터와 아이들 관심을 끌어들일 수 있는 조형물도 있다. 봄에 유채꽃까지 핀다면 지역 명소가 될 것이다.

쉼터에 앉아 새벽에 아내가 준비해 준 음식을 먹으며 부모와 함께 걷거나 뛰어노는 아이들의 즐거운 모습을 바라본다. 평화롭다. 갑자기 이런 호사를 누리기에는 가야 할 거리가 너무 멀다는 생각에 일어선다. 남지 철교를 넘어가기 위해 출발한다. 사람들로 북적인다. 조성한 꽃밭을 배경으로 사진을 찍는 사람들이 길을 막고 있어 지나가기가 어려울 정도다. 꽃밭을 본다. 사진에 담아 기억하고 싶을 정도로 아름다운 풍경이다. 자전거를 세운다.

남지철교 앞 둔치에 조성한 꽃밭.
산책과 사진 찍는 사람들로 자전거 통행이 어려웠다. 바로 옆에는 지자체가 관리하는 유채꽃 관광단지가 있다.

남지 철교를 건너간다. 강을 따라 달려 창녕함안보에 도착한다. 창녕함안보는 낙동강을 품은 고니 날개 모양을 형상화했다고 한다. 생김새가 지나온 4대강보보다 단조로워 보인다.

물이 떨어졌다. 난코스 2개를 넘어오다 물이 동났다. 갈증이 심해진다. 허리도 아프기 시작한다. 허벅지는 쓸려서 통증이 심하다. 오르막 사대천왕 두 개의 고개를 넘어왔으나 고작 55㎞밖에 오지 못했다. 매점에 가서 떨어진 물을 보충하고 양산물문화관으로 출발한다.

보를 타고 낙동강을 건너 수변 둔치 길을 지나 2차선 차도를 간다. 본포교를 타고 낙동강을 건너 강을 따라 내려간다. 밀양 부근의 수산대교로 다시 강을 다시 건너 우회전한다. 끝이 보이지 않는 제방길이 이어진다.

이제껏 오늘 일정의 반밖에 못 왔다. 앞으로 지나온 길 만큼 더 가야되는 피곤한 상황이다. 어제까지만 해도 이 정도 거리를 왔으면 하루 종주가 끝이 났거나 마쳐야 할 거리다. 몸이 그것을 기억하고 있다. 지쳐 있으니 쉬어 가자는 생각이 점점 강해진다. 애써 무시하고 강 건너 풍경을 바라본다. 지도상에는 강 건너 진영 봉하 마을 있다. 퇴임 대통령이 밀짚모자에 자전거를 타고 논에서 일하는 동네 사람에게 손을 흔들며 지나가는 평화로운 모습이 지금도 강렬하게 머릿속에 남아 있다.

우리나라도 퇴임 후 현직에 있을 때 공과에 상관없이 고향에 내려가 편안한 노후를 보낼 수 있는 용서와 포용의 시대가 되었다고 생각했다. 본인의 이익과 새 시대의 차별화를 위해 과거를 부정하고 적폐청산이라는 명분으로 전직을 물어뜯는 야만의 시대는 끝났다고 생각했었다.

한 시대가 끝나고 새로운 시대가 들어섰을 때 구시대의 폐단을 거울삼아 포용하고 화합하여 앞으로 나아가는 것이 순리다. 과거를 단죄하는 것은 새 시대의 권한이 아닌 역사의 몫이다. 그 평화롭던 모습을 죽음까지 내몰았다. 단죄해서 나라가 정의로워졌는가? 그렇게 내몬 당사자도 감옥에서 같은 치욕을 맛보고 있고 그 이후도 마찬가지였다. 악순환의 연속이다. 기로전설(棄老傳說)과 같은 어떤 계기가 있어 이 악순환의 고리를 끊어 버렸으면 하는 바람은 헛된 망상일까? 강렬한 인상을 주었던 그 동네에 시간이 있으면 가 보고 싶었다. 그러나 지쳐 있고 갈 길은 멀다.

계속 제방길이 이어진다. 밀양에서 부산까지, 낙동강은 경관이 참 아름다운 구간이다. 검세리를 지난다.

길은 산 아래 강에 말뚝을 박아 만든 나무 데크 교량으로 길게 이어진다. 저녁노을과 잔잔한 호수에 비치는 산 그림자와 하늘빛이 환상적이다. 서서 한참을 바라본다. 그 순간만은 힘든 것을 잊었다. 가야 할 남은 길도 잊었다. 어둠이 서서히 내려앉는다.

해 질 녘 밀양을 지나 검세리 나무 데크 교량 전망 쉼터에서 바라본 낙동강 저녁 풍경.

노을 지는 것을 보며 일어나 길을 간다. 나무 데크 교량이 끝나고 길은 철길 아래 강변을 따라 지루하게 이어진다. 허리 통증이 점점 심해진다. 허벅지도 마찰을 적게 하기 위해 바셀린을 발랐으나 정도가 심해 곪은 것 같다. 마음이 약해진다. 배수진을 친다. 아내에게 전화를 건다. 늦게라도 도착 예정이니 국토 종주 종점인 낙동강 하굿둑 근처에 숙소를 잡으라고 말한다. 이제는 어쩔 수 없이 종점까지 가야 한다. 마지막 힘을 낸다. 허벅지와 허리 통증을 줄이려 자세를 이리저리 바꾸기를 반복한다.

장시간 여행으로 지쳐 있고 통증 때문에 속도가 줄어든다. 땅거미가 내려앉으며 멀리 하나둘 불빛이 보이기 시작한다. 뒤에 오던 라이더들이 추월해 간다. 어둑해진 길을 보며 힘을 내어 보나 한계가 있다.

쉴 수 있는 인증센터 위치를 자주 가늠해 보나 가 보면 아니다. 그러고는 실망의 연속이다. 가도 가도 끝이 없다. 이미 경치는 눈에 들어오지도 않는다. 앞만 보고 가고 있다. 오로지 자전거길 만 보인다.

● **언제나 끝은 있다**

밤은 결코 완전한 것이 아니다 / 내가 그렇게 말하기 때문에 / 내가 그렇게 주장하기 때문에 / 슬픔의 끝에는 언제나 / 열려 있는 창이 있고 / 불 켜진 창이 있다 / 언제나 꿈은 깨어나며 / 욕망은 충족되고 / 굶주림은 채워진다 / 관대한 마음과 / 내미는 손이 있고 / 주의 깊은 눈이 있고 / 함께 나누어야 할 삶 / 삶이 있다

– 폴 엘뤼아르 「그리고 미소를」

어둠이 내리기 시작한다. 전조등과 후미등을 켠다. 어둠에 대한 두려움

으로 페달에 힘을 주어 가속한다. 허리와 허벅지 통증을 잠시 잊는다. 두려움의 힘은 대단하다. 어두워지기 전에 더 가기 위에 무리한다.

완전히 어두워진다. 속도를 줄인다. 멀리 불빛이 보인다. 거리상 양산 인증센터라는 예감이 든다. 불빛까지 가기 위해 힘을 낸다. 겨우 다가가니 유원지 매점 불빛이다. 실망감에 다리에 힘이 풀린다.

느낌상 양산에 거의 다 온 것 같은데 가도 가도 끝이 없다. 저 멀리 또 불빛이 보인다. 젊은 라이더들이 자주 추월해 간다. 거의 다가오긴 온 모양이다. 있는 힘을 다해 불빛에 다가가니 수자원 공사 펌프장 같은 공공건물이 나타난다. 인증센터를 찾는다. 없다.

멀리 시가지 불빛들이 강물에 비치며 일렁인다. 허망하다. 얼마나 더 가야 할까? 길은 다시 나무 데크 교량으로 들어선다. 한 무리의 라이더들이 추월해 간다. 힘이 빠진다.

앞에 어둠 속에서 갑자기 말소리가 들린다. 중고생으로 보이는 두 명이 전조등과 후미등도 없이 어둠 속에서 저속으로 자전거를 타고 가고 있다. 말소리를 못 들었으면 어둠 속에서 추돌할 뻔했다. 갑작스러운 긴장감은 탈진 상태에 힘을 불어넣는다.

커브를 돌아가니 거짓말같이 양산 인증센터가 바로 눈앞에 있다. 달랑 쉼터가 전부다. 인증 도장을 찍고 벤치에 앉아 지도를 본다. 종점까지 40㎞를 더 가야 하는데 어둠 속이다. 현재 몸 상태로 종점까지 가려면 3시간 정도가 예상된다. 도착하면 밤늦은 시간이다. 물을 마시며 쉰다. 라이더 몇 명이 지나간다.

다시 일어나 출발한다. 벤치에 지도를 놓아두고 온 것을 알았다. 먼 거리는 아니지만 되돌아가기에는 너무 지쳐 있다. 그냥 간다.

어두워서 표시판을 보기 힘들다. 앞서가는 속도가 느린 라이더를 따라 뒤를 쫓아간다. 몇 킬로 정도를 따라간다. 앞서가던 라이더는 바짝 붙어 뒤쫓아 오는 라이더에게 위협을 느꼈는지 갑자기 속력을 늦춘다. 추월해서 지나간다.

어둠 속에서는 표지판과 커브 길이 갑자기 나타나 대처하기가 어렵다. 모르는 길이라 예측도 어려워 긴장한다. 속도를 늦춘다. 길을 잘못 들지 않기 위해 표지판에 온 신경을 집중한다. 다행히 얼마 가지 않아 조명등이 자전거 도로를 환하게 비춘다. 길은 그렇게 양산에서 부산까지 이어진다.

긴장이 풀어지며 방금 어둠 속에 지나왔던 자전거길과 수변 시설이 현직 시절 내가 담당했던 4대강 양산 현장이었다는 것을 그제야 안다. 어둠과 탈진으로 모르고 지나왔다.

당시 현장에서 했던 공사는 낙동강 수심을 유지하기 위한 강 준설과 제방 보강, 수변공원, 자전거 도로와 같은 부대공사였다. 4대강 사업이 낙동강 전 구간에 거의 동시에 착공되어 자재, 장비를 확보하는 데 비상이 걸렸었다. 특히 낙동강에 몇 대 없는 준설선 확보에 애를 먹었다.

잠시 쉬어 가기 위해 벤치에 앉아 강 건너 대동 I.C 가로등 불빛을 바라본다. 그곳도 온갖 어려움을 극복하고 일괄입찰로 수주했던 냉정 부산 간 고속도로 공사 종점이다. 공사 중에도 많은 문제를 해결하기 위해 고심했던 현장이다.

체력은 거의 방전 상태다. 끝을 보기 위해 지친 몸을 일으켜 다시 페달을 밟는다. 부산에 진입하자 산책하는 사람들이 늘어나며 가로등도 밝아진다. 낙동강을 가로지르는 사장교의 조명이 부산 진입을 환영이라도 하는 듯이 화려하게 빛난다. 교량 조명이 강물에 반사되어 크기가 배가된다.

불빛들이 물결에 흔들린다. 환상적이다. 그러나 지쳐 있다. 손끝 하나 움직이기 싫다. 그런데도 사진으로 남기고 싶은 욕구가 커 자전거를 세운다.

몇 킬로도 가지 못하고 쉬는 횟수가 늘어난다. 하굿둑 종점을 5㎞ 남겨 놓고서는 거의 탈진 상태다. 제방 산책길과 자전거길이 나란히 있어 산책하는 사람들은 많았지만 밤늦은 시간이라 라이더는 거의 없다.

자전거 두 대가 추월에서 지나간다. 있는 힘을 다 짜내서 뒤좇았으나 거리는 점점 벌어지다 보이질 않는다. 가고 쉬기를 반복한다. 결국 종점 부근인 하굿둑 입구까지 왔다. 체력이 방전되어 움직이기조차 힘들다. 벤치에 앉아 다리 건너 종점 방향을 바라보며 자신에게 이야기한다.

"괜찮아, 이제 다 왔어."

무거운 몸을 일으켜 자전거에 오른다. 을숙도로 다리를 건너기 위에 방향을 바꾼다. 종점까지 1㎞ 정도 남았다. 남은 거리가 500m, 400m, 300m, 200m, 100m로 슬로비디오를 보듯이 다가온다. 미터 단위로 남은 거리를 마음속으로 세며 마지막 힘을 짜낸다. 종점 아치를 통과한다.

기다리고 있던 아내가 손뼉을 친다. 나도 모르게 갑자기 고함소리가 입에서 터져 나온다. 끝났다! 630㎞의 국토 종주가 끝이 난 것이다!

아내는 숙소를 미리 잡아 놓고 1시간 전부터 나를 기다리고 있었다. 그 모습을 보는 순간, 그동안의 고생과 끝났다는 기쁨, 무사히 도달할 수 있도록 내조한 아내에 대한 감사와 여러 감정이 교차되면서 눈앞이 흐려졌다. 자전거를 세워 놓고 조용히 다가가 안아준다. 그런 느낌이 전이되었는지 아내도 감정이 떠 있다. 자전거를 차에 싣고 숙소로 출발한다. 이로써 8일간의 국토 종주가 끝났다.

결심하고부터 늘 따라다니던 건강과 예측되는 사고에 대한 걱정도 끝이 났다. 갑작스러운 결정으로 세밀한 검토 없이 무작정 길을 떠났다. 살면서 때로는 첫발을 들여놓고 먼저 시작을 하는 것도 좋을 때도 있다. 미리 상세하게 계획하고 여러 가지 대안을 만들다 계획 단계에서 포기하는 경우가 다반사다. 나이가 들어가며 여러 가지 생각과 걱정이 많아진다. 그런 것들이 앞으로 한 발 내딛는 것을 방해한다. 무작정 내디딘 한 발을 계속 이어갈 수 있게 힘을 준 모든 것에 감사한다.

펑크 없이, 고장 없이 630㎞를 데려다준 자전거와 혼자 보낸다는 걱정으로 따라와 운전하며 보급을 맡아 준 아내, 카톡으로 매일 걱정과 격려를 보내 주신 고마운 분들, 온통 감사한 것들뿐이다. 그런 관심들이 라이딩으로 피곤한 가운데도 그날그날 밤늦게까지 글을 쓰게 한 원동력이었다.

무엇보다도 퇴직 이후 내가 세운 목표를 달성하기 위해 나이와 상관없이 육체적으로 고군분투할 기회를 가졌고 이루었다. 그 경험이 앞으로도 그럴 수 있다는 자신감을 주었다. 특히 '나이는 숫자에 불과하다'라는 말을 검증하듯 마지막 날 감행한 150㎞의 종주는 훗날 나에게 많은 힘을 줄 것이라고 확신한다. 은퇴 이후의 삶도 목적이 있는 삶으로 탈바꿈 될 수 있다는 사실을 가슴으로 느꼈다.

앞으로의 삶도 그렇게 계속되리라는 것을 안다.

그래서 국토 종주는 내 인생의 선물이다.

한밤중에 도착한
국토 종주 종점인
을숙도 아치 탑에서
아내가 찍어 준 인증 사진.

PART 2

동해안 별곡

좌충우돌한 하루

▶ **동해안 자전거길(경북)**
 영덕 해맞이 공원- 고래불해변 22㎞
 고래불 해변- 월송정 21㎞
 월송정- 망양휴게소 19㎞
 망양휴게소- 울진 은어다리 14㎞

합계 76㎞

인천에서 부산까지 630㎞ 국토 종주를 했다. 강을 지겹도록 보았다. 바다가 보고 싶어진다. 동해안 종주를 결심한다. 결심을 하고 나니 전국을 종주하는 그랜드슬램 욕심이 난다. 4대강과 동해안, 제주까지 거의 2,000㎞의 여정이다. 우선 동해안 종주를 끝내고 생각하기로 한다. 그러나 연말이 다가온다. 한 해를 보내며 정리할 것이 여기저기 널려 있다.

수채화 전시회 그림 마감이 보름밖에 남지 않았다. 그려 놓은 그림도 거의 없다. 년 초 그려 놓은 마음에 들지 않는 그림 몇 장에 불과하다. 전시회의 의미는 한 해 동안 갈고닦은 결과를 정리하는 장이다. 너무 손을 놓고 있었다. 늦었지만 지금이라도 열심히 그려야 하는 시점이다.

그런데도 동해안 종주에 나선다. 두 마리 토끼를 다 잡기로 한다. 보름 동안 열심히 살기로 했다. 4일간 동해안 종주를 끝내고 열흘간 그림에 몰두하기로 마음먹고 바로 동해안으로 출발한다.

국토 종주 때 보급을 담당했던 아내 생각이 났다. 동해안 종주를 아내에게 얘기한다. 함께 하고 싶은 기대는 있었지만 안 되면 혼자 갈 생각이었다. 그러나 집에서 아내가 제일 바쁘다. 권사 직을 앞두고 성경 필사에 교구 총무까지 맡고 있다. 아내는 가기 싫다는 아들을 협박해서 보급 담당으로 붙여주었다.

영덕에서 통일전망대 방향으로 남에서 북쪽으로 올라오는 노선을 잡았다. 우측통행을 감안하여 바닷가 쪽 전망을 보며 달리고 싶었기 때문이다. 무작정 영덕으로 출발한다.

● 어설픈 선입감과 경험

'맹인모상(盲人摸象)'이라는 말이 있다. 장님이 코끼리를 만진다는 뜻으로, 전체를 보지 못하고 자기가 알고 있는 부분만 가지고 고집한다는 말이다. 경험했다는 사실만으로 전체를 잘 안다고 확신한다. 그러나 우리가 경험한 것은 전체의 일부분일 뿐이다. 때로는 경험 없이 처음부터 시작하는 것이 나을 때가 있다. 최소한 전체를 보려고 노력하기 때문이다.

동해안 자전거 도로의 출발점은 당연히 영덕에서 제일 큰 공원 일 것이라고 생각했다. 공원의 이름은 기억나지 않았으나 해맞이로 유명하다. 인근 현장 출장 때마다 자주 숙박해서 잘 아는 곳이다. 그곳으로 간다. 입구에 삼사 해상공원이라고 쓰여 있었다. 해맞이 공원의 별칭이라 생각하고 안으로 들어간다. 그러나 인증센터가 없다. 그제야 인터넷을 뒤진다. 해맞이 공원은 20㎞ 위쪽 길가에 있는 쉼터에 있었다. 모르는 곳이었으면 출발할 때부터 인터넷을 보거나 내비게이션을 보고 찾았겠지만 너무 잘 아

는 곳이라는 확신 때문에 길을 잘못 찾아갔다. 또 자전거 출발 인증센터
는 국토 종주 경험상 그 지역 유명한 장소에 있다는 선입감 때문에 영덕
삼사 공원으로 잘못 찾아갔다. 차라리 아무것도 모르는 상태가 어설픈
경험보다 나을 때도 있다.

삼사 공원에 꽤 많이
왔었지만 익숙한 것은
주차장과 숙박 시설밖에
없다. 언덕에 보이는 정
자에 올라간다. 현판에
'경북 대종각'이라고 쓰여
있고 바다가 한눈에 들
어온다. 주위를 둘러본

출발점으로 착각한 영덕 삼사 공원. 경북 대종각.

다. 해돋이를 상징하는 조형물도 있고 바다로 내려가는 둘레길도 보인다.
무수히 이곳에 왔었지만 처음 보는 모습들이다. '사람은 보고 싶은 것만
본다'라는 말이 있다. 참 여유 없이 살았다는 것을 다시 한 번 생각하게
된다.

다시 시점으로 운전하는 아들을 다독이며 영덕에서 20㎞ 북쪽에 있는
동해안 길 시점인 해맞이 공원을 향해 출발한다. 집에서부터 먼 길을 달
려와 배가 고프다. 가는 도중 창포리 허름한 횟집에서 점심으로 물 회를
시킨다. 메뉴판도 없다. 허름한 집이라 쌀 것이라고 생각하고 음식을 주
문했는데 생각보다 비싸다. '허름하면 싸다'라는 고정관념이 깨졌다. 이어
서 '외지인이라 혹시 바가지?'라는 생각이 든다. 참기름을 좋아하는 아들
이 참기름을 시킨다. 주인아줌마가 참기름을 가져다주며 주의를 준다.

"많이 넣지 마세요. 맛이 없어져요"

'바가지'라는 선입감에 '원가'를 생각하는 부정적인 모습으로 비친다. 아들이 참기름을 넣는다. 나도 비싼 음식 가격에 포함되어 있다는 생각에 듬뿍 넣는다. 바가지에 대한 복수라고 생각하니 다소 위안이 된다. 물회에 참기름을 넣어 먹기는 처음이다. 한술 뜬다. 참으로 오묘한 맛에 눈이 번쩍 뜨인다. '왜 참기름 특유의 고소한 맛이 없지?' 의아해 한다. 물회와 참기름은 상극인 것 같다. 식용유를 먹는 맛이다. 아들 눈치를 본다. 마찬가지 표정이다. 둘은 비싸고 가장 맛없는 물회를 꾸역꾸역 끝까지 먹고 속이 니글니글 해졌다.

"많이 넣지 마세요. 맛이 없어져요"라고 말 한 주인아줌마 말이 맞았다. 선입감은 사람 말도 믿지 못하도록 만든다.

해맞이 공원에 도착했다. 동해안 종주 시점이라 규모가 클 줄 알았는데 그냥 소규모 쉼터다. 자전거를 차에서 내려 조립하고 출발 준비를 한다. 울진에서 아들과 만나기로 하고 헤어진다.

실제 출발점인 해맞이 공원. 경북구간 출발 시점이다.

영덕 해맞이 공원에서 의기양양하게 출발한다. 국토 종주에서 하루에 150㎞를 완주한 몸이다. 동해안 전 구간이 약 320㎞다. 무리하면 2일 거리다. 출발점부터 내리막이라 신나게 달린다. 내리막이 있으면 오르막이 있다는 것을 잠시 잊고 있었다. 바로 오르막이 시작된다. 첫 시작이라 있는 힘을 다해 올랐으나 오르막 언덕이 너무 길다. 기대를 가지고 출발한 시작부터 정상 부근에서 힘이 빠져 걸어서 올라간다.

해변 길이라 평지만 있는 줄 알았다. 동해안 길 시작부터 언덕의 연속이다. 언덕을 넘느라 초반에 체력이 방전되었다. 국토 종주 때는 최소한 사전 조사는 했었다. 이번 종주는 경험만 믿고 그냥 출발했다. 어설픈 선입감과 경험은 실패로 이어진다.

● 동해안 자전거길

우리나라는 삼면이 바다다. 서해안은 조석 간만의 차가 심하고 완만하여 갯벌이 발달되어 있다. 남해안은 섬이 많아 파도가 없고 잔잔하다. 동해안은 파도가 세고 망망대해다. 이렇게 각기 다른 바다를 볼 수 있는 나라는 보질 못했다.

길은 동해 바닷가를 따라간다. 해변을 따라가면 업다운이 없는 평지다. 그러나 동해안은 산이 많아 절벽 또는 바위로 해안과 접하기 때문에 산 2~3부 능선을 타고 돌아가는 언덕길이 많다.

국토 종주 자전거길이 강을 따라 달린다면 동해안 길은 바다를 옆에 두고 달린다. 바다의 푸른 색깔, 밀려오는 파도, 스쳐 지나가는 소나무들, 바다 위에 떠 있는 작은 섬들을 보며 달리는 것이 동해안 길 라이딩의 묘미다. 강을 따라 달리는 국토 종주와는 전혀 맛과 느낌이 다르다.

해변에서 보는 바다는 먼 수평선이 눈높이에 있어 광활한 느낌을 준다. 밀려오는 파도와 해변에 부딪혀 물거품을 일으키며 사라지는 파도를 볼 수 있다. 야간에는 보이지 않아도 소리만으로 파도를 알 수 있다. 다시 말하면 바다를 시각, 청각으로 느낄 수 있다.

반면에 언덕에서 보는 바다는 해변에서 보는 느낌과 사뭇 다르다. 언덕 위에 서면 눈 아래로 원경까지 볼 수 있다. 해변과 떨어져 있어 파도 소리가 들리지 않는다. 마치 무성영화나 그림을 보는 것 같다. 언덕에서는 바다를 시각적으로만 느낄 수 있다. 해변과 언덕에서 보는 바다 풍경은 그렇듯 느낌이 다르다.

동해안을 지나가는 7번 국도가 4차선으로 신설, 확장되고 나서는 장거리 차량 대부분이 이 길을 이용한다. 반면에 바닷가를 지나가는 2차선 도로는 통행 차량이 줄어 지역 주민용 도로가 되어 버렸다. 피서객이 많은 여름철에는 관광 도로가 되어 외지 차량으로 붐빈다.

동해안 자전거길은 대부분 바닷가에 접한 2차선 구도로를 이용한다. 아스팔트 도로이기 때문에 평탄성도 좋고 평일에는 차가 거의 다니지 않아 속도를 낼 수 있다. 거기에 끝없는 푸른 바다를 보고 달린다. 동해안 길 자전거 여행의 가장 멋진 부분이다. 반면에 산이 많아 언덕길도 많다.

오르막을 올라 바다가 보이는 능선을 타고 가다 내려가면 조그만 마을과 어항이 나오고 다시 오르막 능선을 올라 내려가면 어항이 나오는 그런 길이 반복된다. 업다운이 계속되어 쉽게 지친다. 쉬운 길이 없다!

출발부터 연이어 나타나는 언덕길을 무수히 오르내리며 몸은 지쳐 있다. 이제 언덕길은 그만 가고 싶다는 생각으로 산모퉁이를 돌아가니 눈앞이 확 트이며 아래로 긴 해안이 펼쳐진다. 마치 바라던 소망을 이룬 것처럼 행복해진다. 속력을 내어 내려간다. 긴 해수욕장이 있는 평지 길로 들어선다. 주변에는 조경 시설과 산책로, 지역을 상징하는 조형물이 있어 여름이 아닌 계절에도 관광객을 유혹하는 지역 명소가 되어 있다. 자전거길은 바로 옆을 지나간다. 해변에는 덕천, 영리, 고래불 해수욕장 세 개가 연이어서 길게 이어진다.

평지 22km 거리인 고래불 해변에 도착했을 때는 기진맥진해 있었다. 국토 종주 때 그 거리는 워밍업 정도였다. 시작부터 산이 이렇게 많은 줄 몰랐었다. 인증센터가 있는 병곡면 바로 앞 고래불 해수욕장에서 인증 도장을 찍고 벤치에 앉아 해변을 바라본다.

삼 분의 일밖에 못 왔다. 가야 할 길을 생각하고 이내 일어선다. 여러 어항을 지나쳐 간다. 방파제에는 두 달이 지났는데도 태풍이 지나간 상처가 여기저기 보인다. 해변을 뒤덮은 쓰레기들도 그대로 방치되어 있거나 일부는 치우고 있었다. 온통 보수공사 중이다. 이런 정도인 줄은 몰랐었다. 이번 자전거 여행에서 언론을 통해서는 알지 못했던 심각한 태풍 피해의 참모습을 보았다. 복구 예산이 도시를 위주로 우선순위에서 밀린 것일까?

고래불 해변 인증센터 부근
고래를 형상화한 조형물.
오른쪽 아래가 인증센터다.

황금 대게 공원.

　지금까지 온 업다운이 있는 언덕길과는 달리 길은 평지에 긴 해변을 따라 이어진다. 무리하지 않고 천천히 해변 풍경을 보며 달린다. 지쳐 있던 몸도 서서히 회복되어 간다. 해변 마을들을 지나고 산 옆으로 이어진 길을 따라 나오니 눈 아래로 해변을 따라 길게 이어져 있는 제법 큰 동네가 나타난다. 후포해변이다.

　편의점에서 떨어진 물을 채우고 다시 출발한다. 시가지를 벗어나자마자 바닷가로 이어지는 교량 구조물이 보인다. 후포 스카이 워크다. 올라가 보고 싶은 생각이 간절하나 시간 때문에 지나친다. 해안도로를 따라간다. 대게 조형물이 있는 바닷가 공원에서 조형물을 배경으로 사진에 담는다. 특색있게 잘 조성된 공원이다. 계속 이어지는 푸른 바다를 보며 동해안 자전거길을 기분 좋게 달린다.

"이미 있던 것이 후에 다시 있겠고 이미 한 일을 후에 다시 할지라. 해 아래에는 새것

이 없나니." - 전도서 1장 9절 (개역 개정판)

영덕에서 엉뚱한 곳으로 가는 실수 때문에 늦어져 오후 두 시가 되어서
야 해맞이 공원을 출발했다. 당초는 오전 열 시에 출발할 계획이었다. 오
후 네 시다. 서둘러 출발한다. 해안도로를 타고 직산항을 지나 바다 반대
방향으로 들어가 월송정 인증센터에 도착한다. 사이버 인증이 되지 않는
다. 이리저리 시도를 반복한다. 수십 개의 인증센터를 거쳐 왔지만 이런
일은 처음이다. 핸드폰에 문제가 있는지 이리저리 확인해 본다. 이상은
없는 것 같다.

시간이 많이 지체된다. 늦었지만 근처 월송정을 구경하고 나서 다시 시
도해보기로 한다. 황씨 시조 제단 입구를 지나 주차장을 통과하여 월송
정 방향으로 간다. 길이 돌로 포장되어 있어 자전거로 가기가 어렵다. 조
금 더 가다 커브에서 포기하고 되돌아 나와 주차장에 있는 안내 지도를
다시 본다. 커브를 돌아 30m만 더 가면 월송정인데 거의 다가서 포기했
다. 코앞에서 되돌아 나온 것이 아쉬움을 더한다. 중도 포기가 주는 교훈
이다. '했더라면' 하는 아쉬움과 후회뿐이다. 다시 인증센터로 와서 사이
버 인증을 시도해본다. 두세 번 반복하다 인증을 포기하고 다음 목적지
인 망양 인증센터로 향한다.

월송정 인증센터. 왼쪽 진입로 누각 현판에는 관동팔경 월송정이라고 새겨져 있다.

다음 코스인 망양 휴게소까지 19㎞다. 빨리 가면 어둡기 전에 도착할 수 있을 것 같았다. 그러나 착각이었다. 초겨울 어둠은 너무 빨리 온다. 긴 언덕을 넘어 구산항을 지난다. 해안도로를 타고 바닷가를 달려 기성항을 지나 산 쪽으로 들어온다. 어둠이 내려앉기 시작한다. 시골의 밤은 정적과 함께 온다. 어둑어둑한 텅 빈 도로를 혼자 달리고 있다.

기성리를 지나가자 어둠 속에 오르막 경사의 고개가 흐릿하게 보인다. 밤에 오르막 고개를 만나니 당황스럽다. 멈춰 서서 호흡을 가다듬으며 전조등과 후미등을 단다. 고개를 오르며 힘을 낸다. 낮이나 밤이나 오르막이 숨차기는 마찬가지다. 계속 오르막이다. 결국, 힘이 빠져 자전거를 끌고 걸어 올라간다. 아무도 없는 깊은 산중 고갯길을 혼자 자전거를 끌고 넘는다. 사방이 캄캄하다. 어둠 때문에 어느 정도의 긴 고개인지 가늠이 되지 않는다. 전조등이 비치는 2차선 도로만 흐릿하게 보일 뿐이다. 정상이 보이지 않으니 막막하고 답답하다.

저 모퉁이만 돌아가면 정상일 것 같아 힘을 내본다. 모퉁이를 돌고 돌아도 계속 오르막이다. 끝이 보이질 않는다. 땀이 비 오듯 쏟아진다. 걸어 올라가는 데도 숨이 목까지 차오른다. 깊은 산중에 혼자 있다는 두려움에 쉬어 갈 생각도 못 한다. 쉬면 어둠 속에서 마치 무슨 일이 일어날 것 같은 불안감에 계속 걸어 올라간다. 전조등으로 비치는 도로만 보며 걷는다. 그렇게 오르다 보니 정상이다. '언제나 끝은 있다.' 가다 보면 끝나기 마련이다. 겨우 오른 고개 정상이다. 두려움을 털어 버리듯 내리막을 쏜살같이 내려간다. 고개를 내려와 큰 고비는 넘겼다고 안도하며 사동항 도로를 지나간다. 마을인데도 불구하고 사람과 차는 보이지 않고 가로등만이 도로를 비추는 텅 빈 2차선 길을 속력을 내서 지나간다.

그러나 그게 끝이 아니었다. 또 다른 가파른 고개가 앞에 기다리고 있었다. 마치 똬리를 틀고 고개를 빳빳하게 들고 있는 뱀을 보듯이 섬뜩하다. 이제는 되돌아갈 수도 없다. 어쩔 수 없이 캄캄하고 인적 없는 산길을 또 넘을 수밖에 없었다. 어둠 속에 넘어왔던 기성리 고개에서의 공포심을 다시 느끼며 자전거를 끌고 걸어서 올라간다. 첩첩산중에 사방이 칠흑 같은 어둠뿐이다. 초겨울이라 풀벌레 소리도 없이 정적만이 감돈다. 어둠뿐만 아니라 소리 없는 정적도 두렵다는 것을 처음 알았다.

산골짜기를 돌고 돌아 계속 올라간다. 걸어 올라가는데도 숨이 찬다. 땀이 비 오듯 흐른다. 그런데도 쉬어 갈 생각을 못 한다. 전에 넘어왔던 고개와 마찬가지로 이곳을 벗어나야겠다는 생각뿐이다. 한참을 오른 후에 고개 정상을 만난다. 다시 자전거에 올라 그곳을 벗어나기 위해 속력을 내어 내려온다. 인적이 끊긴 마을과 해안도로를 지나 오르막 끝에 있는 망양 휴게소에 겨우 도착한다.

어둠 속에서 고개를 두 개 넘으며 같은 두려움을 두 번이나 느꼈다. 양평에서 비내섬 가는 어둠 속에서 맛보았던 공포보다 더한 두려움이었다.

그때는 강변 어둠 속에서 달렸지만 이번에는 인적 없는 첩첩산중의 어둠 속에서 그것도 오르막을 혼자 걸어서 올라가며 느끼는 두려움이었다. 걸어 올라가는 속도가 느린 만큼 온갖 부정적인 생각이 머릿속을 떠나지 않았다. 대부분 후회와 자책이었다.

'당초부터 이렇게 될 줄 알고 야간 라이딩을 하지 않기로 결심했잖아.'

'그런데 왜 이런 일이 반복되고 있지?'

'한 번 당해 보았으면 제발 정신 좀 차리자.'

그러나 시간이 지나면 또 이런 일이 되풀이될 것이라는 걸 안다.

망양 휴게소를 지나 울진에 도착한다. 울진 은어 다리 야경을 보는 순간 무척이나 길었던 하루의 피로가 거짓말같이 사라진다. 마치 선물 같다. 지자체

울진 망양 휴게소 인증센터.

마다 지역을 상징하는 조형물들이 있다. 경제적이면서도 효과적으로 지역을 상징하는 조형물을 설치할 방법은 교량 위에 설치하는 것이다. 교량은 하천이 흐르는 넓은 곳에 있기 때문에 멀리서도 많은 사람이 볼 수 있다. 울진 남대천을 상징하는 은어 다리가 그것이다. 은어를 형상화한 조형물에 오색 야간 조명으로 은어 다리는 유명한 명소가 되었다. 자전거 인증센터가 인근에 있어 라이더들에게도 유명한 곳이다. 울진에는 은어 다리가 있다.

울진 은어 다리.
교량 위에 조형물과 조명을 설치해 울진의 명물이 되었다.
조명은 수시로 색깔이 바뀌어 다양한 색상으로 변환된다.

모든 결과에는 원인이 있다. 원인은 사소한 것일 수 있으나 결과는 눈
덩이처럼 커지는 경우를 많이 본다. 오늘 예상하지 못한 일은 세 가지다.
출발점을 잘못 알아 오후 2시가 다 되어서 출발했다. 경험만 믿고 노선
정보도 없이 출발했다. 월송정에서 예기치 못한 일로 한 시간을 지체했
다. 이 모든 것이 국토 종주 때 겪었던 일들이다. '지금 생긴 일은 언젠가
있었던 일이라, 하늘 아래 새것이 있을 리 없다'라는 말 그대로다.

이로써 영덕에서 울진까지 동해안 자전거길 경북구간 76km는 끝났다.
수채화 전시회 준비와 중복되어 망설여지기는 했지만 일단 출발한 것은
잘한 것 같다. 모든 일은 시작하기 어렵다. 시작한 다음에는 관성 때문에
되돌리기가 무척 어렵다. 어쩔 수 없이 갈 수밖에 없다. 일단 시작을 한 후
에는 일이 어떻게 흘러갈지 기대와 호기심마저 들 정도로 여유가 생긴다.

내일부터는 임원에서 출발해서 통일전망대까지 동해안 자전거길 강원
구간 242km를 시작할 예정이다.

🚲 *한거번에 온 불운*　　　　　　　　　　(강원구간: 임원- 정동진)

▶ **동해안 자전거길(강원)**

　임원– 삼척 한재공원 33㎞
　한재공원– 추암 촛대바위 10㎞
　추암 촛대바위– 망상해변 23㎞
　망상해변– 정동진 16㎞

　　　　　　　　　　　　　　　　　　　　　　　　합계 79㎞

　동해안 자전거길은 경북구간과 강원구간으로 나누어진다. 어제 경북구간을 마쳤고 오늘부터는 강원구간을 간다. 거리는 242㎞다. 늦게 출발한 탓에 캄캄한 밤중에 큰 고개를 두 개나 혼자서 넘어야 했던 공포 때문에 오늘은 출발점인 임원항에서 아침 일찍 출발한다. 특히 삼척까지 구간은 산이 많은 지역이라 출발부터 긴장한다. 처갓집이 삼척이라 이 지역은 고개가 많다는 것도 잘 알고 있다. 일기예보에는 많은 양은 아니지만 비까지 온다고 한다. 많은 부담을 안고 하루를 시작한다.

● **완벽한 일출**

일출은 하루의 시작이라는 상징성 때문에 어떤 일을 바라는 소망이라는 의미를 담고 있다. 새해 첫날 동해안으로 가는 이유이기도 하다. 모두 다 바람대로 이루어졌으면 좋겠다.

일출을 보기 위해, 울진 인근 전망 좋은 바닷가 호텔에 숙소를 정했다. 코로나 영향으로 여행객도 없다. 숙박비도 모텔 가격이다. 평일이라 바다 쪽 가장 전망 좋은 층을 배정받을 수 있었다.

새벽에 일어난다. 창가로 보이는 바다 풍경이 장관이다. 어둠 속에서 왼편으로는 멀리 항구 불빛이 아스라이 반짝인다. 하늘에는 무거운 구름이 낮게 깔렸다. 저 멀리 수평선 쪽에서 여명이 밝아 온다. 검은 바다를 바라보며 해가 뜨길 기다린다. 마음속으로는 구름 때문에 기대하던 '완벽한 일출'을 보기는 어렵다는 것을 알면서도 기다린다.

기대하던 '완벽한 일출'이란

주위가 점점 붉어진다. 해가 수평선 위로 서서히 얼굴을 내밀며 주위가 더욱 붉어진다. 해는 점점 솟아올라 수평선 위에 붉은 여명과 대비되는 선명한 노란 반원을 그린다. 천국으로 가는 밝은 터널 같은 느낌이다. 해는 조금씩 위로 밀어 올려진다. 바다와 떨어지기 싫은 듯 아랫부분이 수평선에 붙어 늘어질 듯 보이다가 결국은 둥그렇게 떨어진다. 하늘로 떠오르며 빛을 발하기 시작한다. 그 빛이 반사되어 바다까지 눈부시게 만든다. 눈이 부셔 바라보기를 포기하고 하루의 일과를 시작한다.

이런 것이 기대하고 있던 '완벽한 일출'이었으나 그런 일출을 보지 못한다. 해는 떠올랐지만 낮게 깔린 구름에 가려 흐릿하게 보인다. 구름 사이로 흐릿하게 해인 것을 알 수 있다.

붉은 여명 사이에서 점점 노랗게 선명해지더니, 구름까지 붉게 물들이며 자신의 존재감을 알리기 시작한다.

　장관이다. '완벽한 일출'은 아니었지만 구름이 있는 일출도 색다른 느낌
이 있다. 일출을 보기 위한 기다림은 마음을 설레게 한다. 상상하는 기대
감이 있기 때문이다. 실망도 크다. 역시 기대치가 크기 때문이다. 만족스
럽지는 않았지만 아름다운 일출이다. 2일 차의 시작은 그렇게 우아하게
시작되었다.

● 불운이란

　동해안 자전거길 강원구간은 임원에서 시작해서 통일전망대까지다. 경
북구간은 영덕에서 시작해서 울진에서 끝이 난다. 왜 울진에서 임원까지
30㎞ 구간을 이어 놓지 않고 떨어뜨려 놓았는지 모르겠다. 라이더들은
어떻게 올까? 교통편이 좋지 않아 대부분 자전거로 온다. 지친 사람들은
울진에서 시외버스에 자전거를 싣고 임원까지 오는 사람들도 꽤 있다. 거
기에 비하면 나는 호사스러운 여행이다. 전용 운전기사가 있기 때문이다.

　아들과 울진에서 일출을 보고 바로 임원으로 넘어와 아침 식사를 한
다. 식당 주변에 관심이 가는 높은 시설물이 있다. 산 정상에 있는 임원
수로 부인 헌화 공원에 올라가는 수고를 일부 덜어 주는 엘리베이터다.
물론 입장료를 받으려 투자한 시설일 수 있지만 좋게 생각하면 약자를
위한 배려다. 올라 가보고 싶다. 그러나 전날 한밤중에 큰 고개를 두 개
씩이나 넘은 기억이 출발을 재촉한다.

　아들과 정동진에서 만나기로 하고 헤어져 아침 일찍 출발한다. 어제 쓰
라린 경험은 행동을 변화시킨다. 일찍 출발하는 이유다. 하지만 시간의
흐름에 따라 퇴색되어 버리는 것이 문제다. 하늘에는 구름이 잔뜩 끼어
있고 바람마저 강하게 분다. 일기예보에는 비가 오락가락한다고 했다. 비

가 오든지! 아니면 안 오든지! 확률은 100%다. 정확한 수치를 기반으로 하는 기상청이 사용하는 적합한 단어는 아닌 것 같다. 흩날리는 가랑비는 맞고 가기로 결심하고 출발한다.

임원 시가지를 벗어나자마자 임원 고개의 오르막이 길게 펼쳐진다. 시작이라 힘이 넘친다. 가능한 자전거를 타고 올라간다. 오르막이 길게 이어지며 한계를 느낀다. 자전거를 타고 가다 급경사에서는 내려 걸어 올라가길 반복한다. 굽이굽이 돌아가는 오르막이 계속 이어진다.

고개 정상을 오르니 땀에 흠뻑 젖어 있다. 비가 흩날리기 시작한다. 바람도 세차게 분다. 무엇보다도 추위 때문에 몸이 덜덜 떨린다. 바람막이 옷을 입어도 바람과 추위 때문에 땀이 급속히 식는다. 거기에 비까지 뿌린다. 긴 고개를 넘어오느라 고생을 했는데 내리막에서는 세찬 역풍을 맞고 있다. 바람에 자전거가 이리저리 흔들린다. 속력을 낼수록 더욱 흔들린다. 도로도 젖어 있다. 바람과 비 때문에 자전거가 제어되지 않는다. 속도를 줄여 고개를 내려온다.

신남항을 지나자마자 또 가파른 고개가 보인다. 긴 오르막을 오르기 위해 페달에 힘을 준다. 최대 난관이었던 임원 고개를 넘어오며 몸은 지쳐버렸다. 다행히 가랑비가 그치며 바람도 잔잔해진다. 오르막 정상에서 바다를 보며 호흡을 가다듬는다.

오래전에 와 보았던 해신당 공원이 보인다. 예전 기억에는 남근 모양의 장승들이 여기저기 있었고 처녀를 모신 사당이 있었다. 해신당에서 바라보았던 소나무와 푸른 바다 풍경이 아직도 기억에 남아 있다. 궂은 날인데도 길가에서 바라보는 동해안의 경치는 일품이다.

길남항을 지나 장호 케이블카가 보이는 고개를 넘어가니 장호항과 용화 해수욕장을 지나 초곡으로 가는 긴 고개가 눈앞에 펼쳐진다. 여러 개 고개를 넘느라 몸은 착 가라앉아 있다. 앞을 보니 갈 엄두가 나지 않는다. 해상 케이블카를 타며 쉬어 갈까 하는 유혹을 애써 뿌리치며 앞으로 나아간다. 장호와 용화를 지나 길게 이어진 오르막을 오른다. 길 주변으로 펜션들이 즐비하다. 그만큼 바다 풍경이 아름답기 때문일 것이다. 오르막이 길게 이어진다. 숨이 턱까지 차오른다. 자전거에서 내려 걸어서 고개를 올라간다. 힘은 드는데 바다 풍경이 환상적이다. 사진에 담고 계속 걸어 올라간다.

장호를 지나 고개를 오르며 뒤돌아 본 장호 바다 풍경.

어떤 라이더가 추월해 급경사를 올라간다. 걸어 올라가며 유심히 본다. 산악자전거다. 속도는 느리지만 꾸준히 올라가 정상 언덕을 넘어 시야에서 사라진다. 나도 할 수 있다는 오기가 생긴다. 다시 자전거에 올라 완만해진 정상 언덕을 넘어간다. 언덕을 넘어 내리막 속도를 즐기며 내려오니 황영조 기념관이 있는 초곡항이다. 임원 고개를 넘어 신남 고개, 길남 고개, 용화 고개, 초곡 고개 순으로 계속 고개가 이어졌다. 고개를 넘으면 어촌 항이 나오고 또 고개를 넘으면 어촌 항이다. 그 많은 고개를 넘어오며 파김치가 되어 버렸다.

초곡부터는 평지가 이어진다. 이제는 고생 끝, 행복 시작이라고 애써 생각하며 평지를 달린다. 길은 원평 해수욕장을 지나 궁촌 해수욕장을 지나간다. 갑자기 옆으로 이어진 나무 사이로 시끄러운 소리가 들린다. 단체 손님들이 레일 바이크를 타기 위해 줄 서 있다. 삼척 해양 레일 바이크 궁촌 정거장을 뒤로하고 앞으로 나아간다. 경사가 완만한 긴 언덕을 지나니 길은 재동 유원지를 지나 근덕 맹방 해수욕장으로 이어진다.

삼척 맹방 해수욕장과 연결되어 있는 재동 유원지하천 제방 도로.
도로의 파란 선은 동해안 종주 도로를 나타낸다.

맹방 해수욕장 입구에 들어서니 갑자기 바닷바람이 거세지며 기온이 급격히 내려간다. 역풍 때문에 속력이 나지 않는다. 바람 저항 때문에 앞으로 나아가기가 힘들다. 더구나 바닷바람이다. 춥다. 자전거를 잡은 손이 시려 곱아 온다. 온몸으로 맞는 역풍에 몸이 얼어 버린다.

잠깐이라도 몸을 녹이며 쉴 곳을 찾았지만 보이지 않는다. 초겨울 해수욕장에는 아무것도 없는 썰렁함뿐이었다. 계속 길을 간다. 바람 때문에 가는 건지 서 있는 건지 모를 정도다. 춥고 배고프고 힘들다. 가도 가도 끝이 없다. 한참을 왔다고 생각했는데 뒤돌아보면 지나온 거리는 얼마 되지 않는다. 삼척 맹방 해수욕장이 그렇게 황량하고 긴지 처음 알았다. 그런 세찬 바람 속에서도 태풍 복구공사는 계속되고 있었다. 복구공사마저 없었다면 인적 없는 그 긴 겨울 바닷가를 세찬 바람 맞으며 혼자 지나올 뻔했다.

점심도 거르며 하루 종일 내내 달렸다. 결국 몸이 견디지 못하고 감기에 걸렸다. 오늘 하루 날씨가 그렇게 변덕스러웠다. 불운이 한꺼번에 온 결과였다. 끝이 없을 것 같던 맹방 해변도 끝을 보이며 길은 내륙 쪽으로 이어지고 바람도 잔잔해진다. 7번국도 지하 통로를 지나 한재로 올라가는 완만하고 긴 오르막을 오른다.

언덕 중간에는 삼척 발전소 공사용 도로가 교차되며 대형 덤프트럭이 분주히 오가고 있다. 교차 구간을 지나 급경사의 오르막을 오르니 삼척 한재 고개 정상이다. 인증 도장을 찍고 바다 풍경을 바라본다. 눈 아래로 해안선이 길게 펼쳐진다. 예전 이곳에서 보았던 푸른 바다와 길게 이어진 해안선은 여전히 아름답다.

● 초대형 석탄 화력 발전소

탄소 중립은 이산화탄소를 배출한 만큼 이산화탄소를 흡수하는 대책을 세워 이산화탄소의 실질적인 배출량을 '0'으로 만든다는 개념이다. 탄소 중립을 실행하는 방안으로는 첫째로 화석연료를 대체할 수 있는 태양광, 풍력 에너지 등 재생에너지 분야에 투자하는 방법, 둘째로 이산화탄소 배출량에 상응하는 탄소 배출권을 구매하는 방법 등이 있다. - 두산백과

맹방 해변에는 대형 항만 공사가 한창이다. 보이는 항만 공사는 발전소 부대시설인 석탄 하역 부두와 취·배수 시설 등을 건설하는 공사다. 이명박 정부는 녹색 성장을 공약했으나 2011년 여름에 전력 부족으로 대정전 사태가 발생하여 많은 비난을 받았다. 그때 정전과 관련된 많은 사람들이 책임을 지고 옷을 벗었다. 대책으로 초대형 석탄 화력 발전소 여러 기를 세우기로 했다. 7개의 발전소는 공기업이 감당하기 어렵다는 명분으로 전기료로 투자비를 보상해 주는 민간 투자 사업으로, 사업자를 임기 말에 결정했다. 그중 2기가 삼척 석탄 화력 발전소다. 당시 많은 반대가 있었다. 반대 명분은

– 부두 건설로 맹방 해수욕장 모래 유실 및 오염

– 지역 송전 용량이 이미 포화상태로 추가 송전 시설 필요

– 석탄 화력발전은 탄소 중립 시대의 대표적인 온실가스 주범

– 공사가 진척되면서 입찰할 때 써냈던 건설비보다 공사비가 크게 늘어났고 향후에도 계속 투자비를 보존해 주어야 한다는 사유로 지속적인 반대 여론이 있었다.

석탄 민자 화력 발전소 건설이 결정된 지 10년이 넘었다. 녹색 성장을

공약으로 내건 정권이 3번 바뀌었다. 그 와중에서도 삼척을 포함 7개의 초대형 석탄 화력은 살아남았다. 원전을 중단했듯이 지상 과제인 녹색 성장을 명분으로 타협하거나 방향을 바꿀 충분한 시간이 있었다.

지난 제26차 유엔 기후변화협약 당사국 총회에서 영국 기후 및 에너지 싱크탱크 발표에 따르면 우리나라는 석탄 발전으로 인한 1인당 온실가스 배출량이 3.81t으로 세계 2위를 차지했는데 이는 세계 평균보다 약 4배 정도 높은 수치다. 참고로 중국은 5위다. 파리 기후변화 협정 목표를 지키기 위해서는 호주(1위), 한국(2위)과 같은 OECD 국가들이 2030년까지 석탄 발전을 중단해야 한다고 주장했다. 우리나라 좁은 국토 면적을 감안해서 비용이 많이 드는 녹색 발전과 적게 드는 석탄 화력, 원전의 비중을 탄소 중립과 연계하여 현실성 있게 배분하는 것은 전문가들의 영역이다.

삼척 한재에서 맹방 해변에 건설되고 있는 삼척 석탄 화력발전소 석탄 하역 부두 공사를 바라본다. 무엇이 최상의 선택일까? 우리나라의 앞날을 생각한다.

삼척 한재에서 뒤돌아 본 맹방 해수욕장. 앞부분은 삼척 석탄 화력 발전소 석탄 하역 부두 건설 공사 중이다.

● 그런데도 동해안은 아름답다

동해안 언덕에서 바라본 바다 경관은 외국 여행에서 본 해양 명소들과 유사하다. 세계 어느 곳과 비교해도 뒤처지지 않는 아름다운 곳이다. 우리가 살고 있어 느끼지 못할 뿐이다.

한재 고개를 지나 삼척시에 도달하니 바람이 잦아들며 기온이 올라간다. 쾌청한 날씨를 즐기며 새 천 년 해안도로를 지나간다. 이어서 바다를 따라 카페가 즐비한 후진 해수욕장과 쏠비치 콘도가 나타난다. 카페에 앉아 커피 한 잔 마시며 여유를 즐기고 싶지만 남은 길을 생각하고 포기한다. 추암 인증센터를 지나며 인증 도장을 찍는다.

동해 시가지를 지나간다. 날씨가 갑자기 추워지기 시작한다. 동해 대진항을 지나 망상 해수욕장 인증센터에 도착했을 때는 기온이 더 내려가고 있었다. 정동진에서는 바람과 추위가 극에 달해 거의 한겨울 수준으로 바뀌었고 어두워져 있었다.

오늘 여행에서 본 주변 풍광은 아름다웠다. 30년 전 내가 결혼했을 때만 해도 삼척 지역은 해수욕장으로 여름 한 철만 붐비었고 나머지 기간은 한산한 어촌이었다. 이번 삼척 자전거 여행으로 발전된 모습을 눈으로 확인했다. 임원 헌화 공원 엘리베이터, 장호 해상 케이블카, 궁촌 레일 바이크, 해신당, 삼척 해안도로, 조각 공원 및 호텔, 쏠비치 리조트, 이사부 공원과 같이 관광객을 유혹하는 시설물로 가득 차 있고 조망이 좋은 곳에는 고급 펜션들이 즐비했다. 사계절 해양 관광, 휴양 도시로 거듭난 것이다. 세계 어느 곳과 비교해도 뒤떨어지지 않는 아름다운 곳이다. 우리가 살고 있어 느끼지 못할 뿐이다.

정동진 인증센터.

 일출을 보며 우아하게 출발했던 라이딩은 변덕스러운 날씨 속에서 추위에 떨며 끝났다. 10월 말에 이런 추위를 겪을지는 상상도 못 했다. 오늘 여행은 '시작하고 끝이 났다.' 무엇인가 훅 지나갔다. 중요한 것이 빠져 있는 느낌이다. '과정'이다.

 무슨 일이든 시작과 끝은 순식간에 이루어지지만 사이에 있는 과정이 대부분의 시간을 차지한다. 그 과정을 '어떻게 받아들이는가?'에 따라 삶의 질이 결정된다. '과정 속에서 여유를 가지고 즐겼는가?' 나이가 들어갈수록 과정과 여유에 우선순위를 두는 이유는 삶의 질 때문이다.

🚲 속초 가는 길

▶ **동해안 자전거길(강원)**
경포 해변– 지경 공원 18㎞
지경 공원– 동호 해변 23㎞
동호 해변– 영금정 21㎞

합계 62㎞

동해안 종주 3일 차다. 2일 차까지는 고개가 많아 고생했지만 이제부터는 고생 끝 행복 시작이다. 어제 급격한 날씨 변화로 인한 감기 기운마저 말끔히 사라진 기분 좋은 아침이다. 날씨마저 화창하다. 토요일이다. 해변에는 많은 사람들이 붐비고 있다. 만사가 형통할 것 같은 기분 좋은 예감으로 출발한다.

경포 해변 인증 센터에서
출발 전 길 건너 호텔 옥상에
올라가 본 바다 전경.

● 솔밭 길에는 무언가 특별한 것이 있다

해안 방풍림은 폭풍이나 바다 물결, 모래를 막기 위하여 해안 지역에 설치되고 있다. 수종으로는 키가 크고 성장이 빠르며 바람을 이기는 힘이 큰 것이 좋다. 낙엽수보다 상록수가 좋으며, 수명이 긴 침엽수가 더욱 좋다. 침엽수로는 삼나무·편백·곰솔(黑松·海松) 등이 좋다. – 지식백과

코로나 시대인데도 동해안에는 사람들로 북적인다. 아니 격리당했던 사람들이 일시에 쏟아져 나왔다는 말이 적합할 것 같다. 특히 경포대에는 사람들로 복잡하다. 토요일인 것을 실감한다. 제각기 시원하게 굽어진 형태를 뽐내고 있는 해송 숲 안에 있는 경포대 인증센터에서 인증 도장을 찍고 출발 준비를 한다. 주변 도로 주차장은 비어 있는 곳이 없이 차들로 빽빽하다. 경포대를 출발해서 산책하는 사람들을 피하며 앞으로 나아간다. 사근진 해변을 따라 도로변의 펜션들을 보며 지나간다. 길은 순포 해변을 따라 달리다 솔밭으로 들어선다.

동해안 지역은 솔밭이 많다. 광복 이후 동해안 지역에 거센 바닷바람을 막기 위한 방풍림 조성 사업으로 해송을 심었다. 작고하신 아버님도 십 대 후반에 강릉과 양양 지역에서 방풍림 심는 일을 했다고 한다. 당시를 상상해 본다. 아마도 모든 일을 인력으로 수행했을 것이다. 많은 사람들이 땡볕에서 흘렸을 땀과 노력을 생각한다. 그 나무들이 자라 지금 솔밭을 이루고 있다.

자전거 도로는 솔밭 안을 지나간다. 산책길로도 겸하고 있다. 길을 따라 양쪽으로 가지가 뻗어 터널 모양이다. 그늘져 서늘해진 솔밭 터널을 달린다. 길은 소나무 사이로 곧게 뻗어 시원하게 뚫려 있다.

경포대 사근진 해변을 지나서 들어선 솔밭 자전거 도로. 동해안은 대부분 해변에 방풍을 위해 해송을 심었다.

솔 내음을 맡으며 심호흡한다. 이런 길은 더 오래 머무르고 싶다. 속도를 줄이고 천천히 음미하며 달린다. 지나가는 이 길이 어쩌면 아버님의 손길이 묻어 있을 수도 있다는 생각에 가슴이 뜨듯해진다. 이 길은 팔십년 전 그들이 방풍림을 조성하며 흘렸던 피와 땀이 결정체다. 지금은 방풍 목적에 추가하여 캠프장, 쉼터, 산책로와 같은 휴식 공간으로 더 존재 가치가 있다. 방풍림은 당시 해풍을 막기 위한 목적이었지만 후대에는 또 다른 영향을 미치고 있다.

마찬가지로 지금 우리가 하고 있는 일들이 미래 세대에게 어떤 도움이 되는 일인지 한 번 생각해 볼 필요가 있다. 우리 세대만을 위한 이기심은 아닌지? 혹시 미래 세대에게 부담을 지우는 것은 아닌지? 최소한 후대에 도움이나 모범이 되지는 않더라도 부담까지 떠넘기지는 말았으면 싶다. 자식에게 유산을 주지 못할망정 빚을 떠넘기는 것은 부모로서 도리가 아니다. 혹 부담이 되는 일이 있다면 허리띠를 졸라매어서라도 우리 세대에서 해결해야 한다. 한 시대를 살다간 자들이 지켜야 할 의무다. 이 의무를 저버리는 자들이 나오지 않도록 당대에서 더 나아가서는 후대에서도 두고

두고 기록하고 평가해야 한다. 역사가 무섭다는 것을 보여줄 필요가 있다.

"나 죽은 다음에 역사의 평가가 무슨 소용이 있어? 살아 있을 때 편하면 됐지."

혹여 이런 인간이기를 포기한 자들도 있을 수 있다. 무엇보다도 그런 사람이 발붙일 수 없는 사회 분위기를 조성해야 한다. 인간성 회복을 위한 교육 또한 중요하다.

그런 면에서 건설이란 직업을 잘 선택한 것 같다. 최소한 후대에 도움은 될지언정 폐는 끼치지 않는 직업을 가졌기 때문이다. 내가 관여한 도로와 구조물, 사회 기반 시설물들이 계속 남아 그들이 편하게 이용할 수 있도록 하는 일에 기여했으니 말이다. 내 자식들이 혹은 누군가가 그 시설물을 이용하며 시간과 비용을 절약하고 편해진다면 그것으로 만족한다.

아버님 역시 생계를 위해 일했지만 그 결과물이 후대에 시원한 그늘이 되리라는 것을 알고 있었을까? 바닷가 해변에는 솔밭이 있다. 솔밭 길은 솔 향기를 제외하고도 무언가 특별한 것이 있다.

● 경험의 오류

잘 안다고 생각했는데 아니다. 경험을 너무 믿으면 놓치는 것이 있다. 시간의 변화에 따라 무용지물이 될 때도 많기 때문이다. 오히려 없느니만 못한 경우도 있다. 그래서 익숙한 경험이 다가 아니다.

고속도로가 생기기 전 강릉에서 속초까지 가는 국도는 아주 익숙한 길이다. 초급 간부 시절 본사에서 양양교 가설공사 현장을 담당하며 현장

지원과 공사진척상황을 파악하기 위해 자주 운전하며 다녔다. 휴가철마다 설악산과 속초에서 휴가를 보냈던 익숙한 길이다. 자전거길은 국도가아닌 해안도로를 따라간다. 그런데도 이 지역은 잘 알고 있다는 착각 속에 편안한 마음으로 길을 간다. 연곡 해수욕장을 지나 주문진으로 가는해안도로에는 주정차한 차들이 자전거 도로를 막고 있다. 아침인데도 해변에는 산책하는 사람들이 드문드문 보인다.

차들이 도로 갓길 자전거 도로를 점거하고 있어 차도로 갈 수밖에 없다. 위험하다. 차량 흐름에 맞추어 속력을 내어 차를 따라간다. 자전거도로는 주문진 시내를 관통에서 지나간다. 차도, 사람도 너무 많다. 인도로 피해 가기는 한계가 있다. 옆에 항구로 빠져 보았지만 거기도 사람들로 북적인다. 다시 도로로 돌아 나와 차로로 앞차를 따라 전속력으로 질주한다. 앞차와 뒤차 사이에 끼어 주문진 시내를 빠져나온다. 주문진 시내를 벗어나자 주문진 해수욕장과 이어진다.

해변에는 여름이 한참 지난 11월 첫날인데도 자전거 도로변에 텐트가즐비하다. 캠핑카는 말할 것도 없고, R.V 차와 연결해서 텐트를 친 곳도여러 곳이다. 코로나 영향인지 가족 또는 연인끼리 야외에서 지내는 캠핑이 일상화된 것 같다. 텐트 안 의자에 편하게 앉아 책을 읽는 모습, 식사준비하는 모습, 아이들과 놀고 있는 모습들이 눈을 스쳐 지나간다. 안내판에 붙어 있는 텐트 자릿세도 모텔 수준이다. 이제는 성수기가 여름 한철이 아니다. 텐트 크기도 예전과는 달리 대형이 주류다.

주문진을 거쳐 지경 공원 인증센터에서 인증하고 남애 해수욕장에서김밥으로 점심을 해결한다. 해변 자전거 도로를 달려 인구해수욕장을 지나 죽도 전망대에 오른다. 남북으로 뻗은 동해안이 한눈에 들어온다.

죽도 전망대에서 바라본 남쪽 전경. 앞이 인구 해수욕장이다.
영덕부터 해변 자전거 도로를 타고 오며 바다를 싫증 나도록 보았다.
아주 멀리 보이는 곳도 내가 자전거로 지나온 길이다.

　　서편으로는 설악산이 보이고 동편으로는 수평선이 보이는 푸른 망망대
해다. 절경이다.

　　전망대를 내려와 동산 해변을 지난다. 여기까지 오는 동안 남애, 인구,
동산 해변에는 11월인데도 불구하고 서핑을 즐기는 젊은이들이 꽤 많이
보인다. 양양에서 시작된 서핑 인구가 젊은이들을 중심으로 급격히 늘어
전국으로 확대되는 것을 알 수 있다. 동해안 북부는 젊은이의 천국이다.
한겨울을 제외하곤 서핑을 즐기는 젊은이들로 가득 차 있다. 이젠 해수
욕장도 여름 한 철 장사가 아니다.

　　동산 해수욕장을 지나자 길은 동해대로 지하 통로를 지나 급경사를 넘
어간다. 오르막이 자전거길이 아닌 등산로 같다. 길 상태도 엉망이다.

남애 해안 서핑 풍경.
11월인데도 서핑하는 젊은이들이 많이 보인다.

오늘 처음으로 자전거를 끌고 걸어서 오르막을 오른다. 내리막을 지나니 익숙한 솔밭 길이 나온다. 양쪽으로 키가 큰 소나무 사이로 길이 나 있다. 봄에 아내와 걸었던 걷기에 운치 있던 솔밭 길이다. 자전거를 타고 가도 마찬가지로 운치 있다. 오르막길을 가속해서 대전차용 육교를 타고 동해 대로를 넘어간다. 경사를 줄이기 위해 지그재그로 만든 나무 데크를 타고 38 휴게소에 도착하여 숨을 고른다.

올봄 5월에 산책하다 자전거 여행을 하고 있던 노신사를 만난 곳이 이곳 38 휴게소다. 연세가 74세에 혼자서 동해안 통일전망대에서 남쪽인 영덕 방향으로 여행하고 있었다. 당초에는 아내와 같이 자전거 여행을 하기로 약속을 했었는데 갑자기 돌아가셔서 함께하지 못하고 홀로 여행을 하는 중이라고 했다. '혼자 남았다'라는 이야기가 충격으로 다가와 홀로서기 연습의 필요성을 느꼈다. 그때 나도 언젠가는 이 길을 혼자서 자전거 여행을 해 보리라고 생각했었다. 당시에는 여행을 생각만 했었다. 현실이 되리라고는 생각하지도 못했다.

그리고 6개월이 지났다. 지금 혼자 자전거 여행을 하며 이 자리에 서 있다. 그날이 이렇게 빨리 올 줄도 몰랐다. 정말 꿈같은 일이다. 이런 날이 올 것이라고 상상조차 못 했다. 당시 그가 가고자 했던 길을 거꾸로 지나와 이곳까지 왔다. 무엇이 나를 이 자리까지 이끌었는지는 모르나 정해져 있는 숙명 같은 느낌이다. '옷깃만 스치는 인연도 겁의 인연이다'라는 말의 의미를 생각한다. 나를 이 자리에 있게 한 것은 그 사람이다.

언덕을 넘어 하조대 해수욕장을 지나 양양 방향으로 향한다. 강릉에서 속초 가는 길은 해마다 몇 번씩 지나다니던 길이어서 이 지역은 매우 잘 안다고 생각을 했었다. 양양 방향으로 자전거 도로를 따라 올라간다. 길은 갑자기 우측 동호 해변 방향으로 꺾어진다. 가 보지 않은 4차선 도로다. 전혀 모르는 길이다. 더구나 새로 생긴 길도 아니다. 이 지역은 잘 안다고 생각했는데 그게 아니다. 계속 길을 따라가니 동호 해변이 나타난다. 동호 해변에서 인증 도장을 찍고 4차선 도로를 따라 계속 간다. 양양 남대천 하구에 있는 낙산대교를 지난다. 오른쪽은 바다가 왼쪽은 설악산이 보인다. 설악산은 역광을 받아 검게 빛나고 있다.

길은 낙산 해수욕장까지 해변을 따라 이어진다. 속초까지 가는 길이 양양 시내를 거쳐 가는 국도만이 아닌 또 다른 길이 있다는 것을 처음 알았다. 그 길을 자전거로 가고 있다. 당시 이 지역은 휴가철만 되면 차가 막히는 상습 정체 구간이었다. 그 막히는 길을 양양 시내까지 관통해서 지나간 적이 몇 번이었던가. 또 다른 길이 있었다는 것을 오늘 처음 알았다. 잘 안다고 생각했는데 아니다. 경험을 너무 믿으면 놓치는 것이 많다. 시간의 변화에 따라 무용지물이 되는 경우도 다반사다. 그래서 익숙한 경험이 다는 아니다.

● 코로나와 인파의 상관관계

'풍선효과'라는 말이 있다. 풍선의 한쪽을 누르면 다른 쪽이 불룩 튀어나오는 것처럼 어떤 부분의 문제를 해결하면 다른 부분에서 문제가 다시 발생하는 현상을 가리키는 말이다. 즉, 사회적으로 문제가 되는 특정 사안을 규제 등의 조치를 통해 억압하거나 금지하면 규제 조치가 통하지 않는 또 다른 경로로 우회하여 유사한 문제를 일으키는 사회적 현상을 의미한다. - 두산백과

연곡 해수욕장 해안도로에서 아침부터 갓길에 주정차한 차들과 사람들 때문에 위험을 무릅쓰고 차도로 갔다. 주문진 시내에서도 사람이 너무 많아 인도로 갈 수가 없었다. 거리 전체가 사람들로 북적였다. 결국, 앞차와 뒤차 사이에 끼어 주문진 시내를 빠져나올 수밖에 없을 정도로 복잡했다. 코로나 비대면 시대에 왜 이리도 사람들이 많은 것일까? 휴일을 맞아 사람들이 동해안으로 몰린 것일까? 11월 초순이다. 사람들이 계절을 잊은 것일까? 사람들이 계절을 잊은 것은 맞는 것 같다.

설악 해변에서 물치항 가는 도중 나무 데크 길옆 쉼터에서.
위와 옆, 뒤쪽이 콘크리트 벽으로 가려져 앞바다만 보인다. 연인들을 위한 쉼터 같다.

설악 해변을 따라 길게 설치해 놓은 나무 데크 위를 달려 물치항에 도착한다. 그곳에서도 사람들이 북적이는 정도를 넘어섰다. 자전거를 타고 가기가 힘들 정도다. 결국 내려서 끌고 간다. 그조차 앞으로 나아가기 힘들다. 이 많은 사람들이 어디서 온 것일까?

"인간은 사회적 동물이다"라고한 그리스의 철학자 아리스토텔레스의 명언이 생각난다. 인간은 개인으로만 존재하는 것이 아니라 끊임없이 타인과의 관계로 존재한다는 뜻이다.

코로나는 이 모든 것을 한순간에 바꾸어 놓았다. 타인과의 관계 활동을 죽음이라는 공포감으로 단절시켜버렸다. 일상의 모든 모임은 취소되었다. 공공장소에서 사람 간의 접촉도 금기시되어 버렸다. 규제 등의 조치를 통해 억압하거나 금지할 때, 풍선의 한쪽을 누르면 다른 쪽이 불룩 튀어나오는 것처럼 규제가 없는 곳으로 몰리기 마련이다. 이렇게 집이나 격리된 장소에서 몇 달을 지낸 사회적인 동물들의 탈출구는 어디일까?

갈 수 있는 곳은 산과 바다가 있는 야외밖에 없다. 더구나 방해받지 않는 토요일이다. 문제는 모두가 같은 생각을 한다는 것이다.

아무리 절경이라도 사람이 없으면 풍경이 너무 단조롭고 허전하다. 그래서 풍경화를 그릴 때 의도적으로 사람을 넣어 단조로움을 피할 수 있다. 사람 사는 세상에서 사람에게 관심이 가는 것은 당연한 일이다.

사람 간의 만남이 내가 살아보지 못한 일생을 마주하는 것이라는 생각을 한다면 인과관계는 그렇게 단순한 것이 아니다. 많은 노력과 투자가 필요하다. 지나오며 보았던 푸른 바다와 초겨울 서핑하는 젊은이들, 텐트에서 여유를 즐기는 연인들, 해변에서 들은 아이들의 웃음소리는 아직도 가슴속에 따스하게 남아 있다.

오늘 종점인 영금정 부근은 회 센터로 저녁 식사를 하러 온 사람들로 가득 찼다. 동명항 횟집촌은 사람들로 인산인해다. 입구부터 영금정 인증센터까지 차들로 꽉 막혀 있다. 쏟아져 나온 수많은 인파를 피해 자전거를 끌고 가면서 영금정 인증센터에 도착해서 인증한다. 마치 사람들이 약속이나 한 듯, 촛불 시위하듯 갑자기 쏟아 저 나온 것 같다. 억눌려 있던 유일한 분출구가 동해안 바닷가인 것 같다. 영화에서나 보았던 세상! 살면서 이런 세상이 올지는 상상도 못 했다.

오늘 라이딩 구간은 동해안 종주 중 가장 하이라이트 구간이다. 강릉에서 속초까지는 이렇다 할 오르막이 없는 평탄한 구간이다. 날씨마저 좋았다. 거기다 토요일이라 사람도 많다. 마치 하이킹하는 기분이었다. 힘이 들지 않으니 주변 풍경이 들어온다. 또 자전거길은 해변을 따라간다. 그 길을 따라가며 바다를 질리도록 보았다. 아름다움도 너무 오래 보면 일상이 된다.

▶ **동해안 자전거길(강원)**
  영금정– 봉포 해변 7㎞
  봉포 해변– 북천 철교 26㎞
  북천 철교– 통일전망대 29㎞

합계 62㎞

동해안 마지막 종주다. 바람 방향을 유심히 보니 역풍일 확률이 높다. 11월 초에 바람은 추위를 동반한다. 하늘을 본다. 먹구름이 우중충하게 걸려 있다. 일기예보에는 비 소식이 있다.

오늘은 쉬어 가고 싶다. 변화무쌍한 날씨와 긴장 속에서 업다운이 심한 해안도로를 지나며 3일간 계속된 무리한 여행에 몸이 지쳐 있다. 수채화 전시회 그림 마감 때문에 빡빡한 일정이 자리에서 일어나라고 재촉한다. 갈 데까지 가보고 결정하자고 무작정 출발한다. 한번 시작하면 되돌리기가 어렵다는 것을 잘 알고 있으면서도 말이다.

● 남들이 가지 않는 길

길을 가다 보면 갈림길이 나오기 마련이다. 그 지점에서는 선택할 수밖에 없다. 선택을 위한 정보는 표지판과 지도 그리고 지식과 경험이다. 남들이 가는 길은 검증이 되어 있어 무난하다. 남들이 가지 않는 길을 선택한다는 것은 위험을 감수하고 가겠다는 의미다. 그만큼 충분한 이유가 있어야 한다.

오늘 시점인 영금정 인증센터를 출발하여 해안도로를 따라간다. 거리에는 일요일 산책 나온 사람들로 복잡하다. 이리저리 사람들을 피해서 나아가다 장사 항에서 대로를 따라 언덕을 넘어 계속 간다.

봉포 해변 인증센터에서 인증 도장을 찍는다. 주변에는 오토캠프장과 캔싱톤 리조트가 있고 콘도들이 바다와 접해 있다. 해변에는 아침 산책을 즐기는 사람들과 모래 장난을 하는 아이들의 평화로운 모습이 여기저기 보인다.

천진으로 들어서며 동해안 길을 표시하는 파란 실선이 없어졌다. 길을 잃었다. 대로에서 바다 쪽으로 방향을 바꾸어 가니 거짓말같이 해안도로가 나타난다. 아래로 내려다보이는 푸른 바다와 짙은 수평선이 그림 같다. 해안도로를 따라 바다를 바라볼 수 있는 분위기 있는 카페들이 연이어 있다. 도로 앞은 낭떠러지다 유럽 남부 해안에 온 것 같은 느낌이다. 전망 좋은 카페에서 커피 한잔 하며 바다를 내려다보고 싶은 마음이 더해 간다. 지나가며 이리저리 찾아보아도 아침이라 문을 연 곳이 없다. 포기하고 그냥 간다.

잠간 해변을 지나서 아야진 해수욕장을 따라간다. 아야진 고개를 넘어 교암리 해수욕장과 백도, 삼포 해수욕장을 지나 송지호 해수욕장으로 들어선다. 송지호 해수욕장에 도착하니 북적대던 사람들도 줄어든다. 일요일 오후가 되며 외지인들이 집으로 돌아간 것 같은 느낌이다. 자전거 표지판은 7번 국도 밑으로 송지호 둘레길로 안내한다. 정규 코스는 송지호를 돌아 우회하는 코스와 대로 옆을 따라 직진하는 코스 두 개가 있었다. 의무가 아닌 선택 사항이다. 대로를 따라가는 편한 길이 바로 앞에 있다. 갈등이 생긴다. 몸 상태도 좋지 않다. 하늘에는 구름이 잔뜩 찌푸린 채로 있다. 바람도 있다. 대로를 따라가면 노면 상태도 좋고 거리도 단축된다. 그래서 대부분의 라이더들이 송지호 둘레길을 돌아가지 않고 바로 간다. 그러나 송지호 자연 그대로의 갈대숲과 호수, 철새들을 보고 싶다. 날씨도 몸도 좋지 않으니 지름길로 가자는 힘든 유혹을 애써 물리치고 7번 국도 지하 통로를 통과해 송지호 둘레길로 들어선다.

그러나 길을 얼마 가지 않아 최악의 선택이었다는 것을 알았다. 노면 상태가 좋지 않다. 바람도 돌풍 수준이다. 일기예보대로 비가 올 것 같이 하늘에는 먹구름이 잔뜩 끼었다. 자전거 바퀴가 바람에 흔들린다. 춥다. 오가는 사람도 없다. 의미 없이 호수를 돌고 있는 것 같다. 굳이 돌아서 거의 제자리로 오는 호수 둘레길을 자전거 종주 도로로 정한 이유는 송지호 정취를 느껴보라는 의미였을 것이다. 그러면 이 길로 온 이유인 갈대와 철새, 자연 그대로의 아름다운 호수를 느끼며 보았는가? 추위와 바람 때문에 아무것도 보지 못했다. 보고 느낄 여유조차 없었다. 오로지 이곳을 벗어나고자 하는 생각뿐이었다. 인적 없는 길을 혼자 지나간다. 갑자기 외로워진다. 해변을 따라 북쪽으로 올라갔으면 시간이라도 절약할 텐데 하는 후회가 뒤따른다. 사람은 서로 부대끼며 살아야 덜 외롭다는 사실을 새삼 느낀다. 현실을 고려 못한 선택으로 바람과 추위에 떨며 송지호를 돌아 30분 이상 시간을 지체했다. 다행히 비는 오지 않았다.

송지호 둘레길을 나와 운치 있는 솔밭 길을 지나 공현진을 지난다. 바람이 잔잔해지며 기온도 올라간다. 가진리로 들어서자 앞에 일직선으로 곧게 뻗은 2차선 포장도로가 나온다. 개통한 지 얼마 되지 않았는지 차도 사람도 없이 텅 비어 있다. 도로 중앙선을 타고 평지 최고 속도로 달린다. 속도계는 시속 30㎞를 넘어간다. 송지호 둘레길에서 쌓였던 스트레스가 확 풀린다. 정신없이 달리다 보니 길을 잃었다. 종주 도로를 찾아 해변으로 방향을 바꿀까 생각했지만 도로 상태가 너무 좋다. 가다 보면 동해안 자전거 도로와 만날 것 같다. 신나게 속도를 내어 달린다. 그렇게 스트레스를 풀며 계속 앞으로 간다. 결국은 북천과 만나 좌회전하여 북천 철교 인증센터에 도착한다. 지름길로 온 셈이다. 그래서인지 남들이 거쳐 가는 해변 동해안 종주 코스에 미련이 남는다.

산에 갈 때는 남들이 가는 코스로 가는 것이 제일 무난하다. 지름길은 빠르기는 하지만 경사가 급하거나 아니면 정규 코스가 되지 않은 다른 이유가 있다. 정상에 빨리 올라간들 빨리 내려오거나 일행을 기다려야 한다. 검정고시와 같은 비정규 코스로 남들보다 빨리 대학에 진학하는 학생들도 잃는 것이 있다. 정규 코스로 가는 동료나 친구가 없다는 것, 그들이 누렸던 혜택을 누려 보지 못했다는 것, 그들과 결이 다르다는 것이 아픈 흔적으로 남게 된다. 그래서 남들과 같은 길을 가는 것이 여러 면에서 특히 정서상으로도 무난하다. 남들과 같기 때문에 최소한 잃었다고 생각하는 상실감은 없기 때문이다. 우리 인생도 마찬가지다.

북천 인증센터. 왼쪽 자전거 교량이 구 철교를 개조한 교량이다.

● 의지의 한국인

'나이는 숫자에 불과하다'라는 말은 무언가를 시도하거나 시작할 때 '나이가 핑계가
될 수는 없다', '도전하기에 너무 늦은 때는 없다', '간절한 꿈은 나이와 관계없이 이루
어진다'라는 말과 서로 통한다.

북천 철교를 건너 우회전하여 제방길을 따라가니 정자가 있는 쉼터가
나온다. 김밥으로 허기를 채우며 바다를 바라본다. 젊은 라이더 두 명이
자전거를 세우고 안내판을 보고 있다. 오늘은 라이더들을 거의 보지 못
했다. 다가가서 말을 건다.

"어디까지 가세요?"

"갈 수 있는 만큼 가보려 하는데 속초 방향 길 상태는 어떻습니까?"

묻는 것이 속초까지 갈 모양이다.

"업다운이 없어 갈 만하죠. 통일전망대까지는 멀어요?"

"천천히 가도 두 시간이면 충분할걸요."

젊은 친구들의 속도는 가늠할 수가 없다. 위아래를 스캔한다. 둘 다 자전거용 클립 슈즈를 신었다. 고수다.

"그런데 왜 이리 늦게 왔어요?"

"오늘 아침 서울에서 버스 타고 오느라고 통일전망대에서 늦게 출발했어요."

경험자로서 한마디 덧붙인다.

"송지호 둘레길로는 가지 마시고 대로로 곧장 내려가세요. 둘레길 상태가 엉망이라 오면서 고생 많이 했어요."

젊은이들은 고맙다고 인사를 하며 자리를 떠난다. '저들은 내가 겪었던 고생은 하지 않겠지'하는 마음으로 떠나는 뒷모습을 흐뭇하게 바라본다.

반암 해변을 지나 거진에서 긴 오르막을 넘어 신나게 내려가니 화진포다. 길옆에 있는 김일성 별장과 박물관에 마음이 흔들렸지만 그냥 지나친다. 화진포 둘레길을 가는 갈림길이 나온다. 선택이 가능하다. 이번에는 갈등 없이 무시하고 목적지로 계속 간다. 송지호에서 겪은 학습 효과 때문이다.

대진 해수욕장을 지나간다. 앞에 걸어가고 있는 도보 여행자에게 인사하며 지나친다. 비구름과 묘하게 대비되는 바다 색깔을 본다. 이정표 옆에 자전거를 세우고 바다를 바라보면서 땀을 식힌다. 조금 전에 추월했던 도보 여행자가 지나간다. 인사를 한다. 그동안 외로웠는지 내 옆으로 다가와 앉는다. 가까이서 보니 연세가 있다. 73세에 부산 오륙도에서 혼자 출발하여 28일째 계속 도보여행 중이고 내일 통일전망대에서 여행이 끝난다고 한다. 일반적으로 도보 여행자들이 연속해서 목적지까지 가는 경우는 매우 드물다. 구간을 나누어서 며칠씩 여행하고 집에 가서 쉬었다가 다음 구간을 여행하는 사람들이 대부분이다.

나도 장거리 도보여행을 계획하고 있는데 경험자로서 해줄 말이 있는지 물었다. 처음 여행을 계획하며 필요하다고 생각해서 가져온 스틱, 쌍안경, 옷가지를 포함, 여러 가지를 버리며 여기까지 왔다고 한다. 먼 길을 가려면 최소한으로 필요한 것만 제외하고 버려야 갈 수 있다고 했다. 옆에 놓인 배낭을 들어보니 그래도 무게가 나간다. 신발은 좋은 것을 신으라고 추천한다. 본인이 신고 온 좋은 신발도 다 닳아 너덜너덜해졌다고 한다. 도보용 해파랑길 수첩을 보여준다. 2권으로 되어 있고 지도에 인증소 위치도 표시되어 있다. 완주하면 완주 증명서도 발행해 준다고 한다. 10년 후 나도 그분과 같이 의연하게 한 달 동안 걸어서 여행할 수 있을까?

원래 계획은 스페인 산티아고 도보여행을 계획하고 사전에 몸을 만들기 위해 하루에 20㎞씩 걸으며 준비했는데 코로나 때문에 해파랑길로 목표를 바꾸었다고 한다. 해파랑길 도보 여행길도 자전거길과 중첩되는 곳이 많다고 했다. 중요한 것은 숙박할 장소를 미리 예약하고 차질 없이 가야 되는 강박관념 때문에 여유 있게 많은 것을 볼 수 없었던 것이 후회된다고 하며 일정을 여유 있게 잡으라고 충고한다.

그분이 느꼈을 추위와 바람, 외로움, 두려움과 고통을 어렴풋이 느낄 수 있었다. 그분보다는 못하지만 나도 동해안 4일간의 자전거 여행에서 겪은 바가 있었기 때문이다. 28일을 혼자 걸으면서 겪었을 험난한 여정의 흔적이 보이지 않는 의연한 모습에서 연륜의 힘을 보았다. 그 자리에 앉아 의지의 한국인이 남기고 간 긴 여운에 바다를 바라보다 출발한다. 얼마 안 가 앞에 걷고 있는 그를 다시 추월하며 외친다.

"파이팅 하세요!"

그 역시 싱긋이 웃으며 손을 흔든다. 지나가며 생각한다. 인연이다. 어떤 인연일까? 옷깃만 스친 게 아니라 손잡고 말까지 섞었으니 '겁' 이상의 인연이다. 지금 그사람이 나에게 어떤 영향을 주었는지는 알 수 없다. 혹시 앞으로 도보 여행을 하게 될지 누가 알겠는가?

이정표에 자전거를 세워 놓고 본 바다 풍경. 오는 도중에 추월해 왔던 의지의 한국인을 여기서 만났다.

금강산 콘도 방향으로 달린다. 표지판은 비포장에 경사가 급한 산길을 가리킨다. 자전거를 끌고 산길을 오른다. 산을 넘어 자전거를 타고 내려가니 우리나라 최북단에 있는 금강산 콘도가 나타난다. 콘도를 지나 언덕을 넘어간다. 갑자기 통일전망대 입구가 나오며 그 옆에 인증센터가 보인다. 아직 가야 할 거리가 남았다고 생각했는데 갑자기 끝이 나서 얼떨떨한 기분이다. 통일전망대는 자전거 출입이 통제되는 곳이어서 인증센터를 입구에 만들어 놓았다고 한다. 미리 와서 기다리던 아들이 사진을 찍어 준다. 동해안 종주 마지막 인증센터에서 자전거를 들고 사진을 찍는다. 이것으로 4일간의 동해안 종주는 끝이 났다.

통일전망대 인증센터에서 인증을 마치고 동해안 국토 종주를 끝낸 기념사진.

동해안 종주가 끝이 났다. 끝났다는 것은 목표가 없어졌다는 이야기다. 홀가분하다. 그래서 진정한 여행은 목표가 없는 여행이다. 자전거 여행이라 차로 하는 여행보다 더 많이 보고 더 많이 느낄 줄 알았다. 그러나 그게 아니었다. 목표 때문이다. 목표를 갖은 순간 구속의 시작이다. 이번 여행도 4일이라는 목표가 있었기 때문에 의지와는 달리 많은 것을 포기했다. 일종의 욕심이다. 오늘 여행에서 만난 의지의 한국인이 얘기했다.

"멀리 가려면 많이 버리라고…."

그중 가장 먼저 버려야 할 것이 욕심인 것 같다. 큰 윤곽만 그리고 그때그때 하고 싶은 대로, 기분대로 행하는 여행을 언제쯤 할 수 있으려나?

앞에는 또 다른 구속이 똬리를 틀고 기다리고 있다. 집에 돌아가서 일주일간은 그동안 밀려 있는 수채화 그림과 전시회 준비에 전념해야 한다. 안 하면 되는 간단한 일인데도 스트레스를 받는 것은 하고 싶기 때문이다. 은퇴와 더불어 하고 싶지 않아도 해야 되는 책임과 의무에서 벗어났다. 모든 일에서 자유로워진 것이다. 그래서 내 인생에서 최고의 시절을 보내고 있는지도 모르겠다.

내게 국토 종주는 새로운 것에 대한 시도와 그 과정에서 느끼는 즐거움과 성취감이다. 동해안 종주가 막 끝난 지금, 제주도 자전거 여행을 생각하고 있는 이놈의 심보는 또 무엇인가?

PART 3

제주 환상 길

🚲 먼저 한 발 들여놓고 본다

▶ **제주 환상 자전거길**
용두암- 다락 쉼터 21㎞
다락 쉼터- 해거름 공원 21㎞
해거름 공원- 송악산 35㎞

합계 77㎞

동해안 자전거 여행을 끝내고 수채화 전시회 그림 마감까지 일주일은 온종일 그림 스트레스를 받으며 지냈다. 하루에 한 점씩 일곱 점을 그리려 생각했으나 늘 그래 왔듯이 현실은 생각과는 거리가 멀었다. 겨우 두 점밖에 그리지 못했다. 어쩔 수 없이 올해 그려 놓은 마음에 들지 않는 그림 중 몇 점을 추려내어 마감일 내에 제출했으나 관객과 동료에게 최선을 다하지 못한 아쉬움은 남아 고개를 들지 못했다. 한해가 지났는데도 진전이 없는 그림을 전시하는 부끄러움에 내년에는 최선을 다하자고 마음을 가다듬는다. 어느 시인의 말처럼 지나간 것은 지나간 그대로 두고 더는 생각하지 않기로 했다. 전시회가 내 인생의 전부는 아니다.

아이러니한 것은 그림을 그리는 그 바쁜 와중에도 제주도 자전거 여행을 생각하고 있었다. 올해 안에 제주도 종주는 끝내고 싶었다. 연말 일정과 제주도 날씨를 비교하며 고민했다. 제일 신경이 쓰였던 것은 11월 제주도 바람이다. 올해 안에 갈 생각이라면 추워지기 전에 빠를수록 좋다는 결론을 내리고 그림 제출 다음 날 출발하기로 마음먹었다. 이번에는 기간과 목적지를 정하지 않고 내 마음대로 하는 휴식이 있는 여행을 하리라고 생각했다. 그러나 현실적인 문제로 바로 생각을 바꿔야 했다.

● 무작정 시작하기

아무것도 하지 않으면 아무 일도 일어나지 않는다. 일단 시작하면 어떤 일이 일어날 지 아무도 모른다. - 보도 섀퍼

출발하기로 마음먹고 가족들에게 간다고 공포했다. 기간은 열흘 이상 생각하고 있다고 했다. 갑자기 아내 표정이 굳어지며 냉랭해진다. 이어서 나오는 말을 정리하면 '남편이라고 옆에 있는 게 아내 일생일대의 최대 행사도 모르고 자기 생각만 한다'라는 의미다. 아내의 권사 임직 일이 중간에 끼어 있다. 무시했다가는 앞날이 두고두고 피곤해질 것 같다. 임직일 전날인 토요일 밤에 도착하도록 일정을 조정한다. 삼박 사일이다.

제주도 종주 구간 240㎞를 4일로 나누면 하루에 60㎞만 가면 된다. 기간을 짧게 잡으니 갑자기 아들과 같이 라이딩하고 싶어진다. 제안한다. 언제나 그랬듯이 '노'라는 답이 곧바로 온다. 아내는 혼자 보내는 것이 불안했든지 아니면 본인 최대 행사에 참석이 미심쩍어서인지 감시자로서 아들을 설득하여 기어코 답을 받아 낸다.

왕복 비행기를 예약한다. 자전거는 현지에서 대여하기로 하고 숙소도 현지에서 해결하기로 했다. 관광객이 몰리는 금요일 밤만 사전 예약을 한다. 비행기 왕복 티켓만 예약한 후 최소한의 짐만 가지고 무작정 출발한다.

첫날부터 가야 할 거리가 있고 저녁 5시면 어두워지기 때문에 새벽에 출발했다. 제주 공항에 도착해서 픽업해 주기로 했던 자전거 대여점 직원이 오지 않아 한 시간을 허비했다. 사장이 직접 매장을 운영하느라 바빠서 늦었다고 한다. 한 시간이 의미 없이 지나갔다. 이것이 후에 어떤 영향을 미칠지 아무도 알 수 없다. 주간에만 탈 생각으로 전조등과 미등은 빌리지 않았다. 야간 라이딩의 미련을 잘라 버렸다. 그러나 이전 경험으로 볼 때 현실과 생각은 다르다는 불안감이 마음 한구석에 자리 잡는다.

자전거를 빌리는 절차를 마치고 출발하니 11시가 다 되었다. 두 시간 이상 지체되었다. 아들은 로드 자전거를 빌렸다. 국토 종주와 동해안 종주 내내 로드 자전거를 타며 오르막에서 고생을 많이 했다. 산악자전거를 타는 사람들이 부러웠었다. 드디어 기회가 왔다. 오르막에서 진가를 발휘한다는 MTB 자전거를 빌렸다. 기어 변속 체계가 로드 자전거하고 완전히 다르다. 불안하지만 가면서 적응하기로 하고 인근 용두암 인증센터를 향해 출발한다. 자전거에 적응도 하기 전에 시가지 도로를 따라가니 불안하다. 살면서 시작부터 완벽했던 적이 있었던가? 기어 변환 연습을 하면서 길을 간다. 용두암 외진 곳에 있는 인증센터를 찾아서 인증 도장을 찍고 제주 종주를 시작한다.

인증센터가 있는 제주 환상 길 출발 지점인 용두암.

두 시간 이상 지체된 것 외에는 변한 것은 없다. 용두암을 출발하자 배가 고프다. 새벽에 출발하느라 아침을 걸렀다. 아들이 근처 맛 집을 제안한다. 묵살하고 아는 곳이 있으니 따라오라고 한다. 아들이 군대 첫 휴가 나왔을 때 함께 여행 갔었던 용두암에서 5분 거리의 음식점을 생각하고 있었다. 바다를 보며 식사했던 분위기 좋은 곳이다. 그때 오분자기 뚝배기를 먹으며 아들이 한 이야기다.

"천국의 맛이 이 맛일 거야."

아들에게 천국의 맛을 다시 한 번 더 보여주고 싶었다. 문을 닫았다. 할 수 없이 아들이 SNS로 찾은 맛집으로 향한다. 아들은 제주도 해장국인 몸국을 시켰다. 식사 중에 11시가 되었다. 오늘은 제2회 'Let's 1111' 프로젝트 출판기념회 날이다. 이 프로젝트는 1년 동안 책 1권을 쓰고 1주일에 책 1권씩 읽고 매년 11월 11일 11시에 출판기념회를 갖는 국민연금 프로젝트다. 담당하는 젊은 두 직원의 열정이 많은 사람을 불러들이고 그들 속에 숨어 있는 잠재력을 밖으로 끄집어낸다. 이런 열정들이 우리 사회를 선순환으로 이끄는 원동력이 되는 것 같다.

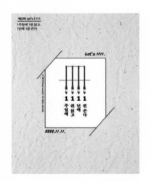

let's 1111 포스터
2019년부터 국민연금에서 주도한 작가 모임으로 매년 11월 11일 11시에 출판기념회를 개최한다.

금년은 코로나 때문에 비대면으로 다중 SNS 출판기념회를 한다고 한다. 핸드폰으로 예정 시간에 맞추어 웹엑스라는 프로그램에 접속하니 많은 반가운 얼굴들이 자기가 쓴 책을 들고 자기 책을 설명한다. 실시간으로 의사소통도 가능하다. 참 편리한 세상이다. 나는 제주도에서 밥 먹으며 서울에서 하는 출판기념회에 참석했다. 출판기념회와 아내의 권사 임명일 행사 일정을 한 번에 해결했다.

풀지 못하는 문제는 없다. 사람 마음먹기에 따라 달라진다. 무작정 먼저 한 발 들여놓지 않고 사전에 조건을 고려했다면 이번 여행은 없었다.

● 환상의 섬 제주

술에 취한 섬 물을 베고 잔다 / 파도가 흔들어도 그대로 잔다 / 저 섬에서 한 달만 살
자 / 저 섬에서 한 달만 뜬눈으로 살자 / 저 섬에서 한 달만 그리움이 없어질 때까지

－「그리운 바다 성산포」 중(이생진의 시)

젊은 시절에는 유행했던 '워크맨'으로 음악을 듣거나 영어 테이프를 들었다. 좋아하는 음악을 테이프에 녹음하여 듣고 다녔다. 그 시절 중저음의 성우가 녹음한 이생진 시인의 「그리운 바다 성산포」가 가슴으로 다가왔다. 밤에 불을 끈다. 테이프를 틀고 자동 되돌리기에 맞추어 둔다. 감성 있는 시가 나지막하고 굵직한 목소리로 반복해서 흘러나온다. 눈을 감고 상상을 하며 몰입한다. 가끔 그대로 잠이 들면 꿈속에서도 성산포가 보였다. 이후 제주도는 환상의 섬으로 기억되어 있었다. 당시 그 섬은 가고 싶다고 갈 수 있는 섬이 아니었다.

십여 년의 세월이 흐른 뒤 신혼 여행으로 아내와 함께 이곳에 처음 왔다. 살던 세상과는 다른 이국적인 모습이 눈에 들어왔다. 빽빽하게 짜인 단체 일정과 사진, 비디오 촬영으로 상상했던 제주를 보지 못하고 돌아갔다. 또 십 년이 흘러 회사 중견간부가 되었다. 그 이후로는 출장, 세

미나, 휴가, 여행으로 매년 한두 번은 이곳에 왔다. 이제는 섬 전체를 다 가보아서 잘 안다고 할 수 있다. 그러나 올 때마다 느낌이 다른 섬이다. 올여름 코로나로 여행객이 많이 없었을 때 아내와 함께 이곳에 와서 섬 구석구석을 다녔다. 올 때마다 달라지는 느낌에 이 섬에서 한 달 살아보 겠다고 생각했었다. 그리고 4개월 후 전혀 생각해 보지도 못했던 자전거 를 타고 이 자리에 있다.

점심 후 용두암 해안을 따라 내리막을 달린다. 자전거 도로는 제주 올 레길 17번 코스와 같이 사용하고 있다. 날씨도 좋고 바람도 없다. 제주 바다를 바라보며 내리막길을 내려간다. 11월 중순인데도 따스한 봄날 자 전거 타고 소풍 가는 기분이다. 멀리는 푸른 바다와 수평선이 보이고 가 까이는 검은 용암 해안에 부딪히는 파도의 하얀 포말이 눈앞에서 펼쳐진 다. 지금 지나가는 용두암 해안 길은 시내 가까이 있고 길을 따라 카페와 음식점이 많은 길이다. 바다를 보며 즐길 수 있게 해안 바로 옆에 산책길 과 공원, 주차장 시설이 잘되어 있어 사람들이 많이 찾는 곳이기도 하다. 평일인데도 차와 사람들이 많다. 피해서 달리려니 속도가 붙지 않는다. 여기저기 차들이 인도에 세워져 있어 차도로 피해 간다.

해안 길을 지나 도두동 시내 도로로 들어선다. 길 상태가 좋지 않고 골 목으로 들어가는 갈림길이 많아 위험하다. 뒤따라오는 아들은 좌우를 살 펴보고 지나가라고 계속 주의를 준다. 국토 종주와 동해안 자전거 여행에 서 한 번도 들어보지 못했던 잔소리다. 그 소리를 아들에게 들을 줄은 상 상도 못 했다. 지금까지 살아오면서 잔소리는 내가 아들에게 해 왔던 역 할이다. 내가 할 말을 아들이 하는, 주객이 전도된 생소하고 익숙하지 않 은 묘한 느낌이다.

길은 이호 방파제를 지나 외곽으로 한 바퀴 돌아 이호테우 해수욕장으로 들어와 해안을 따라 계속된다. 외도 선착장에서 애월까지 해안을 따라 전망이 좋은 곳은 어김없이 펜션들이 바다를 보고 서 있다. 고내리 포구를 지나가자 긴 오르막 언덕이 보인다. 제주에서 처음으로 만나는 긴 오르막이다. 기어를 저단으로 놓고 올라간다. 페달은 빠르게 밟는데도 속도가 나질 않는다. 오르막에서는 로드 자전거보다 쉽다는데 힘든 것은 마찬가지다.

로드 자전거를 타고 뒤따라오는 아들은 속도를 맞추며 힘들게 올라가는 아비를 격려한다. 그러나 로드 자전거가 더 힘들다는 것을 경험으로 알고 있다. 혼자일 때는 내려서 부담 없이 끌고 올라갈 경사이나 뒤에 있는 아들을 의식하며 끝까지 타고 올라간다. 멀리 다락 쉼터 인증센터가 보인다. 다락 쉼터는 올여름에 아내와 이곳에서 한 시간 이상 산책하며 쉬어 간 곳으로 아주 낯익은 곳이다. 그때는 멀리서도 한눈에 보이는 빨강 인증센터 부스를 보지 못했다.

왜 보지 못했을까? 사람은 보고 싶은 것만 보기 때문이다. 관심이 없는 것은 눈앞에 있어도 보이지 않는다. 내가 본 것도 믿을 수 없다는 묘한 감정으로 다락 쉼터를 지나 다음 인증센터인 해거름 공원을 향해 달린다. 해안도로와 일주 도로를 번갈아 달린다. 곽지 해수욕장을 지나 한림항, 협재 해수욕장을 지난다. 푸른 바다를 보며 평탄한 해안 길을 간다. 상쾌하다. 이 구간 역시 바다를 조망하는 아름다운 곳은 수많은 펜션과 콘도들이 차지하고 있다. 그만큼 경치가 뛰어나고 주변 분위기가 좋기 때문이다.

올여름 아내와 제주에서 한 달 살기 위해 숙소를 알아본 곳도 이 지역 인근인 애월 연화지 부근이다. 이 섬에서 한 달을 살아보면 여행할 때와는 다른 눈으로 제주를 바라볼 수 있을 것 같았다. 직접 그 속에 들어가 사는 것과 한 발 빼고 제3자의 입장에서 바라보는 것의 차이는 어떤 느낌일까? 월령 선인장 자생지를 지나 해거름 공원에서 인증 도장을 찍는다.

● 함께 가면 잃는 것도 있다

> 사랑을 받아들이면 너무 약한 사람이 될 거라고 생각하지. 하지만 레빈이라는 현명한 사람이 제대로 지적했어 '사랑이야말로 유일하게 이성적인 행동이다'라고 말야.
>
> – 『모리와 함께한 화요일』 중

지금까지 모든 일은 스스로 결정하고 행동해 왔다. 또 그 행동에 책임을 졌다. 나이가 들면서 누구 하나 이의를 제기하는 사람도 없었다. 알아서 하겠지 하는 믿음과 신뢰 때문이다. 모두에게 당당했다. 자신감이 넘쳐흘러 모든 것이 마음먹으면 이루어졌다. 동해안 종주까지는 그랬다.

아들과 함께하며 잔소리와 격려의 말을 들으면서 자신이 점점 왜소해지는 것을 느꼈다. 근력이나 속도에서 아들보다 떨어지고, 걱정과 잔소리를 하는 입장에서 받는 입장으로 바뀌었기 때문이다. 쌓았던 철옹성이 서서히 무너지듯이 약해지는 그런 느낌이었다.

해거름 공원에서 신창 해안을 바라본다. 멀리 해안 바닷가에 풍력 발전기가 일직선으로 줄을 서 있다. 신창 해안은 올여름 아내와 와서 산책했던 인상 깊었던 곳이다. 푸른 바다를 배경으로 하얀 풍차들이 돌아가고 검은 용암 길을 산책하며 보는 일몰은 환상적이었다. 신창을 지나 송악산으로 출발한다. 송악산까지 가는 계획을 수정해서 어두워지기 전에 모슬포에 도착해서 숙소를 잡기로 한다.

해거름 공원 인증센터에서 본 신창 풍력 발전기.

해안도로를 따라 전력 질주하여 모슬포로 향한다. 길게 이어지는 이 구간은 펜션이 거의 없고 바다만 보이는, 같은 풍경의 연속이다. 바닷가에는 낚시하는 사람들만 드문드문 보일 뿐이다. 모슬포에 다가가니 해가 바다 위로 넘어가고 있다. 일몰의 아름다움을 보기 위해 달리는 자전거를 자주 세운다. 사진에 담는다. 풍경을 담아내지 못한다. 자전거를 또 세우고 구도를 잡아 본다.

일몰은 일출과 거의 같은 모습이다. 구별하기가 힘들다. 다른 점이 있다면 같은 모습을 보여준 이후다. 일출 이후에는 세상이 밝아 오고 일몰이후에는 세상이 어두워져 암흑으로 바뀌는 것이 차이다. 시작과 끝이라는 아주 다른 의미를 갖는다. 일몰 이후 세상이 어두워질 때를 '황혼'이라고 한다. 사전의 또 다른 의미는 '사람의 생이나 나라의 운명 따위가 한창인 고비를 지나 쇠퇴하여 종말에 이른 상태를 비유적으로 이르는 말'이라고 한다. 아들과 함께 일몰을 보며 내 나이도 어느덧 황혼에 들어서고 있는 것을 느낀다. 아들은 뜨는 해고 나는 지는 해다.

모슬포 시내에 들어선다. 어두워지기 전에 전망 좋은 호텔 앞에 도착하여 모텔 가격으로 숙소를 잡기로 한다. 아들이 SNS를 보며 다른 숙소를 찾아 제안한다. 송악산 근처에 월풀이 있는 대단위 모텔이 있는데 그리로 가자고 한다. 외진 곳이다. 시가지를 지나 7㎞를 더 가야 한다. 자전거에는 전조등도 미등도 없다. 야간 라이딩은 하지 않기로 했었다. 이성과 경험은 여기서 멈추어야 한다고 이야기한다. 어둠이 걱정되었으나 그런데도 아들이 원하는 것을 거절하지 못하고 따른다.

모슬포 바로 전에서 본 일몰 전경.
바다 수평선에 뚫린 터널 같다. 이후 어둠을 속에서 7㎞ 떨어진 숙소를 향해 달렸다.

시가지를 벗어나자 어둠이 내려앉는다. 전조등과 미등이 없다. 빌리지 않은 것을 후회한다. 둘 다 복장은 밤에 식별이 어려운 검은색이다. 위험하다. 형광색 옷으로 갈아입고 아들을 앞세운다. 인도가 잘 보이지 않아 차도로 주행한다. 기온은 내려가 핸들을 잡은 손이 시리다. 제주지만 11월의 날씨를 실감한다. 게다가 어둠 때문에 앞이 잘 보이지 않는다.

다행히 얼마 안 가 자전거 도로가 있는 4차선 일주 도로가 나온다. 한참을 달리다 2차선 도로로 들어선다. 가로등이 없어 앞이 잘 보이지 않는다. 인적과 지나다니는 차도 없다. 어둠과 적막함뿐이다. 차도로 주행하다 보니 목적지에 도착한다.

우려는 꼭 현실이 된다. 야간 라이딩의 싹을 자르기 위해 일부러 전조등과 후미등을 빌리지 않았는데도 어쩔 수 없이 하게 되었다. 월풀 때문에 먼 거리를 더 왔는데 지쳐서 그냥 잤다. 왜 이럴 줄 알면서도 아들 제의를 거절하지 못했던 걸까?

지는 해는 뜨는 해를 이기지 못하기 때문이다. 본인이 생각한 대로 가보고 느껴보라는 의미였다. 지금까지는 혼자서 라이딩을 해 왔지만 이번에 처음으로 같이 하는 동반자가 생겼다. 아들이다. 그래서 야간 라이딩이 두렵지 않았다. 본인 의지와는 상관없이 부모 혼자 가는 것이 걱정되어서 따라온 것 같다. 벌써 보살핌을 받을 나이가 된 것일까? 이번 여행에서 맛집과 숙소 선정이 아들의 주요 임무다.

누군가 이야기했다. '자식은 영원한 채권자'라고… 나도 자식들에게 이야기했다. "대학 졸업과 동시에 채무 관계 끝"이라고 각자도생을 선포는 하였지만 가족인 것은 어쩔 수 없다. 이번 여행을 같이 가자고 제안한 이유는 온종일을 같이 하면서 서로 이해의 폭을 넓혀 보자는 취지에서였다. 오늘 여행 중에 수없이 들은 잔소리에서 깨달았다. 부모와 자식 관계는 힘의 역학 관계가 아닌 사랑이라는 것을… 아들과 함께하며 당당함을 잃었다. 그래도 가족이라는 따스함 속에서 보낸 하루였다.

먼저 한발 내디딘 덕에 제주에 와서 차를 타고는 볼 수 없는 제주의 새로운 모습을 보았다. 처음으로 아들과 함께하며 자전거 여행을 했다. 아들에게 잔소리를 들었다. 알면서도 아들이 원하는 대로 하다 어둠 속에서 추위에 떨었다. 후견인을 두고 나서 당당함을 잃었다. 그 모든 것이 제주의 아름다움에 묻혔다.

🚲 제주는 그리움이다

▶ **제주 환상 자전거길**
  송악산- 법환바당 30㎞
  법환바당- 쇠소깍 14㎞

  합계 44㎞

숙소는 제주 환상 자전거길에서 한라산 쪽으로 5㎞ 정도 안으로 들어와 있다. 어젯밤 어둠 속에서 추위에 떨며 자전거 노선이 아닌 이곳까지 온 이유는 월풀 욕조 때문이다. 아침에 일어나자마자 월풀에 몸을 담그니 오늘 하루는 쉬어 가고 싶다. 어제는 새벽에 일어나 제주까지 와서 강행군했다. 보상으로 오늘은 짧은 거리의 휴식이 있는 라이딩을 생각한다.

올여름 아내와 와서 3일을 찾아갔으나, 매번 비 또는 바람 때문에 입장하지 못해 아쉬움으로 남았던 용머리 해안을 둘러볼 생각이다. 오늘 일정은 최근 종주 중에서 최단거리다. 여유 있는 하루를 기대하며 게으름을 피우다 늦게야 출발한다.

● 아픈 과거 그리고 현재

외지인 한 사람이 들어와 원주민의 도움을 받으며 정착한다. 외롭다. 친구를 그곳으로 불러들여 정착을 돕는다. 친구들에게 좋은 곳이라고 소문이 난다. 너도나도 그곳으로 가 정착한다. 친구들끼리 모인다. 소외된 원주민은 하나둘씩 외지로 빠져나간다. 그 친구들만의 마을이 생긴다. 제주는 그리되지 않았으면 싶다.

제주는 단순히 관광지가 아니다. 집과 같은 곳이다. 힘이 들거나 가끔 생각날 때면 쉬었다가 오고 싶은 곳이다. 뭍으로 유학 와서 정착한 대부분의 사람들이 때가 되면 고향 제주로 돌아가서 사는 경우도 많이 본다. 나이 들어 제주에 가서 사는 것이 로망인 사람들도 있다. 제주에 터를 잡아 살고 있는 젊은 사람들도 많다. 왜 그럴까? 어머니같이 포근한 곳이다. 치유의 힘이 있는 섬이다.

목욕하고 나와 아침 산책을 하며 숙소 주위를 둘러본다. 아무것도 없이 황량하다. 단지 숙박을 한 무인텔 건물 4동만 덩그러니 있다. 대형 숙박 소개 업체와 연계되어 예약하면 호실이 배정되고 대면 없이 비밀번호나 카드로 진·출입이 가능하다. 무인텔같이 주인이나 종업원을 마주칠 일이 없다. 어젯밤 예약 없이 찾아가 의사소통에 애를 먹었다. 모텔의 주인과 종업원이 중국 사람들이었다.

지도를 보니 모텔 위치가 올여름 아내와 묵었던 신화월드 근처다. 신화월드는 대규모 중국 자본이 제주 외진 곳의 땅을 구입하여 그 지역에 소도시를 만들었다. 호텔, 리조트, 물놀이 공원, 테마파크, 펜션 단지가 있는 대단위 시설이다. 중국 관광객을 대상으로 해서인지 중국풍으로 규모가 상당히 컸다.

코로나의 영향으로 중국 관광객이 끊어져 타격을 입을 줄 알았다. 중국인들의 빈자리를 한국 사람들이 채우고 있다. 특히 워터파크 시설과 풀장은 아이들이 있는 가정과 관광객들에게 인기가 있어 사람들을 불러 모으고 있다.

신화 월드에서 본 물놀이 공원.
제주에서 규모가 커서 아이들과 동반한
지역 주민과 관광객들에게 인기 있는 장소다.

제주의 허파라고 불리는 한라산 중 산간 곶자왈 지역은 보존 가치가 있는 지역이지만, 해안가보다 땅값이 저렴해 지가 상승을 기대하며 투자를 선호하는 곳이라고 한다. 대단위 부지 조성과 난개발은 지역의 환경, 생태계 파괴 논란을 불러일으키고 있다. 또한 외국인 투자가 제주의 대형 리조트나 호텔들의 상당수를 차지하고 있어, 해외 자본 유치의 긍정적인 측면도 있으나 해당 지역 부동산 가격을 급등하게 하는 원인이 되기도 한다. 외국 자본에 의한 부동산값 폭등의 어려움을 겪고 있는 캐나다와 그리스의 전철을 피하기 위해, 많은 나라들이 외국인 부동산 거래에 대해 세금이나 규제를 이용해 장벽을 높이는 추세다. 제주의 부동산 가격은 최근 5년 사이에 너무도 많이 올랐다.

아침을 거른 채 늦게 모텔을 나와 송악산 인증센터로 향한다. 지도를 보니 내륙으로 너무 많이 들어와 있다. 송악산까지 7㎞다. 송악산을 보며 가능한 직선으로 가려고 방향을 잡는다.

이차 대전 말기에 일본이 건설한 알뜨르 비행장을 지나간다. 아직도 당시 수탈의 흔적이 남아 있다. 알뜨르는 '아래 벌판'이라는 뜻을 가진 예쁜 제주 방언이다. 1920년대 중반부터 모슬포 지역의 주민들을 동원하여 활주로를 비롯한 비행기 격납고와 탄약고를 10년에 걸쳐 세웠다고 한다. 배추밭, 감자밭 군데군데 20여 기의 격납고가 아직도 남아 있고 안으로 들어가 볼 수도 있다. 일제 잔재를 청산한다고 철거했다면 이 지역 수탈의 역사도 기록으로만 남을 뻔했다. 철거가 답은 아니다. 역사의 흔적을 지우는 일이기 때문이다. 아프고 수치스러운 역사이지만 있는 그대로 남겨 놓았기 때문에 눈으로 보고 느낄 수 있는 역사의 산 교육장이 되었다.

모슬포에는 옛 주민들의 피와 땀이 서려 있는 알뜨르 비행장이 있다. 지금 비행장에는 배추밭과 감자밭이 있다. 시간이 흐르면 모든 것이 기억이나 기록으로 남는다. 모슬포에는 무엇보다도 눈으로 볼 수 있는 귀중한 역사의 흔적이 남아 있다. 그렇듯 제주에는 아픈 역사와 현재가 공존한다.

● 용머리 해안에는 용빵 파는 카페가 있다

삼방산 가는 사람은 언덕 위 주차장에 차를 세우고, 용머리 해안가는 사람은 언덕 아래 주차장에 세운다. 용빵 파는 카페는 그 중간에 있어 아는 사람만 온다.

알뜨르 비행장을 지나 최남단 해안로를 타고 긴 언덕을 넘자 다른 세상이 펼쳐진다. 지나오며 보지 못했던 사람과 차들로 북적인다. 아래로 보이는 주차장에는 차들이 빽빽하게 서 있고 길을 따라 있는 카페와 음식점들에는 사람들로 넘쳐 난다. 이 많은 사람들이 어디서 온 것일까? 마치 약속이나 한 것처럼 한 장소에 모여 있다. 제주 관광지 중 하나인 송악산이다. 오가는 차량들도 서행하고 있다. 사람과 차들이 뒤섞여 있는 느낌이다.

인증센터에서 인증 도장을 찍고 있는데 밖이 소란스럽다. 주변에 사람들이 모여든다. 버스 기사와 승용차 운전자가 큰 소리로 싸우고 있다. 싸움의 원인은 클랙슨 경적을 크게 울렸다는 이유 같지 않은 이유다. 말과 말이 서로 꼬리를 잡으며 점점 격해진다. 마침내는 경찰을 부른다. 한쪽만 자제하면 끝나는, 이겨서 얻을 것 없는 싸움이다. 사는 것이 각박해서 여유가 없어진 것일까?

11월의 날씨 같지 않게 따뜻하다. 하늘은 청명하고 바다는 푸르다. 송악산 입구 표지석을 배경으로 사진을 찍으며 주변 경관을 즐기는 오전이다. 이곳은 제주에서 손꼽히는 절경이다. 둘레길 산책로도 유명하다. 아들이 찾은 근처 맛집으로 향한다. 아침 겸 점심이다. 허름한 식당에서 주문한 메뉴의 비주얼에 아들은 감탄하며 본인의 선택에 만족해하며 인증샷을 찍는다. 제주 올레길 10코스를 따라 용머리 해안을 향해 내리막 해안 길을 달린다. 삼방산과 어우러져 절경이다. 자전거를 세우고 사진에 담는다. 이 길은 주변 풍광이 아름다운 길이다. 제주에서 좋아하는 길 중 하나다.

따스한 날씨, 부드럽게 얼굴을 스치는 바람, 파란 하늘과 푸른 바다 위에 떠 있는 삼방산과 한라산, 용암 해안을 부딪치는 파도 소리를 즐기며 해안 길을 달린다. 해안 길이 끝나며 편의점을 끼고 좌회전하여 골목길을 지나 용머리 주차장 입구로 들어선다. 올여름 아내와 3일을 찾아갔으나 바람 또는 비 때문에 입장하지 못하고 되돌아갔던 용머리 해안 매표소에

올레길 10코스에서 본 해안 전경. 왼쪽이 삼방산이고 멀리 보이는 산이 한라산이다.

서 티켓을 산다. 입구에서 해안으로 걸어 들어가니 여기저기 해산물 파는 아낙들이 있고 몇몇 낚시꾼들이 낚시하고 있다. 그중 한 명이 작은 참치를 낚아 올린다. 주위에서 구경하던 사람들이 손뼉을 친다. 잡은 사람이나 구경하는 사람 모두가 즐겁다. 해안을 따라 걸어가며 오랫동안 층층이 세월의 흔적을 쌓은 절벽을 보며 걷는다. 사진에 담는다. 하지만 장엄함을 다 담을 수 없다.

용머리 해안을 나와 언덕 위에 있는 삼방산 쪽 산책길로 자전거를 끌고 올라가다 중간에 있는 용빵 카페에 들어선다. 올여름 아내와 왔을 때 들렸던 카페다. 내부는 아기자기한 소품들이 놓여있고 무엇보다도 창으로 내려다보는 제주 바다가 인상적인 분위기 좋은 곳이다. 아내는 벽이 트여 있는 옆집 기념품 가게를 둘러본다.

"옆집 가게 주인은 어디 가셨나 보네요?"

"제가 여기와 기념품 가게를 같이 하고 있어요."

용빵을 만들던 주인이 고개를 들고 대답한다.

"재벌이네요. 한 개도 아니고 두 개나 운영하시니…."

"요즘 같아서는 월세도 내기 힘들어요."

그런데도 말하는 얼굴에는 그늘이 없다. 단골이 될 것 같은 예감이 들었다. 그리고 4개월이 지난 지금 이 자리에서 커피와 용빵을 주문하고 있다. 아들은 음료수를 주문한다. 용빵은 머리에 모차렐라 치즈가 들어 있고 몸통에는 고구마 무스가 들어가 있다. 용빵과 함께 카푸치노를 마신다. 달짝지근한 맛에 커피 향이 더해진다. 창밖으로 보이는 제주 바다를 바라본다. 살아 있다는 행복감이 온몸에 퍼진다. 가끔 지나가다 들르는 손님은 야외 테이블에 앉아 먹거나 가지고 가고 실내에는 들어오는 사람이 거의 없다. 여유가 있으니 더 여유를 찾게 된다. 분위기에 취해서 너무 오래 앉아 있었다.

용빵 카페에서.
원형 장식물에 카페 내부 모습이 비친다. 멀리 보이는 섬이 형제섬 이다.

아들이 체험 낚시를 제안한다. 오늘 목적지 인근 위미항에서 내일 오전 타임으로 예약하고 그로 인해 늦어지는 여파는 나중에 생각하기로 하고 일어선다. 가게 주인이 아들과 라이딩하는 것을 보고 허기지면 먹으라고 초콜릿 바 두 개를 주며 아들 참 잘 두었다고 한마디 더 한다. 요즘 아비 따라다니는 애들이 없다는 뜻인 것 같다.

예전에 들렸을 때와 마찬가지로 손님이 뜸하다. 그 이유를 알만도 하다. 언덕 위에 있는 삼방산 입구에 주차장이 있고, 아래에 있는 용머리 해안 입구에도 주차장이 있어 그사이를 걸어서 오가는 사람들이 드물다. 더구나 코로나 시대다. 많은 사람에게 알려져 사장님이 부자 되었으면 좋 겠다. 삼방산과 용머리 해안 중간에는 용빵 파는 카페가 있다.

● 내 이렇게 될 줄 알았다

I knew if I stayed around long enough, something like this would happen

우물쭈물하다가 내 이렇게 될 줄 알았다. - 버나드 쇼 묘비명

번역으로 논란이 많은 문장이다. 그러나 인상적이다.

용빵 카페에서 나오며 시계를 본다. 오후 세시가 넘었다. 법환바당을 향해 출발한다. 쉬면서 잊고 있었던 오늘 가야 할 길과 소요 시간을 계산 한다. 카페에서 오래 머물렀던 탓에 늦어질 것 같다. 늦으면 늦는 대로 그 때 가서 생각하기로 하고 페달을 밟는다. 삼방산에서 화순 방향으로 길 게 이어져 있는 내리막길을 따라 모든 것을 잊고 신나게 내려가며 속도를 즐긴다.

화순을 지나고부터는 오르막의 연속이다. 안덕계곡에서 잠시 숨을 고른다. 제주에 와서 이렇게 긴 언덕길은 처음이다. 이번이 마지막이겠지 생각하고 올라가면 또 언덕길의 시작이다. 내리막이 없다. 땀이 비 오듯이 흐른다. 그나마 다행인 것은 4차선 일주 도로를 따라가기 때문에 오르막은 길지만 완만하고 급경사가 없다는 점이다. 물도 다 떨어졌다. 오르막 중간에 있는 편의점에 들려 얼음과 물을 사고 의자에 앉아 쉬며 앞을 바라본다. 계속 오르막이다. 중문으로 올라가는 긴 언덕을 자전거 안장에서 일어나 리듬을 타며 부드럽게 페달링 하며 올라가는 아들의 뒷모습을 본다. 젊음이란 추상명사의 실체를 느끼며 힘겹게 뒤따라간다. 그 길고 긴 오르막은 중문에 다 가서야 내리막으로 변한다.

길게 이어진 내리막을 즐기며 중문 관광단지에 들어선다. 중문을 지나서는 오르막과 내리막이 반복되는 언덕의 연속이다. 길은 보도와 자전거 도로를 같이 사용한다. 폭도 좁은데 골목길 때문에 길이 자주 끊어져 위험하다. 귤 가게 옆으로 주차한 차들이 길을 막고 있어 내려서 걸어가는 횟수가 늘어난다. 차가 없을 경우는 차도로 내리막을 전속력으로 달려 그 관성으로 오르막 끝까지 올라가는 짜릿함도 있지만 지나가는 차들이 너무 많아 그런 재미도 자주 즐기지 못한다.

구릉지를 지나 법환동에 있는 제주 올레길 7코스를 따라 법환바당으로 들어서며 인증 도장을 찍는다. 카페에서 시간을 너무 허비했다. 긴 오르막을 지나와서 몸은 지쳐 있다. 석양을 본다. 쇠소깍까지는 아직 14㎞를 더 가야 한다. 불안해진다. 속도를 내어 보나 어두워지기 전에 목적지에 도착하기는 어렵다는 생각이 든다.

법환바당 방파제. 표면에 무늬를 넣어 여러 가지 색을 칠한 것이 인상적이다.

서귀포 시내를 벗어나자 어둠이 내리기 시작한다. 갈등한다. 여기서 잘 것인지 어두워진 길을 따라 쇠소깍까지 갈 것인지 결정을 내리기 힘들다. 내일 아침 위미항에서 낚시 예약이 되어 있기 때문이다.

무리하기로 한다. 쇠소깍까지 가기로 하고 페달에 힘을 준다. 정방폭포를 지나 제주 올레길 6코스로 접어든다. 바닷가 해안 길을 따라 달리다 보니 어두워졌다. 쇠소깍에 도착하니 한밤중이다. 숙소를 알아보나 방이 없다. 그나마 남아 있는 방도 너무 비싸다. 위미항 숙소는 반값이다. 5km 정도 더 떨어져 있다. 내일 체험 낚시가 예약되어 있는 위미항까지 가기로 한다.

40km 정도밖에 오지 않았는데 몸은 거의 파김치가 되었다. 문제는 어둠이다. 궁여지책으로 핸드폰을 자전거에 달고 플래시 모드로 바꾼다. 미흡하기는 하지만 앞이 보인다. 캄캄한 어둠 속에서 길을 따라 속도를 줄여 달린다. 어두운 2차선 도로가 끝나고 자전거 도로가 있는 밝은 4차선 일주 도로가 나온다. 언덕이 연속되는 도로를 달리다 보니 위미 시내로 들어선다. 지친 몸으로 위미항 근처 숙소에 도착한다.

위미항 숙소에서 본 밤 풍경.

　어제에 이어 오늘도 야간 라이딩을 했다. 결과에는 원인이 있기 마련이다. 아침 늦게 출발했고 용빵 카페에서 여유 있게 시간을 보낼 때 이러다 늦을 수도 있겠다는 생각이 들었었다. 그러나 오랜만에 여유 있는 분위기를 즐기고 싶은 마음이 더 컸다. 거기에는 그 대가가 필요하다는 것도 잘 알고 있었다. 내 이렇게 될 줄 진작부터 알았다.

　오늘은 단거리 라이딩이라 너무 쉽게 보았다. 가 보지 않은 길은 긴장해야 한다. 무슨 일이 생길지 알 수가 없다. 실패는 안이함에서 생긴다. 카페에서 한 시간만 일찍 출발했어도 야간에 이런 고생은 없었을 것이다. 이런 경험은 이전 라이딩에서도 꽤 있었던 일들이다. 어제도 그랬다. 몇 번을 경험했는데도 불구하고 계속 반복된다. 뜨거운 맛을 보았는데도 도무지 개선되질 않는다. 마음이 시키는 것을 우선시 하는 천성 때문일까? 시간이 지나면 잊히기 때문일까? 나중보다는 현재에 집착하는 욕심 때문일까? 똑같은 역사가 반복되는 것도 이런 이유 때문일까?

아무튼 수많은 의문 부호를 갖고 원인을 생각하는 하루였다. 그런데도 마음 한구석에는 '오늘 괜찮은 하루였어!'라는 뿌듯한 느낌이 드는 것은 웬일일까? 마음이 시키는 대로 했기 때문이다. 알뜨르 비행장에서, 용빵 가게에서, 용머리 해안에서 바다를 지겹도록 바라보았다. 덕분에 어느 시인이 말했던 "제주는 그리움이다"를 가슴으로 느낄 수 있었다.

🚲 환상의 성

(쇠소깍- 성산포)

▶ **제주환상 자전거길**
　오전 체험낚시(10~13시)
　위미항- 표선해변 28㎞
　표선해변- 성산일출봉 22㎞

합계 50㎞

제주에서 벌써 3일 차다. 현재까지는 우여곡절이 있어도 계획대로 왔다. 오늘부터는 어떻게 될지 장담할 수 없다. 계획에 없었던 체험 낚시로 반나절을 허비할 예정이다. 그러나 오늘은 늦더라도 계획대로 가야 한다. 성산 일출봉 인근에 숙소가 예약되어 있기 때문이다.

내일은 종주 마지막 날이다. 아들이 몇 번 지나가듯이 로망이라고 이야기한 제주도 서핑할 기회를 주고 싶다. 시간이 늦어지면 시점인 용두암까지 가지 않고 제주 환상 길 종주 마지막 인증센터인 함덕 해안에서 여행을 끝낼 생각이다. 용두암 인근에 있는 자전거 대여점까지 자전거를 택배로 보내고 함덕에서 종주를 끝내는 대안도 생각하고 있었다.

마지막 용두암까지는 덤이다. 제주를 한 바퀴 돌아 시점까지 왔다는 의미 외에 자전거를 반납한다는 목적도 있다. 오늘은 기대하지 않았던 선물 같은 아침이 기다리고 있었다.

● 선물 같은 아침

내 생에 이처럼 아름다운 날 / 또다시 올 수 있을까 / 고달픈 삶의 길에 / 당신은 선물

인걸 – 이선희의 노래 〈인연〉 중

　어젯밤 쇠소깍에서 위미항 펜션을 찾아 5㎞나 더 왔다. 값이 저렴해서 어떤 기대 같은 것은 없었다. 아침에 일어나 무심코 창밖을 보다 놀란다. 하와이에서보다 더 멋진 경관이 눈앞에 펼쳐진다. 펜션 정원도 운치 있게 잘 가꾸어져 있다. 거기에다 날씨마저 화창하다. 선물 같다.

　가끔은 전혀 예상치 못한 기막힌 선물을 받을 때가 있다. 그때의 감동과 놀라움은 말로 표현 할 수 없을 정도로 가슴을 벅차게 한다. 지금이 그랬다. 구름 한 점 없는 파란 하늘, 푸른 바다, 역광으로 빛나는 짙은 초록의 정원과 나무들, 오른편 멀리 바다 위에 떠 있는 해안선, 왼편으로 보이는 항구, 이 모든 것이 한눈에 들어온다.

　2층 베란다에 앉아 커피 한잔을 마시며 여유를 즐긴다. 따뜻한 햇볕을 받으며 바다와 어우러진 해안 풍경을 바라본다. 어젯밤 힘들게 여기까지 온 덕에 느긋한 아침을 맞고 있다. 전혀 기대치 않던 선물 같은 아침이다.

오늘은 바로 근처에 있는 위미항에서 열 시에 낚싯배가 예약되어 있다. 3시간짜리 체험 낚시 예약을 하게 된 것은 순전히 아들을 위한 배려였다. 아들은 이상하게도 바다 배낚시만 가면 손맛을 보지 못했다. 예전 가족들이 함께했던 팔라우 여행 체험 낚시에서도 그랬었다. 그 아들을 위해 다음 날 밤 보트를 대절해서 바다로 나갔다. 캄캄한 바다 위 하늘에는 별들이 보석처럼 빛나는 밤이었다. 그 밤에도 아들만 한 마리도 잡지 못했었다.

위미항 낚싯배에는 열네 명이 탔다. 가족, 연인들로 대부분 낚시 경험이 없었다. 배는 항구를 벗어나 바다로 향한다. 포인트에 배를 세우고 선장이 낚시 방법과 릴 사용 방법을 교육하고 낚시를 시작한다. 여기저기서 환호성이 들린다. 아들도 연거푸 잡아 올린다. 씨알이 대부분 작다. 낚시를 거두고 선장실로 간다. 선장이 가리키는 레이더에는 바닥에 작은 고기들이 두껍게 층을 이루며 모여 있다. 모두가 물고기를 잡는 이유가 있었다.

체험 낚시에서 아들은 고만한 크기의 물고기를 무수히 잡았다.

선장 옆자리에 앉아 이런저런 이야기를 하다 제주도에 정착하게 된 이야기를 듣는다. 원래 직업은 항공 정비였고 직업이 적성에 맞지 않아 어촌 체험 교육을 제주도에서 받고 이곳에 정착했다. 일도 재미있고, 수입도 괜찮다. 동기들은 다 정년퇴직해서 본인만 현역이라고 자랑스럽게 이 야기한다. 사람 일은 참 알 수 없다. 항공 정비사에서 어선 선장으로의 직업의 전환은 상상이 되질 않는다. 나도 한문 선생을 꿈꾸었는데 건설 회사에 다닐 줄은 생각도 못 했다. 세상도 생각도 시간의 흐름에 따라 변해 간다. 살아가는 우리 앞에는 수많은 변수가 놓여있어 세상은 끝까지 살아보아야 알 수 있을 것 같다.

팔이 아플 정도로 고기를 잡고 배는 정확히 세 시간 만에 항구로 돌아왔다. 모두 수없이 맛본 손맛에 즐거운 모습들이다. 오늘은 아마도 아들에게도 선물 같은 날일 것이다. 직접 예약한 멋진 숙소와 체험 낚시 모두가 성공적이었다. 무엇보다도 팔이 아플 정도로 잡은 물고기는 아들에게 최고의 선물로 기억될 것이다. 제주에서는 하루하루가 선물 같다. 그래서 떠나고 나면 그리움으로 남는다.

● **내가 꿈꾸는 한 달 살기**

슬로컬리제이션은 '느리게(Slow)'와 '지역화(Localization)'가 결합된 신조어로, 느림과 여유를 추구하는 삶을 의미한다. 일상의 작은 행복을 뜻하는 소확행(소소하지만 확실한 행복) 문화가 확산되면서 타 지역에서 장기간 머무르는 한 달 살기가 대표적인 사례로 들 수 있다. - 시사상식사전

오늘 아침에는 숙소 2층 베란다에 앉아 따스한 햇볕을 쬐며 느긋하게 커피를 마신다. 특별히 할 일도 없다. 무료하게 먼바다를 바라본다. 바로 앞에 잘 가꾸어진 정원은 역광을 받아 진초록으로 물들어 있고 먼바다는

햇빛을 받아 반짝인다. 풍경화를 바라보는 느낌이다. 한참을 바라보다 문득 생각한다. 이대로 계속 있고 싶다. 이런 것이 소소한 행복이 아닐까?

체험 낚시를 마치고 아들이 핸드폰으로 검색한 근처 맛집에서 점심을 먹자고 한다. 짬뽕집이다. 식당은 짬뽕을 여러 가지 메뉴로 퓨전화하여 성공한 집이다. 비주얼을 중요시하며 SNS를 활용하여 손님을 끌어모은다. 내부 시설도 분위기 있게 꾸몄다. 바다가 보이는 넓은 통창 앞에 긴 테이블을 설치해 바다를 바라보며 여러 명이 앉아 식사할 수 있다. 칸막이와 테이블을 아기자기하게 배치해 카페 분위기를 자아낸다. 안쪽 테이블은 거의 젊은 사람들로 가득하다. 창 쪽 긴 테이블에는 여행 온 모녀가 자리 잡고 있다. 그쪽 빈자리에 다가가 바다를 바라보고 앉아 주문한다.

아들이 추천한
위미항 인근 퓨전 짬뽕 맛집 입구.
이 문구만 보고 오는
손님도 있겠다고 생각했다.

주문한 퓨전 짬뽕.
짬뽕하면 붉고 매운 얼큰한 맛이라는
고정관념이 깨졌다.

한적한 곳에 있는데도 맛집이라는 매체를 보고 손님들이 알아서 찾아온다. 이제 맛으로만 승부하는 시대는 끝난 것 같다. 분위기와 스토리텔링, 입소문과 매체를 잘 활용하는 것이 성공 여부를 좌우하는 복잡한 시대가 되었다. 아들은 차려진 음식에 탁월한 선택임을 확인하듯 연신 사진을 찍어 댄다.

숙소로 돌아와 출발 준비를 한다. 바다가 보이는 정원은 제주도 정원들이 그렇듯이 구성지게 잘 가꾸어져 있다. 가기가 싫다. 시간만 있다면 며칠 더 있고 싶다. 제주도 한 달 살기에는 딱 적합한 곳이다.

지금까지 살아오며 가족, 친구 동료 외에도 누군가는 항상 옆에 있었다. 그리고 그것을 당연시하며 살아왔다. 같이 있는 그 자체만으로도 서로 의지하거나 위안을 삼을 수 있는 둥지 같은 푸근함이 있었다. 가끔은 항상 옆에 있어 잊고 지내던 것들의 중요함을 가슴 깊이 느껴야 할 필요가 있다. 또 점점 존재 가치를 잃어 가는 자신에 대한 의미를 재정립할 필요도 있다. 그것이 나에게는 혼자 하는 자전거 여행이었다. 여행하며 스스로 목표를 세우고 그것을 달성하는 성취감과 새로운 것을 보고 경험하는 즐거움이 있었다. 반면에 거기에 얽매어 마음이 시키는 많은 것을 포기할 수밖에 없었다. 여유가 없었기 때문이다.

자전거 여행이 끝나면 여유 있는 삶을 살아보기로 한다. 모든 것을 내려놓고 하고 싶은 대로 하는 느림과 여유가 있는 삶이다. 바로 제주에서 한 달 살기다. 철저히 휴식이 있는 한 달을 제주에서 보내고 싶다. 기후나 주변 여건이 좋은 곳이 제주 동남쪽 남원과 표선 지역이다. 오늘 한 달 살기 할 곳을 찾았다. 어제 숙소로 머물렀던 펜션이다. 펜션 이름은 비밀이다. 남원 시내 외곽이다. 쇠소깍까지 5㎞ 이내다. 주변에 낚시할 만한 곳도 많다. 모두 자전거로 부담 없이 다닐 수 있는 거리다. 제주 제2의 도시 서귀포도 20㎞ 이내다.

내가 꿈꾸는 한 달 살기 숙소가 있는 위미 전경.

늦은 아침에 일어나 베란다에 앉아 커피를 마시며 제주 바다를 싫증 날 정도로 바라본다. 지루해지면 밖으로 나가 해안을 산책한다. 마음 내키면 올레길 5코스를 걸어 쉬엄쉬엄 쇠소깍까지 다녀온다. 배가 고프면 오 분 정도 걸어가 퓨전 짬뽕집에서 바다를 바라보며 식사를 한다. 돌아와 정원에 앉아 커피를 마시며 책을 읽는다. 바다색이 짙은 초록으로 변하면 화구를 챙겨 그림을 그리러 나간다. 저녁에는 자전거를 타고 시내에 가서 장을 보고 돌아와 조리하고 술 한 잔을 기울인다. 베란다에 앉아 밤 바다와 항구 불빛을 바라본다. 가끔은 낚시 도구를 챙겨 근처에 가서 온종일 낚시를 한다. 한 시간 거리인 성산포에서 일출을 본다. 섬 반대쪽 용머리 해안에 가서 일몰을 바라보고 용빵에 커피 한잔하고 돌아온다. 표선 해수욕장에 가서 해변을 걷거나 바다를 바라보다 돌아온다. 서귀포 올레 시장과 이중섭 기념관을 둘러보기도 한다. 한 번쯤은 작심하고 한라산을 오른다.

내가 꿈꾸는 제주도 한 달 살기다. 자전거 여행에서는 있을 수 없는 느림과 여유가 있는 삶이다. 한 곳만 보고 열심히 달려온 후에 누릴 수 있는 로망이다. 시계를 본다. 오늘 목적지인 성산포를 생각하고는 더 이상 가기 싫은 마음과 몸을 재촉한다.

● **성산포에서**

"나는 내 말만 하고 / 바다는 제 말만 하며 / 술은 내가 마시는데 / 취하긴 바다가 취하고 / 성산포에서는 / 바다가 술에 / 더 약하다." – 이생진 님의 「술에 취한 바다」 중

점심을 먹고 출발하니 두 시가 넘었다. 성산포까지 50㎞다. 다행히 노선이 힘이 들지 않는 평지다. 아들은 거리가 단축되는 4차선 일주 도로를 제안한다. 무시하고 해안도로로 달리며 속도를 높인다. 아들에게 제주의 아름다운 해안 풍경을 보여주고 싶었다. 그러나 아들은 별 관심이 없다.

바로 옆 검은 용암에 부딪히는 파도 소리를 들으며 해안 길을 지나간다. 금호 제주 리조트에서 정규 자전거길과 만나 해안도로를 달린다. 표선 해수욕장에서 인증 도장을 찍고 일주 도로 자전거길을 타고 성산포를 향해 달린다. 길은 주어동 포구를 지나 다시 해안도로를 타고 지루하게 가다 섭지코지 입구에 다다른다.

광치기 해변을 지나 성산 등용로 로터리에서 다리를 건너자 왼쪽에 인증센터가 나온다. 쉬지 않고 달려서인지 석양이 질 무렵 성산포 인증센터에 도착할 수 있었다.

50㎞를 어두워지기 전에 쉬지 않고 달려왔다는 성취감을 즐긴다. 아들도 그런 것 같다. 성산 일출봉을 배경으로 자전거를 두 손으로 번쩍 들어 올린다. 아들의 제주 자전거 종주 기념사진을 성산포에서 찍었다. 무엇보다도 주변 경관의 아름다움이 분위기를 더한다. 한라산에 석양이 붉게 물들어 있다. 마치 즐거웠던 제주 여행도 끝나 간다는 신호인 것 같다.

성산포 인증센터. 뒤에 보이는 산이 성산 일출봉이다.

인증센터에서 1㎞ 정도 떨어진 숙소에 도착한다. 예약한 호텔 주변에는 식사할 곳이 없었다. 맛집 리뷰를 본 아들은 1㎞ 정도 떨어져 있는 해녀의 집에서 전복죽을 제안한다.

샤워하고 밖으로 나오니 주변은 어두워져 있다. 캄캄한 도로를 따라 한참을 걸어간다. 옆에 포장마차를 지난다. 앞쪽은 불빛 하나 없는 어둠뿐이다. 한참을 더 가야 할 것 같다. 아들에게 여기서 대충 먹자고 제안하나 맛집에서 먹겠다며 고집한다. 어쩔 수 없이 계속 밤길을 걸어서 맛집을 찾아갔으나 불이 꺼져 있다. 어둠 속에 가게 건물만 보인다. 문을 닫은 것이다. 코로나 여파로 폐업한 느낌이다. 아들은 내일 아침에 여기서 오늘 못 먹었던 전복죽을 먹자고 제안한다.

　피크 타임인 저녁 이른 시간에 불이 꺼져 있으면 폐업한 곳이라고 거절한다. 아들은 고집이 세다. 누굴 닮았는지 모르겠다. 한번 머리에 꽂히면 집요하다. 통 크게 이번 여행 경비를 걸고 내기 제안을 한다. 어차피 내가 부담할 생각이었기 때문에 내기에 응한다. 다음날 내가 졌다는 것을 알았다. 아침에 그 집에서 전복죽을 먹었다. 내가 질 줄은 상상도 못 했다. 사람 손길이 없는 가게 모습, 저녁 이른 시간에도 문이 닫혀있음, 코로나 상황 등을 감안하면 거의 확실하다고 생각했다.

　외형적인 조건만 보았다는 것을 뒤늦게 알았다. 준비한 재료만 팔리면 문을 닫는다는 영업 방침을 몰랐다. 시대와 가치관이 변했다. 시간이 흐르며 이전에 쌓아 온 경험과 판단도 부정확해진다. 그래서 아들에게 '이렇게 살아라'라고 연륜과 경험을 앞세워 강요할 수 없다. 스스로 판단하고 그 결과에 책임을 질 나이가 되었기 때문이다.

그곳에는 문 닫은 해녀의 집 외에는 음식점이 없었다. 어쩔 수 없이 되돌아온다. 지나쳤던 포장마차에서 식사할 수밖에 없었다. 주변에 식당이 없어서인지 사람들로 가득 차 있다. 해산물로 아들은 저녁을 대신하고 나는 안주 삼아 한라산 소주 한 병을 다 마셔 버렸다. 포장마차에서 나오니 도로 옆은 성산포 앞바다다. 술에 취해 이생진 시인의 '술은 내가 마시는데 취하긴 바다가 취하고 성산포에서는 바다가 술에 더 약하다'라는 시구를 읊조리며 기분이 좋아진다. 아들 부축을 받으며 기분 좋게 캄캄한 도로를 따라 걸어서 돌아온다. 숙소에 돌아와 우도 야경을 보며 맥주 한 캔을 더 들이켜는 무리를 한다. 나도 성산포에서 술에 취해 잤다.

술에 취해 숙소에서 바라본 성산포 앞바다. 멀리 우도 불빛이 보인다.

오늘 라이딩 구간은 평탄했다. 앞으로의 생도 이렇듯 평탄했으면 좋겠다. 사실 퇴직 이후 삶이 그랬다. 하고 싶은 일만 하는 여유로운 생활이다.

평화로움 속에서는 이야기가 없다. 그래서 더 일상에 안주하지 않으려 노력하는지도 모르겠다. 국토 종주도 그중 하나다. 정말 쉴 새 없이 달려왔다. 그 이후의 꿈을 꾼다. 제주에서 한 달 살기를…. 가끔은 오늘 아침같이 선물 같은 여유를 많이 만났으면 싶다.

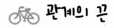 **관계의 끈** (성산포- 용두암)

> ▶ **제주환상 자전거길**
> 성산 일출봉– 김녕성세기 해변 29㎞
> 김녕성세기 해변– 함덕서우봉 해변 9㎞
> 함덕서우봉 해변– 용두암 25㎞
>
> 합계 63㎞

오늘은 제주 종주 마지막 날인 토요일이다. 올해 자전거 여행의 마지막이라고 할 수 있다. 동절기 때문에 내년을 기약할 수밖에 없다. 오후 8시에 올라가는 비행기가 예약되어 있어 종주를 끝내지 못해도 중간에 중단하고 올라가야 한다. 그러나 아들이 제주에서 서핑할 기회를 주고 싶다. 비행기 출발 시간 안에 끝내야 한다는 스트레스와 긴장감을 주고 있다. 마지막 인증센터인 함덕에서 끝낼 수도 있다는 대안을 준비해 두고 제주 종주의 마지막 라이딩을 시작한다.

● **되돌아가는 길**

지나온 길을 되돌아가는 이유는 두 가지 중 하나다. 길을 잘못 왔다. 중요한 무언가를 두고 왔다. 그러나 둘 다 이미 온 길이기 때문에 갈등이 생긴다.

어제 술에 취해 일찍 잔 덕분에 아침 일찍 일어났다. 창밖을 본다. 성산 포 앞바다와 우도의 아침 풍경이 눈앞에 펼쳐진다. 밖으로 나간다. 벤치에 앉아 차가운 새벽 공기를 느끼며 바다를 바라본다. 갈매기들이 무리지어 날며 해변을 어지럽힌다. 여기저기 사람들이 해변으로 나온다. 사진을 찍는 가족, 연인들 모습이 평화롭다. 남자 세 명이 산책하고 있다. 호기심에 눈길이 따라간다. 노인, 중년, 젊은이 직계 3대가 나란히 산책한다. 요즘 시대에 눈에 띄는 모습이라 멀리서 사진에 담는다.

코로나 때문에 해외여행이 어려워 제주도로 사람들이 몰린다. 렌터카가 동날 정도다. 금요일 저녁부터는 여행객이 폭증한다. 새벽부터 산책하는 사람들은 어제 도착해서 전투력이 왕성한 사람들이거나 내 경우와 같이 술 취해 일찍 자서 일찍 일어난 사람들이 대부분일 게다. 제주에서 보내는 마지막 날 아침 풍경이다.

아침에 아들이 추천한 해녀의 집에서 전복죽을 먹고 김녕 인증센터를 향해 출발한다. 바람이 세다. 계획할 때부터 악명 높은 11월 제주 바람 걱정을 했었다. 지금까지는 운이 좋았다. 제주에 온 후 가장 센 바람이다. 바람 영향으로 파도가 해안 자전거 도로를 넘쳐 피해 가야 할 정도의 바람이다. 역풍을 맞으며 나아간다. 높은 파도로 젖어 있는 자전거길을 피해 가며 하도 해수욕장 다리를 건넌다. 해안도로는 바다를 보며 드라이브하기 좋은 곳이라 제주 올 때마다 자주 왔던 도로다. 분위기와 전망이 좋은 카페가 드문드문 도로 옆을 차지하고 있어 쉬어 가기도 좋은 곳이다. 자전거길은 해안도로를 같이 사용하기 때문에 노면 상태가 좋아 마음껏 속도를 낼 수 있다. 글자 그대로 환상적인 자전거길이다.

제주 바닷바람을 정면으로 맞는다. 페달에 힘을 주어도 앞으로 나아가는 느낌이 들지 않는다. 힘이 드니 주변 경치도 눈에 들어오지 않고 오로지 앞으로 나아갈 생각뿐이다. 아들은 바닷바람이 덜한 4차선 일주 동로로 가자고 제안한다. 역시 젊은 사람들은 현실적이다. 무시하고 바다가 보이는 감성적인 해안도로를 타고 계속 간다. 바람과 씨름하며 월정 해변을 지난다. 파도를 타며 이 추운 날씨에 서핑을 즐기는 사람들이 꽤 많이 있다. 아들은 여기서 서핑하고 싶다고 얘기한다. 일정을 생각한다. 종주 종점 부근인 김녕이나 함덕 해변을 제안하며 월정 해변을 지나쳐 간다.

월정해변. 오른쪽에 풍력발전 단지가 있고 왼쪽에는 사람들이 서핑을 하고 있다.

바람과 싸우며 5㎞를 더 가서 김녕 인증센터에서 인증 도장을 찍는다. 바다를 본다. 파도가 없는 잔잔한 바다다. 아들 얼굴을 본다. 실망의 빛이 역력하다. 5㎞ 온 길을 되돌아가 월정 해변으로 가기로 결정한다. 아들의 월정리 서핑 의견을 무시한 대가다. 두고두고 원망을 듣느니 힘들더라도 되돌아가는 것이 답이라는 생각이 들었다. 라이더가 힘들게 온 길을 되돌아가기란 쉽지가 않다. 더구나 바람과 싸우며 온 길이다. 써 놓은 글을 한순간 실수로 저장하지 않은 채 날려 버리고 기억을 되살려서 다시 쓰는 기분이다.

바람을 헤치며 온 길을 되돌아간다. 되돌아가는 낯익은 길은 묘한 여운을 준다. 누군가를 바래다주고 오던 길을 홀로 되돌아가는 쓸쓸한 느낌 같은 것 말이다. 바람이 더 세진 것 같은 느낌을 받으며 낯익은 길을 지루하게 가다 보니 지나쳤던 월정 해변이 나타난다. 근처에 풍력 단지가 있다. 바람이 많다는 증거다

해변에는 이 추운 날에도 서핑을 즐기는 사람들이 많이 보인다. 서핑 보드 임대 가게에 자전거를 맡기고, 끝나면 연락하기로 하고 아들과 헤어진다. 아들 서핑 실력도 궁금하고, 라이딩 이야기도 쓸 겸 해변이 보이는 이층 카페로 들어간다. 커피를 마시며 글을 쓰려 하니 눈길이 자꾸 해변 쪽으로 간다. 서핑하는 사람 중에 아들을 찾아본다. 거리가 멀어 판별이 어렵다. 핸드폰 배율을 확대해서 아들의 특징을 살핀다. 흰색 보드에 청색 슈트다. 한참을 바라본다. 실력들이 고만고만하다. 파도를 헤치며 한참을 가서 파도를 기다리다 파도를 타고 오는 거리가 너무 짧다. 노력에 비해 경제성이 없다. 요사이 젊은이들이 열광하는 이유가 무엇일까? 이 바람 불고 추운 11월 날씨에도 불구하고 젊은이들을 불러 모으는 이유가 궁금해진다. 추위와 바람 때문에 나올듯한데 다시 들어가기를 반복한다.

시간이 흘러 몸이 뒤틀릴 때쯤 연락이 왔다. 늦은 점심을 먹으며 바라본 아들의 얼굴에는 제주에서 서핑했다는 만족감이 서려 있었다. 김녕 해변에서 일정을 핑계로 바로 갔더라면 두고두고 후회할 뻔했다.

바다 쪽으로 보드를 끌고
파도를 헤치며 한참을
걸어 들어간다.

일 분도 안 되어 보드를 타고
돌아오는 비경제적 운동.

● 장인과 사위

사위는 가깝지만, 어렵고도 어색한 사이라고 한다. 그러나 살아온 환경이 다르기 때문에 가족이라는 유대감을 만들 시간이 필요할 뿐이다. '백년손님'인 이유는 내가 그렇게 생각하기 때문이다.

아들 서핑 때문에 시간이 많이 흘렀다. 늦은 시간을 만회하려 해안도로를 피해 최단거리인 4차선 일주 도로 자전거길로 부지런히 달렸다.

경사도가 크지 않고 길게 이어지는 언덕이 반복된다. 내리막에 속도를 내어 그 관성으로 오르막을 차고 오른다. 노면이 아스팔트 도로라 요철이 없어 안전하다. 무엇보다도 해안과 떨어져 있어 바람 저항이 심하지 않아 속도를 낼 수 있었다. 15㎞를 달려 마지막 인증센터가 있는 함덕 서우봉 해변에 들어선다. 인증 도장을 찍고 나오니 종주를 끝낸 부자가 쉬고 있다. 보기에 좋아 보인다. 다가가 말을 건다.

"아드님이 대단하시네요. 아버지와 같이 라이딩하는 요즘 애들 없잖아요."

그 말에는 내 아들 자랑도 은근히 들어가 있었다.

"아들이 아니라 사위입니다."

"네? 네! 대단한 사위 두셨습니다."

흔하지 않은 경우다.

"뭘요. 가끔 같이 라이딩합니다."

당연하다는 듯이 내뱉는 그의 대답은 큰 충격으로 다가왔다. 사위도 보통이 넘는다. 그보다는 사위와 함께할 수 있는 포용력을 가진 장인이 더 대단하다. 나는 어떤가 생각해 본다. 나는 아들과 같다고 거리낌 없는데 혹시 권위, 위엄, 거리감을 느끼게 하는 어떤 것으로 사위가 다가오기 힘든 장벽을 쌓고 있는 것이 아닌지? '있는 그대로의 모습'이 아니라 좋은 모습만 보여주려고 노력하는 그 자체가 장벽이 될 수도 있다는 생각이 문득 들었다. '존경' 그런 것이 아닌 편안하게 옆에서 쉴 수 있는 가족과 같은 모습을 보여주자고 다짐해 본다.

사위를 처음 보았을 때 맞절을 한 사람은 나밖에 없을 것이다. 아버님 장례식장에서 말로만 듣던 사위 얼굴을 처음 보았다. 식장에 들어오는 모습을 보고 직감적으로 사위인 줄 알았다. 외국에서 들어온 지 얼마 되지 않아서인지 요즘 청년들과는 다른 강렬한 느낌을 받았다. 조문을 마치고 소개를 하는, 상복을 입은 딸의 표정 역시 인상적이었다. 30년 가까이 같이 살며 그런 딸의 표정은 처음 보았다. 부끄러운 듯 얼굴에 약간 홍조를 띠고 그윽하게 사위를 바라보던 그 눈빛을 보고 딸이 조만간 집을 떠날 것을 예감했다.

결혼 허락을 받으러 집에 왔다. '어떻게 살 것인지?' 구체적인 계획을 A4 두 장 정도 써온 것을 보고 결정하겠다고 했다. 그러나 이미 당사자들이 심사숙고해서 내린 결정이란 것을 알고 있었다. 다만 한번 본인들의 미래를 진지하게 생각해 보라는 의미의 숙제였다. 딸 가진 부모들은 결혼식이 끝나고 집에 돌아와, 딸의 빈자리를 보며 가슴이 빈 것 같은 먹먹함에 허탈감을 느낀다고 한다.

나는 퇴직 이후 거실을 맴돌 때마다, 만들어 놓지 못해 늘 후회했던 내 전용공간을 찾았다. 아내나 자식들은 자기 공간이 있으나 정작 가장인 나만 전용공간이 없었다. 내 영역이 없어 거실 컴퓨터 책상에서 눈치 보며 글을 썼다. 좋아하는 그림도 식탁에서 식사 전에 끝내야 한다는 부담감 속에 그렸다. 집에서 내 전용공간은 거실 소파밖에 없었다. 현역 때 무리를 해서라도 서재 같은 나만의 공간을 마련하지 못한 것에 대해 두고두고 후회했었다.

딸이 기거하던 방은 남한산성과 롯데타워 건물이 보이고, 날씨가 좋을 때는 도봉산까지 보이는 명당자리다. 딸을 떠나보내기 전부터 남은 가족들이 모두 그 방에 눈독을 들였다. 모든 경쟁이 그러하듯이 가장 절실한 사람이 우위에 선다. 그 결과 그토록 바라 왔던 나만의 영역을 만들었다. 전망 좋은 방에서 커피와 책과 그림으로 호사를 누리게 해준 사위에게 감사하다고 말한다면 누군가 서운해할 사람이 있을지도 모르겠다.

딸이 쓰던 의자에 앉아 커피를 마시며 멀리 남한산성을 바라보는 즐거

움으로 빈 마음을 채웠다. 그러고는 일상이 되었다. 상처는 아물고, 하나
가 비면 또 다른 것으로 채워진다. 시간이 흘러가며 모든 것이 변해 간다.
서로 부딪히며 만들어지는 상처들은 아물고 그 흔적들이 쌓여 가며, 시
간이 흐를수록 관계는 가까워진다. 거기에 '함께'라는 결속력까지 더해지
면 가족이 된다. 나도 사위와 '함께' 라이딩을 해보고 싶다.

● 아버지와 아들

아버지가 그랬다. 나도 그렇다. 관계에서 보이는 모습은 한결같다. 말이 없다. 세대 차

이가 있다. 애증의 관계다. 엄마와 딸 관계와는 반대의 모습이다. 왜 그럴까?

함덕 해변에서 인증 도장을 찍으며 공식적인 제주 종주는 끝났다. 오후
8시에 올라가는 비행기가 예약되어 있다. 용두암에 있는 자전거 대여소까
지 거리와 시간을 계산해 본다. 25㎞다. 아들은 해안도로를 피해서 최단
거리인 일주 도로와 제주 구시가지를 관통해서 가면 해볼 만하다고 생각
하고 동의를 구한다. 일주 도로 옆 자전거 도로는 구간구간마다 공사판이
다. 공사 구간을 피해 가느라 속도가 떨어진다. 제주 구시가지에 진입하기
도 전에 어둠이 내려앉는다. 반납 시간에 맞추기 위해 쉬지 않고 라이딩을
계속한다. 그나마 가로등이 있어 다행이다. 시가지 도로는 자전거 도로가
없어 인도를 이용한다. 인도에서 사람들을 피하고, 자주 마주치는 골목길
은 차량 통행에 주의하며 서행하느라 속도가 늦어진다. 시가지가 구릉지
라 업다운이 반복되어 쉽게 지쳐 버린다. 그나마 신호등 대기시간이 있어
잠깐씩 쉰다. 중간중간 내비게이션으로 최단거리를 확인한다.

자전거 대여소의 마감 시간이 지났다. 아들이 약간 늦는다고 전화를 한다. 속력을 내보나 시가지라 한계가 있다. 그렇게 시가지를 관통해 가다 보니 익숙한 길이 나타난다. 마침내 출발점에 도착해서 기다리던 주인에게 자전거를 반납한다. 이것으로 삼박사일 동안 제주 환상 자전거길 종주가 끝났다.

제주 종주 기념 아들 인증 사진.
전망 좋은 성산포에서 미리 찍어 두었다.

아들과 같이 종주를 하며 혼자였다면 대충 때웠을 식사를 맛집에서 즐길 수 있었다. 우아한 저녁 숙소를 예약하여 편안하게 잘 수 있었다. 내 전용 카메라맨을 두었다. 밤길 라이딩이 두렵지 않았다. 라이딩 내내 외롭지 않았다. 마음 편하게 시킬 수 있는 비서를 두었다. 편하게 술 한잔 할 수 있었다. 아들의 입장에서 생각해 본다. 아버지와 같이 종주를 하며 처음으로 제주 자전거 여행을 했다. 체험 바다낚시를 하며 원 없이 물고기를 잡아 보았다. 강원도가 아닌 제주에서 처음으로 서핑했다. 30년 동안 들은 잔소리를 되갚아 복수를 했다. 보살핌을 받던 입장이 역전이 되었다. 이 모든 게 공짜였다. 본인의 생각도 이런지는 물어보지 않았다. 내 추측일 뿐이다.

공항은 혼잡했다. 이착륙 비행기가 많아 대기시간이 길어진다. 도착 시간이 늦어질 것 같아 김포공항에서 집으로 가는 공항버스 예약을 취소했다. 그러나 김포공항에 생각보다 일찍 도착했다. 예약 취소한 버스는 아직 오지 않았다. 다시 그 버스표를 사려 하나 매진이다. 하는 수없이 뒤에 오는 다음 버스표를 산다. 예약 취소한 버스가 와서 승객을 태우고 가 버린다. 아들의 입이 나와 있다. 다음 차는 사십 분을 더 기다려야 한다. 미안한 마음이 든다. 버스 시간에 늦으면 미리 지불한 비용을 날린다고 생각해서 예약을 취소했었다. 미안한 마음에 아들 눈치를 본다. 얼굴에 잔뜩 묻어 있던 불만이 입으로 튀어나온다.

"미리 상의 좀 하지! 늦으면 다음 차 타면 되는데"

이미 끝나 버린 일을 잊어버리지 않고 집요하게 물고 늘어진다. 불만스러운 표정과 짜증스러운 목소리에 화가 치밀어 오르는 것을 애써 누르며 낮은 소리로 말한다.

"이놈아 비행기에서 떨어져 앉아 있었잖아"

분위기가 냉랭해진다. 젊어서 아직 본인의 감정을 감출 줄 모른다. 어쩌면 나이 먹는다는 것이 그런 능력만 느는 것인지도 모르겠다. 아무튼 녀석은 마지막 날 불만 표출로 나흘 동안 쌓은 공덕을 다 까먹었다.

이로써 올해 라이딩은 끝났다. 국토 종주 630㎞, 동해안 종주 320㎞, 제주 종주 240㎞ 합해서 1,200㎞를 무사고로 한 번도 넘어지지 않고 끝냈다. 사람 일은 알 수가 없다. 그 위험한 라이딩에서가 아니라 집에 와 화장실에서 넘어져 엉덩이를 다치는 망신을 당했다. 위험은 언제나 도처에 깔려있다. '위험'은 단지 생각일 뿐이다. 그것만으로 중요하다고 생각하는 일을 포기하면 아무 일도 할 수 없다. 위험은 극복하는 것이다. 올해는 힘들 것이라고 생각했던 제주 종주까지 끝냈다. 이 모든 것이 한 달만에 이루어졌다. 실제 라이딩한 날은 16일이다. 수채화 전시회도 끝났다. 목표가 없어지니 삶이 허전해진다. 인생에서 중요하거나 하찮은 것이라도 목표는 삶에 활력을 준다. 지금 나에게 그것이 국토 종주다.

올해 국토 종주는 끝났고 이제는 겨울이다. 내년 봄 국토완주 그랜드슬램 달성을 꿈꾸며 동면한다.

PART 4

작은 강도 강이다

-북한강, 오천, 금강-

보았다는 현상   (북한강: 신매대교- 밝은 광장)

▶ **북한강 자전거길(춘천– 양수리)**
신매대교– 경강교 30km
경강교– 샛터 삼거리 25km
샛터 삼거리– 밝은 광장 15km

합계 70km

봄이 오고 있다. 2021년 10월부터 시작한 자전거 국토 종주는 부산 종주, 동해안 종주, 제주 종주까지 장거리 구간을 한 달 만에 끝났다. 그리고 해가 바뀌었다. 3월에 들어서며 기온이 영상으로 올라간다. 국토 종주 그랜드슬램 달성의 욕망이 가슴 깊은 곳에서 스멀스멀 올라온다. 코로나 상황이 일 년 이상 지속되면서 이젠 피로감이 오는 모양이다. 작년과 달리 약속들이 빈번하게 잡히고 있다.

가능한 모임을 줄이고 시간을 내기로 한다. 남은 구간은 단거리 구간이라 계획을 세워 실행하기보다는 시간 날 때마다 가기로 마음먹었다. 이번 주는 북한강길, 오천길, 금강길 세 군데를 한 번에 돌기로 한다. 생각난 김에 바로 출발해서 후회를 남기지 않기로 한다. '물 들어올 때 노 저어라' 살면서 물 들어올 때 노 저은 적이 몇 번이나 있었던가? 결국 물 빠지고 나면 후회만 남았다. 그렇게 살지 않기로 했다. 나이가 들어서야 깨달았다. '늦었다고 생각할 때가 가장 빠른 시기'라는 것을.

북한강 자전거길의 시작점인 춘천호 신매대교까지 가는 대중교통이 마땅치 않다. 아들에게 기대하지 않고 부탁의 말을 툭 던져 본다. 예상과 달리 쉽게 픽업해 주겠노라고 선뜻 대답한다. 작년에 제주 종주를 같이했던 기억 때문일까? 아무튼 모든 준비는 끝났다. 올해 첫 국토 종주의 시작이다. 부푼 꿈을 품고 출발한다.

● 보이는 것이 다는 아니다

첫인상은 3초 이내에 결정되어 평생 기억에 남고 잘 바뀌지 않는다. 7%만이 말의 내용에 따라, 38%는 상대의 음성을 듣고, 나머지 55%는 상대의 겉모습을 보고 결정된다. - 매러비안의 법칙

아들은 고속도로 휴게소에서 아침을 같이하고 춘천 신매대교에서 내려 준 후 뒤도 안 돌아보고 쌩 가 버린다. 혼자 남겨진다. 마치 버려진 느낌이다. 이럴 때마다 이제는 무엇이든 혼자서 해야 한다는 냉혹한 현실과 마주하게 된다. 인증센터에서 인증 도장을 찍고 장비를 챙긴다. 동절기 4개월간의 공백에 자전거가 어색하다. '잘할 수 있을 거야'라고 자신을 다독이며 출발한다.

출발하자마자 바로 앞에 축구공과 같이 생긴 건물이 있다. 다가가서 본다. 화장실이다. 내부가 궁금해진다. 옆에 자전거를 세워 놓고 들어간다. 외부에서 본 첫인상과 같이 깨끗

하다. 북한강 길 종주를 화장실에서 시작한다. 의암호 옆으로 이어진 자전거길을 따라 달린다. 부드러운 바람이 얼굴을 스친다. 오랜만에 느껴보는 기분 좋은 바람이다. 문학 공원을 지나간다. 여기저기 돌에 시인들의 시구가 새겨져 있다. 내용이 궁금하다. 시작부터 자전거를 세우기 싫어 무시하고 지나간다. 호수를 향해 놓인 벤치에는 드문드문 사람들이 앉아 있다.

절벽 때문에 물 위에 말뚝을 박아 만든 나무 데크 자전거 도로. 덕분에 호수를 보며 물 위를 라이딩할 수 있었다.

춘천의 명소는 호수를 중심으로 이루어졌다. 스카이 워크, 소양강 처녀 동상, 레고랜드, 공지천 유원지, 호수 주변 카페들, 도시 전체가 수변 공원이다. 춘천이 호반의 도시가 된 것은 1965년 의암댐이 건설되고 난 이후다. 당시 댐 건설 목적은 홍수 통제 및 수력 발전이었다. 거의 60년의 세월이 흐르며 호수 주변에 하나둘 시설물들이 생겨나 오늘의 모습이 되었다. 내 젊은 날 데이트의 명소도 춘천 호반이었다. 지금도 그렇다. 작년에 춘천호 둘레길을 아내와 함께 라이딩했었다. 참 좋았다. 지금 그 길을 간다. 산 급경사를 따라 호수에 말뚝을 박아 만든 자전거길을 지나간다. 넓은 호수가 한눈에 들어온다.

애니메이션 박물관을 지나 의암호를 따라 달린다. 도로 옆 호숫가에는 몇 개의 카페가 나란히 들어서 있다. 들어가 보지는 않았지만, 평소 지나다니면서 자주 보았던 카페들이다. 비어 있는 주차장에 눈에 익은 차가 한 대 서 있다. 아들 차다. 자전거를 세워 놓고 안으로 들어간다. 직원에게 아들 소재를 묻는다. 커피를 주문하고 아래층 앞에 있는 노천카페로 내려간다. 눈앞에 생각지도 못한 풍경이 펼쳐져 있다. 아래로 보이는 넓은 부지에 초록색 인조 잔디가 깔려있고 그 위에는 흰 파라솔과 소파가 여기저기 놓여있다. 거기에 춘천 호수까지 보인다. 그림 같은 풍경이다.

아들은 노천카페 소파에 누워 책을 보고 있다. 그 넓은 노천카페를 마치 전세 낸 것같이 혼자 차지하고 있다. 인기척을 내니 놀라서 일어난다. 예상하지 못했던 아버지와의 만남이었는가 보다. 같이 소파에 몸을 묻고 커피를 마시며 호반을 바라본다. 여유라는 단어의 의미는 이런 순간을 뜻하는 것이다. 햇볕이 따스하다. 평화롭다. 여행을 잊어버린다. 그냥 따뜻한 햇볕과 고요한 수변 풍경에 몸을 맡겨 버린다. 시간이 흐른다.

아들이 정적을 깬다. 그제야 오늘 목적지를 생각한다. 더 있고 싶은 생각을 털어 버리고 애써 일어난다. 아들을 남겨 두고 출발한다. 가족들과 다시 한 번 와보고 싶은 곳이다. 의암댐 근처에 있는 카페다.

지나가다 우연히 세워져 있는 차를 보고 들어가 아들과 만난 카페에서 호수를 바라보며 본 정원과 배 조형물.

도로를 지나다니면서 본 카페는 주차장과 건물이 전부였다. 안으로 들어와서 본 것은 예상치 못했던 전혀 다른 세상이었다. 세상에는 겉으로 보이는 모습과는 다른 수많은 이면들이 숨어 있다. 겉모습만 보아서는 많은 것을 놓칠 수 있다. 사람은 더욱 그렇다. 대부분 첫인상으로 그 사람을 판단한다. 그러나 그것이 다는 아니다. 보이는 모습 뒤편에는 보이지 않는 그 사람의 일생과 희로애락이 들어 있기 때문이다.

● 못 보고 지나친 것들

사람은 시각적인 동물이다. 눈으로 본 것은 전부 사실이라고 믿는다. 그러나 관심 없이 본 것은 본 게 아니다. 유심히 보아도 못 보는 경우가 있다.

카페를 나와 의암호를 바라보며 자전거 도로를 달린다. 부드러운 봄바람이 얼굴을 스쳐 가고 햇볕도 따스하다. 호숫가를 따라 가볍게 하이킹하는 기분이다. 붕어 섬을 지난다. 호수 폭이 좁아지며 의암댐이 보인다. 건너편에는 기암절벽이 하늘 높이 솟아 있다. 절경이다. 의암댐을 지나며 자전거 도로는 차도에서 벗어나 북한강 옆으로 내려간다. 강변을 따라 달린다. 멈추어서 발을 담그고 싶은 마음을 달래며 그냥 간다. 노면이 고르지 않은 길을 가다 보니 멀리 강촌 대교가 보인다.

강촌에 다 와 갈 때쯤 핸드폰이 꺼졌다. 챙겨 온 보조 배터리를 연결한다. 방전된 빈 배터리다. 자전거 여행의 모든 정보가 핸드폰 안에 들어 있다. 위급할 때 통화도 되지 않는다. 핸드폰이 꺼지면 모든 정보가 단절되는 고립무원의 신세가 될 수밖에 없다. 할 수 없이 구 교량을 건너 강촌 시내로 들어간다. 편의점에서 핸드폰을 충전하기 위해 잠시 쉰다. 시간을 아끼기 위해 보조 배터리를 추가로 구입한다.

춘천호 의암댐 하류에서 뒤돌아보며.
길은 여기서부터 강가로 내려간다.

출발 전 아들에게 보조 배터리를 빌리며 충전되어 있다는 얘기만 듣고 확인을 하지 않은 것이 화근이다. 주행 기록을 남기기 위해 데이터를 켜 놓고 다니기 때문에 반나절이면 핸드폰 배터리가 소모된다. 보조 배터리가 필요한 이유다. 잊고 있었던 보조 배터리의 중요성이 부각된다. 언제나 그랬다. 늘 옆에 있어 당연하게 여겼던 것들이 없어졌을 때야 비로소 그 빈자리가 크다는 것을 느꼈다. 이제 옆에 있는 것들의 소중함을 알아 가는 나이가 되었다. 그런데도 일상에 묻혀 자주 잊어버리곤 한다.

편의점에서 나와 자전거 도로를 타고 북한 강변으로 진입한다. 강변을 따라가는 2차선 콘크리트 포장길이 나온다. 엘리시안 강촌을 가던 익숙한 길이다. 리조트 입구를 지나 강을 따라 한참을 달린다. 길에 펜션과 수상 스키장들이 나타나며 멀리 경강교가 보인다. 근처의 인증센터를 찾는다. 없다. 경강교를 건넌다. 강 건너 도계소 공원에 자전거를 세운다. 있어야 할 인증센터가 없다. 확신했던 기대가 무너졌을 때는 정립되어 있던 것들에 대해 의심이 가기 시작한다. 그리고 모든 것이 혼란스러워진다. 주위를 살피며 불안한 마음을 다스리며 1㎞ 정도를 더 간다. 그제야 경강교 인증센터가 나타난다. 안도의 한숨을 쉬며 긴장감이 풀어진다.

경강교를 지나 예상보다
1㎞ 이상 더 가서 만난
경강교 인증센터.

인증 도장을 찍고 가평 시가지를 통과한다. 길은 46번 국도를 지나가다 인접해서 가는 자전거 도로로 진입한다. 청평 외곽을 흐르는 조종천을 만나 하천변을 따라간다. 청평 생태공원 다리와 청평교를 건넌다. 제방을 내려가 조종천 둔치 자전거길을 가다 북한강과 만난다. 강폭이 넓어진 북한강 강변을 따라 달린다.

다음 인증센터는 대성리에 있는 샛터 삼거리다. 경강교 인증센터에서 경험했던 불안감이 다시 살아난다. 인증센터를 찾기 위해 신경을 곤두세우고 주변을 탐색한다. 거리상 인증센터가 있어야 되는데 이번에도 보이지 않는다. 경강교에서와 같이, 얼마 더 가면 있을 거라는 생각에 주의를 기울이며 계속 앞으로 간다. 길은 오르막을 올라 자전거와 보도용 터널을 지나간다. 인증센터를 찾으며 계속 가다 보니 금남리 마을로 진입한다. 지도를 본다. 지나쳐 왔다. 계산상으로는 몇㎞를 더 왔다. 되돌아가기에는 너무 멀리 왔다. 최종 목적지를 향해 계속 간다.

라이딩 후 아들과 만나 차를 타고 되돌아와 샛터 삼거리 인증센터를 찾는다. 인증센터는 보도용 터널을 지나서 자전거 도로 바로 옆에 있었다. 이럴 수가? 바로 자전거길 옆에 있는 인증센터를 못 보고 지나쳤다. 집중하며 갔는데 그냥 지나친 것이 믿어지지 않았다. 무엇엔가 홀린 느낌이다. 문득 지금까지 내가 보고, 듣고 살아온 모든 경험과 확신이 거짓일 수도 있다는 생각이 들 정도로 홀린 느낌이다.

사람들은 직접 보고 들은 것이 진실이라는 확신을 가지고 살아가고 있다. 틀린 것을 깨달았을 때는 허탈해질 수밖에 없다. 나는 대성리 샛터 삼거리 인증센터에서 그런 허탈감을 느꼈다. 없어진 안경을 찾아 여기저기를 뒤지며 열심히 찾았는데 정작은 안경을 쓰고 있었던 그런 황당함 같은 것 말이다. 관심 없이 본 것은 본 게 아니다. 유심히 보아도 못 보는 경우가 있다.

● 다리는 그리움이다

"그대의 짐을 함께 질게요 / 어둠이 몰려오고 / 주위엔 온통 고통뿐일 때 / 험한 물

결 위를 건널 수 있도록 / 다리가 되어 드릴게요" – 폴 사이먼 "Bridge over troubled

water" 중

샛터 삼거리에서 인증센터를 못 보고 지나쳤다. 금남리 마을을 통과하여 양주 CC 교차로를 지나간다. 북한강을 건너가는 서울 춘천 고속도로 서종대교가 보인다. 멀리 강 위를 지나가는 다리를 볼 때마다 가슴이 따듯해지며 옛 기억이 떠오른다. 어렸을 때 기억에 남아 있는 풍경은 멀리 보이는 강 위에 다리가 있는 모습이다. 인제 내린천을 건너가는 다리였던 것 같다. 다리 건너에 아버지가 근무하던 군부대가 있었다.

강만 있는 풍경화는 무미건조하다. 크든 작든 강을 건너가는 다리를 그려 넣었을 때 그림이 살아난다. 의도하지 않아도 그림을 볼 때 다리에 먼저 눈이 가게 마련이다. 기억도 그런 것 같다. 그래서 다리는 옛 기억을 떠올리는 그리움이다. 회사에 근무하면서 그런 다리를 수십 개나 지었다. 내가 만든 다리가 누군가에게는 그리움이 되기를 바라본다.

출발한 지 60㎞를 넘어서며 체력이 떨어지기 시작한다. 서종 대교 아래를 통과한다. 멀리 북한강을 지나가는 못 보던 다리가 보인다. 화도에서 양평까지 수도권을 환상으로 연결하는 화도 양평 고속도로 노선 중 북한강을 건너가는 화도대교다. 화도대교와 연결되는 약 6㎞ 구간이 3개사 일괄 경쟁입찰에서 우리 회사가 입찰하여 성공한 프로젝트다.

일괄입찰은 입찰자가 설계하여 평가받는 경쟁 입찰이다. 평가는 추첨으로 선정된 평가위원들이 설계를 평가하여 낙찰자를 결정하는 것이 당

시 일괄입찰 방식이었다. 수주 성패는 수시로 변하는 발주처와 경쟁사 정보, 설계를 평가하는 평가위원의 정보에 달려있어 전 직원이 정보 수집에 집중할 수밖에 없는 구조다. 3개사 경쟁인 이 프로젝트를 수주하기 위해 전 직원이 열심히 노력했다.

평가일에 임박해서 추첨으로 최종 10명의 평가위원이 선정되었다. 선정된 평가위원들의 성향을 분석했을 때 눈앞이 캄캄해졌다. 회사 설계에 우호적이지 않은 사람들이 대부분이었다. 우리 회사를 떨어뜨리기 위해 누군가 작심하고 일부러 선정한 명단 같았다. 과거 경험으로 볼 때 이 정도의 판세는 거의 실패나 다름없었다. 투입된 설계비와 부대비용으로 몇십억 손실을 본다는 절망감 속에 있었지만 직원들에게 내색하지 않았다.

발주처를 방문하고 같이 저녁을 하던 어느 날, 팀장에게 감추고 있었던 속마음이 무심코 튀어나왔다.

"이 정도 판세면 거의 끝난 거니까 마음 비우고 편하게 일해."

말이 입 밖으로 나오는 순간 아차 하는 느낌과 하지 말았어야 할 이야기라는 것을 깨닫고는 조심스럽게 상대의 반응을 살핀다.

"이백 명이 넘는 직원이 이 프로젝트를 위해 동분서주하는데 책임자인 상무님이 이렇게 나약한 말씀을 하시면 밑에 있는 우리는 어떻게 하란 말입니까?"

정색하고 빤히 쳐다보며 반문을 한다.

"……"

내뱉은 단어들이 충격으로 다가온다. 맞는 말이다. 할 말이 없다. 부끄럽다. 그러고는 마음을 정리한다. 그날 이후 그 부끄러움을 되새기며 남은 기간 최선을 다했다.

3개사 경쟁은 미묘하다. 마치 쇼트트랙 빙상 경기 같다. 후발 주자를 견제하며 선두 주자로 치고 나갈 기회를 엿본다. 상황이 급변하기 때문에 전략도 수시로 바뀐다. 실제로는 '화투 고스톱' 치는 것과도 같다. 1등만이 승자다. 모든 회사가 강하다고 생각하는 회사는 견제하고 약한 회사를 밀어주며 선두에 설 수 있는 방법을 수시로 모색한다. 그런 견제 때문에 항상 강자가 1등을 하는 것은 아니다.

마지막 날까지 최선을 다한 후 설계 평가 날이 왔다. 하루 종일 평가한 결과를 발표하고 서명을 받기 위해, 밖에서 기다리고 있던 경쟁 3사 책임 임원들을 평가장으로 부른다. 긴장감을 누르며 평가장에 들어선다. 각 회사별 설계 평가 점수를 발표하는 순간 이변이 일어났다. 근소한 차이로 1등이다. 어렵다고 생각했던 일이 이루어졌다. 저 밑바닥에서 가슴까지 올라와 터질 것 같은 기쁨을 억누르며 애써 표정 관리를 하며 결과지에 서명한다.

평가장 계단을 내려오며 아래층에서 결과를 기다리고 있는 직원들을 바라본다. 시선이 집중된다. 남들이 눈치채지 못하게 살짝 엄지손가락을 세운다. 모여 있던 우리 직원들의 초조한 표정들이 갑자기 환해진다. 가까이에 모여 있는 경쟁사 직원들을 배려해 환호의 함성은 나오지 않았지만 감격에 겨워 웅성거리며 서로 악수하는 모습들이 눈에 들어왔다. 그날 밤 직원들과 마신 술로 초주검이 되어 버렸다.

진인사 대천명(盡人事 待天命)! 어떻게 세상을 살아야 하는지를 알려주는 좌우명 같은 말이다. 포기하지 않고 끝까지 최선을 다하고 나면 대부분 이루어진다. 실패하더라도 후회는 없다. 능력 밖이기 때문이다. 이 프로젝트는 평가위원이 선정되고 난 후 주변 여건과 상황의 불리함 때문에 거의 공황 상태였다. 어둠과 절망 속에서 포기하지 않고 그곳을 건너갈 수 있게 다리를 놓아 준 것은 상사에게 부끄러움을 일깨워 준 부하직원의 바른 소리였다.

화도 대교 앞에 자전거를 세운다. 화도대교 경계 지점을 바라본다. 어렵게 성공한 프로젝트의 공사 중인 모습이 바로 눈앞에 있다. 퇴직과 동시에 까맣게 잊고 있었던 프로젝트를 설계할 때 어려웠던 문제들이 되살아난다. 성보사 사찰 민원, 노선 터널과 인접한 영화 촬영소의 소음 진동 문제, 공사 차량 작업 진입로 문제들을 건설 과정에서 어떻게 극복했는지 궁금해진다.

인근에 있는 현장 사무소를 들를까 생각하다 포기한다. 가야 할 길도 있고, 후배 직원들에게 부담을 주고 싶지 않았기 때문이다. 모든 것을 걸고 올인했던 과거의 기억들과 궁금증은 그 구간을 달리는 내내 머릿속에 계속 남아 있었다.

현직 때 일괄입찰로 수주한 화도 양평 고속도로 시점부 아직 공사 중이다.

　오늘 라이딩 구간의 마지막 목적지는 밝은 광장으로 북한강과 남한강이 합쳐지는 양수리에 있다. 화도 대교를 지나자 크고 작은 언덕들이 나오기 시작한다. 내려다보이는 북한강을 따라 카페와 음식점이 줄지어 서 있다. 목적지에 거의 다가가니 넓은 평지가 나타난다. 북한강 습지 공원이다. 공원을 관통해서 자전거 도로가 놓여 있다. 옆으로 산책길과 화장실이 드문드문 보인다. 지역의 랜드마크가 된 특이한 모양의 소교량도 보인다.

　소교량을 지나 도착한, 최종 목적지인 밝은 광장 인증센터도 교량 밑에 있었다. 북한강 길을 지나오면서 강 위에 수많은 다리들을 보았다. 교량의 용도는 단절된 두 곳을 연결시켜 주는 역할 외에도 그 지역의 위치를 나타내는 이정표가 되기도 한다. 멀리 강을 가로지르는 다리의 모습은 또 누군가에게는 아련한 옛 기억을 떠올리는 그리움이기도 하다.

양수리 합강 수변 공원 산책로에 조성된 보도교량 전경. 산책하는 사람들의 사진 포인트다.

가 보지 않은 길을 무작정 왔다. 지나다니며 늘 보았던 카페에서 전혀 다른 모습을 보았고 방전된 핸드폰은 잊고 있었던 보조 배터리의 중요성을 각인시켜 주었다. 바로 옆에 있는 인증센터를 못 보고 지나친 것은 큰 충격으로 다가왔다. 앞으로 이것이 트라우마가 되어 인증센터를 찾을 때마다 불안해할 것이라는 걸 예감한다.

눈으로 보았다는 것조차 믿을 수 없을 정도로 혼란스런 하루였다. 이 모든 것이 갑자기 생각난 것을 실행에 옮긴 결과였다. 시행착오로 많은 것을 느꼈고 새로운 것을 보았다. 좌충우돌하였지만 나쁘지 않았다.

다음 여행도 시간이 날 때마다 그렇게 가기로 한다. 내일부터는 오천 자전거길 105㎞와 바로 이어지는 금강 자전거길 146㎞를 시작할 예정이다. 몇 달 동안 잠잠했던 가슴이 설레기 시작한다. 그런 지금, 살아 있다는 것을 가슴으로 느끼고 있다.

🚲 아내의 존재감

▶ **오천 자전거길(충북)**

행촌 교차로- 괴강교 24㎞
괴강교- 백로공원 26㎞
백로공원- 무심천교 26㎞
무심천교- 문의(대청호) 20㎞

합계96㎞

3월 초순이다. 주변 풍경은 겨울이나 기온은 서서히 올라가고 있다. 전주만 하더라도 전혀 국토 종주 생각이 없었다. 출발 하루 전에 문득 생각이 들었고, 다음 날 아침 일찍 북한강 길 시점인 춘천으로 출발했다. 북한강 길을 다녀오니 그랜드슬램 욕심이 생긴다.

"물 들어올 때 노 저어라."

지금 머릿속을 가득 채우고 있는 생각이다. 어제 이어 오늘부터는 오천 자전거길의 시점인 괴산 연풍에서 출발하여 연속으로 이어지는 금강길 종점인 군산까지 250㎞의 여행을 2박 3일로 계획한다.

이제 물들어와 있는 상태다. 노만 저으면 된다. 이 상태라면 이번 달, 늦으면 다음 달 중에 우리나라 국토 종주 그랜드슬램을 이룰 수 있을 것 같다. 그런 기대감 속에 오천길 시점으로 출발한다.

● 아내가 있다는 것

"부부간에 사이좋게 지내는 비결이 뭐죠?"

"우리는 비교적 큰일에 대해서는 제가 결정을 내리고, 자질구레한 일에 대해서는 전적으로 아내가 결정을 내린답니다."

"아~ 그러세요?"

"그런데 중요한 것은…: 결혼해서 지금까지 큰일이 단 한 건도 없었다는 거죠!"

- 출처 불명

오천 자전거길 출발점은 괴산 연풍에 있는 행촌 교차로다. 버스 편이 마땅치 않다. 연이어 아들에게 픽업 부탁하는 것은 좀 무리라는 생각이 들었다. 아내에게 괴산 연풍 IC까지 픽업을 부탁한다. 생각보다 쉽게 답이 온다. 만일 거절하면 금일봉으로 해결할 생각이었다. 새벽에 일어나 아내를 깨운다. 미안한 마음에 자전거를 싣고 직접 운전을 하려 했다. 큰일을 앞둔 사람은 쉬어야 한다고 아내가 운전대를 가로챈다.

하루의 새벽을 편하게 시작한다. 내색은 안 했지만 고마운 마음이 가슴에 가득 찬다. 왜 이 나이가 되어도 아내에게만은 마음을 내보이는 것이 어색한지 모르겠다. 고치려 해도 마음대로 되지 않는다. 감정이나 원하는 것을 눈치 보지 않고 자연스럽게 표현하고 싶다. 오랫동안 몸에 익은 습관을 깨는 것은 쉬운 일이 아니다. 그 연습으로 글의 서두를 아내 이야기로 시작한다.

사람은 가족, 친구, 동료들과 인간관계로 얽혀 서로 타협하며 살아간다. 그러나 모든 것을 판단하고, 행동하고, 느끼는 것은 본인 몫이다. 또 늙어 가거나, 아프거나, 죽거나 이런 생로병사는 철저히 혼자서 감당해야 할 몫이다. 그렇게 생각하면 삶이 황량해진다. 그때 같이할 수 있는 동반자가 아내다. 삶의 외로움을 푸근함으로 느낄 수 있는 것은 아내 덕분이다. 오늘 아내가 보여 준 모습에서 깨달았다.

얼마 전 롯데백화점 사장을 역임하신 이철우 님의 자서전 『이담가화』를 읽고 눈에 띄었던 문장을 인용한다.

> 아내와의 만남은 내 일생에서 가장 잘한 일이다.
>
> 이 사람이 있어 사랑이 가득한 보금자리를 만들 수 있었고,
>
> 이 사람이 있어 부모님에게 좋은 자식이 될 수 있었고,
>
> 이 사람이 있어 내가 못나고 부족한 것을 채울 수 있었고,
>
> 이 사람이 있어 기쁠 때 같이 기뻐하고, 슬픔을 나눌 수 있었고,
>
> 이 사람이 있어 내가 한눈팔려고 할 때 똑바로 앞을 보고 달릴 수 있었고,
>
> 이 사람이 있어 내가 좌절하고 포기하고 싶을 때 희망과 용기를 가질 수 있었다.
>
> 이 사람이 있어 내가 외롭고 힘들 때 위로가 되었고,
>
> 이 사람이 있어 내가 아프고 견디기 어려울 때 정신적인 평화를 얻었으며,
>
> 이 사람이 있어 내 조상님께 가문을 이어갈 자손을 보여드릴 수 있었으며 같이 기쁨을 누릴 수 있었다.
>
> – 『이담가화』, p148

잘 차려진 밥상에 젓가락을 얹어 놓는 것 같이 염치는 없지만 "나도 그렇다." 그런 아내를 위해 무엇을 할 것인지 생각해 본다. '아내의, 아내에 의한, 아내를 위한 남편!'이 되기로 다짐한다. 이 슬로건은 달성하기 어려운 목표가 아니다. 나이가 들어가면서 저절로 그렇게 되어 가고 있다. 아니

면 벌써 그렇게 길들어 있는지도 모르겠다.

　지도를 보니 오늘 출발점인 행촌 교차로는 부산 국토 종주 때 수안보를 거쳐 지나갔던 곳이다. 그때 행촌 교차로에서 도장을 미리 찍은 많은 라이더들은 두 번째 인증센터인 괴산 괴강교 인증센터를 출발점으로 잡는다. 시점부터 출발하는 24㎞의 수고를 회피하는 것이다. 부산 국토 종주 당시는 이곳이 오천길의 시점인 것을 모르고 지나갔다. 또 당시에는 그랜드슬램 욕심도 없었다.

　인증 도장이 찍혀 있지 않아 어디를 출발점으로 잡을지 고민을 한다. 아내의 성의를 봐서 정석대로 가기로 한다. 그래서 오늘 라이딩할 구간은 96㎞다. 연풍 IC를 나와 내비에 표시되어 있는 행촌 교차로에 도착한다. 인증센터가 교차로에 없다. 지도를 대조해 보며 주위를 돌며 찾아본다. 없다. 어제 겪었던 트라우마가 되살아난다. 근처에서 일하고 있는 농부에게 물어본다. 이백 미터 떨어진 면사무소 근처에 있다고 한다.

　지도 위치와 실제 위치가 차이가 난다. 인증센터에 스탬프가 없다. 수없이 도장을 찍었지만 처음 있는 일이다. 말라 있는 도장을 인증 수첩에 눌러 찍는다. 수첩에는 도장 흔적만 보인다. 바로 앞에 면사무소가 있다. 짜증이 난다. 가서 담당이 누군가 알아보려다 아침이라 포기한다.

오천 자전거길 시점인 행촌 교차로에서 출발한 후 뒤돌아본 풍경. 뒤로 멀리 보이는 산이 문경새재다.

아내는 돌아갔다. 이제부터는 혼자 숙식을 해결하며 3일에 걸쳐 군산까지 가서 버스에 몸과 자전거를 싣고 올라와야 하는 긴 여정이 남아 있다. 혼자 남겨진 고독감이 엄습한다. 애써 털어 버리고 자전거에 몸을 싣는다. 출발한 지 얼마 안 되어 아스팔트 2차선 차도와 혼용 구간이 나타난다. 위험하긴 하지만 나름대로 스릴도 있다. 다행히 평일 아침이라 지나가는 차가 거의 없다. 속도를 낸다. 스쳐 가는 바람이 아직은 차다.

내리막 도로에서 시속 40㎞가 넘으며 속도계에 빨간불이 들어온다. 속도감을 즐긴다. 2차선 차도 모두를 전세 낸 기분이다. 신나게 달린다. 어느 틈엔가 온몸을 감싸고 있던 아내의 존재감이 사라졌다.

● 살다 보면 어느 곳에서 만나지 않으랴

"景行錄日 恩義廣施 人生何處不相逢 讐怨莫結 路逢狹處 難回避"

(경행록 왈 은의광시 인생하처부상봉 수원막결 노봉협처 난회피)

"경행록에서 말하기를, 은의(恩義:은혜와 덕의)를 베풀어라. 세상을 살다 보면 어느 곳에서 만나지 않으랴, 원수를 맺지 말라. 좁은 길에서 만나게 되면 피하기 어려우니라." - 『명심보감』

행촌 교차로를 지나서 20㎞ 정도 지났을 때 눈에 익은 풍경이 나타난다. 괴산 산막이 길 여행을 위해 근처에 있는 지인의 집에서 하루 머물렀던 곳이다. 자전거길이 이곳을 지나갈 줄은 생각도 못 했다. 마치 헤어졌던 사람을 오랜 시간이 지나 뜻밖에 장소에서 만난 것 같은 느낌이다. '人生何處不相逢'의 의미가 이런 느낌일 거다.

    우연히 집 근처를 지나가고 있다고 지인에게 전화를 걸고픈 마음을 일정 때문에 억누른다. 하천 옆 자전거길로 부부가 산책하고 있다. 마스크로 얼굴을 가렸으나 분위기가 그 친구와 비슷해서 혹시나 하는 마음에 지나가면서 유심히 살펴본다. 아닌 것 같아 그냥 지나간다. 지나치고 나서 혹시 그 일 수도 있겠다는 생각이 든다. 그러나 갈 길을 생각하고 그냥 간다. 아쉬움이 남으면 바로 되돌아가서 확인해 보는 것이 후회를 남기지 않는다. 그렇게 살려고 노력은 하지만 쉽지 않다. 시간이 갈수록 되돌리기도 어려워진다. 살면서 참고 포기하는데 너무 익숙해져 있기 때문이다.

    괴강교 인증센터에서 인증 도장을 찍고 괴산 시가지를 지나 증평 방향으로 향한다. 길고 완만하게 뻗은 모재재 언덕을 쉬지 않고 올라간다. 도중에 땀을 닦으며 핸드폰을 확인한다. 어김없이 반나절 만에 핸드폰 배터리가 방전된다.

괴강교인증센터.

가방을 뒤진다. 보조 배터리가 없다. 출발 전에 틀림없이 챙겼는데 없다. 황당해진다. 어제와 같은 상황이다. 한적한 시골길이라서 편의점도 없다. 최소한 증평까지는 가야 편의점을 발견할 수 있을 것 같다. 할 수 없이 충전을 포기하고 길을 간다.

모래재 고개를 넘어 증평 인근의 시가지로 들어선다. 보조 배터리를 새로 사야 한다는 생각이 머리를 떠나지 않는다. 전날 북한강 길에서 겪었던 실수가 다시 생각나며 부담감이 커진다. 증평 백로공원 인증센터에 도착하여 주변 편의점을 찾는다. 마침 바로 옆에 하이마트가 있다. 들어가서 국산 보조 배터리를 찾는다. 없다. 중국제뿐이다. 국산 배터리는 중국산 저가 공세에 밀려 생산하는 곳이 거의 없다고 한다. 할 수 없이 중국산 보조 배터리를 산다. 짧은 시간을 이용해서 핸드폰 충전도 한다.

문제는 해결되었다. 행복해진다. 출발 전 준비했던 보조 배터리는 차 안에 떨어져 있었다고, 아내에게 온 문자가 핸드폰에 찍혀 있었다. 충전한 핸드폰으로 사이버 인증을 한다. 연이틀 같은 실수를 두 번씩이나 반복했다. 실패는 성공의 어머니라고 한다. 다음부터 출발 전에 보조 배터리는 두 개 이상 준비하기로 한다.

증평 시내를 벗어나 청주 입구에 있는 무심천교 인증센터로 향한다. 자전거 도로는 미호천을 따라 이어지다 제방 도로 위로 올라간다. 콘크리트 포장이다. 길은 미호천을 따라 한참을 간다. 가는 도중 하상 임시 도로를 통해 미호천을 두세 번 건너간다. 길게 이어지던 미호천 제방길을 지나 무심천 삼거리에 도착한다. 지나왔던 길과는 달리 많은 자전거가 오간다. 청주시 입구다. 인증 도장을 찍고 쉬면서 갈등에 빠진다.

증평에서 옥산가는 미호천 제방길에서 뒤돌아본 전경.

'청주를 지나 문의를 거쳐 금강 자전거길 출발점인 대청댐으로 가는 지름길로 가느냐? 아니면 오천 길의 종점인 합강공원에서 25㎞ 거리인 대청댐에 가서 인증 도장을 찍고 다시 되돌아올 것인가?'를 고민한다.

라이더 두 명이 자전거를 세워 놓고 쉬면서 담배를 피우고 있다. 서로의 호칭이 교수다. 교수라는 말이 호기심이 생긴다. 문의 가는 길을 묻는다. 친절하게 대답해 준다. 은퇴한 지 얼마 안 된 교수들이다. 대화가 길어진다. 이야기는 자전거에서 시작해서 전공, 출신 학교까지 이어진다. 서로의 공통점과 관계되는 인연들까지 확대된다.

본인이 미국 유학 시절 같이 공부하던 건설 관련 교수를 아느냐 묻는다. 아는 사람이다. 또 내가 현직에 있을 때 같이 근무했던 임원이 교수와 고등학교 동창이다. 학창 시절 얘기를 하며 동창이란 것을 확인시켜 주려는 듯이 바로 전화를 건다. 한두 사람 건너면 내가 접했던 인연들이다. 대한민국은 그렇게 좁다. 어떤 경로를 통하든 맞닥뜨리게 마련이다.

가끔은 만남이 묘해서 '우연'이 아닌 예정된 '필연' 같은 느낌이 들 때도 있다. 심지어는 갑과 을의 관계가 뒤바뀌어 만나는 경우도 보았다. 그래서 평소에 악연을 만들지 말고 덕을 쌓고 살아야 된다. '讐怨莫結 路逢狹處 難回避'라는 옛말도 있지 않은가?

교수들과 길거리에서 얘기하며 한 시간이 지나갔다. 이대로 가다간 날이 저물 것 같다. 거기에다 반갑다고 술 한잔 할 것 같은 분위기다. 애써 미련을 떨치며 인사를 하고 대청댐으로 출발한다. 시간이 너무 지체되어 대청호 인근에 있는 문의에서 하루를 머물기로 한다.

청주 시가지를 환상(環狀)으로 연결하는 도로공사의 현장 소장으로 이곳에서 근무했었다. 아예 이사를 와서 4년을 살아 많은 추억이 깃든 곳이다. 특히 무심천 밤 벚꽃은 환상적이었다. 깨끗하게 정비된 자전거 도로와 새로 만난 인연들, 그리고 옛 추억 때문일까? 도시에 더욱 친근감이 든다.

● **무심천교에서**

"행인이 잠든 사이 통나무 다리를 건너다 물에 빠져 죽었다네 여인은 아이의 잿가루를 그 물에 뿌리고 삭발을 하고 산으로 갔다네 승려들은 백일 만에 통나무 대신 돌다리를 세웠네. 그 다리 이름은 남석교 이 같은 사연을 알 바 없이 무심히 흐르는 이 냇물을 일러 무심천이라 하였네" – 무심천(無心川) 유래비 중

무심천은 청주 시내를 관통하는 하천으로 청주 시민의 휴식 공간이 되어 있다. 천 옆에는 자전거 도로와 산책로가 조성되어 있다. 달리는 동안

길가에 설치된 스피커에서 음악이 흘러나온다. 마음이 들뜨며 기분이 좋아진다. 자전거 도로에 음악이 나오는 곳은 청주가 처음이다. 시가지 구간을 지나 무심천 상류를 달린다.

멀리 무심천교가 보인다. 내가 현장 소장으로 있던 청주 3차 우회 도로 18㎞ 구간의 시점이다. 자전거를 세우고 벤치에 앉아 바라본다. 오랫동안 잊힌 채 가라앉아 있던 기억들이 되살아나 상념에 젖는다. 도로공사를 하기 위해서는 용지 보상이 선행되어야 한다. 용지 보상은 늦어지게 마련이다. 그래서 보상이 필요 없는 국유 하천 부지에 계획된 교량부터 먼저 착공한다. 사유지 보상과 해결에는 설득과 시간이 필요하기 때문이다. 무심천교도 현장 개설 후 첫 번째로 시공한 교량이다.

공사 과정에서 어려웠던 일들이 실타래 풀리듯 이어진다. 교량 기초를 암반까지 앉혀야 하는데 터파기를 해보니 설계보다 암반 선이 한참 아래에 있어서 추가 시설을 설치하며 고군분투했던 경험, 연도 예산을 소화하기 위해서 한 해의 마지막 밤을 콘크리트 보온을 위해 천막을 치고 연탄을 때면서 보냈던 기억들, 중량물인 PC 빔을 교각 위에 거치하기 위해 대형 크레인 두 대로 들어 올렸으나 무게중심이 맞지 않아 크레인 지지대가 들려 넘어질 뻔한 상황에서 급히 대형 포클레인으로 들린 부분을 잡았던 일촉즉발 위기의 순간들, 하천을 횡단하여 만든 공사용 가설도로가 장마로 인해 떠내려가는 것을 두 눈으로 지켜만 보아야 했던 순간들이 주마등처럼 지나간다.

배타적인 지역사회에 적응하여 끈끈한 인과관계를 유지하는 것이 가장 큰 숙제였으나 술을 못하는 것이 나의 약점이었다. 술 잘하는 해결사를 데리고 지역 모임에 참석했으나 해결사가 먼저 떨어져서 그 친구를 해결해야 했었다. 작심하고 다음번에는 혼자 가서 모임이 끝나 갈 즈음 술에 취한 척 뒤로 넘어졌다. 마무리해야 되는데 술 취해 쓰러진 사람 때문에 난리가 났다. 덕분에 나의 존재감을 뿌리내릴 수 있었다. 그러고 나서야 해결이 되었다. 혹시라도 내가 술잔을 입에 대면 주위에서 말렸다.

현장으로 발령 나고 얼마 후 이사를 갔다. 가족은 함께 살아야 한다는 아내의 소신 때문이었다. 청주는 현장 소장 이사 온 것이 지역 신문에 실릴 정도로 말도 많고 작은 도시다. 그러나 살기 좋은 곳이다. 가까이에 가로수 길, 무심천, 문의 문화재 단지, 청남대, 대청댐, 화양계곡, 상당산성과 같은, 가볼 만한 곳이 주변에 널려 있다. 4년을 그곳에 살면서 다른 곳에서는 경험할 수 없는 좋은 추억들을 만들었다. 놀러 다니느라 아이들 성적이 떨어진 것을 제외하고 말이다. 그조차도 청주의 아름다운 기억에 묻혀 버렸다.

날이 어두워진다. 더 앉아 있고 싶었으나 짙어지는 어둠 때문에 할 수 없이 일어난다. 무심천 유래비에서와 같이 나도 무심천에 콘크리트 다리를 세웠다. 당시 다리 이름도 무심천교다. 그렇게 세워진 교량 위로는 차들이 지나다니고 있다. 보이는 모습은 그저 하천 위에 세워진 평범한 교량일 뿐이다. 그 이면에 감춰진 피와 땀과 이야기들은 다 사라지고 다리만 남아 무심히 그 자리를 지키고 서 있다. 누가 '무심천교'라고 이름 지었는가? 이 순간만은 무심천교 맞다.

● 혼자서 밥 먹기

"협상은 '타결 의사를 가진 두 사람 또는 그 이상의 당사자 사이에 양방향 의사소통 (communication)을 통하여 상호 만족할 만한 수준으로의 합의(agreement)에 이르는 과정'이라 정의할 수 있다." - 협상의 정의

청주를 지나 문의에 도착했을 때 주위는 어두워져 있었다. 허름한 모텔을 숙소로 잡고 씻은 후 밥을 먹으러 나왔다. 외진 지역이라 저녁 8시인데도 인적이 없다. 주변 식당도 손님이 거의 없다. 식당에 들어가서 주문을 한다. 모든 메뉴는 2인 이상만 가능하다고 한다. 그제야 이해한다. 한식은 최소한 2인 이상 되어야 수지 타산을 맞출 수 있다는 것을 알았다. 할 수 없이 식당에서 나온다. 쫓겨난 것이나 다름없다. '고객은 왕이다'라고 생각했던 통념이 깨진다. 손님이 없는데도 주인은 당당하다.

예전 청주에 근무할 때도 지역 문화에 적응하는데 시간이 많이 걸렸다. 어느 정도 친해진 후에 들은 이야기다. 외부인에게 속을 내보이지 않는 배타적인 지역 문화는 본인의 생각이 입 밖에 나오는 순간 위험에 처할 수 있는 역사적 배경 때문일 수도 있다고 한다.

삼국시대 고구려, 백제, 신라의 국경 지역으로 하루 자고 일어나면 나라가 바뀌는 상황에서 살아남기 위한 방편이었다고 한다. 처음 접하는 사람은 가까워지기 전까지 상대의 속을 알 수 없다. 퉁명스럽기까지 하다. 협상이 깨져도 본인은 개의치 않는다는 강력한 의미도 내포하고 있다. 거기에 당당하기까지 하다. 벼랑 끝 전술이다. 결국 협상자는 상대의 기준을 알 수 없기 때문에 가격을 더 올리거나, 상대보다 열세의 위치에 설 수밖에 없다. 협상의 달인들이다. 이런 면들이 얼마 되지 않는 인구로

역대 대선에서 캐스팅 보드 역할을 할 수 있었던 힘이 아닐까?

음식점을 쫓겨나며 생각한다. '돈이 있어도 밥을 못 먹을 수 있다.' 불안해진다. 살면서 이런 느낌은 처음이다. 그리고 보니 혼자 밥 먹은 기억이 거의 없다. 항상 누군가와 함께였다. 혼자 밥을 먹는 상황은 뭔가 쓸쓸하고 어색한 느낌이 들어 가능한 한 피했다. 어쩔 수 없는 경우는 굶었다. 어쩌다 혼자 음식을 시켜도 라면이나 짜장면같이 반찬이 없는 단품만 시켜 먹어 2인상이라는 개념을 몰랐다.

'음식점에 가면 항상 밥을 먹을 수 있다'라는 통념이 깨졌다. 지금까지 왜 그 사실을 몰랐을까? 혼자라는 불편함을 처음 느꼈다. 그런 불안감 속에 다른 식당을 찾아 들어갔다. 거기도 손님이 없다. 여러 음식 중에 혼자서 먹을 수 있는 저녁 메뉴는 없다고 퉁명하게 말한다. 먼 길을 달려와서 제육볶음에 막걸리 한 잔을 곁들이고 싶었다. 조금 전에 경험한 '밥을 못 먹을 수 있다'라는 불안감에 양을 줄이던지 가격을 올리는 방향을 제시한다. 식당 할머니는 잠시 생각하더니 가격을 올리는 방향으로 절충을 한다. 내일 아침 식사가 걱정되어 물어본다. 허리가 아파 병원에 가기 때문에 문을 닫는다고 한다. 나이를 물어본다.

"70도 안 됐는데 허리가 아프면 젊어서 고생을 많이 한 모양이네요"라고 말을 건넨다.

"젊어서부터 애들을 업고 밭일부터 모든 걸 다 해서 허리가 아플 수밖에 없지요."

모두들 저마다의 사연을 갖고 살아가는 것 같다.

"허리도 아프신데 반찬은 내가 나를게요."

허리가 아파서 걸음도 잘못 걷는다는 할머니에게 온갖 서비스를 다 했다. 반찬부터 모든 걸 내가 세팅을 했다. 그러고는 아침 일찍 올 테니까 밥 차려 주고 병원을 가시라고 제안을 한다. 식당에서 아침밥 얻어먹으려고 그것도 돈까지 내며 이렇게 아양 떨기는 처음이다. 혼자서 밥 얻어먹고 살기 힘든 세상이다.

살기 위해 먹는, 배고픔 때문에 먹는 동물적인 느낌 때문에 혼자 밥을 먹는 것이 싫다. 하루 세끼씩 밥을 차려 주는 아내 소중함을 다시 한 번 느끼는 하루다. 거기에다 지루하지 않게 쉴 새 없이 이야기하며 같이 밥을 먹어 주는 것만으로도 큰 은혜다. 문의에서 푸대접받으며 깨달은 것들이다. 식당 주인들의 당당함에 압도되어 혼자 밥 먹는 것에 주눅이 들어 있었다. 이 지역은 협상의 달인들이 살고 있는 곳이기 때문이다.

자고 일어나니 아침부터 비가 온다. 기상예보에 의하면 오후면 그칠 것 같다. 모텔에서 쉬었다가 비가 그치는 오후에 금강길 라이딩을 계속하고 싶은 마음이나 아무래도 빗물로 젖어 있는 노면을 달리다 보면 미끄러워서 사고 우려가 많다는 생각이 발목을 잡는다. 결국 포기하고 집으로 가기로 했다. 외진 동네라 마땅한 차편이 없다. 할 수 없이 아내에게 SOS를 보낸다. 차를 끌고 데리러 바로 오겠다고 한다.

전화를 끊는다. 비가 오는데도 차를 끌고 오겠다는 아내가 고마웠다. 오면 같이 갈 분위기 좋은 카페를 인터넷으로 물색한다. 아내가 왔다. 대청호 옆 빵 굽는 카페로 간다. 대청호가 내려다 보이는 운치 있는 카페다. 분위기도 괜찮다. 빵도 맛있다. 비 오는 날 카페에서 커피를 마시며 바라보는 대청호 풍경은 맑은 날과는 다른 우아함이 있었다. 이것으로 오천 자전거길 종주는 끝이 났다. 금강 자전거길 종주는 다음으로 미룬다.

나를 데리러 온 아내 모습.
비 오는 날 손님 없는 카페에서 커피를 마시며 비 오는 풍경을 바라보는 것도 분위기가 있다.

끝으로 비 오는 날 운전을 해서 청주 문의까지 데리러 온 아내를 위해
한 마디만 덧붙인다.

"아내와의 만남은 내 일생에서 가장 잘한 일이다."

이철우 님의 문장을 다시 인용하며 글을 마친다.

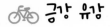 **금강 유감**

~~~~~~

▶ **금강 자전거길(신탄진 대청댐– 부여 백제교)**

대청댐– 합강공원 27㎞
합강공원– 세종보 9㎞
세종보– 공주보 19㎞
공주보– 백제보 24㎞
백제보– 백제교 11㎞

합계 90㎞

~~~~~~

'계획은 계획일 뿐이다.'

살면서 계획대로 인생을 살아온 사람이 몇이나 될까? 혹 그런 사람이 있다면 재미없는 인생일 것이라는 생각이 든다. 좌충우돌하며 이리저리 터지며 꼬일 대로 꼬여 전혀 생각지도 못한 방향으로 와 있는 내 모습을 보면 말이다. 인생이 그렇듯 자전거 종주 계획도 변수가 생겨 계획대로 되지 않는다. 당초 계획은 연풍 IC 행촌 교차로에서 연이어 군산까지 갈 예정이었다. 둘째 날 비가 왔다. 고심 끝에 계획을 포기하고 집으로 와서 날씨를 살폈다. 길이 마를 즈음인 일요일 저녁 아내의 눈치를 보며 말을 던진다. 사흘 전에 갔던 분위기 좋았던 대청호 카페에서 호수를 바라보며 아점을 먹자고 제안을 한다. 아내 차에 자전거를 싣고 출발한다. '생각하고 행한다'라는 단순한 일이 '생각이 현실이 된다'라는 같은 말로 바꾸면 일상이 아닌 특별한 의미를 갖는다. 그런 뿌듯함을 안고 편안한 아침을 시작한다.

대청호 카페에 도착한다. 오전이라 사람이 없다. 카페를 전세 낸 느낌이다. 익숙한 풍경을 감상하며 커피와 곁들여 아점으로 빵을 먹는다. 평화로운 시간이 가고 있다. 내색은 안 했지만 아내의 눈치를 보며 머릿속으로는 출발과 도착 시간 계산으로 바빴다. 대청호 우회 도로를 드라이브하여 금강 자전거길 출발점인 대청댐에 도착한다. 아내와 헤어진다. 장거리를 운전해서 내려놓고 같은 길을 되돌아가는 아내에게 미안한 마음과 최소한 올 때는 내가 운전했어야 했다는 자책감을 뒤로하며 페달을 밟는다. 가 보지 않은 길과 일어날 생소한 일에 대한 기대감으로 금강 자전거길 종주를 시작한다.

● 착각과 걱정

"살면서 우리가 하는 걱정과 근심의 40%는 절대 일어나지 않을 일, 30%는 이미 지나간 과거의 일, 22%는 일어나 봤자 별 영향이 없는 사소한 일, 4%는 천재지변 등 어쩔수 없는 것이므로 우리가 실제로 걱정하며 해결해야 할 일은 4%에 불과하다."

– 어니 J 젤린스키 『모르고 사는 즐거움』 중

대청댐 전망대는 입구의 주차장에 차를 세우고 걸어 올라가게 되어 있다. 입구 주차장에서 안 되더라도 시도는 해보자는 생각에 차를 전망대 올라가는 차단기 앞으로 들이민다. 기다리고 있었다는 듯이 차단기가 열린다. 세상사가 그렇다. 안 되는 일도 시도를 해보면 길이 있다. 길이 없더라도 시도한 것만으로 후회는 하지 않는다.

금강길 시점 대청댐 전망대에서 출발 준비를 하며.

전망대까지 차로 올라간다. 차에서 자전거를 내려놓고 출발 인증 도장을 찍으며 라이딩 채비를 한다. 함께 와 준 아내를 위해 사진도 찍어 준다.

저만치서 경비원이 다가오고 있다. 차가 올라오는 장소가 아니라는 얘기다. 그렇게 아내는 돌아가고 혼자 남았다. 혼자 146㎞를 가야 한다. 시간을 본다. 막 12시가 지났다.

내리막을 따라 상쾌하게 출발한다. 대청댐 아래 수자원 공사 주변은 벚꽃으로 유명하다. 매년 벚꽃을 보러 왔던 익숙한 곳이다. 자전거 노선도 그 길을 따라가리라고 예상했었다. 그러나 표지판은 다른 곳을 가리킨다. 금강 바로 옆이 아닌 3부 능선을 따라 새로 난 길로 들어선다. 신탄진 시내에 들어와 현도 대교를 타고 금강을 건너 북쪽으로 향한다. 길은 다시 금강변으로 들어와 합강까지 이어진다.

자전거에서 보는 풍경은 차 안에서 보는 것과는 아주 다르다. 창이 없다. 속도도 느리다. 풍경이 서서히 다가올 뿐 지나가는 모습은 보이지 않는다. 다가오는 바람과 냄새, 따뜻함과 서늘함을 온몸으로 느낀다. 이 지역은 청주에서 4년간 살면서 자주 왔던 익숙한 지역이다. 그러나 예전에는 전혀 보지 못했던 새로운 풍경이었다. 잘 안다고 생각했었는데 그게 아니다. 잘 안다는 착각과 경험했다는 자신감은 단지 생각일 뿐이다. 실제로 접한 현실은 생각과는 전혀 다르다. 요즘 들어 내 경험에 대한 확신과 자신감에 의문이 자주 생긴다. 나이 들어가며 현명해져 가는 것일까? 아니면 말 그대로 늙어 가는 것일까?

신탄진을 벗어나 금강변을 따라 현도 오토캠프장을 지나간다. 강은 급하게 꺾이며 산 급경사면에 설치한 나무 데크 통로가 보인다. 하천 변에 말뚝을 박아 그 위로 나무 데크 통로가 길게 이어진다. 그 위를 지나간다. 마치 강 위를 달리는 기분이다. 데크를 지나 멀리 금강을 가로지르는 쓰리 아치 교량이 보인다. 단조로운 금강 풍경에 포인트를 준 것 같이 시선을 끌고 있다.

강폭이 넓어지며 넓은 둔치가 이어진다. 표지판에는 합강공원이라고 쓰여 있다. 여기저기 산책로와 운동 시설 그리고 대단위 캠프장과 급수 시설이 보인다. 합강공원은 미호천과 금강이 만나는 강 둔치에 설치한 대단위 공원이다. 그래서 합강공원이라 이름 붙인 것 같다. 동네 이름도 합강리다. 합강공원은 오천 자전거길의 종점이다. 한참을 가도 인증센터는 보이지 않는다. 지난 것 같은데 물어볼 사람도 없다. 불안해지기 시작한다. 북한강에서 바로 옆에 있는 인증센터도 못 보고 지나쳤다.

그 트라우마의 영향일까? 인증센터에 가까워지면 못 보고 지나칠 것 같은 강박관념이 생겼다. 거의 천 킬로를 넘게 달리며 한 번도 켜지 않았던 자전거용 내비게이션을 켠다. 내비게이션 상으로는 2km 더 가야지 인증센터가 있다. 안심한다.

걱정을 내려놓고 달린다. 걱정은 SNS에서 많이 회자되는 주제다.

"걱정과 근심은 나를 파괴한다."

"걱정하지 마라, 어떻게든 된다."

"근심하지 마라. 받아야 할 일은 받아야 하고, 치러야 할 일은 치러야 한다. 그치지 않는 비는 없다"

"이 또한 지나가리라".

공통점은 모두 '걱정하지 마라'라

오천길 종점인 합강공원 인증센터. 여기서 금강 길을 가려면 시점인 대청댐까지 가서 인증 도장을 찍고 되돌아와야 한다.

는 의미다. 걱정하면 바로 떠오르는 단어가 '스트레스'다. 만병의 근원이다. 딱 한 번 북한강에서 길옆에 인증센터가 있는데도 못 보고 지나간 충격은 자신의 오감과 믿음이 거짓일 수도 있다는 불안감을 주었다. 합강공원에서 내비를 켜게 만들었고, 불안감에 얼마 남지 않은 국토 종주 내내 계속 켜고 가리라는 것을 예감한다.

나는 걱정을 안 하기 때문에 스트레스를 받지 않는다. '그 증거가 몸무게다.'라고 생각했었다. 그러나 그건 착각이었다. 충격받은 경험에서 강박 관념이 생긴다. 발전하면 불안해지고 걱정으로 이어진다. 걱정의 96%는 쓸데없는 걱정이라고 한다. 고승(高僧)들도 '걱정하지 마라'라고 이야기한다. 그러나 걱정이 마음대로 되면 더 이상 걱정이 아니다.

● 금강 3교(햇무리 교)에서

매일 거울을 보면서 제 자신에게 물었죠. 만약 오늘이 내 인생의 마지막 날이라면 난 무엇을 하고 싶고 또 오늘은 무엇을 할 것인가? 지금 하고 있는 일이 정말 내가 하고 싶은 일인가? (중략) 하지만 죽음은 종착지입니다. 우리 모두는 죽음을 피할 수 없다는 것을 압니다. 그리고 시간은 한정적입니다. 다른 사람의 인생을 사느라고 시간을 낭비하지 마세요. – 스티브 잡스 스탠퍼드대 졸업식 연설문 중

그는 2011년 췌장암으로 죽었다

합강공원 인증센터에서 인증 도장을 찍고 출발한다. 멀리 건물들이 보인다. 세종시다. 금강을 따라 교량들도 보인다. 강을 건너가는 교량이 있는 풍경은 사람 사는 곳이라는 느낌에 마음이 푸근해진다. 예전 살았던 곳이나, 고향에 다리가 있는 풍경을 상상할 때면 가슴 뭉클한 향수에 젖는다. 특히 어렸을 때 가슴에 새겨진 다리가 있는 풍경은 꿈속에서도 정감 있는 모습으로 되살아난다.

세종시를 가로지르는 금강에는 여러 형식의 교량들이 아라뱃길같이 자신의 모습을 뽐내고 있다. 그중 하나가 내가 현직에 있을 때 담당했던 금강3교다. 금강3교는 공사 중 다리 명칭이다. 개통을 하고 나서 햇무리 교로 다리 명칭이 바뀌었다. 그 밑을 지나가며 회상에 젖는다. 이것이 건설회사에 근무한 보람이라고 할 수 있다. 자전거를 타고 전국 각지를 여행하는 동안 내가 참여한 시설물들을 보고 그 당시에 숨은 이야기들을 회상하는 즐거움이 있었다. 보이는 모든 것에는 보이지 않는 많은 이야기들이 숨어 있다.

세종시 입구에 서 있는 금강 3교(햇무리교)는 내가 담당했던 LH 공사에서 발주했다. 낙찰 후에도 담당 임원으로 계속 공사 관리를 했었다. 현장 소장이 내정되어 발주처에 인사시키러 데리고 갔다. 발주처는 꺼림칙했던 약점인 현장 소장 경험이 없는 것을 문제 삼아 승낙을 거부한다. 경험보다는 능력을 강조하며 만약 문제가 생기면 내가 상주하겠다는 조건으로 합의한다. 그는 그렇게 금강3교 현장 소장이 되었다.

훤칠한 키에 남자가 보아도 잘생긴 얼굴인 것을 빼고는 눈에 띄지 않는 조용한 성품이었다. 소장으로 발령이 나며 내 휘하로 들어왔다. 사실 나도 본사에서 현장 관리만 하던 친구가 현장을 잘 이끌어 갈지 의문이 생길 만큼 성품이 걱정되었다. 잘하라는 당부의 말을 남기고 본사로 올라갔다. 내려와 상주하라는 말없이 3개월이 지난 어느 날 정기 간담회에 참석차 발주처를 방문했다. 예상과는 달리 감독 기관 처장으로부터 현장과 소장 칭찬이 자자하다. 회의가 끝나고 현장을 방문했다. 깔끔하게 지어진 현장 사무실을 둘러보고 나서 이 공사는 공기 내에 문제없이 잘 끝낼 수 있겠구나 하는 확신이 들었다.

'한 가지를 보면 열을 알 수 있다.' 어떤 사람의 마음가짐 즉 열정을 알면 다른 나머지 결과도 익히 예측할 수 있다는 말이다. 비정규 별정직으로 입사하여 정규직이 되며 토목 직종으로 전공을 바꾸었다. 몇 년을 공부해서 그 어렵다는 토목 분야 최고봉인 토목 기술사를 취득하고 비슷한 정규직 동료들과 경쟁하여 현장 소장이 되기까지 쏟아부은 남다른 노력과 열정만으로도 현장 소장으로서의 품성은 이미 결정이 난 것이었다.

그 친구의 겉모습 뒤에는 치열하게 살아온 일생이 숨어 있었다. 내 걱정은 기우였다. 금강 3교는 공기와 예산 내에 준공되어 지금 내 앞에 우뚝 서 있다. 첫 현장 소장을 맡아 온갖 노력을 쏟아부었을 소장의 땀이 서린 교량이, 이 금강 3교다. 다리가 개통되기까지 이야기들은 지금도 내 기억 속에 남아 있다. 이 기억마저도 얼마의 시간이 흐르면 사라지고 교량만이 남아 후손들이 이용하는 문명의 이기가 될 것이다.

그는 이 교량 준공으로 현장 소장의 능력을 인정받아 인근에 큰 신규 현장으로 발령받았다. 겸직으로 이 지역 일괄입찰 수주영업도 담당했다. 이 지역 프로젝트를 추진하기 위해 그가 구축해 놓은 영업 기반을 확인차 내려와 함께 담당하는 발주처 직원을 만났다. 그 이후 남들과는 다른 각도로 접근하는 영업 능력에 놀랐다. 형제같이 가까운 친밀도를 보여 주었다. 그렇게 되기까지 투입한 노력이 어느 정도일지 상상이 되었다. 그의 겸손함 뒤에는 열정과 치열함이 숨어 있었다. 최고 임원까지 올라갈 수 있는 잠재력이 숨어 있는 것도 보았다. 영업의 기본은 상대에게 나의 존재를 각인시키고 도와주고 싶게 만드는 것이다. 그의 영업 기반을 보고 새만금 프로젝트를 추진하여 성공했다.

   내가 회사를 퇴직하고 얼마 후 그가 췌장암으로 고생하고 있다는 소식을 들었다. 1년 후 그의 부고를 받았다. 스티브 잡스는 이른 나이에 췌장암으로 죽었다. 이 친구도 젊은 나이에 췌장암으로 저세상으로 갔다. 왜 능력 있는 사람들을 일찍 데려가는지 모르겠다. 활짝 피기도 전에 꺾이는 꽃을 보는 것은 안타깝다. 꽃이 피기 직전까지 치열하게 살아온 피나는 노력을 알기 때문이다.

   금강을 가로지르는 금강 3교(햇무리교) 아래를 지나간다. 이 다리를 세운 당시 현장 소장은 지금 이 세상에 없다. 한참을 지나간 후 아쉬움에 뒤돌아본다. 다리만 그 자리에 무심히 서 있다.

세종시는 우리나라의 행정수도다. 대한민국의 수도 서울과 꼭 닮았다. 금강을 중심으로 강북과 강남에 도시가 형성된 아름다운 도시다. 한강은 수중보로 호수가 되었고, 금강은 세종보로 호수가 되었다. 둘 다 강을 가로지르는 아름다운 다리들과 호수에 비치는 야경으로 유명하다. 그러나 세종시의 이런 명성은 한순간에 사라졌다. 세종보를 해체한 것이다.

금강 3교(햇무리교)를 지나 세종시로 들어온다. 시내를 관통하는 금강을 따라 자전거길이 이어진다. 세종시는 행정 복합 도시로 정부 종합청사를 이전함에 따라 인위적으로 만든 종합 계획도시이다. 2006년 노무현 정부 때 많은 반대를 극복하고 만든 도시다. 도시 설계에서 가장 핵심인 세종보는 세종시 친수 공간, 위락 시설, 도심에 있는 호수 공원과 하천의 물 부족 문제를 해결하기 위한 목적으로 기획되었다. 세종보는 4대강 사업이 아닌 세종시를 위해 건설되었다. 이로 인해 중심 시가지에 흐르던 금강이 호수가 되었고 덕분에 세종시는 시민들이 휴식할 수 있는 서울과 같은 호반의 도시가 되었다.

그러나 아이러니하게도 세종시가 아닌, 4대강 사업 반대와 수질오염 문제로 2017년 이후 수문이 해체·개방 상태로 있다. 안타까운 것은 보 해체로 공원 수위 저하와 도심 물 부족으로 상류 지점에 돌망태로 보를 만들어 용수를 공급했으나 여름 홍수로 유실되고 재설치를 반복하고 있다고 한다. 더구나 겨울 가뭄으로 강바닥이 말라, 소하천, 공원 등 주요 경관 시설을 유지하는 도시 용수 공급에 문제가 생겨 100억 정도를 들여 상류에 취수장 설치를 계획 중이라고 한다.

왜 이런 웃지 못할 일들이 벌어질까? 수문을 닫고 물을 채우면 해결될 간단한 문제다. 아마도 수문을 닫지 못하는 복잡한 사연은 거의 2천억을 들여 완공된 보와 수문을 해체했기 때문이다. 친수 공간 조성으로 위락 시설 있는 마리나 시설까지 있어 명품 도시가 되었는데, 수문을 철거하는 바람에 호수가 사라지고 바닥이 드러난 하천만 보여 집값이 떨어진다는 지역 주민의 반대 민원도 만만치 않았다. 다음 사진을 비교해 보면 주민들의 반대 이유를 알 수 있다.

세종보로 물을 가둔 후 야경.   세종보 철거 후 모습.

세종시는 부동산 파동으로 집값이 제일 많이 오른 지역이다. 그만큼 발전 가능성이 있는 도시다. 세종보 수문 철거로 물을 가득 채웠던 거대한 호수는 사라지고 가뭄으로 강바닥이 처참하게 드러났다. 반면에 수문 철거로 모래톱이 보이며 조류 개체 수가 증가하여 자연성이 회복되고 있어 반갑다는 뉴스를 환경 단체에서 발표해 신문에 많이 보도되었다.

수문 개방 후 물 부족으로 수질은 더 악화되었다는 뉴스도 있다. 환경 단체의 수질 문제 제기로 수문과 보 철거가 결정되고 해체된 지역은 금강 세종보가 처음이다. 그러나 원하는 만큼의 자연성 회복에는 한계가 있다. 금강 상류에 결정적인 열쇠를 가진 대청댐이 있기 때문이다. 대청댐은 금강 수량 조절 기능이 있어 겨울에는 방류량을 인위적으로 줄인다.

그래서 가뭄 시기에는 금강 하천 바닥이 드러난다. 자체적으로 물을 가둘 수 있는 시설이 필요하다. 그것이 4대강보다.

내가 선호하는 다른 기능은 경관이다. 한강과 낙동강 자전거 여행할 때 보았던 호수에 비친 도시 야경과 아름다움이다. 있는 그대로의 것은 인정하고 협의와 타협으로 자연 친화적인 아름다운 금강을 만들어 나가길 바라본다.

홍보관 밑에 있는 세종보 인증센터에서 인증 도장을 찍고 출발한다. 출발하고 나서야 자전거 도로 옆에 버려진 듯 서 있는 세종보 표지석이 보인다. 잠시 자전거를 세우고 읽어 본다.

"세종보는 세종시의 상징성을 부여하고 한국의 문화, 과학의 우수성과 금강의 흐르는 물결을 표현하여 세종시 이미지에 맞는 랜드마크성을 강화하도록 디자인되었다."

고개를 들어 앞을 바라본다. 수문과 상부 구조물이 철거되어 드문드문 콘크리트만 보인다. 겨우 형체만 겨우 알아볼 수 있다. 마치 폭격 맞은 잔해물 같다. 2,000억 원의 세금을 들여 건설한 구조물이 기초만 남기고 없어진 것이다. 그마저도 철거로 결정이 났다. 세종시의 랜드마크가 사라진 것이다. 표지석 글자 그대로 한국의 문화, 과학이 해체된 느낌이다.

세종보가 철거된 황량한 모습을 보고 과거를 말살했던 진시황의 분서갱유, 모택동의 홍위병 운동이 생각났다. 역사적 사건에는 반드시 주도한 사람의 이름이 나온다. 표지석 옆에 철거를 계획하고, 해체를 결정하고, 참여한 사람들의 이름이 새겨진 명판을 붙이고 싶다. 새겨질 이름의 주인공들도 반대하지 않을 것이다.

상부 구조물이 철거되고 개방된 세종보와 표지석. 폐허 같다.

해체 전 물을 가두고 있는 세종보 모습.
지금은 철거 해체된 상태다.

2,000억 원의 세금도 허공에 날려 버릴 정도로 자신의 신념과 명분을 관철한 자랑스러운 이름들을 후손 만 대가 볼 것이기 때문이다. 건물이나 공공 시설물에는 설계하고 만든 참여자의 명판이 새겨져 있다. 후대 사람들이 평가하니 잘 만들라는 의미다. 그것이 역사를 기록하는 의미이며 무서운 이유 중 하나이다. 합리적 이유나 당위성이 있더라도 기존에 건설된 시설물을 철거하는 행위는 신중해야 한다. 어쩔 수 없는 경우를 제외하고는, 있는 그대로 두고 개선 방안을 찾는 것이 순리다. 그 시대의 필요를 위해 투자한 역사물이기 때문이다.

여행자로서 가장 안타까운 것은 세종시의 명물인 아름다운 호수가 사라졌다는 것이다. 우리나라 행정수도인 세종시의 수변 도시는 물 건너갔다. 이번 겨울 가뭄으로 인한 물 부족으로 강바닥이 말랐다고 한다. 수문을 해체하면서 친환경적인 수력 발전도 멈춰져 있다. 그 옆에는 홍보관이 폐허처럼 버려져 있다. 도시 용수 공급에도 문제가 생겼다고 한다. 금강에는 물이 없다. 자전거 도로에서 본 세종보의 모습은 황량함이었다.

● 공주보 유감

도미노는 파괴적인 게임이다. 오랜 시간에 걸쳐 힘들여 쌓은 것을 손가락을 튕기는 정도의 힘으로 한순간에 모든 것을 무너뜨린다. 넘어지는 한 개가 다음 것까지 영향을 주는 일이 반복되어 전체를 무너뜨리는 잔인한 게임이다. 이것이 게임이 아닐 때는 심각하다. 리먼 브러더스 사태가 그랬다. 미국 회사의 부동산 사태가 도미노같이 영향을 주어 전 세계 경제를 파탄 냈다. 아무리 작은 파괴적인 행동도 서로에게 영향을 미쳐 커져 나가게 마련이다.

세종보를 지나 제방으로 올라가는 경사진 자전거 도로를 온 힘을 다해 올라간다. 학나래교를 타고 남쪽으로 금강을 건넌다. 교량 자전거 도로는 특이한 구조다. 주 교량 아래에 상판을 매달아 자전거 도로와 보도로 사용한다. 마치 복층 교량 같은 느낌이다. 교량을 지나 자전거 도로로 진입하기가 복잡하다. 표지판도 없다. 결국 길을 잘못 들었다. 다시 되돌아와 금강길을 향해서 내려간다. 금강변을 따라가던 자전거 도로는 갑자기 급경사로 변하며 불치교를 향해 올라간다. 자전거에서 내리지 않고 힘을 내어 겨우 올라간다. 불치교를 타고 다시 북쪽으로 금강을 건넌다. 금강 자전거길을 하천변과 제방길을 오르내리며 지나간다. 그러고 보니 북한강, 오천 자전거길을 거쳐 오는 동안 오르막에서 내려 걸어간 적이 없다. 이제는 자전거에 숙달된 것일까? 무리해서라도 자전거를 타고 오르는 것이 습관처럼 되어 버렸다. 금강길에서도 전례를 깨기 싫어 급경사 오르막에서도 있는 힘을 다해 페달을 밟았다.

교량 끝으로 하부 다리를 매달아 보행로와 자전거 도로를 겸용하는 학나래교.
금강을 건너며 본 남쪽 전경.

석장리 박물관 입구 언덕을 넘어가는 급경사 길에서 힘을 주던 오른쪽 무릎이 갑자기 시큰해진다. '끝까지 갈 수 있을까?'라는 의문이 들며 덜컥 겁이 난다. 무리했던 모양이다. 자전거 페달을 밟을 때마다 무릎에 통증이 온다. 페달을 밟을 때는 힘을 빼고 끌 때 힘을 주어 본다. 그나마 통증이 덜하다. 성한 왼발은 힘을 주어 페달을 밟고 통증이 있는 오른발은 페달을 끌어 본다. 다닐 만하다. 그렇게 끝까지 가기로 결심한다. 오르막에서 힘들면 내려서 걸어가는 것이 순리인데 그놈 습관 때문에 무리했다.

나이를 잊었다. 나는 젊은 사람이 아니다. 예전 기준으로는 노인이다. 이것은 순전히 나이를 잊은 벌이요, 그에 대한 대가다. 우리는 가끔 자신의 분수를 잊고 산다. 나이에 대해선 더욱 그렇다. 아예 잊어버리고 청춘인 줄 알고 산다. 또 영원히 그럴 것 같은 착각에 빠져 산다. 마음은 청춘이더라도 몸은 세월을 거역하지 못한다. 모든 것에는 끝이 있다. 이제는 끝을 생각할 나이가 되었다. 그래서 절충과 균형이 필요하다. 무리하지 말자고 다짐을 한다. 그렇게 통증이 있는 오른발 관절을 달래며 달려와 공주에 들어선다.

금강교를 타고 남쪽으로 건넌다. 금강교 난간에는 현수막이 빼곡하게 붙어 있다. 자전거를 세우고 읽어 본다. "주인은 지역 주민이다. 정부는 공주보 부분 해체 결정을 철회하라"라는 내용이 대부분이다. 아마도 공주보 철거, 해체 결정에 지역 주민의 의견이 배제되었던 것 같다.

공주보의 건설비는 2,100억 정도다. 3000kw를 생산하는 소수력 발전소가 있고 보 위 공도교에는 낙하 분수가 설계되어 있다. 공주시 하류에 위치하여 시가지를 관통하는 금강을 호수로 만들었다. 수변 도시를 만들고 주민들이 쉴 수 있는 인공섬도 만들어 지역 랜드마크가 되었다. 지금은 수질오염을 문제로 수문을 개방한 상태다. 그 결과 금강은 겨울 가뭄으로 강바닥이 드러나 있다.

우리나라는 동에서 서로 급경사 지형으로 이루어져 있다. 그래서 장마에는 홍수, 가뭄에는 절대적인 물 부족으로 농업에는 취약한 지형이다. 지형적 영향으로 자연 호수도 없다. 4대강 보는 물을 가두고 조절할 수 있는 대안이 될 수 있다. 보의 기능은 지역 랜드마크 역할, 수력 발전, 공업 및 농업용수 공급, 홍수조절, 가뭄 대비 수량 확보, 수변 레저 시설, 관광 등 다양하다. 세종보, 공주보, 죽산보의 해체가 결정되었다. 지역 주민 75% 이상이 해체 반대를 하고 농민들은 농업용수 부족으로 반대 입장이라고 한다. 현재 수문 개방으로 금강은 건설 전 상태가 되었다. 주민 반대에도 불구하고 철거까지 강행하려는 이유는 무엇일까? 수질오염이다. 수질오염 문제 때문에 금강에 건설된 세종보, 공주보, 백제보 수문을 모두 열어 보 기능이 이미 상실된 상태다. 그것도 모자라 수천억의 세금이 들어간 시설물을 해체하기로 결정 났다. 해체로 결정된 보는 모두 환경영향평가를 받은 시설물들이다. 아이러니한 것은 환경을 평가해서 승인해 준 주무 부처에서 환경 문제를 주도하고 있다는 사실이다. 수질오염의 주범은 흘러들어오는 오염된 지천의 유입수다. 따라서 해결 방안은 지천 유입수의 수질 개선과 하수처리가 핵심이다. 수천억이 투입된 보를 개방하거나 해체가 답이 아니다.

수문 개방만으로도 공주시 중심부를 지나가는 금강은 가뭄으로 바닥이 드러나 수변 도시 기능이 없어졌다. 거대 자금이 들어간 지역 랜드마크가 버려졌다. 가뭄, 홍수조절 기능과 수위 저하로 주변 지하수위도 저하된 상태다. 주요 기능인 농업용수도 공급이 어려워졌다. 친환경적인 소수력 발전도 멈춰져 있다. 기능을 상실한 거대한 공주보와 주변 시설만이 버려진 듯 서 있다.

폐허처럼 방치되어 있는 공주보. 수문은 개방상태이다.

아무리 작은 파괴적인 행동도 서로에게 영향을 미쳐 커져 나가게 마련이다. 특히 공주보의 수문 개방의 영향은 공주 지역만의 문제가 아니다. 도미노같이 인접 지역에도 영향을 끼친다. 예전에 예산 지역은 가뭄으로 큰 피해를 보았다. 그 대책으로 가뭄 시 공주보 물을 예산 예당호로 공급하는 도수로를 건설하였다. 그런데 공주보 수문 개방 영향으로 예당호로 연결하는 1,100억짜리 도수로도 무용지물이 되었다. 그 결과 예산 평야 가뭄 대책도 허사가 되었다.

자전거 여행자 입장에서 금강길은 주요 도시인 세종시와 공주시의 랜드마크가 사라진 평이하고 단조로운 자전거길이 되어 버렸다. 금강교 난간의 현수막들을 보며 생각했다. 모든 일에는 장, 단점이 있게 마련이다. 단점 때문에 전체를 부정하고 폐기한다고 문제가 해결되는 것은 아니다.

장점은 키우고 단점은 줄여나가는 것이 순리다. 살충제만 뿌리면 될 것을 빈대 잡는다고 집을 불태우는 결과가 나올 수도 있다. 이미 상부를 철거한 처참한 모습을 세종보에서 보았다. 아예 되돌릴 수 없도록 대못을 박았다. 4대강 보 해체는 시간을 요하는 불요·불급한 급박한 문제도 아니다. 3개 보 해체 시 세금으로 1조 이상 들어간 건설비가 허공으로 사라진다. 해체비와 폐기물 처리는 또 다른 환경 문제를 발생하게 한다. 이 비용들은 국민이 추가로 내야 할 세금이다.

보 개방이라는 목적을 달성한 현시점에서 추가 세금이 들어가는 보 해체로 얻는 효용과 이익이 무엇일까? 설령 그만한 명분이 있다 해도 시간이 흐르면 바뀔 수 있다. 세상에 영원한 것은 없다. 시설물을 파괴한다면 여건이 변했을 때 되돌릴 수가 없다. 그래서 어떤 명분이라도 철거, 해체는 답이 아니다.

공주 시내를 통과하자 바로 공주보가 나타난다. 수문은 개방상태다. 안내판도 관리가 되지 않아 녹이 슬어 거의 폐기물 수준이다. 가끔 지나가는 라이더들을 제외하고는 인적도 끊겼다. 공주보에는 한강과 낙동강 라이딩에서 보았던 지역 랜드마크들과는 상반된 폐허 같은 황량함만이 남아 있었다. 녹슬고 훼손된 안내판을 읽어 본다. 훼손된 부분이 많아 보이는 글자들을 조합해 본다.

"공주보의 기본 구상은 백제의 잃어버린 명성을 되찾은 무령왕의 부활을 꿈꾸며 백제의 황제를 상징하는 봉황을 디자인 모티브로 사용하였다.

(훼손 부분 중략)

백제 르네상스를 향해 펼쳐진 봉황의 큰 날갯짓을 형상화했다."

이렇듯 위대한 백제의 중흥을 형상화한 공주보는 녹슬고 훼손되어 버려진 안내판과 같이 부분 해체될 운명이다. 그런 안내판을 바라보는 여행객의 마음도 몰락한 백제의 모습을 보듯 착잡해졌다.

● 하루살이들의 군무

"하루살이는 입이 퇴화해 먹이를 섭취하지 못하고 번식만 하다가 길게는 48시간 정도 생존한다. (중략) 성충은 물속이나 물가에서 기다렸다가 해가 지고 밤이 찾아올 무렵 일제히 하늘로 날아오른 후, 집단으로 무리를 이루어 짝을 짓기 위해 춤을 추고 암컷은 많은 알을 낳은 후 몇 시간 만에 죽는다." - 허준미 국립생물자원관 환경연구사

공주보 인증센터에서 인증 도장을 찍는다. 날이 어둑어둑해지는 저녁이다. 하루살이들이 기승을 부린다. 마치 폐가에 온 것 같은 기분이다. 하루밖에 살지 못하는 것들이 몇십 년을 살아온 나를 시샘하듯 달려든다. 이 많은 무리들이 어디서 날아온 것일까?

백제보까지는 갈 길이 멀다. 25㎞를 더 가야 된다. 부여 시내까지 가려면 30㎞가 넘는다. 페달을 밟는다. 오른쪽 무릎은 아직도 페달을 밟을 때마다 통증이 온다. 어두워지기 전에 부여까지 갈 생각으로 속력을 낸다.

앞으로 날아와 떨어지는 하루살이들을 헤집고 간다. 비 오듯이 옷에 부딪혀 떨어진다. 마치 하루살이 무리들이 온 강변을 뒤덮고 있는 것 같다. 속력을 줄인다. 그래도 얼굴과 고글 사이 공간으로 눈에 들어온다. 눈을 게슴츠레하게 뜨고 속눈썹으로 막아 본다. 그런데도 서너 마리가 눈 안에 들어와 따끔거린다.

그렇게 고군분투하며 15㎞를 왔다. 쉬고 싶다. 드문드문 쉼터가 조성되어 있어 쉬고 싶으나 하루살이 무리 때문에 계속 간다. 날은 점점 어두워지고 밤이 되기 전에 부여까지 도착해야 한다는 강박감에 페달을 밟으며 속도를 낸다. 하루살이 떼가 소나비 오듯이 앞으로 쏟아진다. 어둠이 짙어진다. 더욱 속력을 낸다. 무릎 통증은 잊어버렸다.

어둠에 대한 두려움이 부딪히는 하루살이 떼와 무릎 통증까지 잊게 한다. 그렇게 한참을 달리다 보니 멀리 백제보의 불빛이 보인다. 전조등과 미등을 켜고 멀리 불빛을 향해 속력을 낸다.

밤에 언덕을 오르며 본 백제보 야경.

백제보 오르막을 전력 질주하여 인증센터에 도착한다. 넓은 부지를 차지하고 있는 홍보관과 주변 광장에 인적이 없다. 백제보 역시 수문이 개방된 상태다. 지역 문화 축제를 위해 수문을 닫아, 만들어진 호수 위에 황포돛대와 연등을 띄우는 지역 행사를 준비하였으나 환경 단체의 반발로 취소되었다고 한다. 축제를 위해 잠시 닫았다 열겠다는데도 왜 이렇게도 명분에 집착하는 세상이 되었을까?

수천억을 들여 만든 시설물을 수질오염을 이유로 해체하는 사람들이 건강에 치명적인 영향을 주는 중국에서 넘어오는 미세 먼지에는 입을 닫고 있다. 다른 나라여서 말할 명분이 없기 때문일까? 아니면 남이야 어떻든 우리만 잘하면 된다는 차원 높은 명분 때문일까?

부여 시내를 향해 페달을 밟는다. 백마강교를 타고 금강을 북쪽으로 건너 다시 강을 따라 자전거길을 달린다. 길은 있는데 인적이 없다. 캄캄한 어둠 속에서 전조등에 의지하여 길을 간다. 주변에서 뭔가가 튀어나올 것 같은 부스럭거리는 소리가 들린다. 칠흑같이 어두운 비내섬 수풀 속과 동해안 산속에서의 공포감을 또다시 느끼며 한참을 간다.

백제 문화 단지 강변 자전거 도로. 사방이 캄캄한 암흑이다.

두려움 속에서 이 어둠을 벗어나야겠다는 생각에 자전거 도로를 벗어나 차도를 찾는다. 4차선 도로가 나타난다. 달리는 차들 때문에 위험은 하지만 위안이 된다. 그렇게 목적지인 백제교에 도착했다. 몸은 지쳐 있다. 숙박 시설을 찾는다. 모든 게 귀찮다. 근처에 가까운 숙박 시설을 결정하고 편의점에 들어간다. 온종일 먹은 게 없다. 막걸리 1통과 크림빵 한 개를 사서 하루를 마감한다.

오늘 평생 처음 대규모 하루살이들의 엄청난 군무를 보았다.

"기다렸다가 해가 지고 밤이 찾아올 무렵 일제히 하늘로 날아오른 후, 집단으로 무리를 이루어 짝을 짓기 위해 춤을 추고 암컷은 많은 알을 낳은 후 몇 시간 만에 죽는다."

스펙터클한 장면이다. 하루하루를 그렇게 열정적으로 살 수 있다면…. 어쩌면 우리 평생이 이런 하루일 수도 있겠다는 생각이 들었다. 검은 옷에 비 오듯이 쏟아져 하얗게 달라붙어 있는 흔적들을 털어 낸다. 숙소에 들어와 눈 안에 들어가 있는 하루살이들을 흐르는 물로 씻어 낸다. 욱신거리며 괴롭혔던 무릎 통증도 없어졌다. 역경과 두려움은 있는 병도 낫게 한다.

청주에서 만난 교수 라이더들이 얘기했다.

"금강 자전거길은 허전하고 특색이 없어 지루하다."

이젠 그 이유를 알 것도 같다. 내가 달렸던 금강 자전거길도 그러했다. 특히 세종시와 공주시는 보가 하류에 위치하고 있어 서울의 한강과 같이 천혜의 수변 도시가 될 수 있었다. 환경을 이유로 수천억을 들여 조성한 '있는 시설물'조차 철거하기로 했다. 그와 동시에 명품 도시의 꿈도 사라졌다.

그렇게 해서 자연성을 찾았는가? 내가 본 금강의 모습은 사람이 없어, 폐가같이 을씨년스러운 황량함뿐이었다. 게다가 가뭄 시기다. 강은 지저분하게 바닥을 드러내고 있었다.

'사람이 먼저다'라는 말을 생각해 본다. '사람이 명분보다 먼저다'라고 할 수 있다. '사람이 없는 철새 개체 증가와 모래톱이 무슨 의미가 있을까?' 금강교 난간에 나붙은 플래카드의 의미가 이것일 것이다.

🚲 백제교 옆에는 보도교가 있다(금강: 백제보- 하굿둑)

▶ **금강 자전거길(부여 백제보- 군산 금강하굿둑)**
  백제교- 익산 성당포구 39㎞
  익산 성당포구- 금강하굿둑 27㎞
  금강하굿둑- 군산터미널 7㎞

  합계 73㎞

  아침에 일어나 출발 채비를 한다. 무언가 허전하다. 자전거와 함께 달려온 물통이 없다. 그동안 정들은 물통이라 난감해진다. 없어진 이유를 생각한다. 어젯밤 편의점 앞 탁자에 쉬면서 물을 마시다 두고 온 생각이 났다.

  라이딩 채비를 마치고 숙소를 나오자마자 편의점으로 간다. 탁자 위에 물통이 그대로 있다. 난감함이 서서히 행복함으로 바뀐다. 행복은 멀리 있는 게 아니다.

  수안보에서도 그랬다. 다음 날 아침 10㎞를 되돌아가 보니 물통은 그 자리에 그대로 있었다. 대한민국은 좋은 나라다. 남의 것을 손대지 않는 나라다. 그렇게 기분 좋은 아침을 맞으며 출발한다.

● 명분이라는 허상

중국 대약진운동은 경제의 급속한 성장으로 미, 영을 앞서는 것이었다. **농업 증산을 위해,** 협동 농장을 만들었으나 오히려 농업 생산량이 극도로 떨어졌다. **철 생산량을 늘리기 위해,** 마을마다 소규모 고로를 설치해 품질 나쁜 철을 생산했다. 그 연료가 나무다. 주변 산림이 없어졌다. 산사태와 수해로 많은 농작물이 침수되었다. 주변 멀쩡한 철 농기구를 녹여 재가공이 어려운 철로 만들었다. **여성 노동 강도를 줄이기 위해,** 마을마다 단체 구내식당을 만들었으나 실패했다. **토양 개선을 위해,** 진흙과 볏짚으로 지은 수만 채의 건물을 철거해 비료로 대신했다. **곡식을 축내는 참새 박멸 운동을** 벌여 병 해충이 더 들끓었다. **식량 부족 해결을 위해,** 물고기, 새, 동물을 잡기 위한 농약살포로 수많은 사람들이 중독되고 하천이 오염되었다. 그 결과 수천만 명이 굶어 죽었고, 경제는 20년 퇴보했다. - 참고 나무위키 외

왜 이렇게 되었을까? 여론과 현실을 무시하고 **명분만** 고집했기 때문이다.

집안 가보같이 느껴지던 물통을 찾아 물을 채우고 출발한다. 출발하자마자 백제교가 나타난다. 백제교는 신설 교량이다. 바로 옆에 있는 구 교량은 철거하지 않고 리모델링했다. 덕분에 주민들이 산책하고 쉴 수 있는 공간이 되었다. 리모델링한 서울역 고가 교량을 지나가는 느낌이다. 철거하지 않고 용도를 바꾸어서 지역의 랜드마크가 되었다. 그런 생각과 발상이 부여시의 명물을 만들었다. 교량 이름도 '백제 브릿지 파크'다.

다리 중간에서 계단을 통하여 동산 위에 있는 정자에 올라가 쉬며 금강을 바라볼 수 있게 배려했다. 그 결과 철거하지 않은 구 교량의 존재 가치가 신 교량보다 더욱 커져 있었다. 모든 구조물의 철거와 해체에는 명분과 세밀한 검토가 있어야 한다. 일단 철거하면 되돌릴 수 없기 때문

이다. 그 지역의 역사가 담겨 있기 때문에 세심한 주의와 주민의 동의가 필요하다.

백제교 옆 구 교량. 입구에 '백제 브릿지파크'라고 쓰여 있다. 철거하지 않고 보도교로 사용하며 지역 랜드마크로 만들었다. 정자까지 있어 금강과 조화를 이루고 말 그대로 교량 공원이다.

그러나 그런 동의를 얻었음에도 아쉬움이 남는 구조물이 있다. 우리나라 역사가 살아 숨 쉬는 경복궁을 가로막아 민족정기를 훼손한, 일제강점기의 상징인 중앙청 건물이 그랬다. 중앙청 건물 해체는 모든 사람들이 동의했다. 나도 그랬다. 해체할 때 속이 뻥 뚫린 것 같은 시원함이 있었다. 그러나 그 안에는 40년 이상 수탈의 역사가 담겨 있었다. 또 6·25 때 서울 수복의 상징이다.

개인적인 생각으로는 비용이 들더라도 해체해서 다른 곳으로 이전하여 수탈당한 역사를 반성하는 박물관으로 사용했으면 하는 바람이 있었다. 후손들이 두고두고 반성하고, 교훈으로 삼아야 할 산교육장이기 때문이다. 철거한다고 역사가 없어지거나 되돌려지지 않는다. 그래서 철거는 답이 아니다.

세상에는 정답이 없다. 지금은 정답이라 생각했던 것도 시간이 흐른 미래에는 오답일 수도 있다. 원전이 그렇다. 건설하고 있던, 수천억이 투입된 원전을 안전과 친환경 에너지를 명분으로 중단시켰다. 세워질 원전 계획도

백지화되었다. 있던 원전도 순차적으로 줄여나갈 계획이다. 너무 앞당겨 무리한 철거를 하기 위해 서류를 조작한 관계자가 법정에 서기도 했다.

그렇게 서둘러 폐기하려는 명분은 무엇일까? 안전과 친환경 때문이라면 그렇게 서두를 이유가 없었다. 아직은 원전이 친환경적으로 가장 싸게 전력을 생산하는 방법이다. 원전 폐기로 인한 전력난 해결을 위해 값비싼 화석 연료와 LNG 연료 발전이 증가하고 있고, 그나마 원자재 가격 상승으로 전기료도 오를 전망이다.

우리나라는 인구밀도가 높은 나라다. 좁은 나라에 값비싼 친환경 에너지인 태양광 열풍으로 전국 산지가 훼손되고 있다. 가장 싸고 탄소가 없는 효율적인 에너지가 원자력이고, 기술 발전으로 안전성도 획기적으로 개선되었다고 한다. 우리 대학 시절 최고의 인재는 원자력, 전자공, 기계공학과로 몰렸었다. 40년이 지난 후 우리나라는 세계 제일의 원자력, 반도체, 조선 기술을 보유한 나라가 되었다.

지금은 인재들은 의대로 몰린다. 의사는 안정적인 수입이 보장되기 때문이다. 지방 병원에서는 문을 닫을 정도로 의사가 부족한 실정이다. 부족한 의대의 정원을 늘리려는 정부의 노력에 기득권을 지키기 위해 의사협회는 환자를 볼모로 정부를 굴복시켜 왔다. 그 명분은 '환자의 의료 서비스 질 저하'이다. 자신들의 치졸한 기득권을 지키기 위해 거부할 수 없는 신성한 명분을 내세웠다. 최고의 인재들이 미래의 첨단 기술이 아닌, 현재에 기득권을 차지하고 있는 의대와 법대로 몰리는 현상이 미래에 국가를 위해 어떤 기여할 지 궁금해진다.

원전 건설 중단으로 핵심 기술자들은 일을 찾아 중국과 해외로 나간다고 한다. 기술 유출이 아닌 기술 자체가 없어지고 있다. 관련 산업도 일

거리가 없어 무너지고 있다고 한다. 넘버원이었던 원자력 학과는 지원자가 없어 그 자리를 외국 유학생들이 차지하고 있다고 한다. 후쿠시마 원전 사고를 겪은 당사자인 일본도 포기하지 않고 꾸준히 원자력 기술을 발전시켜 세계 최고였던 우리나라와 경쟁하고 있고, 탄소 중립을 위해 원전 건설을 긍정적으로 검토하고 있다고 한다.

반면에 우리나라는 '이웃 나라의 원전 사고 참상과 친환경 에너지'라는 거부할 수 없는 명분으로 세계 최고의 원전 기술을 퇴보시켜 버렸다. 중국은 해안에 수십 기의 원전을 계획하고 있다고 한다. 해안은 우리나라와 접해 있다. 바람의 방향도 우리나라 쪽이다. 우리나라만 원자력 발전소가 없어진다고 안전한 국가가 되는 것이 아니다. 우리가 안전성과 친환경 에너지를 명분으로 원전 산업 기반을 퇴보시키고 있는 동안, 탄소 중립과 친환경 에너지로 원전의 중요성 부각되고 있다.

석탄, 유류, LNG 등 원자재의 급속한 상승으로 인한 파동 때문에 최근 유럽에서는 에너지 자립으로 원전이 부각되고 있다. 그사이 시대가 변하며 오답이라고 폐기하던 원전이 다시 부각되며 정답으로 바뀌고 있다. 안전성과 친환경 에너지라는 거부할 수 없었던 명분이 시대 변화에 따라 바뀌고 있는 것이다.

대약진운동의 명분도 그렇게 거부할 수 없는 것들이었다. 그래서 적폐라는 명분으로 해체하거나 폐기하는 것은 위험한 행동이다. 명분 자체가 대중을 호도하는 허상이기 때문이다.

철거 이야기가 너무 길어졌다. 철거가 정답이 아니란 얘기를 하고 싶었다. 이미 서 있는 구조물을 부정할 수는 있다. 그러나 적폐라고 철거할 때는 얘기가 달라진다.

계획할 때 나름 대로의 타당성을 계산하고 건설되었기 때문이다. 철거에는 반드시 부작용이나 더 큰 비용이 수반될 수밖에 없다. 그런 의미에서 부여의 랜드마크가 된 백제교 옆 구 교량(백제 브릿지 파크)은 금강을 지나오면서 보았던 황량함에 대한 보상같이 느껴졌다.

자전거 속도를 줄여 철거되지 않고 거듭난 백제 브릿지 파크의 의미를 음미하며 천천히 지나간다.

● 긍정적인 삶이란

"유쾌하고, 삶을 긍정하고, 즐기고, 긍정적인 생각을 한다면 당신은 모두의 중심이 되어, 사람들이 당신 곁에 있고 싶을 것이다." – Shannon L. Alder

자전거길은 백제교를 지나자마자 오른쪽으로 내려가 금강 옆으로 조성한 나래 공원으로 들어선다. 넓은 갈대숲을 따라 곧게 이어진 자전거 도로를 신나게 달린다. 금강을 바라보며 한참을 달려 강경읍에 도착한다.

강경 둔치에는 4대강 사업으로 잘 조성된 산책로와 자전거길을 따라 사람들로 붐빈다. 금강하굿둑의 영향인지 강폭이 넓어지며 호수같이 변한다. 강경을 지나 넓어진 금강을 보며 달린다. 우회 표지판을 보고 용두산 차도를 따라 우회한다. 이 지역이 천주교 나바로 성지로 김대건 신부가 상해에서 서품을 받고 상륙한 지역이라 한다.

일반 도로를 따라 힘을 내어 언덕을 넘으니 널찍한 제방 도로가 나타난다. 긴 콘크리트 제방길을 따라 양쪽으로 오색의 바람개비가 돌아간다. 마치 손님을 두 팔 들어 환영하는 모습 같다.

제방을 타고 몇 킬로를 가는 내내 오색 바람개비가 두 팔을 들고 환영한다.

"어서 와!"

"밥은 먹었니?"

"참 잘 왔어!"라고 말하고 있는 것 같다.

행복해진다.

바람개비는 익산 성당포구를 벗어날 때까지 이어졌다.

성당포구마을로 들어선다. 거대한 느티나무가 있는 정감 있는 마을이다. 내비게이션으로 인증센터를 찾는다. 내가 지나온 보도교 옆에 있다. 왜 못 보고 지나쳤을까? 딴 생각하다 지나쳤다고 긍정적으로 생각하기로 한다. 마을을 구경하며 되돌아가 인증 도장을 찍는다. 그곳에도 나를 맞아 주는 바람개비가 있었다.

익산 성당포구마을을 벗어나자마자 언덕이 나온다. 오르막과 내리막이 반복되면서 포장 상태도 엉망이다. 자전거를 타고, 내려 걷기를 반복하다 보니 정상이다.

길은 솔밭 길로 운치가 있다. 정상 솔밭 아래 벤치에 앉아서 숨을 돌리고 있는데 전화가 왔다.

반가웠다. 금강길을 달리는 동안 어느 누구와 대화한 적이 없었다. 철저히 혼자였다. 반가울 수밖에 없다. 더구나 친구다.

"어이 김 교수! 어인 일이야?" 반가운 마음으로 전화를 받는다.

"잘 지내고 있지?"

늘 그랬듯이 억양이 높은 쾌활한 목소리다. 그러고 보니 안부 인사는 항상 그가 먼저였다.

"전화 받기 괜찮아? 어디야?"

무언가 할 말이 있다는 뜻이다.

"익산 근처야."

"왜 거기 있어?"

"전국 자전거 여행 중이야."

무심코 말해 놓고 아차 싶었다. 친구는 몸이 불편하기 때문이다.

"그 나이에 대단하네!"

어감에는 부러움이 담겨 있었다.

전화한 내용은 안부 인사 겸 동기들과 오래간만에 골프 한번 치자는 약속을 잡기 위해서였다. 그는 늦은 나이에 골프를 배웠다. 그러고는 거기에 빠져 버렸다. 같이 할 때마다 실력이 눈에 띄게 발전한 것이 보였다. 시작한 지 2년이 채 되지 않아 10년이 넘은 경력의 나를 넘어서 고수가 되었다. 짧은 시간 동안 그렇게 되기 위해 쏟아부은 노력과 시간을 짐작할 수 있었다. 그는 대학 시절부터 원하는 것에 적극적이었다. 결국 본인이 원하던 교수가 되었다. 그의 불운은 리조트에서 개최되는 여름 세미나에 참석하고부터였다. 저녁에 동료들과 술 한잔 하고 6층 숙소에 올라와 잤는데, 화장실에 가기 위해 일어나 잠결에 집이라고 생각하고 발걸음을 옮기는 순간 더위 때문에 열려 있는 창 방충망을 뚫고 아래로 떨어졌다. 그리고 정신을 잃었다고 한다. 떨어진 충격으로 온몸의 뼈가 산산 조각났으나 산책하는 사람에게 발견되어 목숨을 건졌고 다행히 머리에는 큰 충격은 없었던 것 같다. 오랜 시간 동안 단계별로 하나하나 부러진 뼈를 접합하는 수술을 했다고 한다. 주위의 모두가 걸어 다닐 수 없을 것이라고 했다.

어느 날 동기 모임에 그가 목발을 하고 나타나 모두가 놀랐다. 시간이 흐른 뒤 모임에 약간 절기는 했지만 혼자 두 발로 걸어서 나타났다. 이제는 혼자 걸어 다니는 것이 당연시되어 아무도 신경 쓰지 않는다. 그러나 우리는 짐작한다. 산산이 부서진 몸을 추스르는 고통을, 굳어 버린 다리를 움직여 일어서기 위해 했을 치열한 사투를 단지 짐작만 할 뿐이다. 걷기 위해 수만 번 반복했을 연습과 노력은, 그 과정을 딛고 일어선 본인만이 알 것이다. 그런데도 그의 얼굴은 그늘이 없이 천진난만하다. 다만 걷는 게 불편할 뿐이다.

그 불편함도 본인이 원하는 것을 막지 못한다. 요트에 심취해 공동으로 요트를 구매해 대회까지 참여했다. 좋아하는 골프를 계속하기 위해 연습하다 엉덩이뼈 관절에 붙여 놓은 나사가 헐거워지기도 했다. 예전만은 못하지만 핸디도 평균 수준은 되었다. 스윙 동작은 크지 않지만 순간 가속

도가 빨라 비거리도 난다. 가끔은 몸무게가 있는 나보다 멀리 나가 기분
이 나쁠 때도 있다. 그는 현재 담관암 판정을 받은 상태다. 그런데도 얼
굴에는 변화가 없다. 평소 하던 일을 다 하며 살고 있다.

'유쾌하고, 삶을 긍정하고, 즐기고, 긍정적인 생각을 한다.' 딱 그의 모습
이다. 세상을 긍정적으로 보는 것이 얼굴에 새겨진 천진난만한 모습으로
나타난다. 이면에는 치열하게 살아온 삶이 숨어 있다. 그는 주위 환경에
영향을 받지 않는 슈퍼맨이다. 옆에서 그를 보는 것만으로도 기분이 좋아
진다. 한 달 뒤 그와의 즐거운 골프를 생각하며 자전거에 올라 원대암 방
향으로 내리막을 내려간다.

● 끝은 새로운 시작이다

낮이 끝나고 밤이 찾아왔습니다. 행복한 하루를 보낸 아이가 묻습니다. "왜 낮이 끝나야 하나요?" 엄마는 하늘로 떠오르는 은빛 달을 가리키며 낮이 끝나야 밤이 시작될 수 있다고 말합니다. "그러면 낮이 끝나면 해는 어디로 가나요?" 아이가 묻습니다. "낮은 끝나지 않는단다. 어딘가 다른 곳에서 시작한단다."

– 살로트 졸로토 글, 「바람이 멈출 때」 중

길은 원대암에서 다시 제방 도로를 타고 길게 이어진다. 이제는 호수가 된 금강을 바라보며 달린다. 금강하굿둑까지는 20㎞도 남아 있지 않다. 군산에서 올라가는 고속버스 시간을 감안할 때 너무 빨리 왔다. 제방 위 자전거길 옆에 있는 쉼터에서 시간을 죽이며 쉬기로 한다. 자전거 여행을 하며 시간이 남기는 처음이다. 목표가 있었고 항상 시간은 부족했었다. 쉼터에 앉아 금강호수와 멀리 떨어진 산을 멍하니 바라본다. 주위를 둘러보아도 사람은 보이지 않고 정적만이 감돈다. 이 넓은 곳에 나 혼자 앉아 있다.

문득 나와 아무 연관도 없는 이 자리에 혼자 앉아 있다는 것에 의문이 든다. 낯선 여기까지 와서 왜 이 자리에 있는 것일까? 내가 이 시간에, 이 장소에 앉아 있는 것이 마치 오래전에 예정되어 있었던 것 같이 느껴졌다. 어떤 모르는 힘에 의해 이곳까지 불려온 느낌이다. 왜 이 낯선 장소에 앉아 있는가? 에서 시작한 생각은 더 나아간다. 예나 지금이나 이 강과 산은 오랜 세월 동안 사람들의 역사를 간직한 채 그대로 있다. 오직 사람들만 스쳐 지나간다. 이곳에도 한 세대가 살다 가면 다음 세대가 온다. 그들이 겪었을 희로애락을 생각한다.

오래전 어떤 이는 역사의 격랑 속에 빠진 처절한 상태에서 강과 산을 바라보았을 것이고, 또 어떤 이는 굶주림에 배고픔으로 바라보았을 것이다. 지금 나는 제삼자인 여행자의 입장에서 시간을 죽이며 무료하게 바라본다. 강과 산은 인간사에는 관심 없다는 듯 무심하게 제자리를 지키고 있고 정적만이 감돈다. 낯선 곳에서 낯선 생각으로 시간이 많이 지났다. 여유 시간이 그리 많지 않다. 일어나 출발한다.

제방을 따라 길게 조성되어 있는 자전거길이 지루해질 즈음 곰개나루 공원이 나타난다. 호수를 따라 일반 캠프장과 오토캠프장이 나란히 조성되어 있다. 평일인데도 캠핑하는 사람들이 드문드문 보인다. 강폭이 넓어지며 금강길 마지막 목적지인 금강하굿둑이 가까워진 것을 느낄 수 있다. 조금만 가면 끝이라는 생각이 지쳐 있는 몸을 깨운다. 페달에 힘을 주며 끝을 향해 달린다. 서해안 고속도로 금강대교 밑을 통과하니 옆으로 금강습지생태공원이 나타나며 금강하굿둑 자전거 인증센터에 도착한다.

금강하굿둑 인증센터. 군산 시내 인근에 있는 줄 알았으나 8㎞나 떨어져 있었다.

시작에는 끝이 있기 마련이다. 끝이 날 것 같지 않은 지루한 길도 끝은 있다. 그 지점에 서면 끝이 났다는 뿌듯함과 지나온 길에 대한 아쉬움에 마치 한 해의 마지막을 보내는 듯한 들뜬 감정에 휩싸인다. 이제는 더 이상 갈 길이 없다는 허전한 마음에 쓸쓸한 감정이 오버랩 된다.

벤치에 앉아 핸드폰으로 군산 버스터미널 위치를 찾는다. 8㎞나 떨어져 있다. 너무 멀다. 시간을 본다. 올라가는 버스 시간을 볼 때 여유가 별로 없다. 종점인 금강하굿둑 인증센터가 군산 시내에 있다고 착각한 것이 화근이었다. 난감해진다. 서둘러 일어나 군산 시내로 향한다.

가는 내내 뭔가 빠진 허전한 마음이 든다. 2㎞ 정도 가서야 그 이유를 알았다. 끝이 났다는 감회에 젖어 인증 도장을 찍지 않은 것이다. 하굿둑 인증은 금강 종주의 가장 중요한 증거다. 망설임 없이 국토 종주 내내 가장 싫었던 왔던 길을 되돌아간다. 인증 도장을 찍고 다시 출발한다. 하굿둑 교차로를 지나 강변로를 따라 속력을 낸다. 마주치는 바닷바람에 속력이 나지 않는다. 물 빠진 바다 갯벌 바로 옆을 지나간다.

멀리 금강 하구를 가로지르는 동백 대교의 아치교량이 눈에 들어온다. 서래 고가교를 넘어 좌회전하여 시내로 들어간다. 시외버스 터미널에 도착하여 자전거를 싣고 버스에 오른다.

그나마 약간의 여유마저 없었으면 버스가 끊겨 내일 올라가는 버스를 탈 뻔했다. 버스 좌석에 앉고 나서야 1박 2일의 금강 자전거 종주가 무사히 끝났다는 안도의 한숨을 쉰다. 이로써 금강 자전거길 여행은 끝이 났다. 그러나 끝이 끝은 아니다. 끝은 새로운 시작점일 뿐이다. 집으로 올라오는 버스 안에서 가 보지 않은 영산강길 노선도를 보다 잠이 들어 버렸다.

군산 버스터미널 가는 해안도로에서 본 물 빠진 바다 갯벌. 눈앞에서 본 군산 갯벌은 골이 깊고 거대했다.

"금강 자전거길은 지루하다!"라는 말은 그 길에 있는 '세종보, 공주보, 백제보가 버려져 있다'라는 말과 맥락을 같이한다. 그 길을 지나가며 생각했다. 관점을 바꾸어 이 보들의 수문을 닫고 물을 가두어 이 지역의 랜드마크가 된다면 '금강 자전거길은 가볼 만할 명품 길이다'라고 바뀔 수도 있다. 그나마 금강하굿둑을 철거하지 않아 백제보 하류에 조성된 아름다운 수변 시설들을 볼 수 있었다.

명분과 신념은 중요하다. 그러나 명분만을 고집하다 실패하는 경우도 많이 보았다. 주변 상황과 환경 변화에 따라 타협과 양보를 하고 수정하는 것이 민주주의의 핵심이다. 사람들은 명분과 정체성 훼손을 두려워한다. 그래서 고집한다. 파국으로 본다. 그 대안이 타협과 양보다. 그로 인한 명분과 정체성 훼손은 부끄러운 일이 아니다. 모든 사람들이 그 이유를 알고 있기 때문이다. 그래서 타협과 양보는 사람들을 내 편으로 끌어들이는 가장 확실한 방법이다.

그런 마음으로 세종보, 공주보, 죽산보 해체 결정이 철회되길 바라본다. 수질이 문제라면 오염원을 줄이거나 신기술 적용으로 수질오염 문제가 해결될 수 있기를 기대한다. 그 길을 달려온 여행자로서 그렇게 되었으면 싶다. 금강 자전거길이 아름다운 자연과 어우러진 명품 길이 되어 이 길을 다시 한 번 라이딩하고 싶은 마음은 나 혼자만의 생각일까?

PART 5

역사를 품은 강

-영산강, 섬진강-

보이는 것들에 대하여　　　(영산강: 익산-공주)

▶ **영산강길 자전거 여행 출발**
　호남고속도로(익산): 차 고장(미션불량)
　삼례까지 견인: 일박 (미션수리업체 부재)
　공주까지 견인: 차 수리의뢰
　영산강길 자전거 여행 포기

시작에는 반드시 끝이 있게 마련이다. 이제 거의 마지막까지 왔다. 산의 9부 능선까지 올라가면 돌이킬 수가 없다. 올라온 노력과 수고가 물거품이 되지 않게 어렵더라도 정상에 올라 끝을 보아야 하기 때문이다. 국토 종주의 마지막 구간은 영산강길 146㎞와 섬진강길 149㎞다. 마지막 두 구간을 한 번에 끝내기 위해 영산강 길을 향해 출발한다.

첫 번째 여행인 부산 국토 종주는 아내가 보급을 담당해 주었었다. 마지막 구간도 그렇게 하고 싶었다. 아내와 함께하고 싶은 마음 때문인지, 아니면 길들여진 편안함을 원하는 것인지는 잘 모르겠다. 일주일 전부터 아내의 눈치를 살핀다. 함께해서 좋았던 이야기를 자주 하며 아내의 스케줄도 확인한다. 아내도 보급을 담당하며 630㎞를 완주하게 만든 것에 자부심을 느꼈던 모양이다. 날씨가 말썽이다. 수시로 비가 온다. 주말마다 오던 비가 그치고 아내 예배가 끝난 일요일 오후 자전거를 싣고 영산강 길의 시점인 담양댐을 향해 출발한다.

● 못 보고 지나친 것들

"책임윤리(ethics of responsibility, 責任倫理)는 인간뿐만 아니라 생태계까지, 또한 현(現) 세대뿐만 아니라 미래 세대까지 고려하여 인간의 행위에 대한 책임을 강조하는 윤리적 관점이다."- 두산백과

라이딩 하루 전에 집에서 출발한 이유는 영산강 길의 시점인 담양댐을 여유 있게 둘러보고 싶었기 때문이다. 담양댐은 현직에 있을 때 일 년 이상을 올인 하여 성공한 일괄입찰 프로젝트다. 프로젝트의 주요 목적은 1970년대 세워진 노후화된 담양댐 저수 용량 확대와 기능 향상이다.

댐의 준공을 보지 못하고 퇴직했기 때문에 실제 모습이 어떻게 변했는지 무척 궁금했다. 입양 보낸 애가 어떻게 자랐는지 찾아보고 싶은 부모 마음이 이럴 것이다. 하루 전에 가서 완공된 모습을 보고 싶었다. 그렇게 건설된 명품 담양댐이 영산강 자전거길 시점이 되었다. 이럴 줄 알았으면 비용이 더 들더라도 라이더들을 위한 공간과 시설을 만들 걸 그랬다.

아내 차를 운전하며 담양댐으로 출발한다. 차 상태가 예전 같지 않다. 정차 후 출발 가속이 깔끔하지 않다. 아내에게 이유를 물어본다. 자기도 그런 느낌 때문에 정차 시 오토스톱을 꺼 놓는다고 한다. 애들이 차를 거칠게 타서 그런 모양이라고 덧붙인다. 차에 대한 불안감이 더 커진다. 규정 속도로 조심스레 운전한다. 차는 경부고속도로에서 출발하여 천안 논산 민자 고속도로로 들어선다. 천안 논산 구간은 민자 초기에 건설된 공사로 내가 몸담았던 회사도 참여한 도로다. 투입된 공사비와 비용을 30년간 운영하며 회수한 후 국가에 기부 체납하는 방식이다.

영산강 자전거길 시점인 담양댐.
일괄입찰에 참여해 낙찰받은 프로젝트로
왼쪽이 물넘이 수로와 소수력 발전소가 있고
댐 사면에는 산책로, 하부는 장미 터널이 있는
공원으로 계획, 시공되었다.

정안 휴게소 흡연 구역 옆에 있는 천안 논산 간
민자 고속도로 준공 표지석.

정안 휴게소에서 잠시 쉬었다 가기로 한다. 화장실 뒤편 흡연 장소에는
사람들이 붐빈다. 그 뒤로 커다란 준공 표지석이 보인다. 평소 이곳을 이
용할 때는 못 보고 지나쳤었다. 다가가서 읽어 본다.

"고속도로 건설에 온갖 정성을 바쳤던 건설 역군들의 장한 이름을 여기
에 새겨 그 공로를 기리고 후세에 전한다."

참여자 명단을 유심히 본다. 현직에 근무할 때 업무상 알던 이름들이
꽤 많이 있다. 지금은 고인이 된 친했던 대학 동창 이름도 있다. 이 친구
가 여기에도 근무했었다는 것을 표지석을 보고 알았다. 감회가 새롭다.
'온갖 정성을 바쳤던 건설 역군', '그 공로를 기리고 후세에 전한다'라는 문
구가 가슴에 와 닿는다. 그리고 생각한다. 우리 세대도 이와 같이 자랑스

럽게 역사에 기록될 수 있을까? 아버지 세대는 자식들을 위해 온갖 정성을 다하고 희생했다.

그럼 우리 세대는? 세계 제일이 되기 위해 온갖 노력을 다한 것은 사실이다. 자식 세대를 위한 희생은? 이 부분에서는 별로 할 말이 없다. '희생까지는 아니더라도 민폐는 끼치지 말아야 하는데…' 자식 세대의 비난을 생각해 본다. 지금 모양새는, 우리의 편익만을 위해 흥청망청 쓴 그 비용들을 남들도 그렇게 한다는 핑계로 후손들에게 부담시키고 있는 형국이다. 부담을 시키지 않아도 인구 절벽으로 부담이 늘어나는 세대다. 우리만을 위해 집행되는 복지나 코로나로 인해 투입되는 비용은 우리가 허리띠를 졸라매어 갚아야 할 빚이다. 또 그래야 한다.

내가 방만하게 써서 갚아야 할 돈을 자식에게 전가하는 무책임한 부모로 기억되지 않으려면 어렵더라도 우리가 갚아야 한다. 최소한 자식들에게는 그들이 날개를 펼 기반은 만들어 주어야 한다. 우리만을 위해 눈먼 돈같이 써 대다가는 역사의 죄인이 될지도 모른다. 우리만이 사는 세상이 아니다. 미래 세대에 대한 배려는 못 할망정, 짐까지 떠맡기는 일은 어른의 도리가 아니다.

그 첫걸음이 우리만을 위한 국가 보조금과 고갈되어 가는 국민연금을 줄여나가는 것이다. 정치인들은 지지표가 떨어지더라도 반드시 해야 할 천명이다. 국민들은 돈을 안 쓴다고 지지를 철회하는 그렇게 우매한 사람들이 아니다. 이제는 헛된 공약과 매표로 당선되는 시대는 지났다. 우리와 미래 세대, 둘 다를 위해서는 적극인 투자가 필요하다. 건설 투자는 현재와 미래 서로를 위한 것이라고 할 수 있다. 먼 미래까지 영향을 미치기 때문이다. 한 가지 예를 들면 자전거 도로는 우리 세대뿐만 아니라 이어지는 다음 세대의 여가 생활을 위해 우리 세대의 세금으로 집행한 좋은 선례가 될 것이다.

차는 다시 천안 논산을 지나 호남고속도로로 진입한다. 무수히 지나다녔던 길에서 보지 못하고 지나친 것들도 많이 있다. 정안 휴게소의 준공 표지석도 그랬다. 그러나 '도로 표지판'과 같이 꼭 보아야 하는 것들도 있다. '우리가 역사의 죄인이 될 수도 있다'는 것도 그중 하나다.

● 멈춰서야 보이는 것들

"상대 속도(Relative velocity)는 관찰자가 관찰하는 대상의 속도를 말한다. 물체 A와 물체 B가 운동을 하고 있을 때, A에서 본 B의 속도를 A에 대한 B의 상대 속도라고 한다. 즉, A에 대한 B의 상대속도 = B의 속도- A의 속도가 된다." – 물리학 백과

호남고속도로는 8차선이다. 4차선인 천안 논산에서 호남고속도로로 들어서며 속도가 빨라진다. 게다가 다니는 차도 많지 않다. 차량 흐름이 빨라진다. 흐름에 맞추어 속도를 낸다. 갑자기 액셀 페달에 힘을 주어 밟아도 가속이 되질 않는다. 출발할 때 차가 이상하다는 불길한 예감이 현실이 되어 나타났다. 다시 밟아 보나 마찬가지다. 편도 4차선 고속도로 1차로 추월 차선에서 문제가 생겼다. 더구나 고속도로다. 생명의 위협을 느끼며 긴장한다. 속도가 줄어든다.

위험은 속도를 맞추지 못할 때 나타난다. 비상 깜빡이를 켜고 백미러로 뒤에 오는 차를 확인하며 차선을 바꾼다. 그나마 다행인 것은 달리던 관성에 의해 차는 앞으로 가고 있다. 차들이 빠른 속도로 스쳐 지나간다.

정지하는 순간 대형사고가 날 것 같다. 브레이크를 밟지 않고 뒤에 오는 차를 신경 쓰며 계속 차선을 바꾸어 갓길까지 가는 동안 익산 IC를 지나 버렸다. 차를 갓길에 세우고 혹시나 하고 차 시동을 껐다가 켜 본다. 시동은 걸리나 자력으로 카센터까지 갈 수는 없다. 난감해진다.

아내가 기아차 콜 센터에 전화를 걸어 바꾸어 준다. 차량과 소유자 정보를 불러 주니 AS 기간이 끝났다고 견인차를 부르거나, 도로공사 무료 견인 서비스를 이용하라는 정보를 주고 매정하게 끊어 버린다. 견인차를 부르기 위해 전화를 한다. 일요일 저녁이라 인근 카센터는 전부 문을 닫았다. 이러지도 저러지도 못하는 난감한 처지에 놓여 있다. 마지막으로 도로공사 콜센터에 전화를 걸어 차량번호와 갓길 위치를 불러 준다. 안전에 주의하고 잠시만 기다리면 조치해 주겠다고 한다. 확신에 찬 안내 멘트에 안도의 한숨을 쉬며 생각한다.

"대한민국은 좋은 나라다."

차 밖으로 나와 갓길에 서서 도로공사 차를 기다리며 앞을 바라본다. 바로 옆을 대형차들이 바람을 가르며 쌩쌩 지나간다. 차들의 속도감이 바람과 진동으로 피부에 전해진다. 내가 달릴 때는 그렇게 느리게 느껴졌던 대형차 속도가 내가 멈추었을 때 비로소 그게 빠른 속도였다는 것을 느낀다.

우리네 인생도 그렇다. 본인이 달리는 기준으로 세상을 보고, 또 그 기준으로 모든 것을 판단한다. 같이 달리는 사람들과 비교하기 때문에 내가 멈추어 있는 것 같이 느껴진다. 그래서 자책한다. 만족하기가 힘들다. 불행해진다. 가끔은 실체를 보기 위해 멈춰 서서 바라볼 필요가 있다. 그때야 알 수 있다. 내가 얼마나 빨리 달리고 있었는지? 보는 각도만 바꾸

없는데 다른 세상이 보인다. 자신이 자랑스럽다. 만족한다. 행복해진다. 행복은 멀리 있는 게 아니다.

멈춰 서서 보니 비로소 실체가 보였다. 차선을 바꾸며 느끼지 못했던 두려움이 온몸에 퍼진다. 그제야 좀 전에 아주 위험했던 상황을 침착하게 잘 넘겼다는 것을 실감한다.

호남고속도로 익산 I.C를 지나서 차량 고장으로 갓길에 차를 세운 전경. 뒤에 도로공사 관리 차량과 교통정리 신호수가 보인다.

도로공사 관리 차량이 도착해서 2차 사고를 방지하기 위해 차 뒤의 경광등을 켜고 수신호를 한다. 견인차를 불렀다고 한다. 자신들의 무료 견인 범위는 인근 요금소까지 라고 말하며 사인을 받는다. 잠시 후 견인차가 도착하여 인근 도시인 삼례로 간다. 견인차 기사는 보험 견인 서비스도 겸직을 하기 때문에 톨게이트부터 보험으로 전환한다고 얘기한다. 톨게이트에서 보험 견인 서비스를 신청하고 기다려야 하는 부담이 사라졌다. 견인차는 삼례읍으로 진입하여 휴일이라 문 닫은 기아차 서비스에 차를 내려놓는다. 기사는 변속기에 문제 있는 것 같다고 얘기하며 도움이 필요하면 연락을 달라고 명함을 주고 갔다.

삼례는 고교 시절 무전여행하며 인상이 깊었던 곳이다. 혼자라는 느낌이 들지 않았던 정감 있는 마을이었다. 거리는 완전히 변해 도시가 되어 있었다. 음식점과 숙소를 알아본다. 차 고장으로 영산강 종주는 멈출 수밖에 없었다. 그러나 마음 한구석에는 차 수리를 아내에게 맡기고 혼자 자전거 여행을 하고 싶은 마음이 남아 있어 핸드폰으로 버스 시간표를 체크한다.

다음 날 아침 짙게 깔린 황사를 눈으로 보고 나서야 그 생각을 멈춘다. 어려운 결정도 약간의 변수에 영향을 받는다. 그 변수는 황사였다. 자전거 여행을 멈추고 집으로 되돌아가기로 결정했다. 마음을 사로잡던 생각, 다시 말하면 집착을 멈추니 자유로워졌다. 현실적인 것들이 눈에 들어온다. 아침 업무 시간에 맞추어 차를 세워 둔 기아 카센터에 간다.

● 사람이 온다는 건

"사람이 온다는 건 실로 어마어마한 일이다. 그는 그의 과거와 현재와 그리고 그의 미래와 함께 오기 때문이다. 한 사람의 일생이 오기 때문이다." – 정현종 「방문객」 중

차를 세워 둔 인근 기아 카센터로 간다. 차량 컴퓨터 기기로 차를 체크해 본 정비공은 변속기 고장이라 익산이나 전주에 있는 대형 정비 센터로 가라고 한다. 전화를 건다. 포르테 차량은 변속기 고장이 잦아 비용을 들여 수리해도 보장을 해줄 수 없으니 폐차도 생각해 보라는 이야기다.

아들에게 전화를 걸어 상황 설명을 한다. 얼마 후 아들에게서 전화가 왔다. 포르테 동호회를 인터넷으로 알아보았는데 공주에 포르테 변속기 전문 업체가 있으니 그쪽에서 수리하는 것이 좋을 것 같다는 얘기다. 아들이 보내 준 주소로 거리를 확인하니 60km 정도다. 전날 견인했던 기사

에게 공주까지 견인해 달라고 전화를 건다. 견인차가 도착했다. 차를 견인대에 달고 공주 카센터로 출발한다.

객지에서 처음 만난 견인차 기사가 음으로 양으로 많은 의지가 되었다. 얼굴을 눈여겨본다. 얼굴 윤곽이 뚜렷하고 선이 굵다. 남자답게 생겼다. 머리만 벗어지지 않았다면 40대 후반의 나이보다 어리게 보인다. 얼굴에 그늘이 보이지 않는다. 관심이 간다. 사업은 잘되느냐 묻는다. 기반도 잡았고 일이 즐겁다고 한다. 대화가 점점 길어진다.

들은 이야기를 정리하면 모든 운동을 좋아해 격투기를 했다. 그래서 주변에 주먹 친구들이 많다. 무술 경관 시험에 응시했으나 떨어졌다. 친구 따라 전문대학에 가서 미술을 전공하다 대학 부동산 학과에 편입했다. 대학 졸업 후 전공과 다른 제약회사에 교수 추천으로 들어가 근무했다. 보수가 좋았다. 직장 생활이 싫어 퇴직하고 모아 둔 돈으로 부동산 거래를 해 어린 나이에 돈을 많이 벌었다. 그러나 한 번의 투자 손실로 거액을 날리고 빚까지 졌다. 어울리던 친구의 견인 서비스를 도와주다가 경험이 쌓여 이 길로 들어섰고 이제는 자리를 잡았다. 결혼은 날짜까지 잡았으나 인연이 아닌 것 같아 서로 간의 합의로 없던 일로 하기로 했다. 그 이후 결혼 생각은 없다. 지금은 서로를 구속하지 않는 여자 친구가 있어 즐겁게 지낸다. 일이 없는 날은 스키에서부터 시작해서 해양 스포츠, 캠핑 등 여러 가지 레포츠를 즐기고 지금은 캠핑카에 빠져 있다. 나이 들기 전에 지금 하는 일을 후배에게 물려주고 하고 싶은 일을 할 준비를 하고 있다.

공주까지 오는 한 시간 정도 시간에 한 사람의 일생 이야기를 들었다. 이 글에는 그 사람이 살면서 느낀 희로애락을 표현하지 못했다. 말의 어감에서 느껴지는 감정 상태를 글로 나타내기에는 지면이 너무 짧고 잘 표현할 능력도 없다. 그러나 그 느낌은 공감이 되었다. 다만 한 가지 알 수 있는 것은 그 사람의 미래가 즐거울 것이라는 느낌이다.

더 많이 살았고 한 직장에서만 안주한 내 인생과 비교해 본다. 변화무쌍하다. 사람의 삶은 어떤 생이 잘 살았다고 비교할 수 있는 대상이 아니다. 태생과 여건이 다른 환경에서 나름대로 최선을 다해 살아왔기 때문이다. 그래서 남들이 살아온 이야기는 한 편의 소설을 보는 것과 같다. 흔히들 얘기한다.

"내가 살아온 이야기를 쓰면 한 편의 소설을 쓸 수 있어!"

바꾸어 생각하면 우리는 소설 같은 생을 살고 있다고 할 수 있다. 만남은 '한 사람의 일생'이 오는 것이라고 시인이 얘기했다. '한 사람의 일생?'은 공주시 외곽 이인면에 있는 공업사에 차를 내려놓고 작별 인사를 한다. 식사나 하고 가라고 이야기 값을 챙겨 준다.

공업사 안에는 분해된 변속기가 여기저기 놓여 있다. 전문 업체인 것을 한눈에 알 수 있다. 사장에게 상황 설명을 한다. 포르테는 변속기 수리가 많이 들어와 어디가 문제인지 잘 알고 있다고 한다. 변속기 전문 업체라는 사장의 말에 믿음이 갔다. 수리가 밀려 있어 10일 정도 걸린다고 한다. 차를 맡기고 올라갈 버스 편을 알아본다. 공주시 외곽에 있어 교통편이 좋지 않다. 사장은 수리 기간 동안 편하게 사용하시고 차 찾아갈 때 반납하라고 키를 건네준다. 차를 맡기는 고객을 위해 포르테 차량을 몇대 보유하고 있고 종합보험도 들어 있다고 한다. 올라갈 버스 편에 대한 걱정이 사라진다. 감사의 마음이 가슴 깊은 곳에서 올라온다. 고객 감동이 무엇인지 아는 사람이다.

공주시 이인면에 있는 포르테 변속기 전문 자동차 공업사.
사진 왼쪽에 있는 흰색 견인차로 그 뒤에 있는 아내 차를 주차시키고 있다.

사장에게 건네받은 차는 전체가 짙은 노란색으로 도색되어 있다. 마치 스포츠카 느낌이다. 발상도 뛰어나다. 30만㎞ 이상 된 폐차 수준의 차를 수리해 스포츠카 같은 느낌이 나도록 도색했다. 큰돈 들이지 않고 고객을 감동시킨다. 어디에 세워 놓아도 그 차는 다른 이의 시선을 한눈에 받았다. 하나를 보면 열을 알 수 있다. 변속기에 선택과 집중, 인터넷 마케팅, 고객 감동, 발상의 전환 이것만 보아도 이 공업사는 번창하고 성공할 수밖에 없다.

오늘 좋은 사람들을 만나 많은 도움을 받았다. 그리고 알았다. 사람을 만난다는 건 실로 어마어마한 일이라는 것을…. 영산강과 섬진강 라이딩을 포기하고 기분 좋게 고객용 차를 운전하며 집으로 올라온다. 완성을 보지 못하고 되돌아온 이번 여행에서 내가 겪어보지 못했던 많은 일을 겪었다. 고속도로 위에서의 차량 고장과 난감함, 고속도로 무료 견인 서비스, 차량 견인, 모텔 조식, 고객용 차량 서비스, 모두 처음으로 겪는 일이다.

자전거 여행은 자신과 풍경과의 교감이 대부분이다. 이번 여행은 차량 고장으로 사람들과의 대화가 많았다. 난관에 부딪혀도 주변에는 도와줄 따뜻한 사람들이 많이 있다는 것을 알았다. 손을 내밀지 않아 모를 뿐이지 내민 손을 뿌리치는 사람은 거의 없는 것 같다. 우리가 살고 있는 세상은 생각했던 것보다 살 만한, 따뜻한 세상이라는 것을 이번 여행에서 느꼈다.

세상일이 계획대로만 된다면 좋겠지만 꼭 그렇게 되지는 않는 것 같다. 좌충우돌하며 조금 늦게 가는 것도 의미가 있는 것 같다. 이번에는 실패해서 돌아오지만 가까운 시일 내에 또 계획을 세우고 설레는 마음으로 출발하리라는 것을 잘 알고 있다. 이미 시작한 일은 반드시 끝을 보아야하기 때문이다.

🚲 부부 싸움은 칼로 물 베기다

▶ **영산강 자전거길(담양- 나주)**

담양댐- 메타세쿼이아 길 7㎞
메타세쿼이아 길- 담양 대나무숲 20㎞
담양 대나무숲- 승촌보 31㎞
승촌보- 죽산보 18㎞

합계 76㎞

지난번 차 고장으로 어쩔 수 없이 자전거 여행을 중단했다. 영산강과 섬진강 라이딩에 대한 생각이 차 수리 기간 2주 내내 계속 머릿속에 남아 있었다. 달리던 기차가 갑자기 고장으로 멈춰 서서 빨리 고치길 기다리는 승객의 마음 같았다. 더구나 목적지를 바로 앞둔 상태에서의 고장이라면 승객의 마음은 더욱 간절했을 것이다.

이번 종주 280㎞가 국토 종주 2,000㎞의 마지막 관문이다. 그래서 끝을 보려는 생각이 더 한지도 모르겠다. 내 국토 종주의 마지막 코스는 아내와 같이 달리고 싶었다. 아내 자전거 타이어에 바람을 넣고 체인에 기름칠하며 정비한다. 늘 그랬듯이 일요일 오후 아내의 교회 예배가 끝나길 기다려 하루 전 출발하기로 한다. 자전거 2대의 앞바퀴를 분리하여 차 뒷좌석에 싣는다. 일기예보에 의하면 날씨가 좋다. 황사도 없다. 그리고 봄이다. 부푼 꿈에 부풀어 출발한다.

● 이 또한 지나가리라

> 큰 슬픔이 거센 강물처럼 네 삶에 밀려와 / 마음의 평화를 산산조각 내고 / 가장 소
> 중한 것들을 네 눈에서 영원히 앗아갈 때면 / 네 가슴에 대고 말하라 / '이 또한 지나
> 가리라' - 랜트 윌슨 스미스의 시 「이 또한 지나가리라」 중

2주 전과 같은 요일, 같은 시간에 출발하여 같은 길을 간다. 차이는 시간이 지난 것뿐이다. 그러나 긴 시간이었다. 수리한 차를 찾아왔고, 그동안 벚꽃이 피고 졌다. 가슴에서 용솟음치는 마지막 종주를 위한 열망을 억누르느라 힘들었다.

차는 경부에서 천안 논산 고속도로로 진입하여 전과 같은 길을 달린다. 또 같은 정안 휴게소에서 쉬어 가기로 한다. 무엇에 이끌리는 듯이 화장실 옆 준공 표지석 앞에 서 있다. 묘한 기분이다. 마치 예정되어 있었던 것 같다. 2주 전과 같은 시간대에 같은 장소에서 같은 표지석의 같은 내용을 읽고 있다. 새겨져 있는 이름 중에 이미 고인이 된 대학 동창 이름에서 시선이 멈춘다.

그는 열정과 추진력이 있는 선이 굵은 친구였다. 무엇인가 작심을 하면 끝을 보았다. 그가 발을 들여놓았던 당구, 골프, 스키 모두 고수의 경지에 올랐다. 대학 졸업을 앞두고 중동 오일쇼크가 왔다. 취업에 빨간 불이 켜졌다. 덕분에 숱한 실패를 맛보았다. 줄줄이 입사시험에 떨어졌다. 마지막에 겨우 대기업에 붙어 호텔에서 신입사원 오리엔테이션을 받고 있을 때 그에게서 전화가 왔다. 공기업 전형에 같이 응시하자는 제안이었다. 지옥에서 헤매다 겨우 천국에 들어선 내게 그의 제의는 귀에 들어오지 않았다. 몇 년 후에야 그가 한 제의의 의미를 알았다.

입사 후 오지 현장으로 발령받아 땡볕에서 측량을 하고, 작업을 독려하며 몸으로 때울 때 발주처인 그들은 입으로 일했다. 서류를 요청하면 밤을 새워서라도 만들어 주어야 했다. 쉽게 말하면 갑과 을의 관계였다. 그들은 시작부터 감독이었다. 말단 사원 시절부터 나에게는 하늘이었던 현장 과장과 소장을 직접 상대했다. 20년이 지나 임원으로 회사의 대표성을 가지고 나서야 그들과 협의하고 이야기할 수 있는 위치가 되었다. 그래도 갑과 을의 관계는 변함이 없었다.

내 담당 현장들의 발주처 출입은 내 업무 중 하나였다. 발주처에 방문하여 일을 보고 친구의 방에 가서 소파에 앉아 커피 한 잔을 한다. 화제는 그의 해외 출장 이야기에서 은퇴로 바뀐다.

"보급형 DSLR 카메라를 하나 사서 사진을 배우려 해."

내가 은퇴 후 하려고 생각했던 사진에 대해 이야기한다. 그는 사진에도 조예가 꽤 있는 것 같았다. 초보가 갖추어야 할 카메라 종류와 액세서리, 상점, 배울 수 있는 학원을 메모지에 적어 건네준다.

그는 이미 은퇴 준비를 마친 것 같았다. 세계 여행 책을 쓸 생각이라고 했다. 직장 생활을 하며 박사 학위를 받고, 전문 기술 서적을 2권이나 써서 책을 쓰는 기본기도 갖추고 있었다. 써 준 종이를 접어 호주머니에 넣고 일어선다.

"궁금한 것 있으면 물어볼게."

"잘 해봐!"라며 빙긋이 웃으며 배웅한다.

그리고 열흘 후 그가 스스로 목숨을 끊었다는 부음을 받았다. 믿기지 않았다. 열흘 전 그의 사무실에서 웃으며 은퇴 이야기를 나누었기 때문에 더욱 그랬다. 화장을 하고 땅속에 묻혔을 때도 그가 이 세상에 없다는 것이 실감나지 않았다. 그가 적어 준 카메라 관련 메모지가 지갑 속에 그대로 있었기 때문이다.

그가 왜 그런 선택을 할 수밖에 없었는지 상황이 상상이 되었다. 공기업은 규정과 법 위반에 엄격하다. 그러나 직무 때문에 어쩔 수 없는 경우도 있다. 또 방대한 조직에서는 견제, 승진, 파벌, 업무상 상처받은 사람들과 같은 잠재적인 경쟁자들에게 둘러싸여 있다. 특히 그로 인한 문제 발생 시 고위층일수록 치명적이다.

나도 직장 업무의 성격 때문에 많은 검찰 조사를 받았다. 먼 곳의 문제가 인적 네트워크를 따라 고구마 줄기같이 연결되는 경우도 있고, 질 나쁜 사람의 악의적인 고발과 투서로 조사를 받는 경우도 있었다. 그런 경험에서 '왜 조사받는 사람들이 자살을 하는지?', '막다른 맨 끝에 서면 어떤 생각을 하게 되는지?' 이해할 수 있을 것 같다. 제일 견디기 어려운 것은 본인의 선택이나 진술에 의해 본인이 속한 조직이나 동료에게 불이익이 생길 때가 아닐까 싶다. 정작 조사가 시작되기도 전에 그런 상상은 어쩔 수 없는 공포를 일으킨다. 견디기 어려운 고통으로 이제는 어쩔 수 없다고 포기 상태까지 간 사람들에게 얘기해 주고 싶다.

'공포와 두려움은 생각만으로 만들어진 허상이다.'

직접 부딪치다 보면 생각보다 여유도 생기고 가끔은 길도 보인다. 한없이 내려갈 것 같은 내리막도 끝은 있고, 그 끝은 오르막의 시작이다, 다만 약간의 시간이 필요할 뿐이다. 그 시간이 생과 사를 결정한다. 그리고 그것을 결정할 권리는 신에게만 있다.

지금도 궁금하다. 열흘 전 만났을 때 그가 어떤 상황에 처해 있었는지? 미리 알았다면 해주고 싶은 말이다.

"이 또한 지나가리라."

얼마 전 이른 나이에 갑자기 고인이 된 시인이 했던 말이다

"지나간 것은 지나간 대로, 앞으로 올 것은 잠시 그대로, 수고한 그대 지금 그대로."

지나간 것은 지나간 그대로 두고, 먹먹한 마음으로 오늘 목적지인 담양 댐을 향해 차에 오른다.

● 부부 싸움이란

"사람들이 어떤 문제를 가지고 찾아올 때 '당신은 옳고 저 사람은 틀렸다'는 식으로 딱 잘라서 판결해서는 안 돼. 그러면 공연히 그들의 싸움을 더욱 크게 만들 뿐이지. 오히려 양쪽의 주장을 모두 인정해 주어야 하네. 그러면 그들도 스스로 냉정을 되찾지. 어떤 종류의 싸움이든 일단 그가 말하는 주장을 잘 듣고 인정해 주는 것이 중요하다네."-『탈무드』중

정안 휴게소를 출발하여 담양댐에 도착한 시간은 저녁 8시쯤이다. 댐 상류 주차장에 차를 주차하고 담양호를 바라본다. 칠곡보에서 본 조명이나 불빛이 담양호에 반사되어 빛나는 야경을 상상했었다. 그러나 칠흑같이 캄캄하다. 어두워서 댐이 있는지도 모를 지경이다. 기대와는 달라 실망이 크다. 내일 아침 일찍 담양호의 봄을 보기로 한다.

저녁으로 담양 명물인 떡갈비를 생각하며 담양 시내에 들어간다. 늦은 저녁이라 음식점들은 거의 불이 꺼져 있었다. 아내는 숙소에서 저녁을 만들어 먹자고 인근 마트에 들어가서 대형 물병을 사라고 얘기한다. 무시하

고 숙소 근처 편의점에 가서 사자고 차를 숙소 쪽으로 다시 돌린다. 편의점도 불이 꺼져 있다. 아내가 사자고 할 때 샀으면 이런 일은 없을 거 아니냐고 짜증을 낸다. 할 말이 없다. 오던 길로 다시 돌아가 인근 관광호텔로 들어가서 물을 찾는다. 파는 물이 없단다. 물을 구하려면 어떻게 해야 하는지 묻는다. 식수라도 좀 달라는 의도였다. 담양 시내 나가서 사시라고 틈을 주지 않고 차갑게 얘기한다. 거리가 멀다. 포기한다.

매정한 직원을 뒤로하고 숙소로 돌아온다. 숙소 주인에게 물 두 병을 더 달라고 부탁한다. 술 생각이 난다. 술도 주문한다. 파는 술은 없지만 마시려고 두었던 소주 1병 있으니 드리겠다고 얘기한다. 얼마냐고 값을 묻는다. 그냥 선물로 주겠단다. 감동한다. 이런 소소한 친절이 세상을 살 맛나게 한다. 관광호텔 직원에게서 느꼈던 싸늘했던 기억이 한순간에 사라지고 담양은 참 인심 좋은 고장이라는 생각이 들었다.

아침에 눈을 뜨니 아내가 없다. 전화를 건다. 산책하고 있다고 한다. 어차피 담양댐을 아침에 보기로 했기 때문에 서둘러 옷을 걸치고 나간다. 아내는 담양댐 시점인 인증센터 옆에 있었다. 근처에 화장실이 없다고 불평을 한다. 아내와 담양댐 하류 공원을 산책한다. 댐에 대해 설명해 준다.

담양댐은 일괄 경쟁 입찰로 수주한 프로젝트다. 댐 설계는 관광객을 끌어들이기 위해 댐 사면을 산책로로 하고 하류부를 장미 터널이 있는 공원으로 조성했다. 저수 용량을 늘리기 위해 수문과 제방을 높였고, 기존 구조물을 철거하고 물넘이 수로(여수로) 규모를 키웠다. 배수를 원활히 하기 위해 대형 수문을 두 개를 달았다. 담양댐은 '휴식 공간을 갖춘 지역의 명소'가 설계 콘셉트라고 이야기해 준다.

경험을 진지하게 이야기하는데 아내는 건성으로 듣고 있는 것 같다. 남편이 일 년 동안 혼신의 힘을 불어넣은 시설물이다. 최소한 관심 있는 척이라도 하는 것이 아내 된 사람의 예의다. 기분이 나빠진다. 설명을 멈춘다.

담양댐 정상 우회 도로 앞에 있는 담양호 조형물. 뒷부분은 공사 개요와 회사명이 적혀있다.

하부 공원에서 본 담양댐. 왼쪽에 물넘이 수로와 소수력 발전소가 있다.

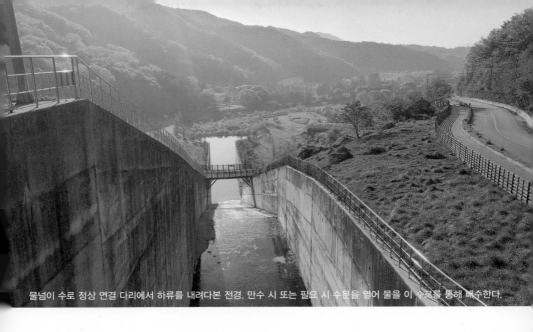

물넘이 수로 정상 연결 다리에서 하류를 내려다본 전경. 만수 시 또는 필요 시 수문을 열어 물을 이 수로를 통해 배수한다.

걸으면서 본 실제 모습은 설계 시 생각했던 '지역 명소화'라는 콘셉트와 달랐다. 댐으로 들어오는 입구를 사람이 들어오지 못하게 막아 놓았다. 댐 하류 공원도 사람들이 들어오는 진입로가 잡초로 무성하고 안내판도 없었다. 공원 산책로도 이용하는 사람이 없어 풀만 무성하게 자라 있다. 공원으로 건너가는 다리는 찾을 수 없다. 소수력 발전소 쪽으로 돌아건너갈 생각으로 걸어간다. 관리하지 않아 숲이 무릎까지 올라온다. 겨우여수로 중간에 설치된 다리를 건넌다. 그조차 다니는 사람이 없어 풀만무성하다.

아내가 한마디 한다.

"무슨 설계를 이렇게 해 놨어."

할 말이 없다. 관광객을 유인하기 위한 가장 중요한 시설인 장미 터널은 황량하게 뼈대만 남아 있고 풀만 무성하다. 지역 명소가 되도록 수십억을 들여 만들어 놓은 공원이 버려져 있다. 댐 관리 주체는 농어촌 공사이고, 공원 관리 주체는 지자체다. 관리가 되지 않는다. 서로 관할이 아니라고 미루며 내팽개쳐 둔다. 그러나 설계 개념은 지역 명소라 댐과 공원을 분리하지 않았다. 공사비로 들어간 수십억이 버려져 있다. '지역 명소화'도 버려져 있다. 버려진 모습을 보는 마음도 참담하다.

연결 다리에서 상류를 본 전경.
왼쪽에 두 개의 수문이 있고 오른쪽이 취수탑으로 농업용수와 소수력 발전용 물을 취수한다.

아내는 화장실이 어디냐고 물어본다. 댐 위쪽에 있다고 얘기하며 댐 사면 산책로를 따라 올라간다. 내려다보는 풍광이 멀리까지 파노라마로 펼쳐진다. 아내는 급하다고 화장실 위치를 또 물어본다. 화장실을 방향을 손으로 가리키고 댐 아래 보이는 풍경을 바라보다 취수장 쪽으로 발걸음을 옮긴다. 취수장 설계 콘셉트에 대해 고민했었다. 담양 대표 이미지인 대나무를 형상화했다. 옛 기억에 잠겨 주차장 쪽으로 걸어간다.

주차장 건너편 화장실에서 나오는 아내의 표정이 냉랭하다. 이쪽을 힐 끗 쳐다보더니 고개를 획 돌려 아래로 내려가 버린다. 표정으로 뭔가 단단히 화가 났음을 알 수 있다. 따라가려 했으나 속도가 빠르다. 갑자기 깡통 굴러가는 소리가 요란하다. 분을 못 이겨 버려진 깡통을 발로 찬 것이다. 그제야 무엇이 잘못되었는지 깨닫는다.

그러고 보니 대화 중에 화장실 얘기가 여러 번 나왔다. 별일 아닌 것 같아 무시했다. 직설적으로 얘기하지는 않았지만 급하다는 신호가 몇 번 왔다. 이 나이 먹도록 왜 이리 둔한 것일까. 한번 생각이 꽂히면 주위 상황이 보이지 않는다. 옛 감회에 빠져 있었다. 무시당한 느낌이 들었을 것이다. 걸음을 빨리하여 내려가도 아내는 모습은 보이지 않는다.

들어가서 미안하다고 말하리라 생각하면서 숙소로 들어간다. 아내는 짐을 챙기고 있다. 집에 간단다. 모든 일에는 타이밍이 중요하다. 잘못을 인정하는 것, 다시 말하면 용서를 비는 것도 그렇다. 집에 가겠다는 이야기에 기회를 놓쳤다. 아내가 집에 간다니까 아쉬워서 사과하는 모양새가 되어 버렸다. 그러긴 정말 싫다. 체념한다. 잘못한 죄로 아내를 돌려보내고 혼자 라이딩하기로 결심을 한다. 혼자 여행할 준비물을 챙긴다. 채비가 끝날 때쯤 밥 차려 놓았으니 먹고 가라고 한다. 밥까지 챙기는 모양새에 목소리가 커진다.

"안 먹어."

그리고 냉정히 생각해 본다. 시간이 필요하다. 생각을 바꿔 밥을 먹는다. 불편한 정적이 흐른다.

"혼자 가도 싸지…. 잘못한 것 맞아! 서방이라고 있는 게 지 아내도 못 챙기고, 혼자 가야지!"

혼잣말하듯이 중얼거리며 아내 눈치를 본다. 많이 풀어져 있다. 밥을 남긴다. 남긴 밥을 아내가 먹는다. 어색하지만 관계가 이전 상태로 되돌아온 것을 안다.

아주 하찮은 일, 무심코 넘기는 일들이 상대방에게 상처를 주고 확대되어 크게 번진다. 아무튼 좀 더 노력이 필요한 것은 맞다. 그러나 노력해도 안 되는 게 있다. 아내가 내뱉는 말은 글자 그대로가 아닌, 바로 이해하기 힘든, 묘한 상징과 비유가 있다. 그때그때 상황마다 다른 심오한 의미가 있다. 그리고 상대방이 그 의미를 이해했다고 생각한다. 문제는 상대가 당연히 이해했다고 생각하는 데 있다. 이해는 노력으로 되는 것이 아니다. 삼십 년이 넘게 같이 살았으면 알만도 한데 아직 모르는 게 많다. 눈치로 짐작만 할 뿐이다.

영산강길 시점인 담양댐 인증센터.
뒤에 멀리 담양댐이 보인다.

담양댐 인증센터에서 인증 도장을 찍고 출발한다. 자전거 도로를 따라 하류로 내려간다. 출발하자마자 작년 여름 수해로 곳곳에 자전거 도로가 끊겨 있다. 제방으로 우회하기를 반복한다. 시점에서 얼마 가지 않아 메타세쿼이아 길 인증센터에 도착한다. 인증 도장을 찍으며 주위를 둘러본다. 좌우로 메타세쿼이아 길이 보인다. 섬진강 길을 가는 안내판도 있다. 이곳이 영산강 길에서 섬진강 길 유풍교로 넘어가는 지점이다. 섬진강 길과의 거리는 한 30㎞ 정도 된다고 한다. 그래서 많은 라이더들이 이 길을 통해 영산강과 섬진강을 한 번에 종주한다. 한 무리의 자전거 팀이 섬진강 쪽에서 메타세쿼이아 인증센터로 들어온다. 젊은 남녀 팀이다. 사월의 푸름과 청춘! 보기에도 좋다. 이 푸른 젊음을 평일에도 즐길 수 있는 여유가 부러웠다. 내 젊은 날은 이런 여유가 있었던가?

노면 상태가 좋지 않은 자전거길을 타고 담양 시내를 향해 출발한다. 담양은 하천을 끼고 있는 도시다. 중간중간 소형보로 호수를 만들고 산책길을 조성하여 주변 경관이 뛰어나다. 산책하는 사람들을 보며 달린다. 시내 하천변을 따라가다 가속해서 오르막길을 오르자 갑자기 생각지도 못했던 죽녹원이 앞에 보인다. 예전 여기에 와서 대나무 길을 산책했었다. 대나무 숲이 바람 소리를 내며 흔들리는 길을 걷던 느낌이 아직도 눈에 선하다. 다시 가보고 싶은 마음이나 시간이 없다. 담양은 시간을 갖고 보고 느껴야 할 곳이다. 하천 둔치 자전거 도로를 따라 담양 시내를 벗어나 하류로 내려간다. 달리며 바라보는 하천과 멀리 산봉우리들이 잘 그린 풍경화 같다. 하류에는 유채꽃들이 피어 노랗게 하천 변을 물들인다.

길은 하천 둔치에서 제방으로 올라간다. 제방 도로는 일직선으로 곧게 나 있다. 강 옆 유채꽃을 즐기며 달린다. 갑자기 자전거 도로 양옆으로 울창한 대나무 숲이 나타난다. 대나무 터널 사이로 자전거를 타고 간다. 국토 종주 중 대나무 터널을 지나가기는 처음이다. 죽녹원에서 대나무 길을 걸었던 그때 그 기분이다. 그 길은 계속 이어진다. 가끔 걸어서 산책하는 사람들도 눈에 띈다.

담양을 지나가며 자전거 도로에서 본 대나무 터널.

혼자 보기 아깝다. 아내에게 전화를 건다. 전화를 하고 나니 멋쩍다. 위치를 찍어 주고 올 때 여기에 들려 구경하고 오라고 한다. 아내는 담양 떡갈비를 사 가지고 갈 생각이니 점심 먹지 말고 기다리라고 한다. 싸움은 끝났다. 어떤 종류의 싸움이든 일단 말하는 주장을 잘 듣고 인정해 주는 것이 중요하다. 그러면 스스로 냉정을 되찾는다. 그러기 위해서는 약간의 시간이 필요할 뿐이다.

부부 싸움은, 순간 치솟는 기분과 내재된 마음이 따로 놀기 때문에 화해할 수밖에 없다. 마음 밑바탕에는 가족이라는 일체감이 깔려 있어 싸움이 성립되지 않는다. 그래서 칼로 물 베기다. 그러나 가끔 할 필요가 있다. 일상에 묻혀 잊고 있었던 서로의 존재감을 일깨워 주기 때문이다. 홀가분한 마음으로 아내의 존재감을 느끼며 다음 인증센터를 향해 출발한다.

● 길들여진다는 것

"개에게 종소리를 들려주면 처음에는 아무런 특별한 반응도 보이지 않는다. 하지만 종을 울린 뒤 곧이어 좋아하는 음식을 주는 행동을 시간 간격을 두고 되풀이하면, 나중에 그 개는 단지 음성신호(종소리)만 듣고서도 음식을 먹기 직전에 그러듯이 침을 흘린다. 파블로프는 개가 종소리만 듣고서도 침을 흘리는 반사 행동을 조건반사라고 불렀다. 사람들은 적절한 자극만 주어진다면 인간도 조건적으로 반응하게 될 것이라고, 즉 길들여질 수 있을 것이라고 우려했다." - 파블로프의 개

담양 대나무 숲 인증센터를 지나니 멀리 아치 교량이 보인다. 광주 시내에 들어왔다. 아치교량인 지야 대교를 지나 지야 팔각정에서 잠시 쉬며 음료수를 마신다. 경관이 수려하다. 하중도에 소형 보를 설치하여 그 상류를 호수로 만들었다. 건너편 모습이 호수에 반사되어 일렁인다.

광주 시계에 들어와 쉬었던 지야정.
오른쪽 멀리 보이는 아치교량이 지야대교다. 왼쪽이 영산강 하중도다.

영산강은 광주를 관통해서 흐른다. 하류에서 물을 가두고 있던 승촌보가 개방되어 수위가 내려갔으나 그래도 볼만하다. 수변을 따라 유채꽃을 심어 강변이 노랗게 물들어 있다. 영산강 광주시 구간은 다섯 개의 하중도가 있어 경관이 뛰어나다. 승촌보까지 30㎞를 더 가야 된다. 먼 거리지만 지루하지가 않다. 드문드문 유채꽃 군락이 천변을 노랗게 물들이며 봄을 알려준다. 혼자만 즐기기에는 아깝다. 아내에게 보여주고 싶어 전화를 건다. 아직 담양에 있다. 오는 길에 광주시 천변에 들러 유채꽃을 보고 오라고 위치를 찍어 주고 출발한다.

자전거 도로 노면 상태가 불량하다. 덜컹거리며 엉덩이가 아파 온다. 옷에 쓸린 상처가 덧난 것 같다. 앞으로 200㎞를 더 가야 하는데 걱정이다. 통증으로 자주 쉼터에 쉬어 간다.

강이 흐르는 도시는 낭만이 있다. 흘러가는 강과 멀리 교량들을 바라보며 걷거나 쉴 수 있다, 야간에는 호수에 비친 도시의 불빛을 바라볼 수 있다. 강이 있는 도시의 혜택이다. 멀리 승촌보가 보인다. 담양 대나무 숲에서 광주를 지나 31㎞를 온 것이다.

승촌보 공도교에서 본 전경.
설계 디자인은 '생명의 땅'인 나주의 이미지 '쌀과 물새 알'을 형상화했다.
보 좌측에 소수력 발전소는 연간 464만 kwh의 전력을 생산하나 수문 개방으로 멈춰 있다.

인증센터에 도착하니 갑자기 딴 세상이다. 사람들로 왁자지껄하다. 영
산강 문화관 앞에 길게 놓인 야외 탁자들은 관광객들로 거의 꽉 차 있다.
영산강물을 끌어들여 우회 대수로를 만들고 그 안에 승촌공원을 만들어
잔디 구장, 야외무대, 오토캠프장, 수변 산책로를 만들어 관광객을 끌어
들인다. 대단위 휴식 공간을 만들어 놓은 것이다. 그 결과 시민들과 라이
더들로 가득하다. 편의점에도 줄이 서 있다. 주차장도 차들로 가득하다.
승촌보는 도시 인근에서 차를 타고 와 산책을 하고 휴식을 하며 쉬었다
가는 명소가 되어 있었다. 이곳을 철거한다면 많은 민원과 반발이 예상
된다. 그래서 철거가 아닌 수문 개방으로 결정이 났는지도 모르겠다.

국민 소득 3만 달러가 넘는 이 시점에서, 여가 생활의 중요성이 커졌다.
생활 방식이 바뀐 것이다. 이제는 휴식을 위한 공간이 필요한 때다. 앞으
로는 더욱더 그럴 것이다. 최근 들어 캠핑과 야영하는 문화가 급속히 확

산되고 있다. 4대강 보의 시설들이 그 수요를 끌어들이고 있다. 승촌보도 그중 하나다. 승촌보는 내가 라이딩하며 본 4대강 사업 중 가장 잘 계획된 시설이다. 그런데도 수문 개방으로 결정이 났다.

아내한테 전화가 왔다. 담양에서 떡갈비를 포장해서 가고 있으니 점심을 먹지 말고 본인이 올 때까지 기다리라고 한다. 기다리며 숙박 장소를 물색을 한다. 평소라면 저녁까지 계속 라이딩을 하겠지만 나주시에서 쉬기로 한다. 나주시 모텔을 찾아본다. 막걸리 생각에 홍어 거리 근처 깨끗할 것 같은 장소를 선정해 놓는다. 아내가 왔다. 빈 탁자에 앉아 포장을 풀고 담양의 명물인 떡갈비를 먹는다. 양이 많다. 배가 부르다. 배가 부르니 더 가고 싶지가 않다.

나주시까지는 10㎞ 정도밖에 떨어져 있지 않다. 아내에게 먼저 가서 정해 놓은 모텔에 짐을 풀라고 얘기하고 출발한다. 승촌보를 출발하여 나주로 향한다. 강 둔치 자전거 도로는 노면 상태가 엉망이다. 오르막 내리막을 반복하며 가다 보니 길은 제방으로 올라간다. 길은 영산강 강변로를 따라 곧게 뻗어 있다. 강변로 옆에 자전거 도로가 있고 그 사이로 꽃길이 조성되어 있다. 철쭉이 자전거 도로를 따라 울긋불긋 피어 있다.

승촌보에서 나주 방향 자전거 도로.
길옆으로 철쭉을 심어 나주까지 이어진다.
멀리 보이는 사장교가 빛가람 대교다.

승차감이 좋아지며 라이딩이 편해진다. 나주시에서는 자전거 도로를 잘 관리하는 것 같다. 드문드문 쉼터도 보이고 꽃길은 끝이 없이 이어져 있다. 멀리 오벨리스크와 같은 콘크리트 기둥이 두 개가 서 있는 다리가 보인다. 상당히 규모가 큰 사장교로 주탑 높이가 100m가 넘는 것 같다. 빛가람대교다.

나주 시내에 들어온다. 영산교를 건너 모텔에 도착한다. 외관이 인터넷에서 본 모습과는 달리 초라하다. 아내는 허름해서 들어가지 못하고 밖에서 기다리고 있었다. 호텔을 찾아본다. 아내는 너무 비쌀 것 같으니 깨끗한 모텔을 찾아보자고 한다. 그러나 오늘은 우아하게 쉬고 싶다. 군청 근처에 호텔이 몇 군데 모여 있다. 2㎞ 정도 떨어진 위치다. 종합 운동장과 마트가 있는 중심가다. 호텔에 전화를 건다. 아내를 먼저 보내고 자전거를 타고 시내를 통과해서 찾아간다.

아내는 인근 마트에 가서 장을 봐왔다. 저녁식사와 곁들여 먹고 싶었던 홍어회 대신 아내가 만들어 준 부대찌개로 소주 한잔 한다. 침대에 누워 올라오는 취기를 느끼며 눈을 감는다. 아내는 깜박 잊었다고 마트에 가서 이틀 치 햇반을 사 오라고 한다. 귀찮고 피곤하다. 여느 때와 같이 내일 사자고 묵살하고 돌아눕는다.

갑자기 조용해진다. 평소와는 다르게, 정적에 무게가 느껴진다. 어젯밤 물 사러 숙소 근처를 헤맸던 일과 아침에 아내가 발로 찬 깡통 소리가 증폭되며 갑자기 떠오른다. 조용히 일어나서 햇반을 사러 호텔을 나온다. 오늘 아침 부부 싸움 이후로 조건반사에 길들여져 있는 걸까? 가끔은 자극을 줄 필요도 있다.

여행의 묘미는 새로운 것을 겪으며 느끼는 데 있다. 모텔을 잡으려다 호텔은 얼마나 하는지 궁금하다. 전화를 한다. 호텔이라 비쌀 것을 예상하고 숙박료를 물어본다. 모텔과 차이가 없다. 거기에다 조식 포함이다. 우리는 고정관념에 너무 익숙해져 벗어나기가 어렵다. 나이를 먹어 갈수록 더욱 그렇다. 그러나 실제 부딪쳐 보면 생각했던 것과 반대의 경우가 종종 생긴다. 사람이 하는 일이라 변수가 많다. 사람 하기 나름이다. 호텔이 모텔보다 쌀 수도 있다. 그래서 세상은 살만하다.

앞으로는 익숙한 고정관념에서 벗어나는 연습을 해야겠다. 그 방법은 마음이 시키는 대로 무작정 부딪쳐 보는 것이다. "새는 알을 깨고 나온다"라는 말이 있듯이 껍데기를 깨고 나올 때가 되었다. 청춘일 때는 다른 의미겠지만, 이 나이에 그 껍질의 의미는 고정관념, 체면, 그리고 부끄러움이다. 그 반대의 의미는 솔직함이다. 이제는 마음이 하자는 대로 할 나이가 되었다.

🚲 죽산보는 해체로 결정 났다

▶ **영산강 자전거길 (나주– 목포)**

죽산보– 느러지 관람 전망대 21㎞
느러지 관람 전망대– 영산강 하굿둑 36㎞
영산강 하굿둑– 섬진강 댐 인증센터

합계 57㎞

영산강 라이딩 2일 차다. 무료로 제공한다는 아침을 먹으러 꼭대기 층에 있는 호텔 카페로 올라갔다. 오늘 첫 손님이다. 간단한 토스트를 생각했었는데 밥과 국 그리고 서너 가지의 반찬과 달걀 프라이도 있었다. 기대 이상이다.

아침 후 서둘러 출발한다. 오늘은 영산강 종점인 목포에 일찍 도착해서 여유 있는 시간을 가질 예정이다. 날씨도 좋다. 상쾌한 아침이다. 라이딩 하기에는 최적의 조건이다. 시원한 아침 공기를 마시며 시내를 빠져나온다.

● 분노조절장애

"분노조절장애의 올바른 의학적 용어는 간헐적 폭발성 장애이다. 간헐적 폭발성 장애는 폭력이 동반될 수도 있는 분노의 폭발을 특징으로 하는 행동 장애로, 종종 별로 중요하지 않은 사건에 의해서도 상황에 맞지 않게 분노를 폭발하는 증상을 특징적으로 한다. (예: 충동적인 고함, 비명 또는 과도한 책망 유발)" – 의학정보

시내를 지나 영산교를 건너간다. 앞으로는 나주 홍어 거리가 있다. 우회전하여 남쪽으로 길게 뻗은 아스팔트 제방 도로를 달린다. 길 양쪽으로 동백나무와 느티나무가 섞여 조화를 이루고 있다. 강변에는 영산강 황포돛배 나루터 선착장이 있다. 죽산보로 만들어진 호수에 옛 전통 황포돛배를 접목시켜 관광 자원으로 만들었다. 곧게 뻗은 자전거길을 신나게 달린다. 잘 꾸며진 정원을 달리는 기분이다.

만봉천을 건너 하수처리장을 지난다. 멀리 길게 오르막 언덕이 보인다. 아방 고개다. 오르막 경사가 급하다. 정상에는 나주 명소인 앙암 바위가 있다. 고개가 다가올수록 갈등이 시작된다. 갈등의 원인은 금강길 오르막에서 무릎 관절에 이상이 있었던 아픈 기억 때문이다.

그러나 쓸데없는 도전 의지가 샘솟는다. 타고 올라가기로 결정하고 가속을 하기 위해 페달을 밟는다. 고개 중간부터는 숨이 턱턱 막힌다. 내려서 걸어가고 싶다. 관절이 시원치 않다는 사실이 점점 머릿속에 부각된다. 애써 참는다. 숨도 가쁘다. 포기하지 않은 채로 견디며 올라가니 정상이다. 이젠 내리막길이다. 쏜살같이 내려간다. 속도계에 빨간 불이 들어온다. 시원한 바람을 얼굴로 맞으며 속도감을 즐긴다. 포기하지 않고 올라온 보상이다.

길은 다시 영산강을 따라 제방 도로로 들어선다. 달리다 보니 멀리 죽산보가 보인다. 죽산보는 나주에서 자랑하는 영산강 8경 중 하나다. 나주 지역은 영산강 8경 중 5개가 포함될 정도로 유명한 관광지다. 이곳에서 이삼일 더 머물고 싶을 정도로 아름답고 갈 곳도 많다. 입구에 들어서니 죽산보의 표지석에 '영산강 사경, 죽산춘효'라는 글씨가 보인다. '영산강의 4대 절경, 대나무 산 봄 새벽'이라는 뜻이다. 그런 죽산보가 해체로 결정 났다.

영산강 4대 절경이고 죽산춘효라는 글을 새긴 표지석. 뒤편에는 주차장, 물놀이 시설, 캠프장이 있다.

4대강 보 16개 중 죽산보만 가지고 있는 단 하나의 독특한 기능이 있다. 통선문(갑문)이라고 하는 운하 기능이다. 물을 채우고 빼며 상·하류로 배를 오가게 할 수 있는 시설이다. 그런 죽산보가 해체로 결정 났다.

죽산보 입구에는 여러 개의 현수막이 붙어 있다. 읽어 본다.

"해체 반대! 영산강 유역 주민 없는 물 관리 위원 39인의 결정 무효다."

"해체 반대! 죽산보가 희생양이 될 수 없다. 죽산보는 생태계의 보루다."

"정치적인 논리로 죽산보를 해체하려 들지 마라."

"영산강 죽산보는 가동보이므로 절대 해체해서는 안 된다."

내용을 보면서 마음이 착잡해진다.

국민 세금 22조 원 이상이 투입된 4대강 사업은 농업용수 확보, 홍수와 가뭄을 대비하기 위한 목적으로 설치되었다. 여가 생활 트렌드 변화에 따라 지역 랜드마크와 휴식 공간의 역할도 커지고 있다. 각 보마다 수력 발전기를 설치하여 낙차를 이용한 친환경 발전도 하고 있다. 4대강 보 전체의 전기 생산량은 2억7000만 kwh로 소나무 5,602만 그루를 심는 효과라고 한다.

보 개방과 철거가 결정된 5개의 보는 수위 저하로 소수력 발전이 멈춰 있다. 2050년까지 탄소 순 배출량을 0으로 만든다는 '2050 탄소 중립' 방침에도 역행한다. 특히 죽산보의 해체는 더욱 안타깝다. 상류에 영산강 8경 중 5개가 포함될 정도로 아름다운 나주시가 있기 때문이다. 담양에서부터 죽산보까지 십여 개의 크고 작은 보들이 설치되어 있기 때문에 죽산보 하나 철거로 영산강 수질이 개선된다는 논리는 설득력이 없다. 명분 내세워 공익과 사회 발전을 위해 추진했던 사업들을 무산시키고, 사업 지연 또는 변경으로 귀중한 세금을 낭비한 것이 몇 번이었던가. 그것으로 끝이었다. 그 결과에 아무도 책임지는 사람이 없었다. 죽산보 해체는 이미 수천억의 세금이 투입된 시설물을 없애는 일이다. 탈세한 사람을 끝까지 추적하듯이 세금을 투입한 사람이나 해체를 결정한 사람 중 하나는 그에 대한 책임을 져야하는 중대 사안이다.

대안을 제시해 본다. 굳이 해체해야 한다면 수문을 개방한 채로 두는 것이다. 수문 개방이 해체와 같은 효과가 있기 때문이다. 추가 투입되는 해체 비용을 절감할 수 있고, 해체로 인해 발생되는 환경 문제를 방지할 수 있다.

이번 코로나 상황으로 들어간 수십조의 비용도 정책의 옳고 그름을 떠나 우리 세대가 갚아야 할 빚이다. 거기에 급하지도 않은 해체 비용까지 추가할 수는 없는 것 아닌가? 그래도 해야겠다면 환경 처리 기술 발전과 생활 트렌드가 바뀌는 미래 세대의 판단에 맡기는 것도 비용 절감의 한 가지 방법이다.

해체로 결정된 죽산보를 바라보며 생각한다. 우리 사회는 책임지는 사람이 없다. 그 시기만 넘기면 끝이다. 기업은 책임 유무가 확실하다. 공을 세운 사람은 보상을 받고 책임은 철저히 묻는다. 발전하는 기업은 여기에 미래까지 감안한다. 그러나 국민 세금으로 운영되거나 지원을 받는 조직들은 문제만 되지 않는다면 관대하다. 우선 내 돈이 아니고, 잘못되어도 망할 염려가 없고 세금으로 충당하면 되기 때문이다. 책임 의식이 기업을 따라가지 못하는 이유다.

다른 말로 한다면 대한민국 발전의 원동력은 책상에 앉아 만든 수많은 법과 규제를 어렵게 극복한 기업과 국민의 힘에 있다. 책임지지 않는 사회와 그것을 용인하는 사회 풍토는 국가를 퇴보하게 만드는 지름길이다. 선진국에서 후진국으로 몰락한 나라들을 보면 알 수 있다. 책임이 없는 사회는 느슨해져, 같은 실수가 계속되어 미래가 없기 때문이다. 거대한 공룡 같은 죽산보도 한순간에 해체로 결정되는 것을 보면서 어쩌면 선

조들의 피와 땀으로 세워진 우리나라도 한순간에 그렇게 될 수 있겠구나 하는 무서운 생각이 들었다.

죽산보는 해체로 결정 났다. 입구에 걸려 있는 플래카드 내용은 지역 주민들이 외치는 절규다. 죽산보 건설비용은 1,540억의 세금이 들어 있다. 해체를 위해 추가 투입할 세금은 250억이라고 한다. 지역 주민들의 온갖 반대를 무릅쓰고 거액의 세금을 투입한 시설물을 해체로 결정한 39인의 물 관리 위원들에게 묻고 싶다. 해체 명분이 1,540억 원의 가치가 있었는지? 추가 투입해야 할 해체비 250억 원을 위해 39인의 사유재산을 투입해야 한다면 같은 명분으로 같은 결정을 내릴 수 있는지? 본인들이 한 결정에 책임을 질 수 있는지?

이렇게 장황하게 이야기하는 이유는, 공공의 이익을 목적으로 사전 환경 평가를 거쳐 수천억의 세금을 들여 건설한 시설물을 또다시 환경을 명분으로 완공한 지 10년도 되지 않아 철거한다는 것은 있을 수 없는 일이기 때문이다. 드러내지 않고 묻어둔, 가슴 깊숙한 곳의 응어리가 분노로 터져 나오는 것은 나의 '분노조절장애' 때문인가? 참담한 마음으로 느러지 인증센터를 향해 출발한다.

● 느림의 미학

<느림의 미학>

바다로 가기 전 한 호흡 가다듬고 가는 이곳은 여유롭고 아름다운 풍광을 지닌 느러

지 곡강이다. 곡강정에 앉아 멈춘 듯 흐르는 강물을 바라보면서 숨 가쁘게 달려온 나

를 잠시 돌아보게 한다. - 영산강 느러지 공원 소개 안내판

죽산보의 아쉬운 마음을 뒤로하며 느러지 공원으로 출발한다. 가을 수
국이 유명한 곳이다. 아내에게 보여주고 싶다. 그곳에서 점심을 하자고
전화한다. 이른 봄에는 수국을 볼 수 없다는 것과 느러지 전망대에 미리
가서 기다리겠다는 말로 전화를 끊는다. 길은 제방 도로를 타고 계속된
다. 도로 옆에는 유채꽃이 만발하여 환영하듯 노란 손을 흔들고 있다. 아
스팔트 자전거 도로를 신나게 달린다. 스쳐 가는 바람도 시원하다.

차도와 혼용 구간을 달리며 본 영산강. 주변에 유채꽃이 만발하여 봄을 알리고 있다.

자전거 전용도로 에서 본 영산강. 국토 종주에서 전망이 좋은 구간 중 하나다.

이렇듯 바람을 기분 좋게 느껴 본 적은 자전거를 타기 전에는 많지 않았었다. 더구나 기가 막힌 풍경에 날씨까지 따스하다. 이런 기분은 기억에 담아 두었다가 다시 꺼내 느껴 보고 싶다

아스팔트 도로가 오래된 콘크리트 도로로 바뀌며 승차감이 나빠진다. 그것도 풍화되어 박리된 자갈들이 자전거 바퀴에 튀어 나간다. 타이어 펑크를 신경 쓰며 피해간다. 인적 없이 길게 뻗어 있는 제방 위 도로에 멀리 한 사람이 걸어간다. 아무도 없는 길에 혼자 걸어가는 모습은 외로움보다 더 진한 느낌을 준다. 인사를 하며 추월한다. 백미러로 보니 앞모습도 외롭다.

풍화된 콘크리트 자갈들이 바퀴에 튀어 중심이 흐트러진다. 속도를 줄여서 간다. 오래된 콘크리트 포장은 라이딩에 최악이다. 그에 버금가는 것이 담양댐 시점에서 경험한 우레탄 포장이다. 푹신해서 걷기에는 좋으나, 내구성이 떨어지고 바퀴와 접지 면적과 마찰이 커 힘이 많이 든다. 그 다음이 주황색 투수 콘크리트다. 물이 투수되어 포장 밑에 지렁이도 살

아 친환경이라는 명분을 내세웠다. 친환경적인 재료라고 해서 예전 자전거 도로에는 모두 이 재료로 포장했다. 그러나 투수를 위한 공간 때문에 응집력이 없어 내구성이 적고 재료 분리가 되어 승차감이 형편없다. 국토 종주 라이딩 경험으로 볼 때, 아스팔트 포장이 내구성이나 승차감, 모든 면을 고려할 때 최적이라 생각한다. 자전거 도로포장을 담당하는 공무원도 라이딩 경험이 있었으면 좋겠다.

오래된 콘크리트 포장과는 달리 주변 경관은 환상적이다. 강폭이 넓어지며 호수 같은 느낌이다. 강 건너 산들이 물에 반사되어 한 폭의 그림 같다. 밀양 인근 낙동강에서 보았던 호수의 평화로운 풍경이다. 자전거길을 따라 유채꽃이 노랗게 강변을 물들이고 있다. 주변 경관이 아름다워 자주 쉬며 사진에 담는다. 자전거 도로가 도로와 혼용되면서 길이 넓어진다.

왼쪽으로 오르막 갈래 길이 나오며 옛날식으로 축조한 기와 건물들이 보인다. 나주 영상 테마파크다. 주몽과 같은 역사극들이 여기서 촬영되었다고 한다. 둘러보고 싶은 마음이 있었지만 느러지 전망대에서 기다리는 아내를 생각하고 가던 길을 계속 간다. 멀리 느러지 전망대가 보인다. 전망대에 다가가자 갑자기 오르막이 나타난다. 경사가 급하다. 나주를 지나서 넘어왔던 하방 고개와는 차원이 다른 급경사다. 힘을 내어 올라간다. 힘이 빠져 갈 즈음 오르막 나무 데크가 나타난다. 있는 힘을 짜내어 오르막 데크를 올라간다. 거의 정상에 다 왔다고 생각했으나 또 오르막이 나타난다. 일어서서 페달을 밟는다. 페달의 팽팽한 긴장감이 전해진다.

호흡도 가쁘다. 이어 또 급경사가 나타난다. 더 이상 가면 팽팽하던 체인이 몸무게를 이기지 못하고 끊어질 것 같다는 핑계로 자전거에서 내려 급경사를 걸어서 올라간다. 경사가 완만해지며 전망대가 보인다. 산 위를 올라온 것이다. 온몸이 땀투성이다. 길가에 자전거를 세워 놓고 앉아 땀을 닦으며 호흡을 가다듬는다. 전망대에 걸어 올라간다. 멀리 강이 있는 풍경이 한눈에 들어온다.

아내는 인근 팔각정에서 기다리고 있었다. 자전거를 타고 그리로 간다. 아내가 사진을 찍고 있다. 사진 구도가 안 맞았는지 아내는 다시 가서 자전거를 타고 오라고 한다. 다시 자전거를 타고 포즈를 취하며 팔각정으로 올라온다.

전망대 근처에는 음식점이 없다고 한다. 무인 컨테이너 쉼터에는 여러 명이 앉을 수 있는 탁자와 전기 콘센트, 지역 신문과 관광객이 마실 수 있도록 생수가 비치되어 있었다. 세세한 것까지 신경 쓴 관리자의 배려가 느껴졌다. 전기 포트에 라면을 끓이고 햇반을 넣는다. 옆에 있는 팔각정에서 종이를 펴고 아내가 가지고 온 반찬으로 식사를 한다. 라이딩 점심으로는 만찬에 가깝다.

전망대에서 본 곡강 풍경. 한반도 모양이다.

어떤 중년이 눈인사하며 옆에 앉아 김밥을 먹는다. 오면서 추월했던 도보 여행자다. 루왁 커피를 마셔 보라 건넨다. 아내가 과일을 건넨다. 이런 단순한 행위들로 친근감이 생기고 이야기들이 공유된다.

간단하게 정리하면 조그만 인테리어 회사를 운영하고 있다. 회사 일은 직원들에게 맡겨 시간이 많아 도보여행을 하고 있다. 3개월간 시간 날 때마다 400km를 걸었다. 그 결과 몸무게는 변함이 없고 배만 들어갔다고 한다. 여유가 느껴졌다. 위임 전결을 아는 사람이다. 삶을 즐길 수 있는 기법을 터득한 사람 같았다. 먼저 가겠다고 일어서며 인사를 한다. 그는 인증센터 쪽으로 길게 놓여 있는 길을 따라 천천히 걸어 내려간다. 혼자 걸어가는 뒷모습이 여기에 오면서 보았던 모습 그대로 외롭다. 점점 멀어지며 멈추어 서 있는 것 같이 보인다.

오면서 수많은 도보 여행자를 보았다. 한결같이 그들에게는 여유가 있는 것 같았다. 오히려 그들보다 5배나 빠른 자전거 여행이 더 시간에 구속되는 느낌이다. 이제는 이유를 알 것 같기도 하다. 본인이 빠르다는 것을 아는 사람은 그만치의 욕심 때문에 분주하고, 느린 것을 아는 사람은 그 정도에서 만족하는 것 같다. 욕심과 만족이 행복의 잣대가 되는 것 같다. 느린 사람이 더 많이 보고 느낄 수 있다는 것도 알았다. 이제는 나도 걸어 보고 싶다.

느러지는 이름 그대로 느림이다. 느림의 다른 이름은 여유라고 할 수 있다. '느러지 공원'은 나에게 여유를 가지고 살라 한다. 또 먼 곳을 달려온 내게 잠시 쉬어 가라고 한다. 어떤 의미를 함축하고 있는 것 같은 '느림의 미학'을 다시 한 번 음미해 본다.

바다로 가기 전 한 호흡 가다듬고 가는 이곳은 여유롭고 아름다운 풍광을 지닌 느러지 곡강이다. 곡강정에 앉아 멈춘 듯 흐르는 강물을 바라보면서 숨 가쁘게 달려온 나를 잠시 돌아보게 한다.

느러지 공원 쉼터.
가운데 전망대가 보이고
왼쪽 표지석은 『표해록』을 쓴
최부의 이동 경로를 새겼다.

● 기다리는 사람이 있다는 것

설령 네가 오지 않는다 해도 / 기다림 하나로 만족할 수 있다 / 지나가는 사람들 묵

묵히 쳐다보며 / 마음속에 넣어둔 네 웃는 얼굴 / 거울처럼 한 번씩 비춰볼 수 있다

– 김재진의 시 「기다리는 사람」 중

영산강 하굿둑을 향해 출발한다. 정상에서 100m 정도 아래에 떨어져 있는 느러지 인증센터에서 인증 도장을 찍고 내리막 산길을 따라 내려간다. 갑자기 길은 우회전하며 내려가는 비포장도로가 나타난다. 경사가 급하다. 이런 길을 자전거 타고 올라오는 사람이 있다면 신의 경지에 이른 사람일 것이다. 브레이크를 잡으나 바퀴가 미끄러진다. 긴장하며 내리막을 내려가 평지에 도달했을 즈음 노면 상태가 좋지 않은 콘크리트 포장도

로를 지난다. 길은 다시 제방으로 올라온다. 왼쪽으로 보이는 넓은 들에는 모내기 준비를 하기 위해 기계로 밭을 갈고 있는 평화로운 풍경이다. 오른쪽에는 강폭이 넓어진 영산강이 느리게 흐르고 있다.

곧게 뻗은 제방 도로에는 사람 그림자도 보이지 않는 나른한 오후다. 한참을 외롭게 달린다. 멀리 한 사람이 걸어가고 있다. 느러지 공원에서 만났던 도보 여행자다. 반가운 마음에 빨리 달려간다. 속도를 줄이며 "또 만났네요."라고 인사를 한다. 그도 반갑게 손을 흔든다. 지나친다. 그것으로 그 사람과의 인연은 끝이다. 그와의 이야기는 남아 앞으로의 생에 어떤 영향을 줄지는 알 수 없다.

길은 영산강 대교를 타고 강을 건너 반대편 강변으로 이어진다. 넓은 평야와 만난다. 국토 종주 표지판을 따라 농로 길로 들어선다. 한참을 간다. 갑자기 표지판이 보이지 않는다. 길을 잃었다. 낙동강으로 방향을 잡고 계속 간다. 농로에 포장된 콘크리트 노면 상태가 엉망이다. 트랙터 통행으로 여기저기 진흙 덩어리가 흩어져 있다. 신경을 쓰며 피해간다. 표지판을 찾았다. 농로를 지나 곧게 뻗어 있는 영산강 제방 도로로 진입한다.

강폭은 호수같이 넓어져 있다. 앞이 탁 트인다. 농로에서 고생했다고 푸근한 가슴으로 안아주며 토닥여 주는 느낌이다. 정비가 잘 된 제방길을 따라 속도를 높인다. 드문드문 쉼터가 있어 반갑게 맞아 준다. 자주 쉼터에 멈춰 멋진 풍광을 사진에 담는다.

목포에 다가오니 지나가는 라이더들이 보인다. 지금껏 인적 없는 자전거 길 30㎞를 거의 혼자 왔다. 라이더를 보는 것만으로도 혼자가 아니라는 생각에 마음이 편해진다. 사람들이 도시를 선호하는 이유 중에 하나다. 영산강 길 종착지인 목포가 다 와 간다는 뿌듯한 마음으로 페달에 힘을 준다. 목포 입구인 남창천을 우회하여 다리를 건너 다시 영산강 제방길로 나온다. 산책하는 사람들로 붐빈다. 제방 도로 안쪽으로 조성된 인공 수로를 따라 산책길과 각기 다른 디자인의 단독주택이 늘어서 있다. 이국적인 풍경이다. 인공 수로 옆에 지어진 주택들과 주변 환경이 잘 어우러진다. 더구나 영산강 제방 산책로와 인접해 있다. 살아보고 싶은 곳이다. 멀리 끝 지점에 인증센터가 보인다.

영산강길 종점인 인증센터.
제방 뒤에는 영산강이 있고, 앞에는 자전거 수리점과 카페, 주차장이 있다.

영산강 하굿둑 인증센터에 도착한다. 차로 먼저 와서 기다리고 있던 아내가 영산강 길 완주 인증 사진을 찍어 준다. 아내의 밝게 웃는 얼굴이 새롭다. 언제나 올까 하며 기다리며 초조해했을 아내의 마음을 느낄 수 있다. 기다리며 마음속에 넣어 둔 남편의 웃는 얼굴 거울처럼 몇 번이나 비춰 보았을까?

어떤 여정이든 그 끝에서 기다리는 사람이 있다는 것을 생각하면 마음이 넉넉해진다. 그 생각이 현실이 되었을 때는 반가움으로 세상이 푸근해진다. 또 우리가 힘들게 일할 수 있는 이유이기도 하다. 돌아갈 수 있는 집이 있다는 것, 기다리는 사람이 있다는 것만으로도 세상이 달라진다. 그래서 가족이다.

오늘 지나쳐 온 영산강 느러지 소개 안내판에 '숨 가쁘게 달려온 지난 세월을 되돌아본다'라는 말이 있다. 숨 가쁘게 달렸다는 것은 달리면서 보지 못한 것과 잃어버린 것이 많다는 의미다. 당시에는 숨 가쁜 목표가 인생의 전부라고 생각했었다. 그 이유로 같은 무게의 우선순위를 가진 중요한 것들을 놓치거나, 포기하는 일이 다반사였다.

지금에 와서야 느낀다. 올라가는 길이 늦어지더라도, 다른 사람들에게 뒤처지더라도, 못 올라갈지라도 볼 것은 보고 올라가야 한다는 것이 한 번뿐인 생을 느끼며 사는 방법이다. 숨 가쁜 목표라고 생각되었던 것도 지나고 나면 인생의 전부가 아닌 과정 중 하나였다는 것을 느러지 공원 안내판을 보며 느꼈다. 이번 영산강 자전거길 여행도 그렇다. 마음은 여행하며 볼 것은 보며 느낄 것은 느끼며 여유와 시간을 갖고 여행하고 싶었다. 본의든 타의든 목표는 모든 것을 포기하게 만들었다. 지나오면서 볼 수 있었던 담양 죽녹원, 승촌보와 죽산보의 물 문화관, 나주 팔경이 그것이다. 그렇게 영산강 라이딩은 끝났다. 다음번 자전거 여행은 목표를 정하지 않기로 한다. 그러나 인생은 단 한 번밖에 없다는 것도 잘 알고 있다.

🚲 그리고 아무 말도 하지 않았다 (섬진강: 섬진강댐-사성암)

▶ **섬진강 자전거길(임실– 구례)**
  섬진강댐– 장군목 14㎞
  장군목– 향가 유원지 25㎞
  향가 유원지– 횡탄정 25㎞
  횡탄정– 사성암 28㎞

합계 92㎞

섬진강 길이다. 이 노선을 국토 종주 그랜드슬램의 마지막 구간으로 남겨 놓았다. 1년 전 친구와 함께 섬진강 벚릿길을 도보여행하며 느꼈던 그 느낌을 자전거 여행으로 다시 한 번 느껴 보고 싶은 마음이 있었다. 또 그동안 완주하는 데 도움을 준 아내 하고 같이 달려보고 싶었다.

보는 것과 실제 경험하는 것과는 천지 차이다. 여행도 그렇다. 같은 영상을 보아도 그곳을 다녀온 사람과 그렇지 않은 사람과는 느낌이 다르다. 본인의 경험을 되새김하며 보기 때문에 받아들이는 깊이가 다를 수밖에 없다. 4대강 라이딩의 참모습을 아내에게 경험하게 해주고 싶었다. 동반 라이딩에 적합한 마지막 코스는 자연 그대로의 모습을 간직하고 있는 섬진강 길이다.

'마지막'이란 단어는 뭔가 특별한 의미를 갖고 다가온다. '끝'이라는 의미와 더불어 대조되는 '새로운 시작'이 떠오른다. 그런 기대감으로 그랜드슬램의 마지막 구간인 섬진강 길을 출발한다.

● 운암대교를 바라보며

임계점(臨界點, critical point)은 열역학에서 상(phase) 평형이 정의될 수 있는 한계 점이며, 그 점을 넘으면 상의 경계가 사라진다. 가장 대표적인 임계점은 액체-기체의 임계점으로 액체와 기체의 상(phase)이 구분될 수 있는 최대의 온도-압력 한계이다.

— 물리학 백과

동의어로 한계, 경계의 뜻으로 쓰이기도 한다.

전날 영산강 종점인 목포에서 항구의 야경을 보며 분위기 있는 휴식을 생각했으나 도착하자마자 바로 자전거를 차에 싣고 섬진강 길 시점인 섬진 강댐으로 향했다. 목포 야경보다는 섬진강 댐 옥정호를 보고 싶은 마음이 더 컸다.

"레만 호숫가에 앉아 나는 울었노라."

젊은 시절 읽었던 이후 머릿속에 계속 남아 있던 어느 시인의 감성을 느껴 보고 싶었다. 레만 호수에 가 보지는 못했지만, 옥정호에서는 그런 느낌을 받을 수 있을 것 같았다. 목포에서 영산강 출발점인 담양을 지나 순창을 거쳐 섬진강 댐으로 향한다. 해가 서쪽으로 넘어갈 때쯤 섬진강 댐에 도착한다.

섬진강 댐이 역광을 받아 검게 위용을 드러낸다. 생각보다 규모가 크다. 오르막길을 따라 댐을 오르니 눈앞에 석양으로 눈부신 옥정호가 펼쳐진다. 역광으로 짙게 드리워진 산 그림자와 대비되어 호수가 더욱 빛난다. 눈을 바로 뜨기 어려울 정도로 눈부시다. 주차장에 차를 세워 놓고 옥정호 일몰을 바라본다.

댐을 지나 옥정호 제1 주차장에서 본 석양.

호수 주변에는 숙박 시설이 없다. 옥정호숫가 펜션에서 호수를 바라보며 술 한 잔에 T.S 엘리엇을 생각하고 싶었는데, 그래서 목포 밤 항구를 포기하고 이 자리에 왔는데, 또 포기해야 하는 기구한 상황이다.

숙박을 포기하고 말로만 듣던 임실 치즈 마을로 향한다. 이국적인 평화로운 목장 풍경과 치즈가 있는 멋진 카페에서 평화로운 시간을 보낼 수 있을 것이라고 생각했다. 평일이라 그렇기도 하겠지만 그래도 들었던 것과는 너무도 달랐다. 인적도 없다. 생각보다 규모도 작은 마을이다. 실망하고 돌아 나와 임실 시가지로 돌아온다. 시내에 들어오니 어둠이 내려앉았다. 저녁 식사를 하려 주위를 돌아다녔으나 문 닫은 곳이 많다. 마트에 들러서 물과 필요한 것을 산다.

숙소를 알아본다. 마땅하지가 않다. 소도시에 숙박 시설은 오래돼서 대부분이 낡아 있다. 인터넷으로 찾아본다. 인근에 무인텔이 있다. 대부분의 무인텔들은 최근에 많이 생겨 내부 시설이 깨끗하다. 전화를 건다.

무척 길었던 하루였다. 나주에서 목포까지 라이딩 후 자전거를 싣고 목포에서 임실까지 운전해서 섬진강댐 옥정호를 보고 임실 치즈 마을까지 들렀다. 모두 기대에 못 미쳤다. 무인텔에서 아내가 해준 저녁과 곁들여 마트에서 사 온 모주를 마시는, 그조차 맛이 없는 이상과 현실이 극렬히 대비되는 실망스러운 하루였다.

이른 아침 임실 숙소에서 나와 섬진강 길의 시작점인 인증센터를 향해 차를 운전한다. 어제는 30번 군도를 타고 옥정호 아래쪽으로 임실에 왔다. 오늘 가는 길은 임실에서 49번 지방도를 타고 옥정호 북쪽 길을 가다 27번 국도를 타고 남쪽으로 간다. 국도를 타고 가다 표지판을 보니 익숙한 지명인 순창, 운암을 가리킨다. 멀리 옥정호를 건너는 다리가 보인다.

그제야 그 교량이 일괄입찰에서 처음으로 실패한 순창- 운암 간 도로공사의 운암대교인 것을 안다. 교량 설계가 궁금해져 넓은 공간에 차를 세우고 내려 바라본다. 당시의 기억들이 하나둘 잠에서 깨어난다. 청주우회 도로 현장 소장으로 4년간 근무하며 기반을 잡았을 때 본사에서 연락이 왔다. 일괄입찰공사 수주 영업 전담 부서를 신설하려는 데, 팀장으로 본사에 올 생각이 있는지 의사 타진이었다. 나는 능력이 안 되니 다른 유능한 사람을 찾아보라고 정중하게 거절했다.

도로가에 차를 세우고 바라본 운암대교.

업무 성격이 전혀 경험해 보지 못한 새로운 일이었고, 모든 것을 맨 밑바닥부터 새로 시작해야 하며, 타사는 거의 7, 8년 전부터 전담 부서를 만들어 기반을 잡은 상태로 신생팀의 진입 장벽이 높다는 것을 잘 알고 있었기 때문이었다.

서너 번 고사하다 어쩔 수 없이 불려 올라와 새로 출발하는 일괄입찰 수주 전담팀을 맡았다. 신생팀이라 회사의 전폭적인 지원을 받았다. 다른 부서의 역량 있는 직원들을 차출하여 최고의 팀을 꾸렸다. 직원들의 자부심도 대단했다. 타사 여러 곳을 벤치마킹하며 자료를 축적했다. 기반을 먼저 구축한 회사의 공동사로 지분 참여하며 설계와 영업 노하우도 익혔다. 거의 경쟁이 없는 공사에 참여하여 설계하고 영업을 해서 첫 수주의 기쁨도 맛보았다.

시장의 흐름을 익히고, 간접 경험을 하며 어느 정도 자신이 붙었을 때 경쟁에 뛰어들었다. 운암대교는 팀이 생기고 나서 실질적으로는 첫 번째 일괄 경쟁 입찰이었다. 설계 회사를 선정하고 사업 참여 준비를 마친 다음 본격적으로 사업에 뛰어들었다. 그 이후 전 직원이 합심하여 열심히 뛰었다. 설계도 잘한 것 같았다. 입찰 발표를 기다리는 내내 1등을 생각했었다.

결과는 4개사 경쟁에서 꼴찌였다. 발표장을 나오자 1등 회사 직원들의 환호성과 박수 소리가 요란하다. 기다리고 있던 우리 회사 직원들과 설계사 직원들은 굳은 표정으로 약속이나 한 듯이 조용히 입찰장을 빠져나온다. 그런 직원들의 얼굴을 바라보며 참담함과 죄송스러움에 몸 둘 바를 몰랐다. 실패 원인 분석 및 대책을 보고 하러 사장실에 들어갔다. '우리만 보았지 경쟁 상대의 움직임을 보지 못했다'라는 실패 원인과 대책을 보고한다.

"자네 수주 확률을 50% 이상 만들겠다고 하지 않았나? 최소한 2등은 해야지 꼴찌가 뭔가?"

"……."

그 말씀 이외 사장님은 더 이상 아무 말씀이 없으셨다. 이후 연이은 실패에 부서 분위기는 의기소침해져 있었다. 실패 비용만 합해도 거의 200억 가까이 쓰고 나니 염치가 없었다. 사표를 써서 주머니에 넣고 다녔다. 포기를 생각하다 그동안 투입한 자원과 직원들의 노력을 생각하고 결심한다. "굶어 죽느니, 차라리 맞아 죽자"라고 심기일전하여 다시 도전했다. 새벽이 오기 바로 직전이 제일 어둡다고 한다. 아마도 그때가 그동안 계속 데워졌던 물이 끓기 시작하는 임계점이었던 것 같다. 이후로 연전연승이었다.

선점 회사들도 경쟁자로 대우하기 시작했다. 회사 위상이 올라가기 시작하며 그것을 발판으로 경쟁보다는 제휴 쪽으로 영업 방향이 바뀌며 수주 확률도 높아졌다. 결국 시장의 기반을 잡아 누계로 1조 원 이상을 수주했다. 실패 비용은 회수되었다.

앞에 있는 운암대교를 보며 생각한다. 이 프로젝트 참여가 '계란으로 바위 치기'였다는 것을 그때는 몰랐다. 그러나 이런 무모한 시작이 없었다면, 계속되는 실패에 포기했었다면 일괄입찰 공사 수주라는 높은 진입 장벽을 넘지 못했을 것이다. 계속되는 실패에도 다시 도전할 수 있게 길을 열어 주신 사장님은 결과를 보지 못하고 퇴임하셨다. 계실 때 임계점을 보여드리지 못한 것이 아쉽고 죄송스러울 따름이다.

첫 실패의 결과물인 운암대교를 건너 섬진강 길의 출발점인 섬진강댐 인증센터를 향해 간다.

아내는 결혼하여 남편의 짝이 된 배우자다. 성경은 부부간의 인격이 동등함을 가르
친다(창 2:18, 24). 다만 그 직능과 질서상, 아내는 남편에게 복종하되 교회가 그리
스도에게 복종하듯 해야 하며, 또 남편은 아내를 사랑하되 그리스도가 교회를 사랑
하듯 하라고 가르친다(엡 5:21- 33). 한편, 성경에서는 아내를 가리켜 '돕는 배필'(창
2:18, 20) – 중략 – '생명의 은혜를 함께 이어받을 자'(벧전 3:7)라고 했으며, 성도들을
가리켜 '어린 양의 아내'(계 21:9)로 부르고 있다. – 라이프 성경사전

성경은 부부간의 인격이 동등함을 가르친다. 아내와의 동반라이딩도 그렇다.

1년 전 아내에게 하이브리드 자전거를 사 주었다. 자전거를 타는 기쁨을
아내에게도 느끼게 해주고 싶었다. 아내의 라이딩 최고 기록이 42㎞ 정도
다. 노면이 좋고 업다운이 없는 아라뱃길을 왕복한 것이 최고 기록이다.

아내와 동반 라이딩을 생각한다. 자전거길을 나란히 달리며 푸른 초목
과 흐르는 강물, 제방 위로 길게 이어진 자전거 도로, 따가운 햇살, 오르
막 언덕길에서의 거친 숨소리와 내리막길을 달리는 시원함, 강물에 비치
는 산 그림자, 강변에 핀 유채꽃, 무엇보다도 우리나라에서 제일 아름답
다는 강인 섬진강의 봄을 아내와 함께하며 보여주고 싶었다. 그런 것들이
두려움과 불편을 감수하게 한다.

아내는 자전거 경험이 거의 없다. 첫 번째 문제는 운전 미숙, 경험 부
족, 차도 혼용 구간 사고 위험, 체력 저하다. 아내의 페이스에 맞추고 사
고 위험 방지를 위해서 뒤를 바짝 붙어서 뒤따라가면 될 것 같다. 두 번
째는 목적지 도착 후 출발지에 세워 둔 차를 다시 가지러 어떻게 가느냐
의 문제다. 목적지에 도착해서 아내와 자전거를 숙소에 두고 혼자 택시

를 타고 다시 시점으로 되돌아와 운전하고 가는 방법을 생각했다. 섬진 강 길 첫날 계획은 아내 최고 기록에 30%를 더 높게 잡아 곡성까지 64 ㎞를 하루 목표로 잡았다.

섬진강 라이딩을 아내와 함께 시작한다. 인증센터는 회문 삼거리 섬진 강 카페 앞에 있었다. 카페 앞 공터에 차를 세우고 자전거 두 대를 내려 앞바퀴를 조립한다. 인증센터에서 인증 도장을 찍는다. 부스 안에 자전거 운반 서비스 광고 글이 보인다. 혹시 대리운전도 가능한지도 모르겠다는 생각이 들었다.

섬진강길 인증센터. 뒤에 카페, 목공예, 조립식 주택 가게 세 개가 나란히 있다. 주인은 한 사람이다.

인증센터 앞에는 카페, 목공예, 조립식 주택을 파는 가게 3채가 나란히 서 있다. 자전거 조립을 하는 동안 아내는 관심을 갖고 여기저기 기웃거린 다. 카페에 들어가 차를 한 잔 마시고 출발하기로 한다. 자리에 앉아 대리 운전이 가능한지 알아보려 전화를 건다. 커피를 타던 주인의 핸드폰 벨소리가 들린다. 통화를 한다. 카페 주인 맞다. 주인에게 대리운전이 가능한지를 묻는다. 곡성에 횡탄정 인증센터까지 차를 운반해 달라고 부탁한다. 주인 이야기로는 앞에 가게 세 개가 전부 다 자기 것이라고 한다. 거기에 자전거 운송 영업까지 하고 있다. 본인 혼자 4개의 사업을 운영하고 있다. 코로나 때문에 손님이 많이 줄어 아르바이트로 자전거 운송도 하고 있다고 얘기한다. 나름대로 목공예 강의도 하고 직접 만들기도 한다.

주위를 둘러보니 카페 분위기가 아기자기하다. 여기저기 목공예로 만들어 놓은 작품들이 놓여 있어 분위기가 있다. 규모가 작아서 그렇지 상당히 멋있는 카페다. 임실 치즈도 팔고 연잎밥도 판다. 아내는 점심 도시락으로 연잎밥을 포장 주문한다. 보온이 되도록 포장을 해서 준다. 횡탄정 인증센터 도착 시간을 향가 유원지에서 전화해 주기로 하고 차 키를 맡긴다.

출발 준비를 마쳤다. 자전거길 출발 시점을 재빨리 스캔한다. 폭이 좁은 제방길 위로 길이 나 있고 제방고도 높다. 자전거가 서투른 아내가 걱정된다. 천천히 앞장서서 라이딩을 시작한다. 생각보다 잘 따라온다. 아내를 앞세운다. 문제였던 차를 가지러 되돌아올 필요도 없다. 무작정 한발 들여놓고 보면 생각보다 일이 수월하게 풀리는 경우가 많다. 미리 앞서서 상상하며 걱정할 필요가 없다. 세상을 즐겁게 사는 첫 번째 수칙이다. 카페 주인 덕분에 걱정을 벗어버리고 즐겁게 아내와 섬진강 길 동반 라이딩을 시작한다.

출발한지 얼마 되지 않아 임실 김용택 시인 문학관이 나온다. 섬진강 옆에 살면서 강을 배경으로 시를 쓴 시인이다. 지금 지나가고 있는 덕치초교에서 오래 근무하며 시를 썼다. 시인이 시를 쓰며 바라본 섬진강을 나도 바라보며 지나가고 있다. 문학관 바로 옆을 지나가고 있는데도 들리지 않고 지나간다. 오늘 아내와 64㎞를 가야 한다는 목표가 있기 때문이다. 목표는 여유로움을 방해한다. 또 많은 것을 포기하게 만든다. 포기했던 문학관은 사실 보고 싶었던 곳이다. 문학관을 지나자 드문드문 보이던 집들이 없어지고 길은 완전히 산속으로 들어간다

김용택 시인 문학관을 지나 계곡을 달리다 쉼터에서 본 섬진강.

흐르는 하천을 따라 깊은 계곡을 달린다. 차가 거의 다니지 않는 아스팔트 도로 옆에는 이름 모를 꽃들이 피어 있다. 계곡 바위 사이로 흐르는 물소리, 나무 잎사귀들을 스쳐 가는 바람 소리, 지저귀는 새소리, 굴러가는 자전거 바퀴 소리들이 고요한 정적을 깬다. 울창한 나무들이 만들어 내는 시원한 그늘을 따라 인적 없는 자전거길을 달린다.

이른 봄 연두색이 많은 나뭇잎들에 햇빛이 반사되어 투명하게 빛난다. 이런 봄날, 아름다운 계절을 가슴 깊이 느끼는 아침이다. 더구나 아내와 함께다. 인적 없는 길을 달리며 이 모든 것이 우리만을 위해 준비된 것 같은 느낌이다. "하루하루가 최초의 날이다. 하루하루가 위대한 선물이다. 참 좋은 날이다"라는 어느 시인의 말같이 선물 같은 아침이다. 그런 아침, 섬진강에서 가장 아름다운 계곡을 아내와 함께 달리고 있다. 멀리 보도용 현수교가 보인다.

다리를 건너지 않고 조금 더 직진해 가면 장군목 유원지와 유명한 요강 바위가 있다. 가야 할 길을 생각하며 포기한다. 우회전하여 보도용 현수교를 건너간다. 오래된 아름다운 교량이다. 오르막과 내리막을 연이어 달리니 휴게소와 장군목 인증센터가 나온다. 팔각정에 앉아 흐르는 섬진강을 무심히 바라본다. 인증센터 옆 자전거 거치대에는 외국인과 젊은 친구가 출발 준비를 한다. 모습이 평화롭다.

장군목 보도교. 풍광이 아름다워 인증센터가 근처인 줄 알았는데 한참을 더 가서 있었다.

명승지를 관람하는 것도 좋지만 같이 이렇게 좋은 풍경을 공유하며 자전거 여행하는 것이 더 좋은 관광이 될 수 있겠다는 생각이 문득 든다. 관람은 설명하는 자와 듣고 보는 자로 구분된다. 반면에 동반 여행은 같은 목적을 갖고 자연과 이야기를 공유하며 같이 경험하는, 동료라는 결속감을 주기 때문에 더욱 인상적이고 가슴에 남는 경험이 된다. 아내와 동반 자전거 여행도 그렇다.

장군목 인증센터에서 인증 도장을 찍고 향가 유원지를 향해 출발한다. 아스팔트 포장과 콘크리트 포장 길을 번갈아 달린 후 섬진강을 건너 구암정을 지난다. 길은 섬진강을 따라 이어지다 오수천과 만나는 구남교를 지나 제방길로 진입한다. 계곡길이 끝나고 강이 넓어지며 시야가 확 트인다. 길 왼편 평야 지대는 노란색으로 물들어 있다. 유채꽃밭이다. 직선으로 길게 뻗은 제방길을 따라 유채꽃을 보며 달린다.

장군목 계곡 구간을 지나니 넓은 평야가 펼쳐지며 강폭이 넓어져 순창까지 이어진다.

길은 다시 섬진강을 건너 원촌 삼거리에서 제방길로 들어선다. 곧게 뻗은 제방 도로의 끝에서 길은 섬진강을 횡단하는 화탄잠수교로 이어진다. 잠수교를 건너 우회전하니 소나무 위에 집이 눈에 띈다. 특이한 모습이라 사진에 담는다. 지나가던 아줌마 라이더들도 관심을 갖고 다가와서 사진을 찍는다. 아내가 사진을 찍어 준다.

우리나라 아줌마들은 특이하다. 처음 보는 사람도 오랜 친구같이 이야기가 이어진다. 친구인 둘이 같이 국토 종주를 끝내고 한 번 더 종주 중이라고 얘기한다. 대단한 아줌마들이다.

화탄잠수교를 건너서 본 나무 위에 집.
친구 아줌마 라이더들 사진을 찍어 주고 아내와 아줌마들 이야기가 끝이 날 때까지 한참을 기다렸다.

제방길을 계속 달린다. 섬진강이 경천과 만나는 합류 지점에서 경천을 따라 올라가 유풍교를 건너 되돌아 다시 섬진강으로 내려온다. 유풍교는 영산강 자전거길 메타세쿼이아 인증센터로 넘어가는 길목이다. 영산강 길과 섬진강 길을 잇는 최단거리다. 많은 라이더들이 이 길을 통해서 담양댐이 있는 영산강 길로 넘어가고 넘어온다.

멀리 우회전에서 올라가는 언덕이 보인다. 경사가 급하다. 앞에 가는 아내를 추월하여 가속을 한 후 오르막을 오른다. 나무 데크 오르막길이다. 내리지 않고 올라가 걸어서 올라오는 아내를 기다린다. 걸어서 올라오는 모습을 보며 국토 종주한 사람의 포스를 보여 준 것 같아 흐뭇한 마음으로 기다린다.

차도를 건너서 향가 터널로 들어간다. 향가 터널은 일제강점기 말 순창과 남원, 담양 지역의 쌀을 수탈하기 위해 일본군이 지역 주민을 동원해 만들었다는 내용을 입구에 조형물로 형상화해서 설치해 놓았다.

순창 향가 터널 입구.

터널은 보행자와 자전거 전용이다. 내부는 추위를 느낄 정도로 서늘하다. 밖으로 나오니 갑자기 밝아지며 딴 세상이다. 향가 유원지다. 주변이 사람들로 붐빈다. 인증센터에서 인증 도장을 찍고 매점 앞 쉼터에서 자리를 편다. 바로 앞에는 섬진강을 건너는 보행교가 있다.

향가 터널을 벗어나자 본 인증센터. 쉼터에서 점심으로 연잎밥을 먹고 한참을 쉬었다.

안내판에는 영화 '피 끓는 청춘'의 촬영 장소라는 설명과 사진이 붙어 있다. 아내는 시점 카페에서 사 온 연잎밥을 풀어놓는다. 보온 포장지에 싸서 그런지 아직 따뜻하다. 점심을 마치고 평화로운 경치를 바라보며 한참을 쉰다. 옆에 보행교로 여러 사람들이 오가고 있다. 평일에도 사람들로 들끓는 것을 보니 향가 유원지는 순창 지역의 명소 맞다.

향가 유원지는 아내의 최고 기록인 40㎞를 넘어가는 지점이다. 그것도 업, 다운이 있는 평탄하지 않고 노면이 거친 길이었다. 안색을 살핀다. 피곤한 기색이 역력하다. 앞으로도 곡성에 있는 횡탄정 인증센터까지 25㎞를 더 가야 한다. 푹 쉬었다 가기로 한다.

동반 라운딩은 함께 가기 위해 모든 것을 서로 나눌 수밖에 없다. 물질적인 것 외에도 상대에 대한 배려, 양보, 더 나아가서 마주치는 위험까지도 여기에 해당한다. 서로 배려하고 격려하며 함께하는 기쁨과 집단의 보호 아래 있다는 소속감이 동반 라이딩을 선호하게 만든다. 아내와 동반일 경우 그 기쁨은 배가된다. 더 이상 나눌 게 없기 때문이다.

● 아무 말도 하지 않은 이유

피그말리온 효과(Pygmalion effect)는 긍정적인 기대나 관심이 사람에게 좋은 영향

을 미치는 효과를 말한다. 일이 잘 풀릴 것으로 기대하면 잘 풀리고, 안 풀릴 것으로

기대하면 안 풀리는 경우를 모두 포괄하는 자기충족적 예언(self- fulfilling prophecy)

과 같은 말이다. - 『상식으로 보는 세상의 법칙: 심리편』 중

향가 유원지에서 출발하기 전에 섬진강 길 시점 카페 주인에게 전화한다. 25㎞ 남았다는 말과 아내의 자전거 속도를 감안하여 지금부터 2시 반 후에 횡탄정 인증센터에 차를 가져다 놓으라고 말한다. 보도교를 건너 섬진강 변을 따라 달린다. 강변을 따라 길고 긴 자전거길이 이어진다. 바로 옆으로 흐르는 섬진강을 가까이서 보며 달리다 제방길로 올라가 한참을 달린다. 그동안 평야 지대는 계곡으로 바뀐다. 강 건너편에 있는 차도가 마치 눈앞에 있는 것 같이 가깝게 보인다. 그 사이에 섬진강이 흐르고 있다. 노면 상태가 좋지 않아 속도는 느리지만 아름다운 섬진강변을 달리고 있다는 것으로 위안을 삼는다.

계곡 구간이 끝나고 길은 다시 평야 지대로 들어선다. 강폭이 넓어지고 유속이 느려진다. 곡성에 다다른 것이다. 제방 도로를 타고 계속 하류 방향으로 내려간다. 하도리 제방 옆에는 커다란 느티나무가 있고 그 밑에 평상이 있는 쉼터가 나타난다. 할머니 세 분이 앉아서 잡담하고 앉아 있다. 잠시 쉬어 간다. 그 사이를 참지 못하고 아내는 할머니들과 수다를 떤다. 더 쉬어 가기로 한다.

하도리는 요천과 수지천, 섬진강이 합류하는 지점으로 강폭이 넓다. 요천의 상류는 남원시다. 늘 강 합류 부에서는 방향을 착각하기 마련이다.

강폭이 넓어, 지천 상류 방향을 강 하류 방향으로 착각하고 계속 가다 보면 되돌아오기 일쑤다. 여기서도 표지판이 없었으면 남원까지 갈 뻔했다. 요천 상류 방향으로 가다 표지판을 보고 요천 대교를 건너서 다시 돌아 나온다. 노면 상태가 좋지 않은 길을 오느라 많이 지쳤다. 힘을 내어 가다 우회전해서 내려가니 횡탄정 정자가 나온다. 차를 가져다 놓기로 한 지점이다. 시계를 본다. 1시간이나 일찍 왔다. 강 건너 곡성에서 1박을 하기로 예정한 지점이다. 아내는 표지판을 보고 10㎞만 더 가면 구례라고 얘기한다.

하도리 제방 느티나무 밑에서 본 섬진강.
아내가 평상에 앉아 있는 할머니들과 수다가 끝날 때까지 한참을 기다렸다.

아내는 많이 지쳐 있었다. 그런데도 여기서 한 시간을 기다리는 것보다 구례까지 가는 게 낫겠다고 이야기한다. 10㎞에 힘이 들어가 있다. 아내가 얘기한 거리는 곡성군과 구례군 경계 지점인 예성교까지 거리다. 실제 구례 시내까지 거리는 30㎞다. 아내에게 그 말은 하지 않았다. 내일까지 라이딩을 마치려면 첫날 많이 갈수록 수월하다.

섬진강 시점 카페 사장에게 전화한다. 아직 출발을 하지 않았다. 지금 출발한다고 한다. 구례까지 갈 예정이니 구례 시내 식당에 차와 키를 맡겨 놓고 문자를 달라고 부탁한다. 구례 공영 버스터미널 주차장에 세우고 앞바퀴 위에 열쇠를 올려놓고 가겠다고 얘기한다. 그렇게 구례까지 가기로 정한다.

횡탄정에는 인증센터가 없다. 이제는 라이딩에 익숙해진 아내를 먼저 출발시키고 인증센터를 찾는다. 횡탄정 200미터 전 우회전했던 모퉁이에 있는 인증센터를 못 보고 지나쳐 왔다. 되돌아가서 인증 도장을 찍고 구례로 출발한다. 먼저 간 아내는 보이지 않는다. 가속을 해서 따라잡는다. 길은 다시 평야부에서 계곡부로 들어서며 콘크리트 도로와 혼용 길이다. 도로는 산 1부 능선을 따라 이어진다. 그 아래 섬진강이 흐른다. 숲이 우거진 길을 따라 강을 굽어보며 달리는 운치 있는 길이다. 오르막 내리막이 반복된다. 인적과 차량도 거의 없다. 노면 상태도 좋지 않아 속력을 내기 힘들다. 지쳐 있다.

즐기며 천천히 가기로 한다. 같이 섬진강을 내려 보며 산속 길을 간다. 아내가 구례까지 6km를 가리키는 표지판을 보았다고 힘을 낸다. 계속 이어지는 길은 오르막 내리막길의 연속이다. 길 노면 상태가 좋지 않다. 강건너 17번 국도에는 차가 쌩쌩 달리고 있다. 건너편에는 업다운이 없고 노면 상태도 좋은 자전거길이 있을 것 같은 느낌이다. 두가 지구 공원에 도착했을 때 섬진강을 건너가는 잠수교인 두곡교가 나온다.

자전거길의 표지판은 직진을 가리킨다. 앞을 본다. 계속 계곡길이다. 지금까지 온 길의 연속일 것 같다. 몇km 일지 모르는 길을 이런 길로 가기에는 너무 지쳐 있다. 건너편에서 라이더가 이쪽으로 건너온다. 강을 건너가면 평탄한 자전거길이 기다리고 있을 것 같다. 라이더에게 건너편 자전거길이 있냐고 묻는다. 있다고 한다. 자전거길 안내 표지판을 무시하고 두곡교를 건너간다. 건너가니 상류로 가는 자전거길밖에 없다. 하류로 가는 길은 없다.

17번 국도로 올라간다. 아내는 물을 보충한다고 휴게소로 들어간다. 먼저 간다고 얘기하고 차도를 따라 아스팔트 내리막을 쏜살같이 내려간다. 갇혔던 봇물이 터지듯 답답함이 해소되며 시원해진다. 그러나 자전거길이 없다. 이어지던 보도조차 없어진다. 자동차 전용 도로다. 차들은 옆으로 바람을 일으키며 쌩쌩 달린다. 되돌아가기는 너무 멀리 왔고 거기에다 오르막길이다. 그냥 가기로 한다. 그러나 너무 위험하다. 도로가에 자전거를 세우고 아내에게 전화한다. 강을 다시 건너가서 자전거 도로를 따라가라고 말한다. 그러면 먼저 가서 기다리겠다고 덧붙인다.

도로 끝 차선을 타고 달린다. 저녁이라 지나가는 차들이 많다. 대형차가 지나갈 때마다 바람에 자전거가 흔들린다. 핸들을 잡은 손에 힘을 주고 가능한 차와 속도를 맞추려 속력을 내어 달린다. 위험을 벗어나기 위해서는 강을 건너가는 방법밖에 없다. 멀리 보아도 건너가는 다리는 보이지 않는다. 그렇게 위험을 무릅쓰고 전속력으로 5㎞를 달리니 다리가 보인다. 안도의 한숨을 내쉬며 건너간다. 건너가서 아내가 오기를 기다리며 교량 명판을 본다. 구례군 경계인 '예성교'다. 아내가 얘기하던 10㎞ 지점이다.

아내는 생각보다 일찍 왔다. 다리를 다시 건너가서 보니 길이 자전거 도로와 겸용 2차선 아스팔트 도로로 바뀌어 빨리 올 수 있었다고 한다. 두가 지구 공원에서 그 오백 미터를 못 참아 온갖 위험을 감수하며 무리하게 왔다. 우리 인생사도 그렇다. 거의 끝에 왔을 즈음 견디지 못하고 포기하거나, 벗어나기 위한 극단적인 선택을 한다. 최악의 선택이다. 어쩌면 우직하게 참으며 시간에 맡기는 것이 최선의 선택일지도 모르겠다. 모든 일에는 반드시 끝이 있게 마련이다. 예성교에서 2차선 아스팔트 자전거 혼용 도로를 타고 신나게 달린다. 구례교를 건너 위험한 시가지 도로를 지난다.

내친김에 섬진강 벚꽃 길을 달려 사성암 휴게소에 도착했을 때는 완전히 지쳐 있었다. 인증 도장을 찍고 제방 도로를 따라간다. 문척교 구 교량을 타고 섬진강을 건너 구례 시내로 들어온다. 공영 터미널에 카페 주인이 세워 둔 차의 앞바퀴 위에는 거짓말같이 키가 놓여 있다. 앞바퀴를 분해해 싣고 지역 맛집에 가서 저녁과 곁들여 보상이라도 하듯 막걸리 한 병을 마신다. 운전기사를 앞에 두고 마시니 부담 없이 취한다. 아내는 식당 주인에게 깨끗한 숙소를 알아본다.

취기가 가실 때쯤 눈이 떠진다. 시계를 보니 새벽 두시다. 아내는 코까지 골며 자고 있다. 오늘 본인 최고 기록 42㎞의 두 배가 넘는 92㎞를 달려왔다. 시내까지 거리를 합산하면 거의 100㎞다. 거기에다 노면 상태가 좋지 않은 길에 수시로 업다운이 있는 길이다. 향가 유원지부터 보이지 않게 힐끔힐끔 상태를 체크했었다. 완전히 체력이 방전된 듯 보였다. 그런데도 100㎞를 올 수 있었던 것은 횡탄정에서 구례까지 10㎞ 남았다는 사실이 머릿속에 각인되어 있었기 때문이다. 달성할 수 있다는 확신을 가질 때 그 목표는 성공한 거나 다름없다. 그래서 구례 시내까지 30㎞가 남았다는 얘기를 하지 못했다. 그리고 아무 말도 하지 않았다. 창밖을 내다본다. 차량도 끊긴 정적 속에 가로등만 거리를 훤히 밝히고 있었다.

🚲 섬진강 끝자락에 서서　　　　　　　(섬진강: 사성암-배알도)

〰〰〰〰〰〰〰〰〰〰〰〰〰〰〰〰〰〰〰〰〰〰〰〰

▶ **섬진강 자전거길(구례– 광양)**

　사성암– 남도대교 19㎞
　남도대교– 매화마을 18㎞
　매화마을– 배알도 수변공원 20㎞

　　　　　　　　　　　　　　　　　　합계 57㎞

〰〰〰〰〰〰〰〰〰〰〰〰〰〰〰〰〰〰〰〰〰〰〰〰

　국토 종주 대단원의 막을 내리는 마지막 날이다. 거의 2,000㎞를 달려 왔다. 끝이 없을 것 같던 그 긴 거리도 끝은 있다. 지금 그 끝자락에 서 있다. 성취감과 아쉬운 마음이 뒤섞여 묘한 느낌이다. 졸업식 날 같은 설 렘으로 아침을 맞는다.

　오늘 종주 구간은 60㎞ 정도로 비교적 여유가 있다. 어제 처음으로 92 ㎞를 경험한 아내의 몸 상태가 궁금해진다. 얼마 남지 않은 구간이라 끝까 지 갈 수 있을 것 같다. 몸이 좋지 않으면 차를 타고 보낼 생각이었다. 아 내는 자전거 여행의 끝을 보겠다고 한다. 포기하기에는 너무 멀리 왔다.

　숙소에서 간단히 아침을 먹고 떠날 채비를 한다. 공영 터미널 주차장에 차를 세우고 자전거를 꺼내 바퀴를 조립한다. 상쾌한 아침 공기를 맞으며 마지막 라이딩을 시작한다. 어제 92㎞를 달려온 피로감은 어디로 간 것일 까? 섬진강 방향으로 마지막 여행을 시작한다.

● 어리석음에 대하여

"만약 어리석은 사람이 자신의 어리석음을 깨닫는다면 그가 곧 슬기로운 사람이다.

그러나 어리석은 사람이 스스로를 슬기롭다고 생각한다면 그것이야말로 진짜 어리

석은 것이다." - 『법구경』

　공영 버스터미널 앞 대로에서 좌회전하여 나아간다. 2차선 시가지 도로가 섬진강까지 길게 이어진다. 길옆에 주차된 차들을 이리저리 피하며 속력을 내어 달린다. 근처가 공장 지대인지 대형 화물차들이 빈번하게 다닌다. 섬진강 제방 근처 오르막을 가속해서 올라가 뒤돌아본다. 뒤따라오던 아내가 보이질 않는다. 자전거를 세우고 온 길을 되돌아본다. 시야를 가리는 주차된 차량들, 오가는 화물차들, 곳곳에 파손된 도로, 거기에 시가지다. 위험 구간이다.

　뒤따라오는 아내의 존재를 잊은 어리석음을 후회한다. 이성은 이럴수록 아내를 더 챙겼어야 한다고 힐책한다. 갑자기 부끄러워진다. 전화한다. 받지 않는다. 다시 한 번 지나온 도로를 스캔한다. 아내는 보이질 않는다. 갑자기 불길한 예감이 든다. 오던 길로 속력을 내어 되돌아간다. 가는 동안 불길한 생각이 머릿속을 떠나지 않는다.

　다행스럽게 대로에서 좌회전하는 아내의 모습이 보인다. 혼자 자전거를 타고 오는 당당한 모습이다. 안도의 한숨을 쉰다. 애써 목소리를 키워 질책하듯이 이유를 묻는다. 기어 변속 중 자전거 체인이 벗겨져 조치하고 오느라 늦었다고 한다. 우리나라 아줌마들이 그렇듯이 아내도 맥가이버 수준이다. 뭔가를 시키면 투덜대는 소리가 듣기 싫어 힘들더라도 혼자 하는 것이 낫다고 한다.

집에서 벽에 못 박는 것부터 가구 배치, 장판 까는 일까지 못하는 일이 없다. 심지어 이사 갈 때도 출근해서 주소가 변경된 집으로 퇴근한 적도 있다. 그러고 보니 체인 조치 방법을 가르친 기억이 없다. 하나를 가르쳐 열을 아는 것이 아니라 애초부터 열을 알고 있었던 것 같다. 우리 집 일은 그녀 혼자 다 한다. 내가 낄 자리가 거의 없다.

이제는 아내가 무서워질 나이가 되었다. 뭔가 혼자서 할 수 있는 것이 없기 때문이다. 홀로서기 연습의 필요성을 절실히 느끼고 있으나, 너무 익숙해져 있어 몸이 따라 주지 않는다. 자전거 여행이 그 시도라고 할 수 있는데, 옆을 보니 또 아내가 있다. 누군가가 "어리석은 놈!"이라고 이야기하고 있는 것만 같다.

아내를 앞세우고 시가지 도로를 지난다. 어제 지나왔던 2차선 문척교를 지나 좌회전하여 길게 뻗어 있는 섬진강 제방 도로로 올라간다. 차들이 길게 제방 도로 옆으로 주차되어 있다. 한 사람이 차 트렁크에서 낚시 도구를 챙기고 있다. 은어 낚시를 한다고 한다. 강 쪽을 보니 여러 명이 여울이 있는 곳에서 낚시를 하고 있다.

섬진강은 구례 외곽을 돌아 흐르고 있다. 도시 바로 옆으로 흐르는 강에서 은어 낚시를 하는 평화로운 모습이다. 자전거를 세우고 벤치에 앉아 낚시하는 모습을 바라본다. 은어 낚시는 은어가 바다로 내려갔다가 하천이나 강으로 돌아오는 시기부터 산란기 전까지 계속된다. 양식 기술이 발달하여 양식 은어가 유통되고 있다고도 한다. 맛이 담백하고 비린내가 나지 않으며, 살에서 오이 향 또는 수박 향이 난다.

제방 자전거길에서 본 섬진강 여울 은어 낚시 전경.
건너편이 구례읍이다. 깨끗한 강 옆에 있는 구례읍은 축복받은 도시다.

은어 낚시 중 씨은어 놀림낚시가 있다. 은어는 자기 영역에 침범한 은어 가 있으면 저돌적으로 육탄 공세를 펼치는 습성이 있는데 이를 이용하여 낚시에 살아 있는 씨은어를 달고 꼬리 뒤편에 바늘을 달아 물속 영역을 확보하고 있는 은어 주변으로 접근시켜 공격해 오는 은어가 바늘에 걸리 게 하는 낚시다. 누가 이 낚시를 고안했는지 은어의 본능을 이용한 기발 한 발상이다. 그것을 보고 누군가는 얘기한다.

"은어는 멍청하고 어리석은 물고기이다."

영역 싸움의 어리석음을 말하는 것이다. 그러나 사람도 마찬가지다. 태 어나자마자 영역 싸움을 시작하여 죽을 때까지 간다. 어려서는 가족과 학교에서는 급우들과 직장에서는 동료들과 조직에서는 다른 조직들과 국 가에서는 다른 국가들과 평생을 영역 싸움만 하다 간다. 은어보다 더 어리석은 것은 무리 지어 체계적으로 영역 싸움을 한다는 것이다. 수백만을 몰살시키는 전쟁이 그것이다. 우리가 배우는 역사는 영역 싸움의 기록이다. 은어보다 뛰어난 점은, 기록이라고 할 수 있다. 기록을 통하여 발전하고 그 증거를 계속 기록으로 남겨 후세에게 물려준다. 우리가 학교에서 배우는 것이 그 기록이다. 그러나 수천 년 동안 영역 싸움의 결과와 폐단, 반성을 보고 배우는데도 불구하고 계속 같은 싸움을 반복하는 인간은 어쩌면 은어보다 더 어리석다 할 수 있다.

이 싸움의 핵심은 욕심이다. 벌써 2,000년 전에 노자가 얘기했다.

"족함을 알면 욕되지 않고, 멈출 줄 알면 위태롭지 않다. (知足不辱 知止不殆)"

욕심과 집착이 문제라는 이야기다. 깨우침을 얻는 방법은 버리는 연습이다. 죽음과 더불어 끝나 버리는 하찮은 것에 영원히 살 것 같이 너무 목매어 살고 있다. 나이 들어가며 버리며 살아야겠다는 생각은 커지나 행동이 쉽지는 않다. 아직도 미련이 많은 것을 보면 알 수 있다. 어리석기 때문이다. 그렇게 생각하면, 은어는 사람보다 어리석지 않다.

벤치에서 일어나 다음 목적지인 남도대교를 향해 출발한다.

● **물난리의 흔적들**

수해는 강한 비 등에 의하여 일어나는 재해의 총칭으로, 여러 종류와 모양이 있지만 대체로 일 강우량 80mm 이상일 때 발생하기 시작하여 200mm 이상이 되면 그 규모가 커진다. 형태에 따라 홍수해·침수해·산사태 피해 등으로 나눈다. 홍수해는 하천의 물이 제방을 넘거나 제방이 붕괴되어 일어나며, 침수해는 농지나 시가지가 침수되는 현상으로서 배수의 미비로 일어나는 경우가 많다. 한편, 산사태에 의한 피해는 강한 비가 원인이 되어 산의 암석이나 토양의 일부가 돌발적으로 붕괴되는 현상이다. – 지식백과

남도대교를 향해 간다. 2차선 아스팔트 도로를 속력을 내어 신나게 달린다. 섬진강을 건너지 않고 제방 도로로 우회전하여 어류 생태관 앞 풍광 좋은 쉼터에서 이른 점심을 먹고 가기로 한다. 평상에 앉아 햇반에 풍성한 반찬으로 점심을 하는 호강을 누리고 다시 출발한다. 한참을 달리니 아치교량이 멀리 보인다. 남도대교다. 길옆 인증센터에서 도장을 찍는다.

말로만 들어본 화개장터를 구경하기로 한다. 남도대교를 건너자 바로 왼쪽에 자리 잡고 있어 찾기가 수월하다. 장터가 아니라 담으로 경계를 치고 상설로 운영되는 토속 시장이다. 물건도 비싸다.

섬진강을 건너가는 남도대교 전경. 강 건너 왼쪽에 화개장터가 있고 쌍계사 입구가 있다.

이미 유명 브랜드화된 화개장터라는 이미지로 손님을 끌어들이는 시장 같은 느낌이다. 손님들도 외지 관광객으로 일회성 손님들이 대부분이다. 장터에서 느껴지는 생명력이 보이지 않는다. 안에는 브랜드 전파의 일등 공신인 가수 조용남 동상이 서 있다. 모든 것이 새로 지어 깨끗하다. 작년 여름 홍수로 이 지역 전체가 물에 잠긴 것이 불과 몇 달 전이었다.

당시 매스컴에 화개장터의 물에 잠긴 모습이 연일 보도되었었다. 얼마 되지 않아 언제 그런 일이 있었냐는 듯 빨리 복원된 것을 보면 다른 곳보다 특혜를 입었다고 할 수 있다. 당시 구례나 하동도 큰 수해 피해를 입었다고 한다. 화개장터에만 수해 복구가 집중된 것을 보면 브랜드의 힘을 느낄 수 있었다. 그러나 내가 와서 실제 본 모습은 생각했던 브랜드 이미지와 상반되어 실망스러웠다.

작년 홍수에 유독 섬진강만 피해가 컸다. 장기간 장마와 호우로 인한 자연재해라는 설과 섬진강 댐의 수위 조절 실패로 인한 인재라는 설이 있다. 4대강 사업을 하지 않아 그렇게 되었다는 일설도 있다. 나름대로 이유가 있지만 계획 빈도(국가 하천 100-200년) 이상 비가 온 것은 사실이다. 섬진강 자전거길을 여행하며 여기저기 우선순위에서 밀려 아직도 작년 홍수 피해 복구 작업을 하는 모습들을 보면서 섬진강 피해 정도를 알 수 있었다. 우리나라 최고의 장터를 느끼러 갔는데 보통 규모의 시장만 보고 온 씁쓸함을 담고 남도대교를 다시 건너 다음 목적지인 매화마을로 향한다.

여기저기 출입 금지 표시 구간과 피해 복구공사 중인 도로를 우회하며 앞으로 나아간다. 매화로 2차선 아스팔트 도로를 따라 섬진강변을 달린다. 건너편에 평사리 백사장이 보인다. 섬진강에서 가장 넓고 아름다운 백사장이다. 평사리는 박경리의 『토지』를 읽은 후부터 가슴을 뛰게 하던 동네다. 그곳에 가보기 위해 대학 시절 여름방학 때 친구들을 꼬드겨서 일부러 가본 곳이다. 이야기는 그 지역에 생생한 의미를 불어넣는다. 그래서 명소에는 저마다의 이야기가 있다.

멀리서 본 백사장은 언제 홍수가 있었냐는 듯 햇볕을 받아 하얗게 빛나고 있다. 그러나 보이는 모습이 다가 아니라는 것을 알고 있다. 이 정도 규모의 홍수였다면 친구와 함께 감탄하며 걸었던 섬진강 강 백릿길은 흔적도 없이 사라졌을 것이다. 작년에 걷기를 참 잘했다는 생각으로 건너편을 바라본다. 백릿길 양쪽으로 빽빽하게 들어서 있던 대나무 숲, 배나무와 복숭아나무들, 쉼터의 조형물, 강변을 따라 이어진 숲길은 어떻게 되었을까? 멀리 보이는 강 건너 풍경은 수해의 상처를 감춘 채 평화로운 모습을 보여주고 있었다.

건너편에서 본 평사리. 박경리의 토지의 배경 지역으로 최 참판 집은 지역 관광지로 유명하다.

매화로 자전거길은 평사리를 지나자 다압면 제방 도로로 진입한다. 제방 도로는 강보다 상당히 높은 곳에 있는데도 떠내려온 잔재물 들이 여기저기 걸려 있다. 홍수의 규모가 어느 정도였는지를 눈으로 짐작할 수 있다. 다압면을 지나 급한 오르막을 지나간다. 솔밭 사이로 정자가 있는 쉼터에서 쉬어 간다. 길은 다시 매화로를 타고 섬진강 옆을 달린다. 강을 따라 대나무 군락이 이어지다 멀리 언덕이 보인다. 긴 언덕길을 올라간다. 숨이 턱턱 막힌다. 땀이 비 오듯 흐른다. 정상을 오르니 송정 공원 쉼터다. 뒤를 돌아보니 지나온 섬진강이 아래로 길게 펼쳐져 있다. 그제야 내가 얼마나 먼 거리를 달려왔는지 안다.

송정 공원을 넘어가니 길은 다시 제방 도로로 이어진다. 관리가 잘 된 아스팔트 포장이다. 강 풍경을 보며 신나게 달린다. 표지판 옆에서 쉬며 쓰인 글을 읽는다.

사랑법 - 강은교
떠나고 싶은 자 떠나게 하고 / 잠들고 싶은 자 잠들게 하고 /그리고 남는 시간은 침묵할 것 / 또는 꽃에 대하여 / 또는 하늘에 대하여 / 또는 무덤에 대하여 / 서둘지 말 것 / 침묵할 것 /
...중략... - 백운산 둘레길-

언어는 수려하나 이 내용만으로는 무슨 말인지 모르겠다. 왜 제목이 사랑법인지도 모르겠다. 유명한 시인의 글이라 계속 읽어 보며 의미를 생각하다 포기한다. 한 가지 확실한 것은 이곳이 백운산 둘레길이란 사실 하나다.

송정공원을 지나 매화마을로 가는 도중 보았던 '강은교 님의 사랑법'.

매화마을에 들어선다. 매화의 계절이 돌아오면 전국에서 관광객이 찾아오는 관광 명소다. 봄소식을 제일 먼저 전하는 지역이기 때문이다. 40년 전 한 아낙네가 매화나무를 심기 시작해 마을 전체로 퍼져 나가 3월에는 마을 전체를 하얗게 물들인다고 한다. 개인의 힘이 마을을 바꾸고 국가를 움직인다는 그 증거가 매화마을이다. 지금은 꽃이 지고 마을 전체가 푸르다. 오가는 관광객도 거의 없다. 입구에 들어서자 멀리 노랗고 붉은 꽃이 만발한 공원이 보인다. 아름답다. 가까이 다가가자 섬진강을 따라 길게 세워진 옹벽 전체가 작년 수해로 내려앉은 채 방치되고 있는 처참한 모습을 보았다.

꽃밭을 보고 다가가 보니
도로 옹벽 전체가 수해로 무너져 있었다.
규모가 워낙 커서 해가 바뀌었는데도
그대로 방치되어 있다.

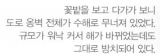

연간 150만 명의 관광객이 찾아온다는 관광 명소이기 때문에 방치되고 있는 모습이 더욱 처참하게 느껴진다. 초봄 매화마을 온 동네를 하얗게 꽃으로 물들인 장관을 보러 온 많은 사람들이 높은 옹벽 전체가 작년 수해로 무너진 채 방치되고 있는 처참한 모습을 보았을 것이다. 자연이 만든 경이로운 풍경과 수해로 파괴된 처참한 모습을 동시에 보며 그들은 무슨 생각을 하였을까? 무너지지 않은 곳으로 자전거를 끌고 지나가니 매화마을 인증센터가 보였다.

● 마지막 라이딩

> 누군가 끝났다, 끝났다 울먹이면 / 말없이 어깨를 감싸 안고 / 괜찮다, 괜찮다 가만
> 가만 속삭인다 // 나 또한 수많은 끝까지 가본 자이니 // (중략) // 끝까지 가 보지 않
> 은 자 / 끝까지 깨뜨리고 나오지 않은 자 / 아직은 아니다, 아니다 // 끝에서 난다 /
> 끝에서 나온다 / 진정한 나의 길도 / 사랑도 희망도 혁명도 - 박노해의 시 「끝났다」 중

매화마을을 지나 자전거길로 들어선다. 강 건너가 하동이다. 작년 봄 섬진강 백릿길 도보여행 시 묵었던 곳이 하동이다. 아름드리 소나무가 울창한 송림 공원과 야간 조명 있는 폐철교 위의 산책은 인상이 깊었다. 그래서 마지막 라이딩을 끝내고 하동에서 숙박 예정이다.

하동읍의 강 맞은편 자전거 도로를 달린다. 멀리 오르막 나무 데크 언덕길이 보인다. 가속해서 달려 언덕길을 오른다. 숨이 턱턱 차오른다. 뒤에서 아내가 보고 있다. 힘을 낸다. 언덕에 올라가 걸어서 올라오는 아내를 흐뭇하게 바라보며 기다린다. 길은 섬진강 대교와 거북동 터널을 지난다.

노란 유채꽃 벌판 위로 보이는 하동 섬진강 대교 전경.

잘 꾸며 놓은 자전거길에 앞서가는 아내의 뒷모습을 사진으로 담는다. 쓸쓸한 느낌이 든다. 혼자 걷는 사람뿐만 아니라 라이딩하는 사람의 뒷모습도 그렇다. 앞모습에서 느끼는 연륜, 의지. 표정이 뒷모습에서는 가려져 보이지 않기 때문일까? 거기에 혼자라는 느낌이 더해져 외로워 보이는 걸까?

앞서가는 아내의 뒷모습. 혼자 가는 뒷모습은 언제 보아도 쓸쓸한 느낌이 든다.

길은 남해 고속도로 섬진강교 밑으로 지나간다. 바로 옆이 섬진강 휴게소다. 많은 라이더들이 섬진강 길 종점인 배알도에서 인증 도장을 찍고 다시 돌아와 이곳에서 환승 고속버스를 이용한다. 강폭은 바다와 같이 넓어져 있다. 길은 일반 도로와 혼용이다. 망덕 포구를 지난다. 자전거 도로에 세워 놓은 어류 수송차들을 피해 이리저리 피해가며 나아간다.

긴 오르막 언덕을 올라 배알도로 가는 태인대교를 건너간다. 대교가 끝나자 바로 우측으로 내려가는 길은 초 급경사다. 내려서 걸어간다. 마치 걸어가라고 만들어 놓은 자전거 도로 같다. 배알도 주변은 막 입주가 시작되는 신도시 같은 느낌이다. 도로만 건설되어 있고 단지는 비어 있다. 느낌도 황량하고 어수선하다. 숙박이나 음식점 같은 위락 시설도 없다.

바닷가 해송 사이로 산책길이 있어 공원인 줄 안다. 겨우 인증 사무소를 찾아간다. 문이 닫혀 있다. 표지판을 보고 인근에 있는 인증센터를 찾아간다. 바다 옆 나무 데크 통로를 달린다. 저만치에 빨간 인증센터 부스가 보인다. 2천km의 대장정이 끝나 간다는 흥분에 휩싸인다. 빤히 보이는 부스를 향해 가는 짧은 시간이 슬로비디오를 보는 듯이 느껴진다. 300m, 200m, 100m 결국은 도착한다. 이로써 그랜드슬램 대장정이 끝났다.

배알도 공원 인증센터 주변에는 편의 시설이 없다. 끝이 났다는 후련함보다 어떻게 갈 것인가 하는 현실을 마주한다. 부근에 택시나 버스도 없다. 인접 도시인 광양이나 하동으로 자전거로 가기에는 거리가 멀고 지쳐 있다. 인증센터에 붙어 있는 자전거 운송 서비스를 이용하기로 하고 지나쳐온 인증 사무소로 다시 가서 문을 두드린다. 직원이 나온다. 인증 수첩을 내밀고 국토 종주 인증을 부탁하며 걸리는 시간을 묻는다.

배알도 수변 공원 인증센터에서 국토 종주 2천㎞를 끝냈다.

전화를 걸어 자전거 운송을 부탁한다. 자전거를 운송할 포터 차가 온다. 광양과 하동 운임을 교섭하다 아예 차가 주차되어 있는 구례까지 가기로 한다. 그사이 국토 종주 완료 스티커를 붙이고 수첩을 돌려준다.

국토 종주가 끝나면 어떤 기념행사를 생각하고 있었다. 하동에서 술 한 잔 하며 종파티를 하고 싶었다. 전혀 생각하지 못했던 배알도의 황량함은 그런 생각조차 잊게 만들었다. 2천㎞ 국토 종주를 끝낸 것으로 만족하기로 했다. 하동에서 숙박은 아쉽지만 포기한다. 자전거를 싣고 구례로 향한다. 구례 공영 터미널에 도착하여 자전거 바퀴를 분리하여 차에 싣는다. 당초는 일박을 하며 쉬고 난 후 집으로 올라갈 생각이었으나 내친김에 곧바로 올라가기로 결정한다. 근처 식당에서 식사를 한다. 국토 종주를 달성했다는 자축과 보상의 의미로 막걸리 한 잔을 하고 싶었지만 장거리 운전을 생각해서 자제한다. 4시간 후 집에 도착한다.

국토 종주 대단원의 막이 내렸다. 집에 돌아와서야 2,000㎞의 대장정이 끝났다는 것을 실감한다. 다시 일상으로 돌아와야 한다는 사실이 믿기지 않는다. 마치 깨기 싫은 꿈에서 깨어난 느낌이었다.

아내는 섬진강 종주 149㎞와 일 최대 주행 92㎞를 완주하는 기록을 세웠다. 아마도 인생에 특별하고 즐거운, 기억에 남는 경험이 될 것이다. 이번 여행이 앞으로 동반 라이딩의 시발점이 되기를 기대해 본다.

동절기를 포함 8개월 동안 계속 머릿속에 남아 기대와 압박을 받은 설레던 나날도 끝났다. 그동안 겪었던 많은 일 들을 다시 한 번 생각해 본다.

생각났을 때 첫발을 내딛는 것이 중요하다. 그 이후는 저절로 굴러가게 마련이다. 이번 여행도 사전에 계획한 것이 아니었다. 출발할 당시에도 부산까지만 생각했었다. 부산까지 가보니 다른 곳도 가보고 싶었다.

마음이 이끄는 대로 하다 보니 범위가 확대되었다. 좌충우돌하며 가다 보니 전국을 돌게 되었고 더 이상 갈 곳이 없는 막다른 곳까지 왔다. 이제는 더 이상 갈 곳이 없다. 마음이 허전해진다. 가슴 뛰는 또 다른 것을 찾아야 할 때다. 마음이 시키는 또 다른 것이 나타날 때까지 당분간은 이번 자전거 여행 이야기를 정리할 생각이다.

2천㎞를 펑크 없이 한 번도 넘어지지 않고 무사히 완주한 자신에게 칭찬한다. 수고했다!

4대강 종주, 국토 종주, 국토완주 그랜드슬램 달성 인증서.

국토 종주를 마치며

"가자! 가자! 가자! 바퀴는 구르고 강산은 다가온다."

시작부터 이 문구가 가슴으로 다가와 전투력을 북돋우며 출발점에 섰던 때가 엊그제 같다. 출발 당시는 국토 종주만 생각했었으나, 일단 시작하고 보니 점점 확장되어 전혀 생각지도 못했던 국토 완주 그랜드슬램까지 마치게 되었다.

모든 일은 시작하기가 어렵다. 살면서 때로는 첫발을 들여놓고 먼저 시작을 하는 것이 좋을 때도 있다. 나이가 들어가며 여러 가지 생각과 걱정이 많아진다. 그런 것들이 앞으로 한 발 내딛는 것을 방해한다. 무작정 내디딘 한 발을 계속 이어갈 수 있게 힘을 준 모든 것에 감사한다. 덕분에 살아 있음과 설렘을 경험할 수 있었다.

2천km 자전거 여행을 하면서 가장 가슴에 와 닿았던 부분은 크게 여섯 가지다.

첫 번째 살면서 너무 생각과 걱정이 많다는 사실이다. 다시 말하면 자신의 능력을 너무 과소평가한다는 것이다. 국토 종주를 시작하기 전 걱정은, 노인이라 칭하는 육십이 넘은 나이와 자전거가 버틸 것 같지 않은 100kg에 육박하는 몸무게, 지병인 심혈관 질환, 미숙한 자전거 실력, 초행에 혼자라는 두려움과 셀 수 없는 걱정들이 출발을 방해했다. 그러나 무작정 한발 내딛고 출발했다. 몸을 담그니 주저하게 했던 두려움들은 사라지고 여유까지 생겨 생각지도 않았던 국토완주 그랜드슬램까지 생각하게 되었다.

"걱정하지 마라, 어떻게든 된다."

"근심하지 마라. 받아야 할 일은 받아야 하고, 치러야 할 일은 치러야한다. 그치지 않는 비는 없다"라는 말이 있듯이 어쩌면 오늘 걱정하는 일조차도 별로 걱정할 일이 아닐지 모른다. 그래야 껍데기를 깨고 알에서 나와 또 다른 세계를 느낄 수 있다.

두 번째 내가 관여했던 시설물이 도처에 남아 있었다. 30년 넘게 직장 생활을 하면서 직접 시공을 했거나 담당했던 일들의 흔적이 전국 각지 생각지도 않은 곳에 널려 있었다. 자전거 도로를 달리면서 내가 만든 흔적들을 보며 당시를 회상하는 기분이란 가슴 뻐근한 기쁨이었다. 또 그 흔적들이 몇 십 년의 세월이 지나도 변치 않고 그대로 그 자리를 지키고 있다는 것, 앞으로도 그러하리라는 것, 무엇보다도 많은 사람들이 그 시설물을 편리하게 이용하리라는 사실이 내가 선택한 건설이라는 직업을 자랑스럽게 했다.

세 번째 4대강 보의 가슴 아픈 변화를 보았다. 수질오염을 문제 삼아, 환경영향평가를 받아 완공한 지 10년도 되지 않은 시설물인 4대강 보의 개방과 특히 세종보의 철거된 모습을 직접 두 눈으로 보는 것이 가장 마음이 아팠던 부분이다. 자전거길을 달리면서 사람들이 모이는 지역 랜드마크로 성공한 모습과 호수가 된 아름다운 풍경이 자랑스러웠고, 보 개방과 부분 철거로 황폐화된 모습을 보며 가슴 아팠던 것은 내가 건설업계에 몸담았다는 사실 때문인지도 모르겠다. "빈대를 잡기 위해 초가삼간을 태운다."라는 느낌이 드는 것은 그런 편견 때문일까? 빈대 약을 뿌리면 해결될 일을, 반대의 유해성만 강조하고 공론화하여 몰입하다 보면 그렇게 할 수도 있겠다는 생각이 든다. 원전이 그랬고, 세종보, 공주보, 죽산보는 해체로 결정 났다. 그렇게 속담으로 만들어진 것은, 상식적으로 있을 수 없는, 있어서도 안 되는 일이기 때문일 것이다.

네 번째 대한민국에는 아직 가 보지 않은 아름다운 곳이 너무도 많다. 인근 명소에만 차로 가보았지 내가 달렸던 자전거 도로는 가본 적이 거의 없는 처음 가는 길이었다. 거기서 평소에 느꼈던 것과는 다른 새로운 느낌을 받았다. 또한 외국에 명소에 가서 보았던 것과 손색이 없는 풍경들을 많이 보았다. 4대강 사업의 일환으로 강을 따라 거미줄같이 연결된 자전거 도로를 달리며 주변에 지자체에서 조성해 놓은 꽃길과 멀리 아름다운 강 풍경을 보는 느낌은 자전거 도로를 달려 본 사람만 알 수 있는 가슴 뿌듯한 느낌이다.

다섯 번째 가족들은 내 인생의 큰 힘이다. 늘 옆에 있어 당연하게 여겼던 가족들이 여행을 가거나 외출했을 때 그 빈자리가 갑자기 커지는 그런 가족들 말이다. 이제 옆에 있는 것들의 소중함을 알아 가는 나이가 되었다. 그런데도 일상에 묻혀 자주 잊어버리곤 한다. 아내와 아들은 내 자전거 여행에 많은 도움을 주었다. 혹시나 하는 불안감에 아내는 보급 담당을 하며 따라와 주었고, 아들은 같이 자전거 여행을 하며 오만 잔소리를 퍼부었다. 힘든 구간을 달릴 때도 그 끝에는 언제나 가족이 기다리고 있다는 사실이 어려움을 극복할 수 있게 해 주었다. 달리는 내내 푸근했다. 그리고 가족의 진가를 깨달았다. 다시 한 번 아내와 아들에게 감사한다.

여섯 번째 이제는 자전거가 대세다! 남녀노소를 막론하고 자전거 여행이 대세가 되었다. 반면에 자전거 도로 관리가 되지 않아 노면 상태가 엉망인 곳도 일부 있다. 체계적인 관리가 필요하다. 그러나 우리나라 대도시 인근 자전거 도로는 잘 정비 되어 있는 편이다. 신나게 그 위를 달리기만 하면 된다.

국토 종주를 하는 사람들은, 제대하고 사회생활을 시작하는 기념으로, 아이들 교육을 위해, 부부 동반, 친구와의 우정, 그랜드슬램 달성 같은 저마다의 이유와 목적이 있었다. 나는 그냥 아무 생각 없이 출발했다.

"가야겠다고 생각하고 갔다"라는 일상의 말을 "생각이 현실이 되었다" 라는 같은 말로 바꾸면 내가 국토완주 그랜드슬램을 달성한 것이 놀라운 일이 되어 버린다. 놀라운 것 맞다. 2천㎞를 달리는 동안 한 번도 넘어지 거나 타이어조차도 펑크 난 적도 없다.

지금도 눈에 선하다. 팔당호를 보며 달리다 터널에 들어섰을 때의 시원 함, 양평 갈산 공원에서 보았던 남한강의 아침, 비내섬에서 느꼈던 어둠, 벤치에 앉아서 본 충주호의 아름다움. 달리면서 본 낙동강에 반영되어 흔들리던 구미시 야경, 칠곡보 조명과 물에 반사된 야경, 무심사 고개의 끝없는 오르막, 합천 창녕보에서 본 새벽 강 안개와 그 속을 달리던 시원 함, 박진고개와 영아지 정상에서 본 먼 풍경들, 밀양에서 본 석양과 물에 비친 산 그림자. 동해안 해안들과 울진 은어 다리 야경, 환상적인 제주해 변, 담양댐에서 바라본 하류 풍경, 담양 시내를 흐르는 영산강, 대나무 터널을 달리던 바람 소리와 시원함, 승촌보에 몰려 있던 라이더와 관광객 들의 왁자지껄한 모습들, 느러지 공원 가는 길에서 본 유채꽃과 강물에 비치는 산 그림자. 옥정호의 석양, 달리면서 본 섬진강 장군목 계곡, 강 건너에서 본 평사리와 같이 여러 명소에서 보고 느꼈던 감동들이 되살아 난다.

쓰다 보니 금강이 빠졌다. 금강은 환경 단체의 입김이 센 지역인 것 같다. 관리가 안 된 자전거 도로, 봄 가뭄으로 바닥을 드러난 하천과 상부가 철거되어 폐허가 된 세종보, 공주시 교량 난간에 요란하게 나붙은 해체 반대 현수막, 페인트가 벗겨져 을씨년스러운 공주보 안내판과 가물은 하천 길에 요란하게 달려들던 하루살이 떼만 기억이 난다. 마치 무리해서 내린 보 해체 결정의 폐해를 보는 것 같았다. 그나마 신설 백제교를 건설하고 구 교량을 철거하지 않고 리모델링하여 지역 랜드마크로 만든 '백제 브릿지 파크'가 눈에 띄었다.

누군가는 "인생이 소설 같아 기복이 심하여 살아온 이야기를 쓰면 책 한 권을 쓸 수 있다"라고 했다. 눈 딱 감고 출발한 덕에 책 한 권 이상의 경험과 감동을 느꼈다. 누구나 할 수 있다. 생각하기 나름이다. 근력이 없으면 전기자전거를 타면 되고, 혼자 가기 어려운 사정이면 누군가의 신세를 지면 된다. 마음을 먹는 것이 중요하다. 그 이후부터는 모든 관심이 그쪽으로 기울어져 생각대로 이루어지는 것이 세상 이치다.

국토 종주를 시작한 지 1년이 다 되어 간다. 실제 자전거 여행 일수를 계산하면 정확하게 23일 만에 국토완주 그랜드슬램을 마쳤다. 여러 가지 여건과 동절기를 포함하면 자전거 여행 기간은 총 8개월이 걸렸다. 이후는 그때의 경험과 느낌을 글로 쓰며 다시 한 번 자전거 여행을 하는 호사를 누렸다. 그 느낌을 책으로 남기려 미친 듯이 글을 쓰며 뜨거운 여름을 보내 버렸다. 이제는 짙은 초록으로 빛나던 숲도 그 빛을 잃고 또 겨울이 지나갔다. 지난 한 해는 무엇인가 갑자기 획 왔다가 지나간 기분이다. 나에게는 그것이 자전거 여행이다. 덕분에 일 년이 기대와 설렘으로 즐거웠고 행복했었다.

국토 종주를 경험해 보지 못한 독자들은 내가 느꼈던 설렘과 감동을 실제 여행하며 느껴 보았으면 싶고, 경험이 있는 독자들은 되새김하며 그때의 감동을 다시 한 번 반추하는 기쁨을 누렸으면 하는 바람으로 이 책을 쓴다.

　마지막으로 이번 자전거 여행을 할 수 있게 북돋워 준 마틴 루터킹 목사의 어록을 인용하며 마친다.

　"그저 첫 발 걸음을 떼면 됩니다. 계단 전체를 올려다볼 필요도 없습니다. 그저 첫 발걸음만 떼면 됩니다."

2023년 4월　천타건

부록

여행 준비물 / 주행 기록 / 감사의 글

에필로그까지 읽었으면 이 책 한 권을 다 읽은 것이다.

아주 오래전에 국전을 보러 갔다. 1층을 관람하고 2층을 올라가는 계단 밑 어두운 구석에 빨주노초파남보의 병풍이 세워져 있었다. "저건 뭐지?" 하는 마음에 다가가 본다. 작품 제목이 「호기심」이었다. 그래서 부록이다.

직접 자전거 여행을 할 사람이 아니라면 이 부록을 읽을 필요는 없다. 여행할 사람들을 위해 내가 경험했던 자료들을 모아 놓은 부분이기 때문이다. 그러나 부록의 마지막 부분인 감사의 글은 읽어 주시기 바란다.

지금까지 방대한 양을 읽어 주신 독자들께 진심으로 감사하는 글이 실려 있기 때문이다. 그도 원치 않으면 여기서 감사 인사를 드린다.

부록 구성은 아래와 같다.

1. 여행 준비물: 장거리 자전거 여행 준비물과 경험을 수록했다.

2. 주행 기록: 내가 주행한 모든 기록이 들어 있다. 자전거 어플 오픈라이더 화면을 수록했다. 화면으로 주행 지도, 날짜, 온도, 거리, 시점과 종점, 도착 시간, 주행시간, 휴식 시간, 평균속도, 최고 속도, 소모 칼로리를 알 수 있다.

3. 감사의 글

부록은 정답이 아닌, 남들이 고령자라고 부르는 내가 경험한 정보일 뿐이라는 것을 알려드리며 조금이라도 도움이 되었으면 좋겠다.

1. 여행 준비물 (숙박업소 이용 시)

필수 장비

헬멧, 장갑, 고글, 후미등, 전조등, 후미등,
짐받이 및 가방(장거리 여행 시 백팩보다 편함), 물통

필수 용품

국토 종주 수첩, 지도, 휴대폰(네비, 지도, 전조등, 주행 기록 어플, 현재 위치 파악, 음악
청취와 같은 여러 기능 사용 가능), 휴대폰 거치대, 보조 배터리, 휴대폰 충전기

개인 용품

수건, 세면도구, 우비(바람막이 겸용), 밴드, 연고,
계절 옷, 모자 손발 토시, 앞면 가리개, 선크림, 선글라스, 바셀린(옷 쓸림 방지)

기타

지참은 했으나 무게만 나가고 사용하지 않았던 예비 공구:
정비 공구, 펑크 패치, 예비 튜브, 휴대용 공기 주입기

◆ 인터넷을 참고하여 필요하다고 생각되는 품목들을 준비했다.

2. 주행 기록

가. 국토 종주 (아라뱃길 – 낙동강 하굿둑 625km)

국토 종주 1일 차: 아라 자전거길 시점- 양평 107km

국토 종주 2일차: 양평- 비내섬 68km

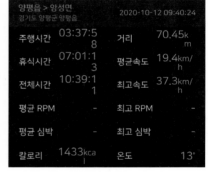

국토 종주 3일 차: 비내섬- 수안보 64km

국토 종주 4일 차: 수안보- 불정역 72km

수안보면 > 문경읍		2020-10-14 09:38:30
충청북도 충주시 수안보면		OPENRIDER
주행시간 01:23:0	거리	25.56k m
휴식시간 03:59:4 7	평균속도	18.5km/ h
전체시간 05:22:5 0	최고속도	38.9km/ h
평균 RPM —	최고 RPM	—
평균 심박 —	최고 심박	—
칼로리 455kcal	온도	8˚

국토 종주 5일 차: 낙동강 상평교- 칠곡보 82km

사벌면 > 석적읍		2020-10-16 12:02:13
경상북도 상주시 사벌면		OPENRIDER
주행시간 04:03:1 7	거리	75.85k m
휴식시간 03:21:1 2	평균속도	18.7km/ h
전체시간 07:24:2	최고속도	36.9km/ h
평균 RPM —	최고 RPM	—
평균 심박 —	최고 심박	—
칼로리 1334kca	온도	12˚

국토 종주 6일 차: 낙동강 칠곡보- 합천 창녕보 87km

석적읍 > 이방면		2020-10-17 10:53:57
경상북도 칠곡군 석적읍		OPENRIDER
주행시간 04:46:2 6	거리	82.07k m
휴식시간 02:13:5 9	평균속도	17.2km/ h
전체시간 07:00:2 5	최고속도	36.1km/ h
평균 RPM —	최고 RPM	—
평균 심박 —	최고 심박	—
칼로리 1570kca	온도	15˚

국토 종주 7일 차:낙동강: 합천 창녕보- 하굿둑 145km

이방면 > 장림1동		2020-10-18 07:36:59
경상남도 창녕군 이방면		ⓡ OPENRIDER
주행시간 **07:28:1**	거리	**139.99k**m
휴식시간 **05:41:3**	평균속도	**18.7km/**h
전체시간 **13:09:5**	최고속도	**53.3km/**h
평균 RPM −	최고 RPM	−
평균 심박 −	최고 심박	−
칼로리 **2457**kca	온도	**14°**

나. 동해안 종주 (영덕– 통일전망대 279km)

동해안 길 1일 차: 경북구간 영덕- 울진 76km

영덕읍 > 원남면		2020-10-29 12:28:57
경상북도 영덕군 영덕읍		ⓡ OPENRIDER
주행시간 **03:44:0**	거리	**62.13k**m
휴식시간 **03:08:5**	평균속도	**16.6km/**h
전체시간 **06:52:5**	최고속도	**52.6km/**h
평균 RPM −	최고 RPM	−
평균 심박 −	최고 심박	−
칼로리 **1228**kca	온도	**9°**

동해안 길 2일 차: 강원구간: 임원- 정동진 79km

원덕읍 > 망상동		2020-10-30 09:23:27
강원도 삼척시 원덕읍		ⓡ OPENRIDER
주행시간 **05:07:4**	거리	**63.08k**m
휴식시간 **02:30:4**	평균속도	**12.3km/**h
전체시간 **07:38:2**	최고속도	**40.4km/**h
평균 RPM −	최고 RPM	−
평균 심박 −	최고 심박	−
칼로리 **1400**kca	온도	**9°**

동해안 길 3일 차 강원구간: 경포대- 영금정 62km

경포동 > 영랑동		2020-10-31 10:38:21
강원도 강릉시 경포동		Ⓡ OPENRIDER
주행시간	03:22:0 6	거리 62.45k m
휴식시간	02:47:0 0	평균속도 18.5km/ h
전체시간	06:09:1 6	최고속도 37.1km/ h
평균 RPM	—	최고 RPM —
평균 심박	—	최고 심박 —
칼로리	1108kca	온도 9°

동해안 길 4일 차 강원구간: 영금정- 통일전망대 62km

토성면 > 현내면		2020-11-01 12:16:04
강원도 고성군 토성면		Ⓡ OPENRIDER
주행시간	02:32:1 6	거리 44.80k m
휴식시간	01:33:3 3	평균속도 17.7km/ h
전체시간	04:05:4 9	최고속도 42.9km/ h
평균 RPM	—	최고 RPM —
평균 심박	—	최고 심박 —
칼로리	835kcal	온도 9°

다. 제주환상길 일주 234km

제주 환상 길 1일 차: 용두암- 송악산 77km

삼도2동 > 대정읍		2020-11-11 10:18:10
제주특별자치도 제주시 삼도2동		Ⓡ OPENRIDER
주행시간	03:20:1 7	거리 69.80k m
휴식시간	04:31:2 7	평균속도 20.9km/ h
전체시간	07:51:4 2	최고속도 43.1km/ h
평균 RPM	—	최고 RPM —
평균 심박	—	최고 심박 —
칼로리	1317kca	온도 11°

제주 환상 길 2일 차: 송악산- 쇠소깍 44km

대정읍 > 남원읍		2020-11-12 09:40:39
제주특별자치도 서귀포시 대정읍		ⓡ OPENRIDER
주행시간	01:34:2	거리	46.18k m
휴식시간	07:24:4	평균속도	29.4km/ h
전체시간	08:59:0	최고속도	33.7km/ h
평균 RPM	–	최고 RPM	–
	–	최고 심박	–
	7kca	온도	13°

제주 환상 길 3일 차: 쇠소깍- 성산포 50km

남원읍 > 성산읍		2020-11-13 09:39:39
제주특별자치도 서귀포시 남원읍		ⓡ OPENRIDER
주행시간	03:03:3	거리	38.30k m
휴식시간	04:52:3	평균속도	12.5km/ h
전체시간	07:56:0	최고속도	31.5km/ h
평균 RPM	–	최고 RPM	–
평균 심박	–	최고 심박	–
칼로리	835kcal	온도	14°

제주 환상 길 4일 차: 성산포- 용두암 63km

성산읍 > 용담2동		2020-11-14 09:30:38
제주특별자치도 서귀포시 성산읍		ⓡ OPENRIDER
주행시간	01:30:3	거리	51.57k m
휴식시간	06:48:4	평균속도	34.2km/ h
전체시간	08:19:1	최고속도	31.5km/ h
평균 RPM	–	최고 RPM	–
평균 심박	–	최고 심박	–
칼로리	1364kca	온도	15°

라. 북한강, 오천 금강길 329km

1일 차 북한강: 신매대교- 밝은 광장 70km

서면 > 남산면			2021-03-10 11:07:32
강원도 춘천시 서면			Ⓡ OPENRIDER
주행시간	01:10:15	거리	25.45km
휴식시간	00:45:09	평균속도	21.7km/h
전체시간	01:55:24	최고속도	32.1km/h
평균 RPM	–	최고 RPM	–
평균 심박	–	최고 심박	–
칼로리	462kcal	온도	12˚

가평읍 > 조안면			2021-03-10 14:17:50
경기도 가평군 가평읍			Ⓡ OPENRIDER
주행시간	02:32:00	거리	40.96km
휴식시간	03:59:29	평균속도	16.2km/h
전체시간	06:31:29	최고속도	42.2km/h
평균 RPM	–	최고 RPM	–
평균 심박	–	최고 심박	–
칼로리	833kcal	온도	11˚

2일 차 오천 길: 행촌교차로- 청주 96km

연풍면 > 강서2동			2021-03-11 09:02:58
충청북도 괴산군 연풍면			Ⓡ OPENRIDER
주행시간	01:58:48	거리	65.02km
휴식시간	03:08:47	평균속도	32.8km/h
전체시간	05:07:35	최고속도	44.1km/h
평균 RPM	–	최고 RPM	–
평균 심박	–	최고 심박	–
칼로리	1630kcal	온도	7˚

3일 차 금강길: 대청댐- 백제보 90km

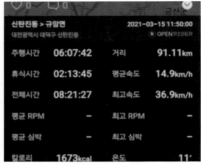

4일 차 금강길: 백제보- 하굿둑 73km

마. 영산강, 섬진강 길 282km
1일 차 영산: 담양댐- 죽산보 76km

2일 차 영산강: 죽산보- 하굿둑 57km

3일 차 섬진강길: 섬진강댐- 사성암 92km

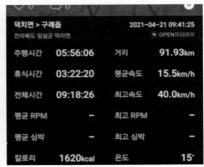

4일 차 섬진강길: 사성암- 배알도 57km

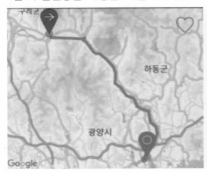

3. 감사의 글

살면서 아무것도 알지 못하는 나에게 세상을 가르쳐 주고 도움을 준 많은 이들을 만났다. 이 책도 그들 덕분에 세상에 나왔다. 그들이 준 선물에 어찌 감사하지 않을 수 있겠는가?

먼저 이 책의 많은 부분을 쓸 수 있도록 건설 관련 일에 종사할 수 있었던 것에 감사한다. 라이딩을 시작할 동기를 만들어 준 삼팔 휴게소에서 만난 노신사, 여행 중에 만나 큰 충격을 준 탄금대 장애인 여행자, 대진에서 만난 도보 여행자, 본인의 이야기를 쓸 수 있도록 허락해준 고마운 친구들, 여행에 직접적인 도움을 준 아내와 아들, 간접적인 도움을 준 사위와 딸, 외에도 많은 사람들의 도움으로 이 책을 쓸 수 있었다

특히 이 책을 쓰는 데 도움을 주신 분들은, 예리한 비판을 아끼지 않은 친구 박병환, 책 구성에 영감을 준 이석현 목사, 부족한 글을 신랄하게 지적하며 대안까지 제시해 준 이용준 선배, 항상 긍정적인 모습을 보여 주는 밥북 출판사 주계수 사장, 그리고 아직 인사를 하지 않은 편집을 도와줄 직원들이다.

감사할 사람들을 적으며 책은 혼자 쓰는 것이 아니라는 것을 절실히 느낀다. 그들 덕분에 이 책이 세상에 나오는 건 맞다. 그들을 만난 것이 내 인생에 행운이라는 것을 역시 또 느낀다. 그리고 뜨거운 감사의 말을 전한다.

가장 감사드리고 싶은 것은 길고 지루한 글을 참고 참으며 마지막 여기까지 와 주신 독자분들이다. 이제는 '끝났다'는 말씀을 드리며 머리 숙여 감사 인사를 전한다.

자전거로 국토 종주 2,000km
두 바퀴로 본 세상

펴낸날 2023년 4월 28일

지은이 권하진
펴낸이 주계수 ｜ **편집책임** 이슬기 ｜ **꾸민이** 이슬기

펴낸곳 밥북 ｜ **출판등록** 제 2014-000085 호
주소 서울시 마포구 양화로 7길 47 상훈빌딩 2층
전화 02-6925-0370 ｜ **팩스** 02-6925-0380
홈페이지 www.bobbook.co.kr ｜ **이메일** bobbook@hanmail.net

© 권하진, 2023.
ISBN 979-11-5858-950-9 (03810)